叱咤之城之魔都谍影

叱咤之城系列谍战小说

第一季

刘子义 著

金城出版社
GOLD WALL PRESS
·北京·

图书在版编目（CIP）数据

吡咤之城之魔都谍影 / 刘子义著. —北京：金城出版社有限公司，2022.2
ISBN 978-7-5155-2280-7

Ⅰ. ①吡… Ⅱ. ①刘… Ⅲ. ①长篇小说－中国－当代 Ⅳ. ①I247.5

中国版本图书馆CIP数据核字（2021）第229789号

吡咤之城之魔都谍影

作　　者	刘子义
责任编辑	张礼文
责任校对	丁洪涛
责任印制	李仕杰
开　　本	710毫米×1000毫米　1/16
印　　张	25.25
字　　数	350千字
版　　次	2022年2月第1版
印　　次	2022年2月第1次印刷
印　　刷	天津旭丰源印刷有限公司
书　　号	ISBN 978-7-5155-2280-7
定　　价	59.90元

出版发行	**金城出版社有限公司**　北京市朝阳区利泽东二路3号　100102
发 行 部	(010) 84254364
编 辑 部	(010) 64214534
总 编 室	(010) 64228516
网　　址	http://www.jccb.com.cn
电子邮箱	jinchengchuban@163.com
法律顾问	北京市安理律师事务所　（电话）18911105819

当太阳横过西方的海面时，对着东方留下他的最后的敬礼。

——泰戈尔《飞鸟集》

序

子义要出新书，是件喜事，嘱托我写序，犹豫了半天，才应承下来。我是影视制片人，多年来与编剧、导演、演员打交道多，与作家交往则少。所以作序这样的事，我有些怯场。但子义不仅是小说家，同时还是一位优秀的影视编剧。他左手小说、右手影视的创作经历，令我充满期待与好奇！

与子义相识相交于五年前的深秋，当时他正把一部悬疑谍战类型的40集的电视剧本《雾中人》(后更名为《叱咤之城》)，托朋友送给我，看看是否有机会一起合作。不料，我一拿到手，竟然完全放不下来，剧中人物之鲜活，情节之紧张，故事之曲折，二战时期波澜壮阔历史背景下，主人公跌宕起伏之人生传奇，凄美动人的爱情经历，为革命信仰无私无畏的奉献精神……深深地吸引着我。连续一周，我手捧剧本，几近废寝忘食，夜不能寐。时而掩卷深思，时而击掌赞叹。有时为平息自己激动而喜悦的情绪，不得不停下来，点支烟，泡壶茶，让自己平静下来。我自从与石钟山、汪海林、闫刚、麦家、钱林森、海飞合作系列谍战剧《地下地上》《风语》《生死钟声》《向延安》《麻雀》后，已多年未能碰到如此激发起我产生创作冲动与激情的电视剧本了。

读完剧本后，我即约子义到上海相聚交流，可谓一见如故，相见恨晚。自此兄弟相称，交往频频，为探讨创作，常常是不分时序，互相交流沟通，成为莫逆之交。

子义为人处世，谦和，语迟，厚道，简单；写书作文，才思敏捷，创意无限且自求品格。对历史背景的考据，严谨扎实，对谍报领域的专业探索用心专注，对人物形象的塑造与故事情节的结构，力求完美，精益求精，使其笔下的历史格局恢宏大气，人物人设生动鲜活，故事架构奇伟精彩。

近来，子义心无旁骛，潜心创作，推出民国谍战悬疑世界系列化作品，除了6卷本的《叱咤之城》外，还有反映革命时期我党女地下工作者，化身女作家、女演员、女老板的传奇悬疑作品《枪与玫瑰》系列，以及上海、香港、重庆、南京、天津、哈尔滨、长春、沈阳等以城市为主题的悬疑传奇系列作品。我十分期待着子义新作问世，他将为我们打开一个新鲜传奇、精彩纷呈的创作领域，让我们拭目以待，跟随他的奇思妙想，去他的悬疑世界，领略创意带给我们的惊喜赞叹和无穷魅力。

子义，你杰出的创意才华与坚持不懈的努力，一定会让你实现自己的梦想。你到达任何创作的高度，都是可能可期的。奔跑吧，子义，在你最好的年华！

郁康淳

2021年1月9日于文盛堂

郁康淳
中国影视金牌制作人
上海电影艺术学院　教授
上海电影艺术学院亚洲创意产业研究院　执行院长
上海电影艺术学院电影制片厂　厂长

目 录

第一章　人　质

~ 001 ~

时间： 1939 年 12 月 25 日，星期一，圣诞节。

地点： 莫斯科，苏共第五局，莫斯科广场，海盗酒馆。

“嘀”，电话铃只响了一声。

房间陷于沉寂。

电话旁边，一个二十七八岁的东方人，双眼赤红，一副一夜未睡的样子。他手里拿着一张纸，纸上散着蓬松的烟丝，烟丝下面用炭灰写着他的名字“凌云洲”。

凌云洲遽然惊醒，恍若听到窗外传来濒临死亡的尖叫声，脸上却是一副哀莫大于心死的表情。

他盯着电话机，双手不紧不慢地将烟卷好，塞进嘴里，然后拿起桌上的火柴盒，轻轻拉开。

火柴盒里一半是火柴，一半是如同火柴般大小的竹片，其中一根竹片上还残留着暗红的血渍。

“嚓”的一声，他抽出一根火柴划着，点燃卷烟。烟雾升腾，宛如精灵般向上盘旋，然后向窗户细缝飘去，在窗外写着“A[1] 实验室”的木牌前倏

[1] 原子 Atom 缩写，以“第二实验室”为代号的苏联原子研究中心延伸机构，专门负责搜集世界各国原子研究成果。

地消散了。

A实验室里摆放着物理实验、化学实验、数学计算使用的各种仪器、工具，墙上挂着牛顿、笛卡尔、阿基米德、玻尔、爱因斯坦、海森伯、薛定谔、奥本海默等物理学家或数学家的画像。

一张木质黑板上，用粉笔写着一组228Th（射钍）、227Th（射锕）、228Ra（新钍1）、228Ac（新钍2）、234Pa（铀Z）、231Pa（镤）等放射性物质的元素符号。

窗外白茫茫一片，雪下得好大。

白雪覆盖的院子，正是苏联极为隐秘的情报枢纽——苏联内务人民委员会第五局，简称苏共第五局。

莫斯科这座叱咤之城的冬天冷彻刺骨，凌云洲围坐在炭炉旁仍感到阵阵寒意。

苏联肃反大清洗行动进入至暗时刻，无处不在的政治审查、抓捕间谍、作秀公审、关押和死刑，已经导致两万名“契卡[1]”人员被秘密杀害，共产国际力量遭到重创。

作为潜伏在苏共情报核心部门的日本特工，凌云洲侥幸躲过了大清洗，得益于他长着一副典型中国人的面孔，得益于他是休眠者，得益于潜伏在莫斯科、隐藏极深的日本特工“老龟”——日本内阁情报机构龟机关创始人之一。

“嘀嘀”，电话铃急剧地响起来。

“爸！”凌云洲猛地拿起话筒。

“回家吧，别忘了熄炉火！”

“别忘了熄炉火！”这是父亲凌国轩遇到危险的暗语，更是要他赶紧撤离的信号。

凌云洲没有说话，立刻挂断电话，转身拉开抽屉，拿出一支苏制TT-33手枪，打开保险。

父亲出事了！

---

[1] 全俄肃反委员会，又称契卡。

他的潜伏身份暴露了！

潜伏者终究无法逃脱职业宿命！

作为潜伏在苏共第五局的日本特工，他和父亲的命运似乎早已注定。作为A实验室的部门主管，凌国轩除了搜集德国“铀俱乐部”[1]的情报外，也在研究核武器，并将研究成果秘密传送给“老龟”。

只可惜，A实验室的研究一直止步不前，实验室的科学家太少了。由于苏联和德国同时对犹太人进行驱逐，包括爱因斯坦在内的很多科学家，都不得不移居美国。

凌国轩发出了让凌云洲撤离的信号。

可是，凌云洲怎么能选择撤离呢？父亲有危险，他必须去救父亲。

凌云洲深吸一口气，穿上衣服，拿起车钥匙，关门出去。

窗外积雪很厚，几乎埋没轮胎。雪仍旧下得很疾，从门口走到停车场，凌云洲身上已落满雪。这样的天气，开车会引起苏联特工的注意。可令他感到奇怪的是，大院里静悄悄的，仿佛一切都冬眠了似的。

没有人监视，还有一线生机。

他快速拉开车门上车，油门好像冻上了，好大一会儿才发动汽车。发动机缓缓转动的声音像是闷雷，令人心惊胆战。

轿车驶出苏共第五局大院，驶向莫斯科大街。轿车行驶得很慢，后轮都有些打滑，但凌云洲还是不断地踩油门。等他赶到莫斯科广场附近的家中，白雪覆盖下的楼房内亮着灯，父亲的身影投射在窗帘上，看不出有任何异样。

难道父亲的危险解除了？

凌云洲从轿车里下来，顺手从怀中掏出手枪。

这座三层花园洋房，是苏共第五局专门拨给凌国轩的。为了度过一个难忘的圣诞节，凌国轩做了精心准备。他把花园里的雪都清理了，并堆了三个逼真的雪人。雪人的形态与常人无异，用胡萝卜做的鼻子显得有些滑稽。

凌云洲正要进院，凌国轩忽然出现在三楼窗前，冲他大声喊道：“雪人！”

---

[1]　希特勒虽然制订了原子弹计划，但没有成立相关部门。德国科学家以“铀俱乐部”为名研究原子弹，海森伯是原子弹计划的总负责人。

接着一声枪响，凌国轩清癯的身子从三楼跌落在地，胸前一片殷红。

三个看似滑稽的“雪人”忽然动了，三名苏联特工抖落身上积雪的同时，三把枪一起对准凌云洲的胸口。其中，一名特工留着络腮胡须，三十四五岁的样子。凌云洲认识他，苏共第五局行动处处长谢尔盖。

凌云洲没有动，目光从凌国轩的尸体往上移，最后落在一个年轻军官——苏共第五局局长巴维尔·菲金的身上。

刚才，就是巴维尔·菲金射中凌国轩的胸口，一枪毙命。

巴维尔·菲金下楼，走到凌云洲跟前，面无表情，轻轻一挥手，谢尔盖上前铐住凌云洲。

谢尔盖正要上前查看凌国轩的尸体，巴维尔·菲金已弯腰检查，然后向谢尔盖点点头。

“死了？”谢尔盖脸色铁青，伸手打昏凌云洲，将他拖进轿车里。

两名特工架着凌国轩的尸体，钻进不远处的另一辆轿车中。

莫斯科广场附近的一条小巷内，美丽的烟囱在大雪纷飞中冒着烟。透过窗户，可以看到简易壁炉的火苗似熄未熄。

一个约莫六十岁的日本老人，一手撑着伞，一手拄着文明棍，慢慢地走着。他似乎早起了，走路时还不停地打哈欠，白烟似的雾气笼罩在嘴边。他抬头看到海盗酒馆的招牌，以及门外一艘老旧的海盗船模型，开心地笑了，因为他的目的地到了。

这个日本老人，名叫犬养中堂，是苏联军事顾问团成员，正忙着梳理苏日谈判内容。诺门坎战役，以日军摧枯拉朽般的失败而告终，制定两国谈判方案的任务竟落到他肩上。

用苏联领袖的话说，“只有日本人才了解日本人”，所以他一连熬了两个通宵，才完成谈判方案。由于年纪大，身体吃不消，所以他才想到海盗酒馆喝杯烈酒提提神。

犬养中堂收了伞，正想推门，醉醺醺的谢尔盖突然拉开门，与犬养中堂撞个满怀。犬养中堂被撞了个趔趄，忙将文明棍拄在地上，稳住身形。

谢尔盖连忙道歉："哎哟，老先生，对不住，对不住！"

"不碍事儿。"犬养中堂瞥了谢尔盖一眼。

谢尔盖扶住犬养中堂，低声说："第五局有行动。"然后他陡然提高嗓门，"老先生，我请您喝杯酒吧，权当向您赔礼。"

犬养中堂道："好说，好说。"

他们一起走进海盗酒馆。

室外滴水成冰，酒馆里却是温暖如春，装潢颇具海盗老巢风格，各个角落里陈列着船锚、风帆等海盗使用的物件。三个酒鬼喝醉后没有回家，和衣躺在沙发、木椅上酣睡。酒馆里昏黄摇曳的灯光、醉鬼此起彼伏的鼾声，让人越发感觉寂静。

他们进入一个包间，要了一瓶伏特加。犬养中堂将文明棍横在桌上，右手在雕刻成乌鸦形状的棍头上用力一摁，棍头突然弹开，露出藏在凹槽里的纸卷。他取出纸卷，轻轻展开，上面只有一朵樱花、一个海盗船的图案。

犬养中堂道："莫斯科正在搞大清洗，这样的联络以后也要杜绝。"

"是，先生。"谢尔盖拿起酒瓶，打开瓶盖，给犬养中堂倒酒。

"'樱花'，你要知道你的价值。"犬养中堂盯着谢尔盖低声说。

"是，先生。"谢尔盖盯着樱花图案看了看，突然把纸撕烂，塞进嘴里，端起酒杯，一口喝下去。

"潜伏第五局，实在是不容易。"犬养中堂轻轻抚摸着文明棍，眼神恢复了慈祥与平静。

"'神刀'死了。"谢尔盖仰头又喝了一杯酒。

犬养中堂皱眉："死了？"

"巴维尔亲自带人密捕，我参加了行动。"

"'武士'呢？"

"被捕。"

"罪名？"

"间谍罪。"

“间谍罪？”犬养中堂端起酒杯，喝了一口酒，精神似乎好了一些，突然嘿嘿一笑，“一个休眠者，莫须有的罪名。”

“营救‘武士’吗？”

“连大清洗都逃不脱的潜伏者——”犬养中堂拿起酒瓶，给自己倒酒，仰头又喝下，“毫无大用，弃了吧。”

“先生，‘武士’可是在A实验室啊。”

“A实验室——”犬养中堂若有所思地放下酒杯，轻轻拿起文明棍，将棍头往里一插，恢复原样，放在脚下，“第五局还有什么动作？”

“没有。”谢尔盖盯着文明棍，似乎有些惧怕，似乎那根文明棍随时会要了他的命。

“中国方面呢？”

“没有消息。”

犬养中堂哦了一声：“风平浪静。”

“先生有疑？”谢尔盖本想端起酒杯喝酒，手却停下，若有所思地问。

“拉乌尔去中国了，算算日子，现在应该抵达上海了。”犬养中堂慢慢转动酒杯，语气有些低缓。他是杀伐果断的人，一旦拿定主意就会坚决执行，没主意的事情反而显得裹足不前。

“拉乌尔是苏共通缉犯，有什么问题吗？”谢尔盖有些好奇。

“不可知，不得知。”犬养中堂轻轻端起酒杯，仰头喝下杯中酒，轻轻放下酒杯，“拉乌尔是领袖的老同学，我第一次见到他，是在一个高层酒会上，外交部部长竟称他为拉乌尔先生，这可是极大的尊敬呀！”

谢尔盖感叹道：“是呀，能让外交部部长在名字后再加先生的，寥无几人。”

“我与拉乌尔虽有数面之缘，但算不上深交。”犬养中堂向包间墙上悬挂的一幅黑胡子海盗图像望去，“奇怪的是，拉乌尔临行前，竟然向我辞行。”

“他是尊敬您吧。”

“若如此，可安心。”犬养中堂示意谢尔盖倒酒，“我就怕没有辞行那么简单呀！”

谢尔盖一边倒酒一边问："与'神刀'和'武士'被捕有关？"

"不知。"犬养中堂的目光又转向图像上那抹浓墨写意的胡子。

"那就除掉'武士'吧！"谢尔盖又给自己倒满酒。

"除了吧。"犬养中堂收回目光，拿起酒杯一饮而尽，将空杯在桌上一蹾。

"我去办。"谢尔盖拿起酒杯仰头喝下，然后起身向犬养中堂鞠了一躬，转身离去。

犬养中堂看着谢尔盖的背影，冷冷一笑，喃喃自语："可笑，一个弃子，还要冒险杀掉！"

~ 002 ~

时间： 1939 年 12 月 25 日，星期一，圣诞节。

地点： 上海，公共租界，圣三一教堂。

上海的冬天依旧那么阴冷潮湿，一抹阳光从圣三一教堂的塔尖射下来，把十字架的影子送到教堂前的花园里，与一棵老梅重叠，让老梅显得枝骨铮铮。

圣诞节的早晨，雾气刚刚散尽，整个教堂被阳光笼罩着。教堂右侧，公共租界工部局大楼的墙上，德国著名影星奥尔加·契诃夫娃和上海著名影星蝴蝶的两张大海报，彰显着上海滩的浮华。

此刻，埋伏在工部局大楼楼顶上，代号"野兔"[1]、时年33岁的中共门徒小组成员普乐天，看到公共租界巡捕房总探长万墨翰带领巡捕奔向圣三一教堂时，立刻俯下头，眼睛紧紧盯着狙击枪上的瞄准镜。

普乐天看到一群日本特务混进人群中，手指扣在扳机上，准备随时射击。忽然，瞄准镜里出现一个身穿葱绿色旗袍的女人，他的手指不由自主地

[1] 作者向苏联英雄狙击之王瓦西里·扎伊采夫（苏联电影《兵临城下》的男主角原型）致敬。瓦西里的姓"扎伊采夫"在俄语中与"野兔"有相近的意思（同字根），瓦西里在伏尔加格勒狙杀了三百余名法西斯分子。

抖了一下。

"罗亭"，他脑海里滚动着一个女人的名字。

那个叫罗亭的女人走到教堂门口，微微停顿一下，似乎想扭头看看工部局大楼，但又忍住了。稍微停顿之后，她便向教堂里走去，一直走到牧师室。她向左右看了看，见无人注意，便在门上敲了三下，一长两短。

"进来。"一个人用生硬的汉语回应。

罗亭推门进去。牧师室一个阴暗的角落里，坐着一个苏联神父。罗亭向另一个阴暗角落走去，在一张桌前坐下。

"'13号'？"苏联神父问。

"嗯。"在幽暗的阴影处，罗亭静静地看着神父。

"苏日诺门坎战役，日军战败，表面上放弃了'北进战略'，实则他们的内阁情报机构——龟机关，却加紧搜集苏、中两国情报，为了挖出龟机关创始人'老龟'，苏共与中共达成一致意见，决定各自抽调精英特工创建红组。成立红组的目的，就是挖出'老龟'。'老龟'一旦被清除，红组就随即解散。"苏联神父用睿智的目光看了罗亭一眼，"为了安全起见，你们不能交叉作业，我是你们的单线联系人。我的名字叫拉乌尔，红组组长，代号'基督'。"

当苏联神父说出他的名字时，埋伏在教堂外的日本特务开始行动了。

"咚"的一声，本不应该响起的教堂钟声突然响起，钟声中夹杂着枪声。普乐天开枪射在教堂的大钟上，钟声立刻响起，只是不那么悠扬，而是发出"咚"的一声，像长哨似的传到很远的地方。

"信封里，是电台频率和密码本，你的代号是'教母'。"听到枪声，拉乌尔脸上竟然闪现出一丝笑容，从怀里掏出一个信封递给罗亭，向一扇窄小的窗户看了一眼，表情平静。

"您就是在西伯利亚一次救下两万犹太人的拉乌尔？"罗亭看着拉乌尔，轻声问。

"是，我就是。"他的汉语说得生硬，看来初学不久。

"有消息说，您被苏共通缉了。"

"如果不这样做，我怎么能安全抵达上海？"

“您为什么不撤？”

“我不能撤。”拉乌尔侧耳听着外面传来的枪声，“这是苏制狙击步枪，中共门徒小组果然藏龙卧虎。实际上，我这次来上海，是执行一项秘密任务。据苏共第五局从东京传来的情报分析，龟机关创始人‘老龟’就潜伏在莫斯科，极其危险。为了揪出‘老龟’，我才到上海启动清除计划。”

罗亭没有答话。作为一名优秀特工，她知道这时只能聆听，然后分辨对方每一句话、每一个动作、每一个眼神，从中辨别真伪，洞悉虚实。

拉乌尔继续说：“苏共第五局锁定几个人，唯有一个人知道我来到上海。如果我被捕，就能证明他就是‘老龟’。”

“您要以身涉险？”罗亭惊诧地望着从容赴死的老人。

“从尘埃中来，回到尘埃中去。”拉乌尔微微一笑，“我与‘老鬼’兑子，值。”

“延安将安排‘31 号’潜伏上海，配合红组执行任务。”

“感谢延安！”拉乌尔走到罗亭身边，轻轻拥抱她一下，“孩子，不要为我担心。记住，中共方面不能采取任何行动。”

日本特务已经包围教堂，信徒往外乱冲，他们一时难以控制场面。最要命的是，一个躲在远处的狙击手已经狙杀了十几个日本特务。

在普乐天的瞄准镜里，只要看到参与围捕行动的日本特务，都一一死在他的枪下。

他不是漫无目的地狙击，身在制高点，教堂广场尽在眼底，能看清每个日本特务的举动。他只对采取行动的日本特务开枪。这种狙击方式，果然震慑了其他日本特务。

然而，本已胆怯的日本特务突然全部舍命冲上去，迅速将一个苏联神父包围。

这打乱了他的狙击步骤。

当瞄准镜稍微变换方向时，他看到一个人举着望远镜。

那个人正是日本第三代特务头子、竹机关创始人土肥原。这时，土肥原正循着枪声，向他的藏身处察看。

普乐天意识到自己暴露了。

对于一个狙击手而言，暴露就意味着死亡。

无法营救同志时，不做无谓牺牲，必须即刻撤离。

普乐天迅速起身，十秒钟就将狙击枪拆卸完毕，装入条形盒子里。十五秒钟后，他已取下挂在楼顶铁门上的德制手雷，半分钟后就稳稳坐在工部局华董江仲阁的办公室里。

拉乌尔被捕了。

罗亭走出教堂时，忍不住回头看了一眼拉乌尔，只见他神色淡定，从容不迫，眼睛不禁湿润了。她不敢再看他，随着人流向前走去……

~ 003 ~

时间：1939 年 12 月 25 日，星期一，圣诞节。

地点：莫斯科，苏共第五局。

凌云洲猛然醒过来，眼前模模糊糊。

当他看清周围环境时，发现自己就在苏共第五局的审讯室里。当看清面前的两个人时，他似乎明白是怎么回事了。

在审讯桌后的两个人，一个是巴维尔·菲金，一个却是他的父亲凌国轩。

凌国轩没有死，此刻他身上缠着绷带，斜躺在软榻上，微笑着向凌云洲望去，轻咳一声道："这几年安然静好，不是咱们隐藏高明，而是苏共第五局早就知道你我的真实身份。"

巴维尔·菲金手里拿着一沓资料，冲凌云洲笑了笑，轻轻翻开道："凌国轩，中共传奇人物，代号'佛手'，因与苏共森木正淳相貌神似，1932 年奉中共之命，以森木正淳的身份潜伏东京，任职东京大学物理系，后加入日本内阁情报机构龟机关。"

"森木家族人丁凋敝——"凌国轩动了动身子，扯动了伤口，一阵撕心裂肺的疼，“只有森木正淳存活于世，这个条件最适合潜伏。”

“凌云洲，1932 年随父东京求学，同年加入中共，受凌国轩领导，取名森木玉树。”巴维尔·菲金从桌子后面走出来，手中拿着两支烟，递给凌云洲一支，并帮他点燃，“1936 年，你与凌国轩一同打入龟机关。同年，被派往苏联潜伏，协助‘老龟’获取情报。因为你在休眠期，所以逃过了大清洗行动。”

“我被捕的消息，‘老龟’很快就会得知。”凌云洲猛吸一口烟，看了巴维尔·菲金一眼，“休眠——已经是奢侈品了。”

巴维尔·菲金问：“‘老龟’会杀了你？”

“杀我？不会。”凌云洲神情平静，宛如在谈论别人的生死，“杀一个休眠者毫无意义。”

巴维尔·菲金又问：“‘老龟’会放弃你？”

“我已经是弃子了。”凌云洲一下子将香烟吸到根部，猛地呛住了，一阵剧烈地咳嗽。

“孩子，烟不是这么抽的。”凌国轩想挣扎着坐起来，却没能成功，只好斜躺着说话，“就算是弃子，也有弃子的用途。”

一支烟燃尽，巴维尔·菲金又递给凌云洲一支。凌云洲点燃烟，站起来，道：“来莫斯科之前，我接到延安密令，协助第五局揪出‘老龟’。不幸的是，任务失败了。”

巴维尔·菲金平静地说：“‘老龟’已被锁定。”

凌云洲疑惑地问：“锁定了？是谁？”

巴维尔·菲金依旧平静地说：“‘老龟’极有可能是日本前首相犬养毅的堂弟犬养中堂。”

凌国轩道：“苏联军事顾问团成员。”

凌云洲问：“不好抓？”

凌国轩道：“没有确凿证据，不能抓！”

巴维尔·菲金道：“为了锁定‘老龟’，我们付出的代价太大了，红组组长‘基督’在上海故意被捕。”

烟雾升腾，迷住了凌云洲的眼睛。他揉了揉眼睛，顿感眼睛火辣辣的，眼睑禁不住跳了几下。

凌国轩心疼地望着凌云洲，轻声说："今日第五局抓你，目的有二：第一，换回'基督'；第二，延安密令，安排你潜入上海，代号'31'，配合红组执行清除计划。"

"'基督'落子，胜负已定。"巴维尔·菲金深深地吸了一口烟，扔掉烟蒂，用脚尖狠狠踾灭，"龟机关设苏联局、中国局、欧美局，意图非常明显。莫斯科和延安对此高度重视，所以安排双方精锐特工联手组建红组，编织一张大网，应对龟机关。"

"这是大境界、大格局，却也是不得已而为之的举措。"凌国轩向巴维尔·菲金要了一支烟，尼古丁令他暂时忘却疼痛，"日前，从德国'铀俱乐部'传来一个惊人消息，奥托·哈恩[1]和弗里兹·斯特拉斯曼成功发现了核裂变。核裂变的发现，会加快原子弹制造速度。"

"所以您才选择假死，骗过'老龟'。"凌云洲渐渐明白自己要做什么了。

巴维尔·菲金道："'基督'的伪装身份是苏共通缉犯，只有写好这篇假文章，才能骗过'老龟'，才能让土肥原感兴趣。"

凌国轩道："当今世界，苏、德、英、美、日五国都在秘密研制原子弹，其中德国起步最早，日本紧随其后，在朝鲜半岛秘密研制。一旦法西斯同盟国掌握了原子弹，整个世界将毁于一旦。所以，延安命我秘密前往德国，打入'铀俱乐部'。"

巴维尔·菲金看了看手表，道："'基督'已经行动了。"

"被抓而不露痕迹，比不小心被抓更难。"凌云洲向巴维尔·菲金望去，脸上满是担忧，"'基督'一定会被抓吗？"

巴维尔·菲金点点头："一定会的。"

凌国轩道："'基督'，一是瑞典人，二是苏共通缉犯，他虽然被捕，但苏共特工身份绝不会暴露。"

巴维尔·菲金道："这是'老龟'想不到的。苏日两国已经签署停战协

---

[1] 奥托·哈恩据此发现，获得诺贝尔化学奖。

议，通过外交手段，可以进行人质交换。”

一阵阴风吹来，烟雾扑在凌云洲脸上，心里却燃起一团熊熊烈火。

作为一名中国共产党员，能在祖国危难之际回国抗日，能与四万万同胞一起驱逐日寇，能用鲜血和生命促进民族独立，这是他梦寐以求的战斗……

大雪纷纷，积雪深厚，汽车难行。谢尔盖驾驶汽车，晃晃悠悠地向苏共第五局驶去。副驾驶座位上，放着一把无声手枪、一支只有一半剂量的注射器、一瓶伏特加。

谢尔盖一边驾车，一边向副驾驶座位上看，脸上露出不经意的笑容。

汽车驶到苏共第五局大门口时，只听“吱呀”一声，两个卫兵将厚厚的铁门推开。

谢尔盖放慢车速，盯着大门口。

两辆轿车从里面驶出来，第二辆车竟是巴维尔·菲金的专车。

谢尔盖眉头一皱，将车速变得更慢了。

第一辆轿车拉着窗帘，看不清里面的人。这时，轿车陡然颠簸，窗帘微微卷起，露出一个东方面孔。

“‘武士’！”

帘子卷起又落下，恍若是被风吹起一页青史。

车内，凌云洲向身边的凌国轩看了一眼。凌国轩也冲他笑了笑。两辆轿车缓慢地向前驶去。

谢尔盖从后视镜里看着渐行渐远的轿车，猛地挥拳砸在方向盘上，一不小心按动汽笛。

“嘀”的一声，声音穿透雪雾。

两辆轿车忽然停下。

谢尔盖意识到不好，立刻停车，伸手拿起手枪。

两辆轿车停了一下，又缓缓地向前驶去。

谢尔盖长吁一口气，踩油门，驾车驶入苏共第五局。

第二章　休眠者

~ 004 ~

时间：1941 年 10 月 9 日，星期四。

地点：上海，日占区，愚园路 1136 弄，极司菲尔路 76 号。

民国三十年秋，双十节前夕。

这天，有雾，一直持续到晚上还没有散尽。

这一年，中国的局势就像深陷迷雾一般难辨。自《日汪密约》昭告天下，汪伪政府卖国求荣的行为路人皆知，和平运动、曲线救国沦为笑柄。

更令汪伪政府头疼的是，在上海这座叱咤之城，二十几位日伪要员或被狙击，或被暗杀，死时没有任何痕迹，查无所指。76 号全力清剿沪宁抗日分子，一时间坊间危机四伏，风声鹤唳。

无论是阳光普照晴空万里，还是阴雨连绵烟霭肆意，在李墨群眼里都是辨不出南北的大雾天。

这雾，是天地的圣物，是政治，是局势。

他斜靠在李公馆卫生间的浴盆里，一支接一支地抽烟。

他起初投身 C.C.[1]，本以为攀上高枝，可 C.C. 却容不下他，他只是 C.C. 的一个小人物，不起眼儿，是凡事都可以被忽略、随时都可以用来丢卒保帅那种牺牲品。然而，他心中不忿，有意难平，郁郁寡欢，所以他投靠了日本人。

战争局势变化太快了，苏德战争已经爆发；德、意、日签订盟约；日军侵略气焰嚣张至极，到处攻城略地；国军一退再退，溃不成军。

中国就这么灭亡了吗？他当“汉奸”的赌注下对了吗？他看不透，因为这是他的时局迷雾。

李墨群从浴盆里起身，拉开窗帘，看大雾悄然升起。

他常常把特工比作“雾中人”，就算站在你身边，也很难看清他们的真实面目。他天生有种敏锐的洞察力，也凭此抓住了军统八大金刚的“老五”沐承风。沐承风是他的后继者，在酷刑下叛变，帮他肃清隐藏在上海的军统特工。

只是，他如此卖力，可身兼伪政府财政部部长和伪军事委员会副委员长的周佛麟依旧不满意，理由是日汪合作的重要任务是剿共。

“日汪合作，只对中共。”这是周佛麟的原话，也是《日汪密约》的内容。

钟表发出的滴答声传来，时针指向 10 点。李墨群还没有睡，因为今天晚上有个代号为“捕雾”的行动。

雾能捕捉到吗？

能拨开迷雾见日月吗？

自特工总部成立以来，他策反和网罗了一大批军统和中统特工，顺着各自的藤蔓，几乎肃清了隐藏在上海的重庆势力，残存的军统锄奸队也转入地下。

这本是值得嘉奖的事情，可日本人并不满意。

在这座叱咤之城里，还隐藏着一批“雾中人”。

这批“雾中人”，才是日本人心中的标靶。只有推倒这个标靶，才真正解

[1]　C.C. 名称的来历，源于 1927 年 9 月在上海成立的“中央俱乐部”（Central Club 的简称）。C.C. 系是一个政治派系，以陈果夫、陈立夫兄弟为首，与蒋介石的力行社并行的秘密组织，主要分布在国民党中央党务部门，尤其是组织部、中统局以及地方各级党部和教育系统。

决了上海的抗日力量。

这个标靶，就是屡次刺杀日伪要员的中共门徒小组。

中共门徒小组的存在，令李墨群很难堪。只抓军统，不抓中共，在日本人看来，他只是在报复重庆政府，而不是积极与日本人同心协力地对付中共地下党组织。

所以，他需要抓捕一个中共分子，以此表明他对大日本帝国忠贞不二。

当获知特工总部后勤部的秦癸恩是共产党员时，李墨群立刻兴奋起来，拨通行动队内线电话，命令行动队队长沐承风立刻来见他。对于沐承风，李墨群早做好铺垫，从军统叛变过来的人，必须松弛有度。

“这是汪先生亲笔签发的嘉奖令！”李墨群满面春风地看着沐承风，从桌上拿起一份文件递给他，“重创沪宁两地重庆分子，你居功至伟！所以，我亲自为你请功，汪先生特批！”

沐承风十分激动：“卑职惭愧！多谢主任栽培！”

“这是你应得的。在军统时，你就是戴笠的爱将，军统五哥。”李墨群走到沐承风身前，在他肩膀上轻轻拍了拍，示意他坐下，“到了特工总部，你自然是我的左膀右臂。”

“军统容不下我，鸟择良木而栖！”沐承风坐下，“感谢主任雅量包容。”

李墨群哈哈大笑，指指自己的太阳穴：“对于你的遭遇，我感同身受！早些年，我投靠中统，也是奔着大好前程去的。可惜，中统容不下我，我只好另择明主。承风，无论别人怎么看你，在我眼里，你就是曾经的我，我就是未来的你。”

沐承风起身，微微颔首：“卑职不敢！”

李墨群示意他坐下：“做人做事，必须要有野心！我就喜欢有野心的人！”

“卑职誓死追随主任。”沐承风彻底臣服。

李墨群欣赏沐承风的态度，由衷地笑了笑，想起周佛麟的训诫，不由得叹了口气，说：“承风啊，咱们虽然重创了重庆分子，可延安分子却令我头疼不已啊！周部长训斥，说咱们‘日汪合作，只对中共’。依我看啊，咱们的周部长人在新政府，心还在旧政府啊。”

沐承风会意，重重地点头，说："我即刻着手抓捕共党分子。"

"说实话，我还是怀念做小报记者的日子，轻松自在，闲情有之，雅致有之，天天都是大晴天。"李墨群踱了几步走到窗前，看窗外雾气正浓，不禁将双手背到身后，想起曾经以酒为诗、以纸为媒的岁月，忽然叹口气，"我有一种感觉，潜伏者就是一团雾。密码如风，看不到摸不着，所以破译者就是捕风者。而雾不一样，能看到，但看不清，抓不住。"

沐承风笑了笑："咱们就做捕雾者。"

"雾能捕捉到吗？"李墨群若有所思地点点头，忽然转身盯着沐承风，"部里有个叫秦癸恩的人，你熟悉吗？"

"厨房的老秦，就叫秦癸恩吧？"

"就是他。"

"他怎么了？"

"他是共党！"

沐承风满脸惊讶："什么？老秦是共党？"

"是梅机关情报课课长宫本芳子发现的。"李墨群脸上闪现一丝戏谑般的微笑。

"这个日本娘们儿是怎么发现的？"沐承风不解地问。

"她可不是日本娘们儿！"李墨群的表情更加怪异，"她是地地道道的中国人，还是他娘的清王府的格格。宫本芳子的父亲是清朝王爷，带着三个孩子东渡日本，竟然娶了裕仁天皇的堂姐为妻，摇身一变成了天皇外戚、日本贵族。他娘的，人之命，天注定，不服不行。"他满脸羡慕之情，继续说，"宫本芳子也没有直接证据，但老秦是她的私人厨师，只要老秦露出蛛丝马迹，她肯定会发现的。"

"我去抓他。"无论在军统，还是在特工总部，沐承风对于抓共党分子从来没有丝毫犹豫。

"不！"李墨群摆摆手，"先跟踪，再抓捕。"

"明白！"沐承风会意，"主任想顺藤摸瓜。"

"发现共党分子不容易，你绝对不能大意！"

“我马上做一份缜密的抓捕计划。”

“好！”李墨群瞥向办公桌后面的孙中山制式画像，“这次行动就叫‘捕雾行动’！”

～ 005 ～

时间：1941 年 10 月 9 日，星期四。

地点：上海，日占区，极司菲尔路 76 号，百老汇大厦。

秦癸恩是地道的重庆人，虽阔别家乡十余载，但说话依然有明显的乡音。他是厨师，擅长做川菜和豫菜，被宫本芳子看中，成了她的私人厨师。

秦癸恩住在 76 号宿舍，他没资格驻外。每天，除了做几个大菜给 76 号的头头们吃外，便是给宫本芳子做一日三餐。饭菜做好后，由专车送到日占区的百老汇大厦。

百老汇大厦坐落在苏州河畔，隔河相望的是公共租界，东侧不远处便是外白渡桥和黄浦江，可谓是占尽了一城的上风上水。1101 室是个套间，可以俯瞰美丽的江景，也是宫本芳子的“家”。

宫本芳子对生活很讲究，甚至有些洁癖，从不让男人进入她的屋。她在梅机关任职是一个幌子，她的档案存放在日本大本营档案室，资料袋上清晰地盖着“绝密”字样，就连日本军方都没权力调阅。

实际上，她隶属于内阁，是龟机关中国局的联络员。

电台就放在她的房间里。这种特权是内阁提议、经军方批准、土肥原亲自签发的。所以，就连梅机关机关长影佐圭吾对此都不能随便过问。

早上，宫本芳子慵懒地躺在床上，屋内到处散发着女人的缱绻。

洗漱完毕，她启动留声机。从喇叭里传出日本歌曲，她沉醉在优美的乐曲声中，眼前似乎有樱花飘来飘去，似乎有张男人的脸在晃动。听着听着，她忽觉那飘荡的樱花倏地一下裹住了男人的脸，男人的窒息声令她也无法呼吸，急忙伸手移开唱针。

“刹那芳华！”

这四个字在她脑海里如雷霆乍响。有多少人知道“那芳”才是她的名字？随父东渡日本那年，她才两三岁，故土还如流沙，无法在她记忆里沉积。从有记忆开始，她就视自己为日本人，享受着日本贵族的特权。

“那芳，刹那芳华！”宫本芳子喃喃自语，眼泪流下来。这世上，知道她是那芳的人，或许只剩下一个人——一个与她若即若离的男人。

8 点钟，按照既定要求，她向“老龟”发出一份电报。

正是这份电报，暴露了秦癸恩的真实身份。

吃过早饭，宫本芳子发觉她犯了一个致命错误——电台频率密码本丢失了。

宫本芳子呆呆地看着客厅的博古架。博古架上放着一些瓷器、文物等摆件，中间放着一组雕工精细、栩栩如生、形态各异的乌鸦木雕——日本人眼中的神鸟——令人感到极不协调。

宫本芳子看着看着，冷汗从额头冒出来。七只乌鸦已经变成六只，其中一只不见了。

这才是真正令她感到窒息的原因，那只飞走的乌鸦腹中藏着电台频率密码本。

电台频率密码一旦被对手破译，就有可能导致“老龟”暴露，她必将被遣返回国，接受军法处置。现在，她必须赶在对手破译密码之前，找到那只乌鸦。

紧张、慌乱过后，宫本芳子恢复冷艳神色。电台频率密码本藏在乌鸦腹中，只有“老龟”和她知道，对手肯定不会知道其中奥秘。更何况，百老汇大厦里住的都是经军部审查过的军政要人，且守卫森严，其他人想混进来，难比登天。

今天唯一来过 1101 室的人，只有秦癸恩。

宫本芳子拨通李墨群的电话，命令他马上逮捕秦癸恩，理由是秦癸恩是共党分子。

让宫本芳子蒙对了，秦癸恩还真是共产党员、中共门徒小组成员之一，代号“剑猪”。他奉命潜伏在76号，刺探各种情报。

秦癸恩接到上级的密令，只有“神鸟芳子”四个字。

看到密令时，他就明白了，摆放在宫本芳子房间的博古架上，那个被日本人称为神鸟的乌鸦木雕就是他的目标。

拿到藏有电台频率密码本的乌鸦很简单，只需一只能感知冷暖的手。秦癸恩厨艺好，在于他懂得掌握油温和火候，只要他把手在锅上一拂，就知道油已到达什么温度，何时把菜入锅，火候拿捏得无比精准，毫厘不差。

他来到百老汇大厦时，宫本芳子刚发完电报，藏有电台频率密码本的乌鸦的温度，比另外六只乌鸦的温度略高一点点。

这一点点温差，就让秦癸恩准确找到了藏有电台频率密码本的乌鸦。

出入百老汇大厦都要搜身，秦癸恩便将乌鸦藏在饭盒里带出去。司机小王在门口等他。他们照例穿过外白渡桥，经过南京路、静安寺路，驶向位于极司菲尔路的76号。

像往常一样，秦癸恩回到宿舍，就躺在床上看国外名著。他宿舍里有雨果的书，譬如英文版的《巴黎圣母院》。大家都知道他不懂英文，摆在床头不过是附庸风雅而已。他更喜欢研究古菜谱，譬如《醒园录》，还在上面加批注，只是字写得很难看。

中午，三十岁出头的机要处处长杨枢通知他：“老秦，宫本课长说，今天公务繁忙，晚饭9点送到。开封菜，别弄错了。”

“不会错的。”秦癸恩从桌子上拿起一个碟子，递给杨枢，“这是我刚做的醋熘花生，您尝尝。”

杨枢伸手接过碟子，捏两粒花生扔进嘴里，嚼了两下，笑道：“老秦，你的手艺真好，难怪连日本娘们儿都喜欢。”

“日本娘们儿的闺房更香，可惜杨处长没去过，太遗憾了。”秦癸恩打趣道。

“谁说我没去过日本娘们儿的闺房？”杨枢把嘴贴近秦癸恩的耳郭，压低声音说，“上次去南京，周部长就给我介绍了一个日本娘们儿，早睡过了。”

“还是周部长神通广大。”秦癸恩说。

杨枢口中的周部长就是周佛麟。杨枢是周佛麟太太杨淑慧的堂弟，算是周佛麟的小舅子。

杨枢瞥见英文版的《巴黎圣母院》，戏谑地问道："老秦，你他妈的能看懂英文吗？"

秦癸恩拿起书看了看，又将书扔到床上，笑道："它认识我，我他妈的不认识它！"

杨枢哈哈笑道："附庸风雅！"

秦癸恩摇头："四个字的词，咱听不懂。咱在文化人堆里混，这不得耳朵里塞棉花——装样（羊）嘛！"

杨枢心情舒畅，端着碟子，一边吃着醋熘花生，一边哼着日本小曲走了。

秦癸恩做好晚饭，去找小王，小王却不在，76 号所有车都派出去了，他只好坐黄包车去百老汇大厦。他在门口坐上黄包车，走出十几步就发现不对劲儿。凭借多年的特工经验，他断定"尾巴"不止一个。

这些"尾巴"是什么人？敢盯 76 号的人？

秦癸恩让黄包车夫立即掉头，看清那些"尾巴"正是 76 号的特务，有几个人他还认识。那些特务意识到秦癸恩发觉他们了，都扭头走进 76 号大院。

秦癸恩意识到，他的身份有可能暴露了，心里不停地嘀咕：

"为什么会有特务跟踪自己？"

"特务为什么要跟踪一个厨师？"

"若是特务识破自己的真实身份，在 76 号直接抓自己就行了，为什么还要跟踪呢？"

"是不是'神鸟'丢失，暴露了自己的真实身份？"

秦癸恩不再犹豫，立刻采取紧急预案，让黄包车夫去 76 号附近的圣约翰大学。学校是摆脱"尾巴"的最佳场所。这时正赶上学生放学，人多杂乱，方便隐匿其中。

他从圣约翰大学的侧门安全撤离后，便去了公共租界，却发现一群特务还是跟上了他。这时，他才意识到，76 号的那些汽车被派出去，也是为了围捕他。

可是，自己是怎么暴露的呢？

秦癸恩是一个优秀的特工，在上海潜伏了十年，无论军统，还是中统，抑或是日本人，都没有怀疑过他。一个胖厨师，怎么看都不像经过特殊训练从事隐蔽工作的特工。

看来只有一个原因——组织内出现叛徒。

秦癸恩早已做好随时牺牲的准备。他进入南京路，便丢掉饭盒，快速跑进一条弄堂里。弄堂就是一座迷宫，只要他进去，特务们就很难抓住他。

秦癸恩跑进弄堂，转过几个小巷后，却发现特务越来越多。他意识到今天自己在劫难逃，便迅速采取应对措施。他跑进一条小巷，咬破手指，在一个信箱上画了一个十字架符号，然后钻进隔壁的小院里。

这个小院，是秦癸恩租的。他刚刚做完牺牲前的事情，特务就包围了小院。

他从墙上的背篓里拿出一把手枪和一颗手雷，淡然地打开大门，尔后就是一阵枪战和一声刺耳的爆炸声。

秦癸恩与六名 76 号特务同归于尽了。

~ 006 ~

时间：1941 年 10 月 9 日，星期四。

地点：上海，法租界，锦香茶室，法国总会。

对于休眠者来说，每天都是大雾天。

凌云洲眼前的雾却是通透的，有一盏灯在远处悬着、亮着。那盏灯就是他的信仰。他之所以没有迷失，就是那个信仰支撑着他。

浅雾中，凌云洲从锦香茶室走出来，腋下夹着一本《圣经》。他看起来兴致颇高，竖起衣领，仔细聆听那缕还在耳畔萦绕的《十面埋伏》琵琶曲。

锦香茶室外，四个特务监视着他。他的表现可圈可点，似有察觉，却又不在意。何况，他就是 76 号总务处处长，有什么好怕的呢？

凌云洲就职 76 号，是有原因的。他是以汪精卫世侄的身份，从南京政府空降到 76 号。这看似平常的空降，实则是他用“命”换来的，当然这也是龟机关的精心策划。

还都南京前夕，梅机关特务伪装成军统特务，在颐和路 39 号附近伏击汪精卫。凌云洲出场了，替汪精卫挡了一枪。这一枪，让他成为汪精卫的救命恩人。后来，汪精卫得知他是故人之子，便把他视为“自己人”。

汪精卫不满意 76 号混乱的管理，尤其是财政方面，就安排凌云洲担任 76 号总务处处长。这也导致他虽然是 76 号里的红人，却无法成为李墨群心腹的原因。

华灯初上，商贩的吆喝声传来，理发店的剃头声时隐时现，街巷两旁异常热闹。凌云洲微微侧身，便看到那四个特务正在假装买东西。

凌云洲冷笑一声，疾步向前走去，跳上一辆黄包车。黄包车夫是个老手，看架势不对，也不说话，拉车就跑。一时间，四个特务慌了手脚。

到了法国总会，凌云洲赏给车夫一张大面额法币，车夫既惊恐又兴奋，一句话不说，拉车就跑。

凌云洲忍不住笑了，昂首走进法国总会，喧闹声如潮水一般扑过来，头牌正把《玫瑰玫瑰我爱你》唱到高潮。

法国总会经理见凌云洲进来，满脸堆笑，向他招手：“上海滩的大闲人，今天您迟到了。”

凌云洲笑道：“今天有点忙，我也坐不住，喝杯水就走。”

“还是只喝水？”

凌云洲指着水杯：“你的水，比外面的酒还贵！”

“酒水酒水，这酒呀就是水，这水呀也是酒。”法国总会经理哈哈笑道。

这时，四个特务也走进法国总会，四下张望。法国总会经理是吃这碗饭的，什么人干什么事，上眼便知。他在凌云洲手上轻轻一拍，冲门口努努嘴：“凌处长被盯梢了吧？”

“我来这里，就是借道的。”凌云洲向四个特务望去。

“我这里的道，就是为凌处长准备的。”法国总会经理向打手们使个眼色，一群打手便上去拦住四个特务。

四个特务不敢在法租界闹事，眼看着凌云洲跟着法国总会经理走了，便撤出去，到后门小巷拦截。

一条小巷里，凌乱不堪，漆黑死寂。四个特务走进小巷，突然看到凌云洲站在小巷中间，正在点烟。那本《圣经》放在一个破旧的木柜上。

凌云洲点燃烟，手里拿着火柴盒，微笑地看着他们。

凌云洲问："你们是什么人？"

四个特务不吭声。一个特务从腰里掏出匕首，边向前走，边冲另外三个特务使眼色。三个特务也掏出匕首跟上去。

凌云洲打量特务的走路姿势，眉头微微一皱："你们是日本人？"

特务不吭声，突然举起匕首向凌云洲刺来。

凌云洲盯着特务的肩膀，嘴里数着"一二三……"数到"三"时，他拉开火柴盒，弹出一根火柴大小的竹片，竹片闪电般刺穿特务的手腕。特务的匕首距离他胸前只有三寸。

这时，凌云洲已经数到"五"。

"当啷"一声，特务手中的匕首应声落地。

另外三个特务有些畏惧，亦步亦趋地向前走。一个特务握紧匕首，紧盯着凌云洲手里的火柴盒。

"刚才你同伴出刀的速度和力度达到一点六，根据攻击距离可以算出攻击时间。你可以出刀啦！"凌云洲笑了笑，从火柴盒里取出一根竹片。

那个特务猛地把匕首刺出。

凌云洲盯着特务的手，嘴里竟然还在碎碎念："一点七，紧张减零点一，距离再减零点一，七秒。"等念到"六"时，他夹着竹片顺势刺中特务的手腕。

"当啷"一声，匕首落地。

剩余两个特务大惊，扔下匕首，急忙掏枪。

凌云洲刺中第二个特务手腕后，飞身跃起，正好接住两把落向地面的匕首，飞快刺入两个特务的胸口，然后抬手夺走一个特务的手枪，对准被刺中手腕的两个特务。

凌云洲道："只要说出真实身份，我就放了你们。"

两个特务冒死拔枪。凌云洲摇摇头，连开两枪，击毙两个特务。他检查四个特务的身体，确定他们是日本人无疑，一时愣住了。

他们是什么人？

梅机关、岩井公馆、满铁，还是龟机关？

一年多了，日本人从来没有放弃对凌云洲的怀疑。这些小插曲并没有遏制他内心的喜悦，因为他刚刚接到上级的苏醒命令，“31号”正式启用。

凌云洲点燃一支烟，拿起那本《圣经》，向远方黑暗处眺望一眼，然后坚定地向黑暗中走去。

同样处在黑暗中的李墨群，就不那么坚定了，他一直心神不宁地等待沐承风的电话。

李公馆有两条电话线，一明一暗。明线，归李太太使用，都是麻将搭子的家长里短；暗线，是连接特工总部的秘密专线。

这时，暗线电话铃响了。一支烟烧到手指，李墨群感到剧痛，呸了一声，从浴盆里站起来，伸手抓起话筒，问：“情况如何？”

“秦癸恩挂了，我们牺牲了八个兄弟，两个中枪，六个中雷。”沐承风喘着粗气说，“秦癸恩将自己炸成几段，我已将尸体运回总部。”

“他是共党分子吗？”李墨群小心翼翼地问。

“应该是。”

“一定是，必须是！”

～ 007 ～

时间：1941年10月10日，星期五，双十节。

地点：上海，公共租界，国品茶楼。

清晨，雾浓了些，天地间如浇过乳汁一般。

一阵风刮过，雾变浅了些。

凌云洲不着急上班，总务处处长是个闲职，琐碎的日常事务不需要他处理。等雾薄了，他才懒洋洋地起床，从床头拿起一把苏制 TT-33 手枪插在腰间。

浅雾中，凌云洲走到南京路上沙逊大厦[1]斜对面的一家三层茶楼前。茶楼的匾额上，刻着仿王羲之书法的“国品茶楼”四字，飒然有风。南京路是上海最繁华的一条街道，公共租界是名副其实的“万国汇”，路上行人形形色色，各国人都有，形成了一道独特的风景。

冯老板不到四十岁，中正儒雅，绝对是个血性汉子，不然的话，也不敢用“国品”这样有血性的店名。老板娘很漂亮，三十岁左右，标准的中国古典美女，一看就是大家闺秀。他们知道凌云洲是特工总部总务处处长，所以对他有些畏惧，但绝不卑微。

像往常一样，凌云洲在一楼靠窗的桌前坐下，一壶泡好的铁观音随后送过来。与往日不同的是，他把一本《圣经》倒放在桌面上，封底画着一个鲜红的倒三角形符号。

“大小姐怎么来了？您可是稀客啊！”

凌云洲的耳畔响起了老板娘的吴侬软语，他禁不住抬头望去，看见进来的人是一个二十三四岁的“大小姐”。

大小姐穿着一件淡青色旗袍，上面绣着一枝含苞待放的睡莲，浑身上下散发着清雅脱俗的气息。

大小姐嫣然一笑：“爸爸偶感风寒，什么都不想吃，只想喝茶。世界都乱了，哪还有喝茶的清静地儿？整个上海滩也只有您这间茶楼了。”

“今年的新茶成色不好，收成更不好，好货非常紧缺，都是去年陈货。”老板娘一边吩咐伙计准备茶，一边回答大小姐，“没法子，陈货也得喝呀，谁让大家伙好这口呢！这些陈货供大家伙消遣可以，但绝对不敢玷污了江老的嘴，真是惭愧。”

“瞧您说的，好像我来喝茶，就像地主来收租子似的。”大小姐觉得自己的话很幽默，自己先“扑哧”一声笑了，“爸爸喜欢喝你们的茶，我来买一

---

[1] 沙逊大厦即现在的和平饭店，1956 年以后改沙逊大厦为和平饭店。

些，尽孝道。”

“大小姐可不能说‘买’字，茶楼欠江老不少房租呢。如今世道不好，生意更没法提了。房租呢，江老说免就给免了，这份恩情还没还呢！江老喝咱们的茶，是给咱面子。”老板娘递给大小姐一碟小点心，“大小姐，您稍等，一会儿就好。”

大小姐也不客气，向大厅里瞧了瞧，目光落在靠窗的位置。她昂起头，径直走到凌云洲桌前坐下，却不看凌云洲，看来应该是她出身高贵，习惯把所有人归零。她侧着身子，看窗外的薄雾，眸子里也有雾一样的东西，好像一些事情还没有想透，想坐下来继续想。

“澄子——”凌云洲盯着大小姐说道。

“请叫我的名字。”大小姐傲慢地瞥一眼，夹带着假装的鄙视，“江——澄——子！”

“你还生我的气呢？”凌云洲莞尔一笑。

“谁让你是我的未婚夫！”江澄子愤愤地说。

“咱俩指腹为婚，那是上辈人决定的事，不能当真的。你是学法律的，如果你不愿意，应该知道怎么办。”

江澄子对他的话嗤之以鼻，从桌上拿起茶壶，掀开壶盖看了看：“你喝铁观音？”

凌云洲喝了一口茶：“我信佛，当然喝铁观音。”

“真的假的，信佛就要喝铁观音？”江澄子一时反应不过来。

“当然是假的。”凌云洲呵呵笑了。

“哼！”江澄子的愤怒不会在公众场合爆发出来，大小姐的雅致是她的标签，绝不能因和这个痞子、闲人较真而毁了。她抬头看见老板娘送来茶叶，便起身向老板娘鞠躬致谢。

身姿晃动间，旗袍上那朵睡莲仿佛开放了，在凌云洲眼前形成一道极美的景致。他看呆了，“濯清涟而不妖”的诗句，立刻飞入他的脑海。

江澄子坐下，瞥见桌上的《圣经》，也惊呆了。

凌云洲察觉，下意识地用手按住封底上的倒三角形符号。

"你在等人？"江澄子笑了，笑意在她脸上层层荡漾。

"等人？我等什么人？"凌云洲被她笑得不知所措，"我来喝茶。"

"哼，你骗人！"江澄子的笑意还在嘴角挂着，就像晴空里的一抹白云。

"我怎能骗你呢，你可是我的未婚妻啊。"凌云洲看了一眼《圣经》，"咱们订婚时，我手按《圣经》向上帝保证过，永远不会骗你。"

"是吗？"江澄子上下打量凌云洲，但口气里却没有责怪他的意思。她从包里拿出一本《圣经》，封底上画着一个正三角形符号。

凌云洲情不自禁地松开手，两本《圣经》放在一起，两个三角形就形成了一个奇怪的符号——大卫星！

这是31号交通站的联络符号。

太不可思议了！

凌云洲没想到，这个一直在他眼前晃悠的女人，竟然是他的交通员，竟然是共产党员。

"你永远不会骗我？"江澄子歪着头笑了。

"澄子！我——我——"凌云洲的心怦怦直跳，竟然语无伦次。

"凌云洲同志。"江澄子起身走到凌云洲身前，弯腰对着他耳部，用吴侬软语轻轻地喊了一声。

同志，多么亲切的称呼，一下子将他们疏离的情感拉近了。

指腹为婚，多么堕落腐朽的事情，一个学新法的新女性，接受了这份"契约"，无非是为了完成任务，利用76号的资源获取情报。

然而，只是这么简单吗？

江澄子时常问自己，他是汉奸，自己的敌人，可她似乎又很难从心里讨厌他。不讨厌，这本是一个信号，只是这个信号被俗世的尘埃淹没了。此刻，信仰之风吹落心中的尘埃，吹开心中的疙瘩，她才发现凌云洲不但不讨厌，反而有种慵懒的帅气。

这是她喜欢凌云洲的信号吗？呸，才不是呢！自己是上海滩的大小姐，岂能随便喜欢一个男人？

凌云洲耳朵一痒，心跳得更快了，看着江澄子坐回去，提起茶壶给她倒茶，淡淡地说：“76 号出事了——”

“老秦——我知道了。”江澄子端起茶杯，向窗外瞥了一眼，脸上浮起一抹悲伤。

第三章　变　数

~ 008 ~

时间：1941 年 10 月 10 日，星期五，双十节。

地点：上海，公共租界，苏州河畔，江公馆。

“上海滩，江平楚”，意指船王江家、青帮平家、饭店楚家，是这座叱咤之城的三大家族。

作为上海滩华人首富，江仲阁自然是妇孺皆知的大人物。他不仅是上海滩的“船王”，还是公共租界的“药王”，圣约翰大学的校董，凭此成为工部局为数不多的华董。江仲阁是无党派人士，向来坚持政治中立、处世中庸的原则。上海成为孤岛后，江仲阁利用工部局的关系，在各个教堂收容避难者，可谓德高望重。

江公馆坐落在苏州河南岸，是一座由三栋洋房构成的大院子，建筑与商埠、码头、江水巧妙地融为一体。站在江公馆的制高点，可以俯瞰苏州河，眺望黄浦江。

院子很大，足有十几亩，仅花园就有五六亩。在花园中间，一条宽阔的道路绵延向前，连接着主楼洋房的房门和江公馆大门。大门内侧是停车场，外侧石墙上雕刻“江公馆”三个字。大院内，主楼洋房墙体上漆着“1 号楼”字样。主楼两侧各有一栋小一些的洋房，漆着“2 号楼”字样的洋房是普乐天的住所，漆着“3 号楼”的洋房是江澄子的闺房。

“船王”的独苗，一个不食人间烟火的上海滩大小姐，江澄子怎么可能是中共地下党员？

凌云洲无法想象，至少走完南京路，他还不能完全确信。

江澄子也无法相信凌云洲是共产党员。

时而自私，时而软弱，时而被美色所迷，时而面对强权违背初衷，时而颓废……总之，他就是一个不求上进，整日优哉游哉的大闲人，怎么可能是共产党员？

凌云洲空降 76 号后，按照父亲凌国轩的指示，从外滩麦加利银行保险柜里取出一封书信。他拿着书信拜会江仲阁，就莫名其妙地变成了江家姑爷。

对于这奇怪的娃娃亲，江澄子是极其厌恶的。作为美国哈佛大学法学系的优秀毕业生，她怎么会接受封建桎梏的约束？不过，当她得知凌云洲是 76 号总务处处长时，她就答应试着交往，因为她知道这是获取 76 号情报的一条渠道。

“我的代号是‘31 号’。”

凌云洲和江澄子坐在一艘乌篷船里，在苏州河上漂荡着，周围人声鼎沸，根本听不到他们的谈话。凌云洲坐在船舱里，一边抽烟，一边告诉江澄子。

“你也是‘31 号’？！”江澄子蹙眉问道。船舱里有张小方桌，上面放着水果点心，江澄子下意识地拿起一块点心，轻轻咬了一口，分析这‘31 号’蕴含的信息。

“也是？难道还有一个‘31 号’？”凌云洲疑惑地盯着江澄子。

“我就是另外一个‘31 号’。”江澄子将点心丢在方桌上，弓腰站起，走到船头。她向江公馆望了一眼，带着胜利的微笑回答，情不自禁地做了一个迷人的舞蹈动作，“咱们的上线是‘13 号’。”

中共上海地下党员人数不多，同时出现两个“31 号”，上级组织为何这么安排？难道是用一个“31 号”掩护另一个“31 号”？

“31 号”，是江澄子的代号，是完全隐蔽的，在上海地下党员的名单中不存在。这无疑是对她最好的保护。

“明白了，我只是一个影子——你的影子。”江澄子恍然大悟。她成为“31号”已有两年了，唯一的任务就是“忠实”地扮演凌云洲的未婚妻。

“你同意订婚，是组织说服你的吧？”凌云洲走出船舱，走到江澄子身边，眺望着外白渡桥。

“我若不同意，爸爸不会强迫我的。”

“你入职圣约翰大学，也是组织安排的吧？”

“组织也会做月老？”江澄子忽然兴奋起来，“太好了，你不是日本人的走狗！”

“这，重要吗？”

“江家是名门望族，爸爸又常做善事，江家有个好名声。”江澄子淡淡地说，“可是，我们订婚后，爸爸就很少出门了。”

“招了一个汉奸做上门女婿，老爷子脸上挂不住呀！”

“你死皮赖脸地求婚，是为了更好地潜伏吧？”

一艘大船忽然驶过，乌篷船微微一颤，差一点儿翻船。凌云洲急忙稳住船身，伸手将江澄子揽在怀里。大船过去许久，凌云洲也没有松手。江澄子也没有推开他。这是她第一次毫不设防地贴近一个男人，心里陡然升出一丝异样感觉。

凌云洲在她耳旁小声问：“组织有任务吗？”

“任务？”江澄子顿时失落，轻轻推开凌云洲，“组织命令我们查明影佐圭吾到达上海的时间。”

“嗯？”

“门徒小组要为老秦复仇！”江澄子又兴奋起来，“要在码头狙杀影佐圭吾。”

“杀掉影佐圭吾？”凌云洲不解地望着江澄子。他感觉太不可思议了，组织为何下这样的命令？

“嗯！”江澄子似乎非常羡慕中共门徒小组手刃敌酋的快意恩仇，“门徒小组就是有血性，敌人杀我一人，我必索敌人一命！这是何等的气概，何等的豪迈！”她越说越激动。虽然周边无人，但她也不敢大声说话。然而声音压得越低，她胸中越涌动着一股澎湃的热血，“我要成为一名战士，行走于生死边缘，为信仰和祖国而战！”

凌云洲沉默不语，呆呆地看着江澄子，眼神中忽然充满忧虑。

“怎么了？我说错了吗？”江澄子捕捉到他的担心。

“一命换一命，是痛快，是豪迈，但绝不是优秀特工所为。”凌云洲眼中的忧虑扩散得更快。

“侵我国土，虽弱必诛！血性抗战，共赴国难！”江澄子仰头道，“只有如此，生命才有色彩，才如珍珠般光彩耀人！”

“我们参加革命的目的是什么？是为了更多的人更好地活着，那才是我们战斗的目的！”

“如丧家之犬般活着，还不如引刀一快。”

“谍报工作需要的不是热血、不是激情，而是百隐千藏，伺机而动，潜伏才是特工的使命。”凌云洲盯着江澄子的眼睛，在她眼睛里读出了她内心的真实想法。她依然像往常一样，瞧不起没有血性没有实际行动的男人。

“我的任务就是做好你的未婚妻。”江澄子冷笑，眼神里充满盛气凌人的不屑。

“有些人生来就是英雄，从一个胜利走向更大的胜利。他们的人格天生高贵，令人仰望。”凌云洲觉得必须结束这场谈话，“但我不是。”

江澄子无法回答凌云洲的话，脸上憋得铁青，笨拙地摇着桨橹，将乌篷船驶到岸边。还没等船停稳，她便跃上岸，气呼呼地走了。

凌云洲目送江澄子上岸，进入江公馆，直到看不见她的身影，他还站在船上。

一种不祥的预感，像针似的扎入他的脑海里。一个蹩脚交通员对他意味着什么？

让他随时都有暴露的危险。

特工一旦暴露，就意味着死亡。

凌云洲浑浑噩噩地上了岸，恐惧在身体里与血液一起鼓噪。怎么办？江澄子是他与组织联系的唯一渠道，联系不到“13 号”，就无法换掉江澄子。

换掉江澄子？他犹豫了。他知道换掉交通员意味着什么。江澄子要远走他乡，他也将失去江家姑爷这个保护伞。

不能这么做！他坚定地告诉自己，眼前忽然浮现起那个优雅、可爱、骄横、任性、妩媚的江澄子，不由得停下脚步，意味深长地笑了。

他知道这种笑意味着什么，生命中的另一半是与他志同道合的战友，这比什么都重要。

他站在苏州河畔，苦苦思考“13 号”为什么安排江澄子做他的交通员。是她的身份特殊，还是她的不称职？想着想着，他开始佩服“13 号”的智慧了。

这样毫无经验的交通员，岂不是更好的掩护？她没有接受过专业训练，就不会被怀疑是特工。她就是他的影子、第二个“31 号”，一个谁都不会怀疑，或者说一个身上根本没有受训特工痕迹的中共地下党员。

凌云洲忽觉眼前的雾散了，太阳升起来了，河面上也闪耀着金灿灿的光芒。他微微凝神，却看到江澄子拎着一条香烟笑盈盈地向他走来。

“我喜欢同志这个称呼。”江澄子走到他身后，笑靥如花地说。

~ 009 ~

时间：1941 年 10 月 10 日，星期五，双十节。

地点：上海，日占区，极司菲尔路 76 号。

76 号，在凌云洲眼里就是畸形怪物，几栋洋房和十几栋平房堆砌在一起，牌楼式大门横额上镌刻“天下为公”四个蓝底白字，显得滑稽可笑。

像往常一样，三十三岁的情报处处长凌岳州站在办公室窗前，看着凌云洲姗姗来迟，举起手中的茶杯，示意他赶紧上楼。凌岳州和凌云洲都是从伪南京政府借调过来的，自然关系亲近些，凌云洲也常以“大哥”称呼凌岳州。

凌岳州在伪南京政府里没有后台，自然愿意做凌云洲的大哥，希望借此寻得高升的机会。李墨群为了区分这两位同姓处长，便以“凌大处”称呼凌岳州，以“凌大少”称呼凌云洲。主任都这么称呼，下面的人便顺理成章地这么叫了。

“谁惹大哥生气了？”凌云洲走进情报处处长办公室，看到凌岳州办公桌上掰断的铅笔，“沐承风？”

“还是你小子了解我。”凌岳州将两截铅笔拿起来看了看，哼了一声，将铅笔掷到桌上，“你说气不气人？”

凌云洲连连摆手：“你先别说，让我猜猜。”

凌岳州不再说话，将一杯泡好的龙井茶推到凌云洲面前。

“肯定和昨晚秦癸恩的死有关。”凌云洲喝了一口茶。茶还没有泡好，应该是刚泡的。

凌岳州不喝茶，只喝红酒，有点儿“小布尔乔亚”。

“他妈的，沐承风就不是个东西！老弟，你说我凌某人平时为人如何？”凌岳州朝桌下的垃圾筒啐了一口浓痰。

“大哥是出了名的好脾气啊！”凌云洲说。

“好脾气也有罪啊！中国人不是讲究中庸之道嘛，当年我从德国留学归来，直奔南京，已经对得起汪主席了。”凌岳州起身走到凌云洲身边，低头耳语，“当年重庆蒋公也向我抛过橄榄枝，我没接。你知道为什么吗？因为我赞同汪主席的曲线救国，在敌后为老百姓做点儿实事。”他站直身体，提高嗓门，“可是现实让凌某人失望啊，我的一腔热血全都洒进冰窖了。”

凌云洲把手指压在唇边，做出噤声的手势：“这话可不能让主任听到，不然有你的好！”

“我也就是跟你发发牢骚而已。”凌岳州干笑两声。

“我是左耳朵听，右耳朵扔。”凌云洲在右耳上一弹，“老秦真是共党分子？”

凌岳州点点头：“一枚手雷，粉身碎骨，行动队八人陪葬，典型的共党分子作案风格。”他说到这里，脸上竟呈现出肃然起敬的表情。

“老秦有血性，是条汉子！”

“抓老秦的事儿，我不知情，也没有接到任何情报，谁他妈的能想到一个厨子是共党分子？”

“我到现在都无法相信！”凌云洲低头向茶杯里吹气，将浮在表层的茶叶吹到一边，“既然老秦已经死了，你还生哪门子气？”

“抓共党分子是多大的事儿？我竟然不知！”凌岳州坐回椅子上，示意凌云洲也坐下，“沐承风行动前保密，我理解，我也不跟他抢功。可是老秦死后，他的遗物总该归我整理分析吧？毕竟这是我的分内工作。可是，沐承风把老秦的东西全都拿到他的行动队，并且告诉他的虾兵蟹将，一定提防我去抢。他把我看成什么人了，那些破情报我稀罕吗？”

“沐队长这样做，确实有些过分了，好歹你也是情报处处长嘛，按照工作条例分工，老秦的东西就该归你。”凌云洲本想从凌岳州这里检查一下老秦的遗物，顺便毁掉一些线索，没想到沐承风竟然如此设防。

“你说——你说沐承风他妈的是不是东西？”凌岳州愤愤地问。

“军统五哥，不是东西！”

“军统五哥？”凌岳州鄙夷一笑，忽然叹口气，“后来我想了想，沐承风敢这么做，肯定是得到主任授权了，不然他也不敢这么豪横。既然是主任的意思，我也只能在这里生闷气，跟老弟发发牢骚了。”

“那是，那是，主任的意思，咱们只有遵从的份儿。”凌云洲习惯性地摸摸鼻子，“不过，有一点我想不明白，你怎么知道沐队长的行为是防备你呢？”

凌岳州莫名地笑了笑，指指耳朵。

“你在监听他？”凌云洲心头一颤，把嗓门压到极限。

“这是主任的意思。”

“我的办公室也监听了吧？”

“安了窃听器，但我很少听。你这个大活人，整天在我眼前晃悠、聒噪，我烦还烦不过来呢！”

凌云洲一本正经地说：“听不听的，那是你的事儿，但我非常膈应，连自己的人都怀疑，还怎么工作啊？你必须给我拆了，否则情报处更换任何设备，费用自理。”

“好了，好了，我也是按照主任的意思办事嘛，改天我亲自过去，帮你拆了。”凌岳州皮笑肉不笑地说。

“这可是你说的。”凌云洲轻轻拍拍桌子，“不行，我回去自己拆，现在我谁都不能信！”

“好，好，你自己找，找出来自己拆，我就当作什么都不知道。”凌岳州说的是真心话。他知道凌云洲在特工总部的地位，就连李墨群都得给他几分薄面。自己这个没后台没背景的小情报处处长怎敢得罪他？何况，他对比他小几岁的凌云洲还真有几分感情。

凌云洲笑道：“这话听着心里很舒坦。”

凌岳州正想说话，杨枢推门进来，盯着凌云洲说：“我就知道凌大少肯定在这里。”

“有什么事吗？”凌云洲冲杨枢招招手，“你没事儿的话，过来安慰安慰凌大处。”

杨枢走到凌岳州面前，叹气道：“凌大处就是好脾气，换作我，非用枪顶着姓沐的脑门子，让他把老秦的东西交出来不可，呵呵！”他尬笑几声后，低声说，“唉，昨天我还吃过老秦做的醋熘花生呢，没想到今天人就不在了。那么好的人，怎么会是共党分子呢？唉，他是不是共党分子我不知道，我只知道以后上班肯定吃不到纯正的开封菜了。”

凌岳州摇摇头：“我怎能跟杨处长比呢？杨处长朝中有人，就是毙了沐承风，主任也不能把你怎么样的！”

“呵呵，凌大处取笑我了。”杨枢笑了，侧身对凌云洲说，“凌大少，主任有请。”

凌云洲指指自己的鼻子：“主任找我？什么事情？给点提示，让兄弟有个心理准备，不然不知道怎么应对。”

“拉倒吧，你还怕主任？”杨枢挥挥手，“赶紧去，主任今天心情不错，肯定不是坏事。”

凌云洲见到李墨群时，李墨群果然喜笑颜开，拉着他的手说：“凌大少，宫本课长竟然是你的老同学，你却不说，这就是你的不对了啊。”

凌云洲笑道：“我就忌讳这种裙带关系，还望主任保密，不然我就得受那些闲话困扰。”

“凌大少多虑了。朝中有人好做官，这是好事。你能和日本人说上话，咱们以后办事就方便多了。”

“以后主任有事，您就直接吩咐。”

“还真有件事需要你走一趟。”

“请主任吩咐。”

“宫本课长刚才来过，我才知道你们是同学。”

“东京大学，同届不同班。”

“东京大学可是名牌大学啊，不是想去就能去的。这些话，咱们以后再说。”李墨群转移话题，“你应该听说了，后勤的秦癸恩是共党分子。”

凌云洲点点头：“刚才我听凌大处说了，看来还真是知人知面不知心啊。”

“咱们这里是重组机构，跟杂货铺差不多，共党分子混进来并不奇怪！”李墨群淡淡地说，“秦癸恩是共党卧底，但部里可不止他一个。”

“还有？”凌云洲瞪大眼睛。

“宫本课长从日本大本营获得可靠消息，中共‘31 号’就潜伏在咱们这里！”

凌云洲心里微微一怔，他刚被启用，还没有任何行动，李墨群怎么就掌握了这个情报？知道中共“31 号”的人，不过两三个，而且都是信仰坚定的同志。

到底哪里出了问题？连李墨群都知道了？

难道敌人的情报触角已经渗透到延安高层？

凌云洲一脸诧异，皱眉问道：“‘31 号’？什么角色？”

李墨群平静地说：“一个长期休眠者。”

“啥都不敢干的人，日本人是怎么知道的？神了！”

李墨群低声说：“日本人在延安安插了内线。可惜呀，不是我们的人。”

“龟机关！”凌云洲脑海中第一个闪现出来的就是龟机关。这个早就扎根共产国际谍报机关的情报机构，看来已将触角伸到中国西北边陲之地——延安。这绝对是要命的事情，自己必须尽快见到“13 号”，把这个重要情报传递出去。

凌云洲叹了一口气："唉，咱们的人只在外围，拿不到重要情报，有点遗憾。"

"不说扫兴的话。"李墨群摆摆手，"这几个月，在沐队长的努力下，基本肃清了重庆方面安插在上海的势力，但在清除门徒小组的行动中，却一直毫无建树，一无所获。日本人对此很生气。"

"向来自诩比咱们厉害的梅机关，不也没有找到门徒小组的线索嘛！"

"哼，日本人能讲道理，我们的日子就好过了！"李墨群愤愤地说。

"清理杂货铺太难了，犄角旮旯尽是陈年灰烬，顽疾难除呀！"凌云洲面露难色，挠挠头。

李墨群一拍桌子："内部必须进行大清理，挖出内鬼，不然我们永无宁日！"

凌云洲立即立正，大声说："请主任放心，总务处全员全力支持沐队长。"

李墨群笑了笑："我知道，部里几个处长，对沐队长多多少少都有些看法。你怎么看他，直说无妨。"

"沐队长确实有过人之处，跟踪、反跟踪的手段高明。如果非得说出缺点的话，他有些恃才傲物，跟大家的关系不太和睦。不过，我认为，特工总部确实需要像他这样业务能力强的人。对主任而言，也需要只想做业务、不想到处搞关系的人。"

李墨群点点头："说得好，你的视野比那几个处长宽多了。"

"不过，沐队长这次做得有点过了。凌大处毕竟是情报处处长，秦癸恩的东西，按规定应该由他们整理分析。"

"这是我的意思。"李墨群轻轻敲着桌面，"沐队长对秦癸恩的东西很感兴趣，想顺藤摸瓜，一举铲除隐匿在上海的共党分子。况且，沐队长有辨别蛛丝马迹的天赋，天生就是搞谍战的材料。"

"主任知人善任，在下佩服！"凌云洲冲李墨群竖起大拇指，"在咱们这里，论业务能力，沐队长说第二，其他处长没人敢说第一。军统五哥的名号，绝对不是浪得虚名！"

李墨群笑着摇头："你觉得凌大处怎么样？"

"挺好的。"凌云洲咂摸李墨群这句话的用意，"中庸者，中立者，跟谁走得都不太近，也不太远，距离感很强的。"

李墨群故作神秘地问："他可能是'31号'吗？"

"应该不会，绝对不会！他的情报处是特工总部的核心部门，他要是'31号'，那就太可怕、太荒唐了！"

李墨群嗯了一声："你的观察力很好，调查'31号'的任务，就交给你吧。"

"您让我调查'31号'？"凌云洲咧嘴摇摇头，"这怎么能行？先别说我是负责总务管勤杂的，就说沐队长和凌大处，一个是军统五哥，一个是德国军校毕业的高才生，他们的能力比我强得可不是一星半点儿，他们才是最佳人选。"

李墨群走到他跟前："这是宫本课长的意思。"

凌云洲诧异："芳子的意思？她是什么意思嘛！"

"调查共党卧底，兹事体大，日本人需要的不是能力，而是信任。"李墨群轻轻拍了拍凌云洲的肩膀，"宫本课长信任你，我也信任你。况且，你是汪先生身边的人，由周部长推荐过来的，这件事交给你，各方面都放心，所以你才是不二人选。"

"既然主任信任卑职，卑职就尽力而为，不，是全力以赴！"凌云洲向李墨群行了一个标准军礼。

~ 010 ~

时间：1941年10月10日，星期五，双十节。

地点：上海，日占区，百老汇大厦。

是爱，是恨？都不是，是痛！

战争就是一把刀，将他们都刺痛了，痛得无力回击。

宫本芳子是凌云洲记忆中的痛。这痛隐藏得太深，深得似乎让他已经忘却。美好的大学时光，被战争的炮火剥夺了，那些缱绻在骨子里的刻骨铭心之爱早已不复存在。可是，他怎么能忘记呢？她是他生命中最眷恋的人，是岁月无法清洗的存在。可是，爱情在战争面前竟然如此脆弱，如此不堪一击。

凌云洲痛恨战争的原因是多面的。国土沦丧、民族受辱，这种痛遍及全身，却也激发了他的斗志。但爱情流逝的痛，深入骨髓，是无法用热血滋润的。

当日军的铁蹄踏上国土，他就行走在爱的刀锋上。

从苏联遣送到上海，见到接机的人是宫本芳子时，他知道他的爱已经不复存在了。国家民族存亡之际，他懂得鱼和熊掌不能兼得。他爱的人是日本高级特工，而他是中共特工，彼此的身份决定了他们之间的分歧无法弥合。

这些隐藏心底的事情，宫本芳子无法探知，所以她无法理解凌云洲的冷淡。

她已经好久没有见到凌云洲了。

得知凌云洲要来看她，宫本芳子整个人都醉了，浑身酥软。她放下话筒，坐在沙发上，目光呆滞地盯着房门，仿佛心身都被这次通话掏空了。这时候，樱花的香味又飘来了。那是东京大学校园里的樱花，那是她家院落里的樱花。在樱花树下，她和她深爱的男人陶醉在浪漫的风月中；在樱花树旁的卧室里，他们坠入爱河，迷恋着彼此的体香。

凌云洲是她唯一的男人。

凌云洲消失前，宫本芳子所有的心思就是做他的太太，虽然父亲不同意她嫁给北海道渔民的儿子，但她依然选择了爱情。可令她沮丧的是，凌云洲却突然消失了。她知道，他的消失，与掌握着巨大权力的父亲有关，是父亲亲手碾碎了她的爱情、她的梦想、她的一切。后来，她被龟机关招募。对此，她没有说“不”的权利，在国家利益面前，她渺小得如一粒尘埃，她的挣扎是那么不堪一击。

宫本芳子没想到，她深爱的男人也是特工。当她看到从苏联回到上海的凌云洲，整个心都碎了，就像破碎多年的镜子一样，无法重圆的悲哀一下子包裹住她。她明白了，他们应该是一同被招募的，怪不得他连个招呼都不打就消失得无影无踪，一点儿消息、一点儿痕迹都没有。当初，她猜测凌云洲是被父亲的人暗杀了，或者被迫征召入伍，到后来她才明白，原来他们都是龟机关的特工。

宫本芳子开始打扫房间。她的房间向来一尘不染，可是她还想打扫一遍。这时，只有忙起来，她的心才能安稳一些。当凌云洲敲门时，她本以为安稳的心还是躁动起来。

打开门的那一刻，她几乎失去理性，像等待离别多年的丈夫归来的普通女人那样，想一头扎进丈夫的怀里。

宫本芳子的理智，最终还是战胜泛滥的情感，向凌云洲微微鞠了一个躬，引他进入房间。

凌云洲走到客厅，将点心放在茶几上："这是你喜欢吃的蜂蜜蛋糕，我经过荣宝斋时特意为你买的。"

"你从特工总部来的吧？从特工总部到百老汇大厦，不经过荣宝斋呀。"

凌云洲笑了笑："我说经过，没说顺路啊。"

"谢谢，我一会儿再吃。我去泡茶，我这里有你最爱喝的铁观音。"宫本芳子的声音此刻变得无比轻柔。她很奇怪，没想到这样温柔的宫本芳子，竟然还活在自己的内心深处。

"好。这么多年来，我一直没有忘记你泡的茶。"

"是吗？"宫本芳子笑了，迈着碎步去泡茶。其实茶早就泡好了，她到厨房里端出来，放在茶几上，给凌云洲倒了一杯，"你尝尝，是不是原来的味道？"

凌云洲喝了一口，细品一番，嗯了一声："看来你的茶道又精进不少啊。"

"我不喜欢喝茶，你是知道的。"宫本芳子深情地看着他。

"我知道。"凌云洲心动了，只微微一动。

"你走了三年三个月零两天。"宫本芳子跪在茶几旁，微微颔首，内心平静稍许，"我等了整整一千两百天，咱俩终于可以坐在一起好好说话了。"

凌云洲对眼前这个女人狠不下心来。是的，日本侵略者践踏国土，到处烧杀抢掠，犯下滔天大罪，每个中国人恨不得"饥餐鬼子肉，渴饮倭寇血"，可面前这个他曾经深爱过的女人，这个与他有过肌肤之亲的女人，他如何去恨？有时，他也在想，如果她不是特工，不和那些侵略者为伍，等抗战胜利了，他一定会去日本找她，与她结婚生子。可是，这只是如果，这个女人不是他假设的角色，而是双手沾满中国人鲜血的屠夫。

“我不能来找你，‘老龟’军令不可违。”凌云洲淡淡地说，“我在苏联暴露了，失去存在价值，只能到76号做一双眼睛。”

“你不要灰心。”宫本芳子握住凌云洲的手，“在我眼里，你永远是优秀的特工，是忠诚帝国的军人，也是我最信任的人。”

“只有你信任我！”凌云洲假装喝茶，把手抽出，“‘31号’潜伏在76号，消息可靠吗？”

“绝对可靠。”宫本芳子点点头，“延安有我父亲的人，我只知他的代号叫‘王爷’。”

“‘王爷’？这个代号很霸气嘛。”凌云洲嘿嘿笑道，“能拿到休眠者的情报，这个‘王爷’的能力不得了呀！”

宫本芳子笑了笑：“放心吧，‘31号’这条大鱼早晚是你的，你只要逮住这条大鱼，‘老龟’必然对你另眼相看。”

“这就是你让我调查‘31号’的原因？”

“我也想经常见到你。”宫本芳子莞尔一笑，“你负责调查‘31号’，必然要随时向我汇报。”

“你就不怕暴露我的真实身份？”凌云洲顺手打开点心盒，也不看宫本芳子，“我现在可是中国人啊！”

宫本芳子伸手拿起一块蛋糕，儒雅地吃了一小口，说：“《日汪密约》里有规定，日本人不得在新政府任职，李墨群不会怀疑你的。”

“都是索然无味的事，且走且看吧。”凌云洲摇摇头，叹了一口气。

“我白天经常做梦，梦里总是看到烂漫的樱花。”宫本芳子抬起头，注视着凌云洲的眼睛。

凌云洲避开她的目光：“芳子——”

宫本芳子的眼里溢出悲伤，伸手压住他的唇：“你不要说！”

“芳子，战争改变了原本属于我们的一切。”凌云洲拨开她的手，“身为帝国军人，你我都身不由己。咱们同属于龟机关，更不能走得太近。”

“我明白。”宫本芳子眼里的悲伤更盛，“可是，你知道吗？我们的生命随时都会献给天皇，甚至走在大街上，都会被中国人用枪、刀、斧头，甚至石块结束我们的生命。毕竟，我们侵略了他们的国家，他们必将以命相搏。玉树，我们不幸卷入这场战争，作为军人，我们只能服从，只能将生命献给天皇。明天，或许就是明天，你我的生命就走到终点了。既然生命随时都会失去，我们就不应该浪费美好的生命，应该做些有意义的事情。”

“芳子，战争扼杀了一切，包括我们的爱情。”凌云洲违心地说，“现在对我们来说，生命中最有意义的事情，就是建立大东亚共荣圈。这是天皇的旨意，是帝国军人的目标。”

“你是一名优秀的帝国军人，不应该委身76号，因为那是毫无意义的事情。”宫本芳子站起来，看着眼前的男人，心更醉了，“你爱江小姐吗？”

凌云洲也站起来，轻轻挽住她的肩膀，让她面对自己：“芳子，我现在所做的一切，都是为了实现帝国最大利益。”

“就算你我最后不能走到一起，只要你心里有我，对我来说，就已经足够了。”宫本芳子痴痴地望着凌云洲，“就算明天生命走到尽头，也有爱情陪我一起远去，此生不再孤独。玉树，你瞧，除了那个厨子，我这里从未来过任何男人。我不允许那些肮脏的灵魂，污染我内心深处那块落满樱花的净地。我心里只能容纳一个男人，他就是你！”

“谢谢！”凌云洲在客厅里踱了几步，回避着宫本芳子炽热的目光，然后切入正题，“影佐不是回国了吗？我调查‘31号’，他知道吗？”他要从宫本芳子这里，弄清影佐圭吾到达上海的时间。

“还不知道。”

“你还是跟影佐打声招呼。”凌云洲上前握住她的手，“我的身份本来就很尴尬，瞒着他做工作，终究不妥。”

“好的。”宫本芳子将头偎依在他的胸前，感受他的心跳，“影佐回来，我就告诉他。”

“影佐何时回来？”

“他应该陪同陆军参谋本部的松下武章将军，明日 10 点抵达虹口。”

凌云洲装作对此毫无兴趣，立即转移话题：“我现在的身份是中国人，咱们的恋人关系，不要告诉影佐。”

“咱们还是恋人吗？”宫本芳子幽幽地问。

“你说呢？”凌云洲盯着她的眼睛反问。

第四章　门　徒

~ 011 ~

时间：1941 年 10 月 10 日，星期五，双十节。

地点：上海，日占区，极司菲尔路 76 号，圣约翰大学。

“老秦的烂东西，我仔仔细细地检查了很多遍，没有发现可疑之处。”沐承风向李墨群汇报他的检查结果。

“共党分子怎么可能会留下线索呢？”李墨群看着秦癸恩的遗物，眼里尽是怀疑，“想好怎么给他定性了吗？”

沐承风问：“日本人什么态度？”

“宫本芳子的态度很坚决，认定秦癸恩是共党分子，还说他是门徒小组成员。”

“是不是有点武断了？”

“是呀！”李墨群听到鸽子飞过的哨声，走到窗前，抬头向空中的鸽群望了一眼，若有所思地说，“自淞沪会战后，门徒小组就露头了。这几年杀了不少日本人，却从未留下任何线索。咱们也调查了很久，只知道他们的代号。呃，还有，门徒小组有个很厉害的狙击手。”

“我在军统时，就听说过门徒小组，重庆方面也派人调查过，不过收获甚微，只知道这个团伙民国二十一年在上海成立。据说即便在延安，也只有‘1

号’知道。”

“民国二十一年！”李墨群转过身，走到办公桌前，拿起放在烟灰缸上还在冒烟的香烟，吸了一口，“民国二十一年，距今有九年了。如此说来，门徒小组是中共较早成立的谍报组织之一。”

“主任分析得有道理。”沐承风掏出烟，点燃一支，“不过，就秦癸恩那个㞞样，能是门徒小组成员吗？”

“是与不是，这两天就会见分晓。”

“主任有办法了？”

“也没什么好办法，不过跟门徒小组打交道多了，领教过他们有仇必报的特点。”李墨群的手指轻轻在桌面上点了两下，“假如秦癸恩是门徒小组成员，假如门徒小组知道咱们把秦癸恩做了，他们必然会采取相应的行动。这两天内，如果有日本人或者新政府要员死了，秦癸恩是门徒小组成员无疑，那么他肯定是共党分子。”

“这个逻辑是对的，日本人也会接受。”沐承风兴奋地说，“主任，我这就去散布消息。”

“早就散布出去了。”

“还是主任高明。”沐承风竖起大拇指，“接下来，要我做什么？”

“一个字，等。”李墨群笑了笑，“凌大少还没回来？”

沐承风嗯了一声，看看手表：“现在应该在回来的路上。”

这时，凌云洲走进圣约翰大学，向刻着“光与真理”四个字的门廊望去。门廊左侧是圣约翰教堂，右侧是校务处。教堂、门廊和校务处在中轴线上。站在中轴线上仰视，只见门廊高耸，竟有高山仰止的感觉，以他的渺小衬托出校训的伟大。但是，这条校训又像迷雾一样缠绕着他，无法理解校训原始的含义。校训在20世纪初就改了，增加了孔夫子之语“学而不思则罔，思而不学则殆”，这就更值得玩味了。一个教会创办的大学，为何要以中国圣人之语作为校训呢？

“凌处长！”五十岁左右的管事方远声，从教堂门口疾步走过来，笑着向凌云洲拱手，“实在对不起呀！”

“我也是刚到。”凌云洲不动声色地看着方远声，只见他穿着一身中山装，看起来像大学教授。

“我的工作性质就是机械呆板，5点钟到圣约翰教堂，询问日常事务，6点钟赶回圣三一教堂，每日三点一线，风雨无阻。”方远声是中华圣公会陈见真副主教的助手，掌管着圣三一教堂和圣约翰教堂的日常事务，“本是我托凌处长办事，还让凌处长苦等，真是罪过呀！”

“我就是上海滩一个闲人，有的是时间。”凌云洲从包里掏出一个用上等紫檀木雕成的十字架，递给方远声，“这事有些麻烦，好在日本人能给咱们一点面子。”

“多谢，多谢！这事也只能拜托凌处长了。”方远声接过十字架，在额头和胸前虚点几下，说了声“阿门”后，继续说，“虹口耶稣圣心堂被日本人毁了，那可是上海最早的天主教堂，真可惜啊！这个十字架是陈主教赠送给虹口耶稣圣心堂的，非常有纪念意义，所以才托凌处长帮忙要回来。”

“小事一桩。”凌云洲笑着向校务处一指，“我去校务处。”

“找江大小姐？”方远声也笑着问，“我刚才还见到江大小姐了，看她焦急的样子，就知道肯定是在等您呢。”

凌云洲辞别方远声，径直奔向校务处。路过校长室时，他禁不住向里面瞥了一眼，映入眼帘的是一个三十多岁的女人。这个女人叫罗亭，是圣约翰大学的校长，也是法租界锦香茶室的老板。

作为圣约翰大学唯一中国籍校长，罗亭身上总有一种让人琢磨不透的意味儿。最让凌云洲感到好奇的是，她曾是汪精卫的机要速记员，参与《日汪密约》从谈判到签署的整个过程，但她并未跟随汪精卫入驻南京旧都，而是留在上海出任圣约翰大学校长。

“凌处长来了。”罗亭忽然抬起头，看到凌云洲时打了声招呼。她的声音很有磁性，让人听起来很舒服。

“罗校长好！”凌云洲打招呼，“已经放学了，罗校长还不回家？”

“澄子还没走，我怎么能走呢？你看这世道乱的，让人不放心啊！”罗亭微笑着起身走出来。淡雅的旗袍，把她衬托得典雅庄重，摄人心魄的气质让人不敢直视。无疑，她是少见的漂亮女人。

“再说，我也是一个人，早一点儿晚一点儿回家无所谓的。”罗亭顺手关上门，礼貌性地点点头，“凌处长来了，我就可以放心回家了。再见！”

“再见！”凌云洲目送罗亭下楼，忍不住打量她的背影。

“咚”，背后传来轻微的跺脚声。凌云洲知道是江澄子，转过身来，低声问：“东西拿到了？”

江澄子快步走到他跟前，顺着他的目光，看着罗亭的背影消隐在林荫路远端。她从凌云洲手里接过纸条，打开后展颜一笑：“这趟活儿不小啊，有点意思。”她说着将纸条放进包里，快步向楼下走去。

凌云洲目送江澄子急匆匆的背影消失在校园门口，一个念头又突然跳出来，扰乱了他的心神。

自淞沪会战爆发后，中共门徒小组虽暗杀了一些人，但都是为了维护抗战大局，绝不会如此鲁莽地进行报复性暗杀。

中共门徒小组的任务是搜集情报、输送情报，依靠情报消灭更多的敌人，而不是对某一个人展开亡命似的刺杀！

这不符合党组织的纪律和特工工作原则。

作为中共门徒小组的领导人——“国师”，不可能违反组织纪律，更不会想不到这一层。

作为刚刚被唤醒的重要特工，第一次提供的情报相当重要。一旦中了敌人的圈套，他必然会被组织认定变节。

多年的潜伏生涯，让他变得非常谨慎，不得不怀疑一切可疑的问题。可是，江澄子给他布置的任务，应该不容怀疑的，毕竟她的上线是“13 号”。

“这是‘13 号’安排的任务吗？”凌云洲心里思忖。

这个念头在脑海闪现出来，他额头上就沁出一层冷汗。江澄子显然希望中共门徒小组去狙杀松下武章，她喜欢以这种方式履行一个共产党员应尽的义务。

凌云洲驱车来到江公馆，刚到门口，便见江澄子沿着江畔走回来。

“你怎么来了？”江澄子看到凌云洲，有些惊愕，旋即笑问，“你不去参加双十节舞会？”

“我这个小总务处处长，没资格参加。”凌云洲走到江澄子面前，直直地盯着她的眼睛。

“你怎么这样看着我？”江澄子被他看得心神错乱，轻哼一声，仰着头说，“我又没去参加什么舞会！”

“你犯了一个致命错误。”凌云洲一字一顿地说。

“致命错误？”江澄子一脸茫然，不知他在说什么，“不可能，我非常谨慎，绝对没有被跟踪。”

“组织真给我布置这个任务了吗？”凌云洲直视江澄子的眼睛。

“当然！”江澄子的眼神有些游离，举手拢了拢散乱下来的头发。

“你在撒谎！”她的这个下意识的肢体动作，逃不过凌云洲的眼睛，断定她肯定在撒谎，便压低声音说，“按照惯例，潜伏者苏醒后，不会立刻安排任务，必须考察他周边的环境，排除一切潜在危险，然后再执行任务。这次任务，有违常理！”

“这个疏漏很大吗？”江澄子小心翼翼地问。

“作为刚苏醒的潜伏者，第一次提供的情报相当重要，一旦出现失误，就会被认为变节。”

江澄子有些害怕了，一时不知所措，手心开始出汗。

“你是如何得知老秦的真实身份？‘13 号’应该不知道老秦是门徒小组成员。”凌云洲向前走了一步，“门徒小组狙杀松下，不正好暴露了老秦的真实身份吗？”

“事已至此，怎么办？”江澄子不由得向后退了一步，有些慌了。

“别慌，还有补救措施。”凌云洲轻轻握住她的手，“告诉我，你是如何联系门徒小组的？”

“不是我联系他们，是他们联系我。”江澄子略带哭腔说。

凌云洲无暇顾及她的情绪，问：“如何联系的？”

“上海每个地下党员都有一个死信箱，这种死信箱分布没有规律性，可以说是随机的，死信箱启动一次后就弃之不用，所以相对比较安全。按照惯例，我每周都去查看‘31 号’的死信箱。”江澄子越说越委屈，挣脱了凌云洲的手，“今天咱们接头前，我正好路过死信箱。”

“你就是通过‘31 号’死信箱传递情报的？”

“现在已经晚了。”江澄子点点头，双手交叉在一起，一只手上都掐出了血痕，“他们一旦拿到情报，‘31 号’的死信箱就不再使用了。”

“希望他们还没有取走情报。”凌云洲拉着江澄子的手，把她推上车，迅速向前驶去。

十分钟后，他们赶到“31 号”死信箱，却发现连信箱也没有了，灰白墙面上只剩下两个钉孔。

“事前我应该跟你商量一下。”江澄子双手攥紧旗袍，“你刚被唤醒，我却传递了一个不该传递的情报。”

“联系‘13 号’！”凌云洲将车驶上南京路，“希望他能联系到门徒小组负责人！”

江澄子瞧见一个公共电话亭，说：“我去打个电话，你在这里等我。”

凌云洲停下车，轻声安慰她：“澄子，不要紧张，总会有办法的！”

江澄子看了凌云洲一眼，心中忽然升出一股异样的情愫。这个在她心目中不起眼儿的男人，忽然变得高大起来。她下了车，关门的瞬间忍不住看了他一眼，竟然乖顺地点点头。

江澄子走进电话亭，一刻也不敢耽误，伸手抓起话筒，投入硬币拨号。等待电话接通的空当，她又忍不住转身向轿车望去。见凌云洲冲她微笑，她心里面的闷气忽然消散了，仿佛他那张硬朗的脸笑了，世界就一同笑了。

“哪位？”电话接通，罗亭柔和的声音从话筒里传出来。

“姐姐，我是澄子！”江澄子听到罗亭的声音，心里平静许多，“您到家了吗？”

“早到家了，没几步路。”罗亭接到江澄子的电话，忍不住微微皱眉，“这时候打电话，有什么要紧事吗？”

“今天是双十节，爸爸说咱们好久没聚了，趁着过节在家里聚一聚。”江澄子发现她撒起谎来，竟然脸不红心不跳，“您有车吗？”

“好呀！”罗亭听到江澄子说出要见面的暗语，眉头皱得更紧，“我正琢磨拜见江老汇报学校的近况呢。我这里有车，一会儿见。”

~ 012 ~

时间：1941年10月10日，星期五，双十节。

地点：上海，公共租界，苏州河畔，江公馆。

中共“13号”，圣约翰大学校长，曾任汪精卫的机要速记员，这些身份重叠在一起，这是真实的罗亭吗？

凌云洲站在江公馆门前，看着江澄子去接罗亭下车，脑海里不断闪现这些疑问。

这是真实的罗亭，但不是完全真实。

至少，她还隐藏着另一个身份——中共门徒小组的实际负责人。

罗亭待轿车停稳后，优雅地下了车，先给江澄子一个闺蜜间的拥抱，然后冲凌云洲微微一笑。

罗亭穿一件颜色较深的旗袍，优雅中更显庄重，与江澄子身上那件白色绸缎上绣着一朵红梅的旗袍，正好相互映衬。江澄子的旗袍多出几分性感，只是这种性感隐藏在淡淡的清纯里，诱惑也就淡了几分，更显出她的活力和柔美。

“你大哥呢？”罗亭挽着江澄子的手，一边向1号楼走去，一边轻声问。

“在屋里忙着呢！”江澄子莞尔一笑，“大哥总是这样，只要您来家里，总是忙个不停，还亲自下厨呢！”

“你大哥做的菜，我蛮喜欢吃的。”

“我大哥是真心喜欢您的。”江澄子幽幽一叹，“您喜欢什么，不喜欢什么，他都记到心里啦。就凭这份心，您就应了吧！”

“我懂！”罗亭在江澄子胳膊上轻轻拍了一下，向凌云洲望去，“凌处长，过节好呀！”

“过节好！”凌云洲向罗亭颔首微笑，“罗校长，请！”

江仲阁端着茶壶站在1号楼门口，小嘬一口茶，见罗亭走过来，满脸堆笑，上前走了两步，大声道：“亭亭来了！”

“江叔，您好！”罗亭亲切地喊道。因为普乐天的关系，江仲阁将她当作女儿看待，不是父亲胜似父亲。罗亭出任上海圣约翰大学校长一职，正是他安排的。

罗亭上前挽住江仲阁的胳膊，笑道：“江叔气色真好！”

江澄子也上前挽住江仲阁另一条胳膊，笑道：“姐姐来了，爸爸高兴！”

“大哥更高兴！”凌云洲呵呵一笑，“进去吧！”

四人一同进屋。只听“嘭”的一声，普乐天打开一瓶香槟，转头看见罗亭，突然愣住了，香槟泡沫喷了一地。江澄子笑着说“大哥傻了”，普乐天才回过神来。江仲阁吩咐一个五十岁左右的仆人吴妈擦拭。等清理完毕，吴妈退出去，众人才一同落座。

江仲阁看了普乐天一眼，道：“按照我的意思呀，是让乐天到工部局工作，可他不愿意，就愿意打理药厂和船厂，说这样有时间陪我这个糟老头子。”

“我喜欢做实业。”普乐天坐姿很端正，一看就是军人出身。

“你喜欢就好。”江仲阁看了罗亭和普乐天一眼，“不过，你和亭亭相识多年，一同留学英国，也该有个说法了。”

“眼下时局混乱，哪敢有什么想法啊。”罗亭看了普乐天一眼。

“我心如明月，清辉照晚庭。”普乐天盯着罗亭的脸，坚定地说，“我一直在等她。”

“来，乐天，咱们一起敬江叔一杯。”罗亭端起酒杯。普乐天也举杯，和江仲阁一起干杯。

江仲阁放下酒杯，看着身旁的凌云洲，说：“你父亲不幸在苏联去世，连尸骨都无法运回桑梓，不能落叶归根，憾事啊。”

凌云洲幽幽地说道：“父亲客死他乡，死后眼睛都没闭上。”

“爸爸，今天您就别说这种伤感的事了。”江澄子将手搭在江仲阁的手臂上，“过节呢！”

江仲阁点点头：“好，你们三个呀，以后要多照顾云洲。”

江澄子“扑哧”一声笑了：“爸爸，他可是76号总务处处长，姐姐和大哥还要他照顾呢，怎么能反过来照顾他呢？”

“是呀！”罗亭笑了，举起酒杯，对凌云洲说，“圣约翰大学与76号只有几步路的距离，能够安然无恙，少有特务骚扰，凌处长肯定没少操心啊。”

“应该的。”凌云洲淡然地说。

众人吃完饭，在花园里看了一会儿烟花。烟花虽然璀璨，但众人各怀心事，不免落寞几分。凌云洲心事不宁，无心看烟花，独自在花园里散步。他趁无人注意，从后窗爬进3号楼。江澄子看了一会儿，敦促江仲阁回屋休息，不理会普乐天眷恋的目光，说要和罗姐姐说些女人间的闲话，便拉着罗亭走进3号楼。

“出了什么事？”罗亭一边关门，一边问江澄子。

“没——没什么事。”江澄子眼神飘忽，向楼上一指，“另一个‘31号’在楼上，书房。”

“这是违反组织纪律的！”罗亭有些生气，却恼怒不起来，毕竟江澄子没有受过专业训练。

“姐姐——”江澄子心中百感交集，“姐姐，对不起！”

“好啦，好啦！”罗亭将江澄子揽在怀里，在她耳边轻语，“本应该姐姐去接头的，难为你啦！”

罗亭松开江澄子，将手包放在桌上，从里面取出一支手枪。江澄子看着罗亭打开手枪保险，瞪大眼睛，张嘴要说话，却见罗亭伸指压在嘴边，摇头嘘了一声。

“在楼下把风！”罗亭提着手枪，小心翼翼地上楼。

她不得不谨慎。

31号交通线是延安特别设置的交通线，肩负着与共产国际的联络，协助红组工作。为了确保31号线安全，她煞费苦心设计了双“31号”，两年来一直处于蛰伏状态。

对于从苏联归来的“31号”，她保持谨慎的怀疑态度。

她不是不信任“31号”，而是担心“31号”不熟悉上海局势，“直把杭州作汴州”，进而造成惨痛的后果。

罗亭来到二楼，躲在书房门前一侧，一只手举着手枪，一只手敲门。

“秋风起，鳜鱼肥！”屋里传来一句应景的话，“今儿应该吃鲑鱼的。”

“十月鳜鱼美，只可惜吃家太多，鱼太少。”罗亭松了一口气，放下手枪。

“罗校长，今天吃得可好？”吱呀一声，房门开了，凌云洲笑盈盈地望着罗亭。

“嗯，乐天做的饭合我胃口。”罗亭走到窗前，向楼下焦急仰望的江澄子挥挥手，转身对凌云洲说，“去里屋说。”

“请！”

罗亭走进里屋，看着凌云洲关上房门，伸出手来，说：“‘31号’同志。”

“‘13号’同志！”凌云洲双手握住罗亭的手，显得非常激动。

“你知道双‘31号’的意思了？”罗亭松开手，走到沙发前坐下。

“嗯。”凌云洲也坐下来，“澄子是我的影子。”

“你错了！”

“嗯？”凌云洲有些蒙了。

“澄子不是影子，而是你我之间的一道防火墙。”罗亭看了凌云洲一眼，“如果我出事了，不会连累你。我要对延安负责。”

“我也是中国共产党员！”凌云洲加重语气，“罗亭同志，希望你不要对我搞特殊化，我回国就是为了抗日。”

“我们都是为了抗日。”罗亭嫣然一笑，“有什么要紧的事吗？现在还不是你我接头的时间。”

“按照规定，我应该等你跟我联系。”凌云洲叹了口气，“事急从权，我也是迫不得已。”

“出了什么事？”

“76号正在调查‘31号’。”

罗亭意识到事态的严重性，肃容道：“你刚被唤醒，从未执行过任务，他们怎么会调查你呢？”

“他们在延安安插了日本特工，而且还在高层，代号‘王爷’。”

“‘王爷’？”罗亭惊愕地站起来，“能掌握休眠者的信息，‘王爷’肯定是高层。我今晚就向‘1号’汇报这个情况。”

“澄子也犯了一个错误。”

“什么错误？”罗亭走到窗边，推开窗户。苏州河两岸的烟花零星闪现，喧嚣声降低许多。

凌云洲将自己的分析简明扼要地说了一遍：“事情就是这样，我不得不违反规定与您接头。”

“死信箱！”罗亭来回踱步，“和她联系的人，一定是门徒小组行动一组组长‘战马’。”

“您既然知道‘战马’的身份，看来您和门徒小组有联系。”凌云洲轻轻拍了一下沙发。

“我就是门徒小组负责人。”罗亭淡淡一笑。

“您是‘国师’？”凌云洲惊诧。

“不是。”

“门徒小组负责人不是‘国师’吗？”

“那是用来蒙蔽敌人的。”

“日本方面、南京方面、重庆方面，都在调查门徒小组。76号档案里记载，门徒小组共有12个成员，以十二生肖命名，负责人是‘国师’。”

“门徒小组的建制是按照中共一大人数定的，共有13人。”

“以十二生肖命名，是指门徒小组为四万万中国人战斗？”

“行走在生死边缘，为祖国和信仰而战！”罗亭握紧双拳，低声唱起《国际歌》，“起来，饥寒交迫的奴隶！起来，全世界受苦的人！”

“满腔的热血已经沸腾，要为真理而斗争！”凌云洲站起身，热泪盈眶地跟着唱，“旧世界打个落花流水，奴隶们起来，起来！不要说我们一无所有，我们要做天下的主人！”

“我们要做天下的主人！”罗亭平复了情绪，“门徒小组组织严密，我与‘国师’单线联系。我负责策划，‘国师’负责部署，‘军师’负责执行。这样做，就是双保险。”

“一旦‘军师’出事，‘国师’必然切断与您的联系。”凌云洲忽然明白罗亭设双“31号”的用意了，“一旦您出事，您也会切断与31号交通线的联系。”

“归零才能活着，活着才有希望。”罗亭扬起头，不让眼泪流下来，“门徒小组还设置一个‘尖兵’。”

“‘尖兵’？”

“负责监察和锄奸。”

“如此说来，‘国师’和‘尖兵’是您最信任的同志。”

“嗯。‘尖兵’就是门徒小组的狙击手。”

“‘野兔’？”

“他的身份只有我和‘国师’‘军师’知道，主要负责机动配合，起到出其不意之效。”罗亭抑制住泪水，向凌云洲望去，“这是三保险。”

“如此严密的体系，老秦为何会出事呢？”凌云洲不解地问。

“这是一次意外。”罗亭叹口气，“你离开苏联时，苏共第五局的巴维尔·菲金处长跟你说过红组吧？”

“我潜伏在上海的任务之一，就是协助红组执行清除计划。”

“清除计划至关重要，它不仅关系到中苏日三国情报战，还关系到我们同志的生死。”罗亭的表情异常严肃，“红组成员是从苏共拉姆扎小组、曼哈顿小组、门徒小组和日籍同志中抽调出来的。”

凌云洲瞪大眼睛：“还有日籍同志？”

“是‘1号’首长亲自安排的。”罗亭点头，“我只知他的代号叫‘宗印’。”

“老秦之死，跟红组有关？”

“这次意外的起因，是由拉姆扎小组引起的。”

“怎么回事？”凌云洲有点儿不明白。

“一名拉姆扎小组特工在传递情报时被捕，这个情报就是送给老秦的，只有四个字——神鸟芳子。”

“神鸟芳子？”凌云洲思忖一下，“与龟机关有关。”

“拉姆扎小组特工被抓，便是‘老龟’所为，拉姆扎小组很可能要被清洗。”

“拉姆扎小组一旦被清洗，红组就有暴露的可能。”

“这就是唤醒你的原因。”罗亭沉重地点点头，“拉姆扎小组一旦出事，苏共就会启动预案。预案一旦启动，就会有情报从日本大本营流入上海。所以，我们要不惜一切代价，拿到苏共传来的情报。”

“老秦肯定拿到了神鸟，所以宫本芳子才怀疑他是共产党员。只有如此，老秦的暴露才能解释得通。”

罗亭目光坚定：“无论多么棘手，我们都要拿到情报，因为这份情报关系到全球战争走势。”

“我会尽一切所能拿到情报。”

“老秦临死前，留下这个符号。”罗亭用手指蘸着茶水，在桌面上画出一个十字架。

“十字架？老秦要传递什么信息？”

“十字架有另外一层含义，就是背叛。老秦在提醒我们，门徒小组中有内鬼。”

“门徒小组有内鬼？”凌云洲一脸惊愕，“门徒小组组织如此严密，怎么可能有内鬼呢？”

“门徒小组十年前成立，至今没有更换一个人。”罗亭继续分析，“也就是说，假如有内鬼，在门徒小组成立之初，他已经是敌特了。”

“只能有这种解释。”凌云洲重重地在桌子上捶了一下，“如果是这样，很难查明谁是内鬼。”

“所以，我得知老秦牺牲的消息后，第一时间让门徒小组暂停一切活动，清查内鬼。”

“为什么不在暗中清查？”凌云洲不解。

“‘野兔’负责监察工作，从未发现叛徒，所以暗中清查不会有结果的。只有宣布清查内鬼，内鬼才会慌、才会乱，我们才有机会把内鬼揪出来。”罗亭又走到窗前，沉思一会儿，回头看了凌云洲一眼，“码头刺杀行动也有必要。拉姆扎小组出现叛徒，电台一定会静默。松下武章是日本陆军参谋本部副参谋长，若能杀了他，日本国内报纸必然刊登，拉姆扎小组就知道我们拿到情报了。”

“会对门徒小组造成多大影响？”

罗亭反问：“76号对老秦的看法是什么？”

“老秦是共产党员的定位，基本达成共识。李墨群为了邀功，极有可能会认定老秦是门徒小组成员。”

“老秦一死，敌人必然纵深联想，这一点咱们无法阻止。狙不狙杀松下武章，只是将这种联想提前或延后。”罗亭仰头望着高楼上灯带的光晕，眼前似乎出现了七色彩虹，“老秦的仇不报，‘战马’不会善罢甘休的。因为老秦和‘战马’是战友，参加过一·二八事变。老秦是‘战马’的救命恩人，替他挡过四颗子弹。以‘战马’的性格，就是这次不狙杀，也会有第二次。如此，还不如让他快意恩仇！”

“我们要把损失降到最低。”

“‘战马’这次狙杀是私自行动。”罗亭叹口气，“他掌握着上海地下党所有死信箱的地址。很显然，他只是想碰碰运气。我想办法给‘尖兵’传递消息，让他明日配合‘战马’行动。”

“但愿‘战马’能全身而退。”

罗亭笑道：“‘战马’，‘战马’，快意恩仇才是他的性格。”

“这符合澄子的想法。”凌云洲也笑了，“我接下来的任务是什么？”

“第一，尽量拿到或毁掉老秦的遗物，最好不要给敌人留下任何线索；第二，摸清老秦是否拿到神鸟，神鸟究竟是什么情报。”

“好的。另外，76号调查‘31号’一事，是怀疑到了我，还是另有阴谋？”

“76号里还有咱们的同志，代号‘灵蛇’。”罗亭轻声说，“你目前不会被怀疑，因为日本人不会怀疑你。你的潜伏身份很特殊，只要你小心，敌人不会怀疑你的。”

“‘灵蛇’！”凌云洲轻轻默念。

“现在还有一个问题。”罗亭直视凌云洲，“日本人一定会调查松下武章到达上海的消息是如何泄露的。”

“嗯。”凌云洲打心眼儿里佩服罗亭的心思如此缜密。

“在拉姆扎小组上做文章。消息是拉姆扎小组传到上海的，顺理成章，说得通。”罗亭思索一下，觉得这个说法严丝合缝，满意地笑了，“你知道‘战马’是谁吗？”

“难道我认识？”凌云洲瞪大眼睛。

“国品茶楼的冯老板。”

“冯壬山。”凌云洲用手抚摸着下巴，抬头向国品茶楼方向望去。

~ 013 ~

时间：1941年10月10日，星期五，双十节。

地点：上海，公共租界，江公馆，爱琴海西餐厅；日占区，愚园路1136弄。

一束烟花在半空中绽开，略显孤寂，犹如普乐天此刻的心情。刚才的烟花还是璀璨的，可当罗亭进入3号楼，整个院子就显得无比寂寥。

普乐天丢下烟花，落寞地回到2号楼，在客厅坐了一会儿，毫无困意，便到书房看书。他打开灯，拿起桌上的《徐志摩诗集》，坐下来翻看，恍惚中好像进入梦境。窗户开着，月光从外面洇进来，灯光伴着月光，在窗外的假山上射出一个光圈，煞是好看。

不知读了多少遍徐志摩的诗，他还沉浸在诗词的氤氲中。一瞬间，他觉得有人在偷窥自己，惊悸地抬头向窗外望去，看见罗亭站在小木桥上向他看来。淡淡的月光投射在罗亭脸上，桥下的流水潺潺，假山旁的芭蕉树微微摇曳，让他觉得人比月亮还美。

罗亭嫣然一笑，穿过木桥，向窗口离地只有一米高的书房走来。普乐天痴痴地望着罗亭，情不自禁地站起身来，目光没有离开过她的脸半寸。

罗亭走到窗前，轻声说："你出来一下。"

普乐天起身走出书房。罗亭趁普乐天离开房间的空当，将一个信封从窗口丢到普乐天的书桌上。

普乐天走到罗亭面前："我送你回去。"

罗亭点头："好呀，陪我走走！"

他们相视一笑，并肩走出小院，沿着幽静的花园甬道向前走。甬道两侧有两棵高大的树木，月光穿不透浓密的枝叶，使那段路显得非常幽暗。普乐天拉住罗亭的手，用力将她揽入怀里，在她唇上吻了一下。二人一触即分，生怕别人瞧见。罗亭的身子微微一抖，伸手摸了摸被他吻过的唇。月光洒下来，将她的脸洗得如清水敷面。

江澄子站在3号楼前，看着普乐天和罗亭穿过花园甬道，在停车场驾车出门，内心无比忐忑。她转身看见凌云洲正坐在椅子上发愣，焦急地问："怎么样？能联系到门徒小组了吗？"

"联系不到，'13 号'跟他们不是一条线上的。"凌云洲避重就轻。

"那怎么办？"

"你不用担心，这件事跟你没关系。"

"我不怕责罚，只是担心你。"

"你担心我？"凌云洲站起来，略显兴奋地说，"自咱们订婚以来，你可是一直不愿搭理我啊！"

江澄子羞红了脸："谁会搭理汉奸！"

凌云洲揶揄地问："我不是汉奸，你就愿意搭理我？"

"那也说不准。"江澄子歪头笑道。

凌云洲笑了笑，向外走去，在门口突然停下来，转身说："对了，明天好好待在家里，绝对不能去码头。"

"为什么？"江澄子不解地问。

"命令。"

江澄子噘嘴："我凭什么听你的命令？"

"'13 号'说了，从今往后你必须服从我的调度。"

江澄子哼了一声："你们谈了那么久，原来是琢磨如何控制我呀？"

凌云洲微微一笑："记住，明天不许去码头。"

"不去就不去！"江澄子走到门口，把凌云洲推出门外，随手关上房门。

罗亭和普乐天仿佛有许多话要说，又好像不说话更好。一路上他们听着越来越刺耳的胎噪声，感觉这个夜晚出奇的空寂。

轿车在 1136 弄停下。普乐天向大门口的值岗警察望了一眼，还是默默不语。

罗亭勉强挤出一丝笑容："我到了，你回去吧。"

普乐天嗯了一声："我看着你进去。"

"放心吧，门里门外都有警察，安全得很。"罗亭深情地看了普乐天一眼，"你把车开回去，明天再给我送过来。"

"那怎么行呢？"普乐天双手握紧方向盘，"明天你上班还要用车呢。"

“好吧。”罗亭伸出手，在他胳膊上轻轻一按，本想说什么，可又不知怎么说才好，便收回手，“你路上小心些。”

普乐天和罗亭同时下车。罗亭坐到驾驶位上，向普乐天摆摆手：“你回去吧，我进去了。”

“再见！”普乐天目送罗亭驾车驶入1136弄，轻轻叹一口气，然后转身走进夜幕中。

像往常一样，普乐天一步三回头地走在大街上，感觉寒气袭身，便把大衣紧了又紧。他回到江公馆，看见窗户没有关，便走上前伸手关窗。就在关窗户的瞬间，他瞥见书桌上的信封。

普乐天向左右看了看，见四下无人，又打开窗户，拿出信封，从中抽出一张信纸，信纸上写着一行字——日本宪兵司令部刺杀松下武章——落款处画着十字架图案。

“难道是‘国师’送来的？‘国师’何时来过江公馆？”普乐天心里暗自嘀咕，忍不住又看了一遍纸上的内容，下意识地向四周看了看，“难道是罗亭送来的？可是，她不是门徒小组成员，怎能替‘国师’送信呢？”

普乐天走进书房，推开书柜。书柜后面是道墙砖。他伸手拿下几块砖头，砖头后面全是小洞，小洞里藏着狙击步枪的主件和配件。他取出所需之物，又把砖头重新塞进去，将书柜推到原来位置。

他又拿出一个长条形木箱，将狙击枪的主件和配件放进去，然后提着木箱走出书房，驾车驶出江公馆。

轿车在南京路上的爱琴海西餐厅门前停下。普乐天见西餐厅还亮着灯，绷了一路的脸上终于有了一丝笑容。

爱琴海西餐厅是上海红帮的产业，连巡捕房的人也不敢到此闹事，因此它在乱世中依旧安然无恙。开办西餐厅是红帮帮主宋万堂独生女儿宋格的主意，她从美国留学回来，不愿参与黑道上的事宜，宋万堂就为她开办了这家西餐厅。

直到客人全部离去，普乐天才下车，拎着木箱走进西餐厅。

“都这时候了，你怎么才来呢？”宋格笑容满面地问道。她和江澄子同龄，穿着流行于上海滩上层社会女孩中的服饰，留着经过烫染的微微卷发，浑身散发着西洋味儿，但言行举止却夹带草莽气。

“我来求你办件事。”

“求我？”宋格咯咯地笑了，“你还有求我的时候？”

“不愿帮我？”普乐天黑着脸，扭头就走，“好，就当我没来过。”

“你这人怎么这么无趣啊！”宋格伸手挽住普乐天的胳膊，撇嘴道，“我说过不帮你吗？”

“咱们楼上说。”普乐天一转身，便挣脱宋格的手，大步向楼上走去。

宋格心中空落落的，望着普乐天：“我说帮你了吗？”

普乐天黑着脸说：“我就按照你愿意帮我理解了，不行啊？”

宋格噘起小嘴：“行，你干什么都行，行了吧？”

他们一前一后进入二楼宋格的办公室。普乐天将木箱放在桌上，说：“今晚把这个箱子送进日占区。”

宋格瞥了一眼普乐天，伸手打开木箱，见是狙击枪的主件与配件，脸色一变：“你要做什么？”

“杀鬼子！”

“你杀鬼子？”

“我不能？”

“真想不到你还能杀鬼子。”宋格合上木箱，绕着普乐天转了一圈，上下打量他，“江家是上海滩首富，江老一直保持政治中立，他的儿子怎能杀鬼子呢？”

普乐天盯着宋格：“别阴阳怪气的，这个忙你到底能不能帮？”

“手眼通天的普大少爷，怎么沦落到哀求民间小女子的份上了呢？”

“日占区宵禁了，我进不去。”

“你都进不去，我怎么能进去？”

“上海滩宋老帮主的千金，这点事还叫事吗？”普乐天盯着宋格问。

“我想知道，帮你把这玩意儿弄进日占区，对我有什么好处呢？”宋格莞尔一笑。

“你说吧，只要我能做到，一定满足你。”

宋格把嘴凑到普乐天耳边，低声说：“娶我。”

普乐天立即把头扭到一边："别闹。"

"你不愿意？"宋格板起脸问。

"我足足大你十岁，差不多都能当你那啥了。"普乐天迂回拒绝。

"啥啊？我乐意，不行吗？"

"宋帮主会活劈了我的！"

"胆小鬼，还想杀鬼子呢？"宋格哼了一声，"算了，你说吧，送到哪里？"

"日本宪兵司令部对面的那栋楼，302 房。"普乐天从口袋里掏出一把钥匙，"钥匙。"

宋格接过钥匙，脸色肃然，说："你想杀鬼子，我支持，你也知道我为什么支持你。不过，你得答应我一件事。"

"什么事？"

"我要参与。"

"不行，太危险了。"

"正因为危险，我才想帮你。鬼子好杀，杀完后你怎么办？"

"我自有办法。"

"你有什么办法？那里可是重兵把守的日本宪兵司令部，连只麻雀都很难飞出去的！"

普乐天微微一怔，黑着脸说："听我的，你只要把这个箱子送进去就行，其他不用管。"

宋格噘起嘴，问："哼，我凭什么听你的？"

普乐天一把提起木箱："告辞！"

宋格挡在他前面："好，好，我答应你还不行吗？"

普乐天低头盯着宋格，默默不语。过了片刻，他将木箱放回桌上，走到窗前拉开窗帘，向黑魆魆的夜空望去，眸子里闪现着背水一战的决心和杀气……

第五章　刺　杀

~ 014 ~

时间：1941 年 10 月 11 日，星期六。

地点：上海，日占区，极司菲尔路 76 号。

浓雾终于散去。

没有雾气的上海是湿润的，从太平洋刮来的海风，将天润染得碧蓝如洗，纯净得让人慵懒，让人忘却身在孤岛，忘却在家里却有寄人篱下的心酸和苦楚。

包裹在凌云洲心头的雾气也散去了。五六年中，他从上海到东京，从东京到莫斯科，再从莫斯科回到上海，在这些叱咤之城里兜兜转转，绕着北半球转了一大圈，该丢掉的都丢掉了，该忘却的也忘却了，但那种对不期而至的危险的恐惧，却如影随形，让他时刻绷紧神经，紧到无法松弛。

他对死亡并不陌生。死亡的幻境中，白茫茫一片真干净，仿佛空间和时间在一刹那凝固。他时常感到死亡将至，那一刻他脑海里一片空白，只有一个万籁俱寂的世界。那种寂静，能沉到骨子里，沉到深海里，静得连羽毛落地的声音，都能让他感到振聋发聩。

他不知道，当松下武章死在冯壬山枪下时，能否体会到那种无边无际却又短暂的寂静。

当然，他还有一个疑惑，冯壬山能除掉松下武章吗？

虹口码头在日占区，影佐圭吾陪同松下武章抵达上海，码头肯定重兵守卫，76 号的特务也要到码头迎接，在这固若金汤的码头如何除掉松下武章呢？

他想不出冯壬山会用什么办法，更不知道罗亭如何部署才能确保既杀了松下武章，又能让门徒小组成员全身而退。影佐圭吾作为梅机关的机关长，一手策划组建汪伪政府，拥有如此谋略之人，怎么可能让抗日分子在码头杀掉陆军大将？

76 号里静悄悄的，行动队和警卫队的人都不在，看来应该是到虹口码头接影佐圭吾和松下武章去了。

凌云洲站在院里，看了一眼手表，一个小时后的这一刻，松下武章就会死在冯壬山枪下。他抬头向行政楼望去，看到凌岳州站在窗前向他招手。

凌岳州是“灵蛇”吗？

这个念头忽然闪现在他心头。

凌云洲希望他是。他掌控着 76 号核心部门，能破译很多日本军方的行动情报，进而破坏日军清乡、剿共的计划。这个意义太重大了，比他潜伏总务处重要得多。

“你终于能到第一线了。”凌岳州笑盈盈地看着凌云洲走进来，将一杯泡好的浓茶递给他。

“第一线？”凌云洲接过茶杯，低头喝了一口，“什么意思？”

“主任临走前召开处长会议，宣布由你负责调查中共潜伏在 76 号的卧底。当时你不在，主任走得又急，没等你回来就召开了这个会议。”凌岳州咳嗽一声，“主任非常看重你的，让我留在家里等你，向你传达会议精神。”

“出什么事了？”凌云洲习惯性地摸摸鼻子，“让主任这么着急。”

“影佐机关长回来了，10 点钟抵达虹口码头。”

凌云洲“哦”了一声：“日本人是咱们的衣食父母，主任必须亲自去接的。”

“衣食父母？狗屁！”凌岳州起身走到门口，向左右看了看，然后关上门，低声说，“日本人就是鬼！”

“小声点儿。”凌云洲指指左右墙壁，“这话你也敢在这里说？要掉脑袋的！”

“事实嘛，有什么不敢说的？你别忘了，只能由我监听他们。”凌岳州从口袋里掏出一个精致的小铁盒，铁盒里装着口香糖，取出一个扔进嘴里咀嚼，“我越来越觉得，汪主席的曲线救国有点不靠谱。”

“大人物的决策，不是我等能看明白的。对了，你刚才说的第一线，到底是什么意思？”

“让你调查共党在 76 号卧底的事。”

“共党分子潜伏在特工总部，你信吗？反正我不信。就算有共党分子混进来，也未必是‘31 号’。”

凌岳州盯着凌云洲：“‘31 号’？”

凌云洲也盯着凌岳州：“你不知道？会上主任没对你们说？”

“主任只说调查共党潜伏分子。”

“这个共党分子的代号就是‘31 号’。”

“没想到，你知道的比我还多。”

“即便有，也只是不干事儿的休眠者而已。”凌云洲淡淡地说。

凌岳州一脸惊讶：“休眠者？”

“你别往下问了，我就知道这么多。调查不参与任何行动的休眠者，就等于站在大街上辨认谁是共党分子，这是出力不讨好的活儿。再者说，我毫无经验，搞不好就得掉坑里。”凌云洲看似无意地说，实际上时刻在观察凌岳州的肢体语言。只要凌岳州的举止有一点反常，他就能判断出他是不是“灵蛇”。

“‘31’号，一个休眠者，怪不得我没有任何消息。”

“他娘的，烦！”

“‘31 号’应该是中共江苏省委这条线上的。”凌岳州咀嚼口香糖的速度明显加快了，“调查‘31 号’是件大事，揪出他，就等于切断共党分子的中枢神经。”

“‘31 号’会是门徒小组成员吗？”

“不会！”凌岳州坚定地说。

“为什么？”

“为什么？”凌岳州一时语塞，走到桌前撕下一张纸，吐出口香糖，包裹严实投向垃圾筐，“根据搜集的情报分析，哦，也没什么情报，‘31 号’这个代号就跟门徒小组成员的代号根本不搭。”

“不搭，才最有可能呀！”凌云洲喝了一口茶，“你说，‘31 号’弄到的情报，会转到门徒小组手里吗？”

“这是有可能的。”凌岳州将铁盒放到桌上，“毕竟，藤蔓再多，也只有一个主根。共党的主根在延安。”

“没有任何线索，就一个字，烦！”

“好啦，老弟别烦了！在特工总部，只有你负责此事，其他人才会服气。要是沐承风负责，我第一个反对。”凌岳州指指茶杯，示意凌云洲喝茶，“你是汪主席的救命恩人，周部长对你也是无比信任。”他真羡慕凌云洲的后台如此过硬，“朝中有人好办事嘛。”

凌云洲欲做醉翁，试探凌岳州，没想到凌岳州却是一个醉鬼，已酩酊迷糊。此刻，醉翁醉鬼，各自说着自己的套话、假话。

“大哥，我怎么看你像‘31 号’呢？”凌云洲喝了一口茶，嘻嘻笑道。

“掉脑袋的事，你别瞎说啊！”凌岳州严肃地说。

“嘿嘿，你也可以说我是啊。”凌云洲依旧嬉皮笑脸。

“这事能随便说吗？”凌岳州松了口气，“别忘了，你现在负责调查‘31 号’，手握生杀大权，可不能乱扣帽子。”

“好了，以后我不开玩笑了，行了吧？”凌云洲笑道。

“你想都不能想！”凌岳州嘟囔道，“说梦话都会有人上报的。”

“你说主任为什么让我负责这种破事儿呢？”凌云洲一屁股坐到办公桌上，“我手里要啥没啥，拿什么查？凭感觉还是抓阄？”

凌岳州挥手示意凌云洲下去：“这两招还真行，没准儿能蒙上。”

凌云洲走到凌岳州身边，捶了他一下：“主任让你给我传达指示，就是让你协助我调查。你负责情报工作，总得给我一点线索吧？”

“主任让你调查，说明他信任你，总不能让沐承风调查吧？”凌岳州勉强笑道，“放心吧，只要我这里有线索，一定立刻、马上给你。”

“这话我信，秦癸恩被抓的那晚，你就第一时间给我打电话了。”凌云洲低声问，“说起秦癸恩，上面给他定性了吗？”

“这事没法定性，但必须定性，主任要给日本人一个交代呀。”凌岳州也低声说，“前段时间，沐承风清洗上海的军统和中统，杀了几十号人，日本人就很高兴。现在沐承风总不能说秦癸恩是军统或者中统的人吧？那不是打他自己的脸嘛。”

凌云洲来回踱了几步，道：“我觉得秦癸恩应该是共党分子。”

“八九不离十。”凌岳州应和。

“假如秦癸恩是共党分子，他的遗物对我调查‘31号’应该有帮助。”凌云洲挠挠头，“我调查‘31号’的事，只限于几个处长知道。我总不能把院里的人都抓起来上家伙吧？总得找些线索嘛。”

“目前，秦癸恩的遗物应该是追查‘31号’的唯一线索。”凌岳州盯着来回独步的凌云洲，“你是主任身边的红人，一定能要回来吧？”

凌云洲颔首道：“我上次跟主任提过这件事，当时我说秦癸恩的遗物应该归情报处处理。”

“主任怎么说？”凌岳州追问道。

“主任没理我的茬儿。这次咱俩一起去找主任，一定要把秦癸恩的遗物拿回来，放在情报处，我也能随时调用。”凌云洲走到办公桌后，拍拍凌岳州肩膀，“大哥，你说呢？”

凌云洲的建议正中凌岳州下怀，拍着胸口答应。他们又闲聊片刻，凌岳州在一张纸上写写画画，不知写些什么。凌云洲一边喝茶，一边想冯壬山能否狙杀松下武章，能否全身而退。

两杯茶下肚，凌云洲看看表，正好10点半，觉得去码头的人应该返回了，便想出去打听消息。

“如果杨处长能站在咱们这边——”凌岳州忽然将那张纸揉成一团扔进纸篓，“这件事就板上钉钉了。”

“我怎么没想到他呢？”凌云洲一拍额头，“他要是站在咱们这边，周部长一个电话打到主任那里，沐队长就得乖乖地把秦癸恩的遗物送到情报处。”

凌岳州说：“必须把他搞定——”他正要往下说，敲门声响起，“进！”

“吱呀”一声，杨枢推门进来，脸上有些惊恐神色。他一走进来，便将门关紧，小声说：“不得了啦！”

“别一惊一乍的好吗？杨大处长！”凌云洲见他有些反常，猜想冯壬山已经得手，故意装作轻松。

“你们还不知道吧？虹口码头竟然有人敢暗杀日本人，真是反了天啦！”杨枢指着茶杯，对凌岳州说，“赶紧给我弄一杯水，差点儿吓尿了。”

凌岳州起身给杨枢倒了一杯茶：“杨处长，压压惊！”

“死人了吗？”凌云洲问。

“死人我还能回来？”杨枢喘着粗气，一口饮尽杯中茶。

“谁有这么大的胆子，敢在日本人的码头刺杀松下将军？”凌岳州难以置信，“松下将军没事吧？”

“松下将军没事！”杨枢一屁股坐在沙发上，“还没等刺客开枪，影佐机关长安排的狙击手就打掉了他的枪。”

“梅机关在码头安排了狙击手？”凌云洲心中一怔，马上挥挥拳头，“在这方面，还真得佩服日本人的缜密。抓住刺客了吗？”

“刺客中弹，可惜跑了。”杨枢叹了口气。

“几个刺客？”凌岳州神色慌张，“完了，这回惨了！发生这种事，情报处竟然没有丝毫反应，这几天我他妈的真是倒血霉了。”

“鬼才知道有几个呢，反正一个没抓住。”杨枢抹了一把脸，“日本宪兵司令部的人把影佐机关长和松下将军接走后，我就回来了，其他弟兄还在码头搜捕，希望能有收成。”

这时，电话铃响了。凌岳州起身一把抓起话筒：“喂，说！什么？！”他突然脸色苍白，慢慢放下话筒，一屁股坐在椅子上，默默嘀咕，“真是反了天啦！”

“什么事？”凌云洲问。

“松下将军——玉碎了！”凌岳州低声说。

“不会吧？刚才杨处长不是说刺客一枪没放就跑了吗？”凌云洲虽然满脸狐疑，心中却有另一种疑问，“松下武章真被冯壬山做掉了？”

“这伙人真是胆大包天！”凌岳州愤怒中夹杂着无奈，“那可是宪兵司令部大楼门口啊！松下将军眉心中弹，狙击手干的！据弹道分析，狙击手应该离松下将军足有五百米。”

“现在有这么厉害的狙击步枪吗？”凌云洲嘴上不相信，心里却佩服中共门徒小组的智慧和勇气，在日本宪兵司令部大楼前刺杀日军将军，这无疑是最有力的反击。

凌云洲脸上的笑容，只是那么一闪，担心和恐惧便袭上心头。气急败坏的影佐圭吾，肯定会全面调动梅机关和76号的力量，对上海地下党组织进行疯狂的报复，中共门徒小组将面临着有史以来最严厉的追杀……

~ 015 ~

时间：1941年10月11日，星期六。

地点：上海，日占区，日本宪兵司令部，红七屠宰场。

往日占区运枪并实行狙击，似乎是不可能完成的事，可宋格和普乐天却做到了。红帮立足上海百余年，早已打通各种关节，就没有他们做不到、做不成的事。

装载狙击步枪的木箱，放在日本第十三军的军车里运进日占区，还是日本宪兵司令部的人放到指定位置的，这多少有些讽刺意味。普乐天到达日本宪兵司令部对面那栋楼302房间时，看到木箱已经放在空荡的房间中央，那把钥匙也放在木箱上，不得不佩服红帮巨大的活动能量。

普乐天组装好狙击步枪，从木箱里拿出一颗子弹。那颗子弹是改装过的，能增加有效射程。他将那颗子弹塞入枪中，持枪在窗后观察。

这时，影佐圭吾陪着大本营陆军参谋本部副参谋长松下武章乘车赶往宪兵司令部。码头的一通搜查，虽然没有抓到人，但让影佐圭吾看到了抗日分子力量薄弱，心情非常愉悦，对松下武章说：“门徒小组就是一群乌合之众，只能煽动愚昧无知的老百姓。”

“不要低估我们对手的能力，否则会吃大亏的。”松下武章叹口气，“唉，实在是惭愧呀！谁能想到，我的副官竟然是共党分子，还是拉扎姆小组的特工，我却一无所知。”

“哪里都有漏网之鱼，将军不要自责。”

“若非影佐机关长要布网，清除门徒小组，我也不会来这里。我这次来，就是为了赎罪的。”

“我向陆军部打过保票，确保您在上海安全无虞。”

“身为天皇子民、帝国军人，我的生死不足挂齿，重要的是一定要维护帝国军人的尊严。我非常感谢您发动这次行动，此举一旦成功，我就能找回失去的尊严了。”

“放心吧，这次我们一定要把门徒小组斩尽杀绝！”

另外一辆轿车中，李墨群和沐承风并排而坐。沐承风给李墨群点燃一支烟，说：“主任料事如神啊，秦癸恩果然是门徒小组成员。”

“以前神出鬼没的门徒小组，现在怎么会接二连三地犯这等低级错误？”李墨群阴着脸，吐出一股烟，“我总觉得哪里不太对劲儿！”

“共匪就是一群流寇，让咱们折腾几回，估计是强弩之末了。”沐承风吐了一口烟，向前边的轿车望了一眼，“梅机关呢，也是小题大做，这次竟然设局围捕门徒小组，并强调对付共党分子一定要有耐心。依我看啊，他们这么做，只能适得其反。”

李墨群赞同沐承风的说法：“凡事谨慎为上。梅机关这次为了清除门徒小组下了血本，派来一个将军做诱饵，可见他们的重视程度，咱们也不能大意。”

说话间，几辆车就抵达日本宪兵司令部大楼门口。松下武章下车后，整理衣领的空当，一颗弹头就直接钻入他的眉心。

李墨群当时都吓傻了。这里是他的管控地盘，日本高级将领不但死在他的责任区，还死在他面前，无论如何他都脱不了干系。

身经百战的李墨群毕竟心理素质过硬，略微慌乱后便镇静下来，偷偷观察影佐圭吾，发现影佐圭吾比他还惊愕，心里竟然陡升一种自豪感。于是，他拔出枪，指挥沐承风等人封锁方圆三公里内所有道路出入口，全力追查可疑之人。

普乐天得手后，迅速拆解枪械，装进木箱。他刚走到单元门口，就看见沐承风和日本宪兵已到此楼拐角处，封锁所有单元门。

普乐天急忙退回去，藏在单元门后，意识到这次他难以逃脱敌人的天罗地网，便做好牺牲准备。

突然一阵爆炸声传来，日本宪兵被炸倒一片。沐承风也被弹片划伤，在地上滚出几米后，伏在一棵大树后四下观察。

日本宪兵和特务纷纷赶来。不知从哪里飞来的手雷，又落在他们中间爆炸，几个日本宪兵和特务应声倒下。

普乐天不知道发生了什么事情，见日本宪兵和特务被炸得晕头转向时，想趁机溜出单元门。

他刚走出单元门，一只胳膊被宋格挎住。

“我说过，没有我帮你，你是逃不出去的。”在杀气重重的时候，宋格竟然毫不在乎。

她的话音刚落，又传来一阵爆炸声。

“快走！”她拉着普乐天的胳膊，猫着腰向右奔去。

他们左拐右绕，很快来到一个非常隐蔽的后门。他们跑出后门，来到路边一辆轿车前。宋格掏出一把钥匙扔给普乐天。普乐天接过钥匙，打开后车门，将木箱扔进去。他们坐进轿车，普乐天猛踩油门，飞速离去。

现在，方圆三公里内全部戒严，日本宪兵和特务在排查所有可疑之人，带着狙击枪是无法脱身的。

可是，一名枪手怎么能丢弃得之不易的武器呢？

在宋格的指引下，普乐天驾车驶入一家名为“红七”的屠宰厂。

屠宰厂里，几个工人正往卡车上装猪肉。肥头大耳的田七，站在卡车边大声吆喝：“送往梅机关的肉，千万别弄脏了，小日本娇情着呢！”

田七吆喝完，回头看到宋格从轿车上下来，笑容堆成一团，从身旁桌上拿起包好的猪肉，走到宋格面前：“大小姐，这是鲜猪肉，捎回去给帮主做红烧肉。”

他看到普乐天，问："这位是——"

"田七叔，他是我男朋友，你给掌掌眼。"宋格挽住普乐天的胳膊，做出亲昵的姿态。

"怎么又冒出来一个男朋友？"田七大煞风景地说，"你不是订过婚吗？"

"那又怎么样？我又不喜欢他！"宋格一脸鄙夷，"再说了，他是红帮叛徒，我爹还能逼着我嫁给他？"

"只要你喜欢，七叔就挺你。"

"谢谢七叔。"

"终身大事，还得好好跟帮主商量，不能总惹他生气。"田七见普乐天伸手来接肉，"别过您的手了，我给您放进车里。"他说着走向后备厢。

宋格打开后车门，拎出木箱："田七叔，把这个箱子藏好。"

田七看了看木箱："这是——"

"枪，很牛的枪。"

"狙击步枪吧？"

"嗯。"宋格看了普乐天一眼，"今天他干了一票大的，一会儿您就能知道了。"

田七冲普乐天竖起大拇指："年轻人，好样的！老帮主一准儿喜欢！"

宋格撇嘴道："我看中的，有屄的吗？"

田七将肉放进后备厢，提起木箱走进厂房。

普乐天望着田七的背影，思索片刻，转身拉车门。

宋格见普乐天有些不放心，笑道："七叔跟我爹混了几十年，他知道应该怎么做。"

普乐天点点头："上车吧，我请你吃大餐。"

宋格笑道："你还是别破费了，去餐厅吧，我亲自下厨。"

普乐天知道宋格对他是什么感情，可是他心有所属，只能与她保持一臂的距离。

宋格非常兴奋，手舞足蹈地描述刚才日本宪兵中弹后的惨样，尽管普乐天一路不说话，她还是一直讲到西餐厅。

她在煎牛排时，竟把牛排当作鬼子切割、煎炒。她做饭的速度还真快，不一会儿，就把牛排、蔬菜沙拉、红酒端上桌。她倒了两杯红酒，举起一杯："庆祝你干掉一个大鬼子。"

普乐天谨慎地向四下看了看，低声说："以后不准说杀鬼子。"

"嗯？"宋格一怔，顿时明白了，嘟着嘴，"好吧，以后我不说杀鬼子，你也不能总是跟我保持距离，成交！"

"格格，感情不是交易。"普乐天拿着刀叉切牛排。

"我知道！"宋格扭头看窗外，眼睛泪汪汪的，"我知道你有喜欢的女人，她叫罗亭，圣约翰大学校长，我见过她。"

"你什么时候见过她？"普乐天惊愕地问。

"在上海滩，我想见一个人还不容易嘛！"宋格狠狠地切肉，刀子划着盘子，发出刺耳的声音。

普乐天沉默一会儿："格格，我们可能做朋友最合适。"

"朋友？什么样的朋友？"宋格盯着普乐天的眼睛。见普乐天不回应，她放下刀子，猛地端起酒杯，半杯酒一饮而尽，"男女做朋友，就是耍流氓！"

"大恩不言谢，走了！"普乐天起身端起酒杯，半杯酒一饮而尽。

宋格呆呆地看着普乐天离去，抓起酒杯，向桌上砸去。玻璃碎片四溅，一小片玻璃划过她的手腕，剐出一个小伤口，沁出血来，混着落下来的一滴泪，沿着手腕滑落……

~ 016 ~

时间：1941 年 10 月 11 日，星期六。

地点：上海，日占区，梅机关。

一身戎装打扮的影佐圭吾与办公桌上照片里儒生打扮的影佐圭吾判若两人。儒生打扮的影佐圭吾，长年受中国文化浸润，多少有些中国书生的儒雅；戎装的影佐圭吾，脸部看起来棱角分明，眼睛里充满杀气。

这时的影佐圭吾，面对日本国旗、军旗，脸形扭曲至极。这位名震中日两国、一手策划、组建南京政府的机关长，从来就没有如此失落过。他不仅是优秀的特工，更是老到的政客，积极推进南京政府的和平运动发展之路，与周佛麟等人一起促成汪精卫叛国大事件。

依照日本帝国称霸亚洲的国策，成立汪伪政府是没错的，它迈出建立大东亚新秩序实质性的一步。可是，现在看来，他有些过于理想化。如今的南京政府，不仅没有帮助日军摆脱深陷中国战争泥潭的危机，反而成为日军的累赘，宛如一个鸡肋。这一点让他深感痛心。

这次他秘密回国，是配合东京警视厅破获苏共拉姆扎小组。为了不露声色地抓获那些已经渗透到大本营的苏共间谍，近卫首相电召影佐圭吾回国秘密侦办。初始，影佐圭吾的眼里是没有“老龟”的，至少他认为近卫首相对“老龟”“日本特科第一人”的评价有些夸大其词。“老龟”怎么可能是日本特科第一人呢？就算“老龟”神龙不见首尾，但土肥原因为立下赫赫战功被天皇封为日军大将，足以证明他才是当今日本特科第一人。

影佐圭吾作为土肥原的学生，对土肥原不仅心存敬畏，更多是佩服。没有土肥原的运作，就不会有溥仪的满洲国，日军更不会短时间内就横扫大半个中国。然而，当他了解到“老龟”的谋略、格局、部署时，才意识到近卫首相所言不虚。“老龟”略施小计，就抓住了苏共分子加藤二贤，并且推倒了绞杀共产国际东京谍报网的第一张多米诺骨牌，就连潜伏在上海的中共门徒小组也被一网尽收。

“捕鸟行动”，是个高明的策略，也令他感到困惑——“神鸟芳子”的情报竟然是“老龟”透露的。

“老龟”为什么冒着暴露的风险实施这个计划？

然而，能得到近卫首相的首肯，足以证明“老龟”这么做的理由是非常充分的，这个计划的价值比“老龟”的潜伏还要重要。

“捕鸟行动”在东京已经获得巨大成功，他成功抓捕了松下武章的副官加藤二贤，并且按照“老龟”提供的线索，半个小时内加藤二贤就叛变了，供出了拉姆扎小组的联络方式，清洗共产国际东京谍报网指日可待。

更令他兴奋的是，中共门徒小组成员秦癸恩落网了。

秦癸恩虽然死了，但也是有价值的，至少已经撕开一个口子，看到了上海中共地下党组织的藤蔓。凭他的经验顺藤摸瓜，必然有所斩获。

影佐圭吾在返回上海之前，就对“捕鸟行动”进行严密部署，准备在码头收网，一举歼灭中共门徒小组，以实际行动向“老龟”致敬。

可惜，不知道从什么地方飞来的一颗弹头，彻底打乱了他的部署。

他精心布下一个局，结果自己却跳进局里。他向陆军部打过保票，一定确保松下武章在上海的人身安全。他知道，松下武章玉碎，必然震动东京高层，他的政治生涯极有可能就此断送。这神秘的一枪，打断了他的仕途，也打掉了他所有耐心。

在发动雷霆式报复之前，他决定和宫本芳子沟通一下。宫本芳子在梅机关只是挂职，不能参与梅机关具体事务。她父亲宫本正仁，是裕仁天皇的姐夫，是日本贵族、皇亲贵胄，更是清朝王爷。这些显赫的身份背后裹携着特权、人脉与能量，所以他想从宫本芳子那里获得梅机关触及不到的信息。

影佐圭吾安排晴气武夫去请宫本芳子。晴气武夫拎着礼盒走进情报课长室，室内的留声机正播放着日本音乐，宫本芳子靠在躺椅上闭目听曲。

晴气武夫将礼盒放在桌上，走到宫本芳子身边，低声说：“芳子，宫本先生托人捎来一个礼盒。”

宫本芳子缓慢地睁开眼睛，盯着晴气武夫半晌，阴沉地说：“请叫我宫本课长。”

晴气武夫不以为然：“宫本先生是我的老师，我答应过老师，在中国以长辈的身份照顾你。”

“请转告我父亲，我会照顾好自己的。”

“还是你自己跟老师去说吧。”晴气武夫摇摇头，叹口气，“芳子，老师让我给你带句话，你不要参与梅机关的任何行动。你在梅机关挂职，只是为了工作方便。”

宫本芳子坐直身子，盯着晴气武夫，一字一顿地说：“请叫我宫本课长！”

“好吧，宫本课长，我以梅机关的名义提醒你，不要过问梅机关的任何行动。”

宫本芳子哼了一声："哼，我不想杀人，怎么会关注杀人的机构？"

晴气武夫微微一笑："既然你手上没有粘过血，那就维护好你那双纯洁的手吧！"

宫本芳子冷笑："纯洁？这个世界上还有纯洁吗？"

"调查潜伏在76号的共党分子，有这事儿吧？"

宫本芳子皱眉："有。"

"你这是假借梅机关的名义下达命令。这种行为，在陆军部的借调令上是明文禁止的。"

"我会向机关长道歉的。"

"不用了。"晴气武夫低声说，"如果机关长问起，你就说是我的主意。"

宫本芳子摇摇头："我的事，不需要你背黑锅。"

"我是为老师背的。"晴气武夫转过身，"机关长有请！"

宫本芳子和晴气武夫走进机关长办公室时，影佐圭吾正在看一枚弹壳。他见宫本芳子进来，将那枚弹壳递给她："这是刺客留下的。"

宫本芳子接过弹壳看了看："只有一枚？"

影佐圭吾道："刺客只开一枪。"

宫本芳子仔细端详弹壳："这是经过改装的子弹，有效射程应该超过五百米。凶手所在位置找到了吗？"

晴气武夫道："找到了，就在对面那栋民居里，目测距离宪兵司令部大楼五百米。"

影佐圭吾问："这么远的距离，帝国的狙击手能做到吗？"

"无法做到。目前我们的狙击步枪有效射程在四百米之内，具体说应该是四百米。"宫本芳子摇摇头，"狙击步枪的有效射程一般在五百米之内，超出五百米很难命中。据我所知，目前世界上最远的狙击射程是一千零三十七米，由德国狙击手海岑诺尔创造的，他使用的是毛瑟步枪。"

晴气武夫道："这个凶手在五百米之外，一枪击中目标，是怎么做到的呢？难道不是支那人干的？"

"一个月前，上海市警察局局长舒季衡被刺杀时，现场也发现一枚弹壳。”宫本芳子把弹壳放在办公桌上，审视一会儿，“弹壳在房间什么位置发现的？”

晴气武夫道：“窗前。进去第一眼就看到了。”

宫本芳子点点头：“应该是刺客故意留下的。这么厉害的狙击手，应该不会犯这种低级错误。”

晴气武夫问：“刺客为什么留下它？”

宫本芳子道：“只能用胆大妄为解释。”

影佐圭吾道：“芳子，你也是狙击手，你的分析对我们抓到凶手很重要。”

宫本芳子道：“我只有理论，没有实战。”

晴气武夫道：“宫本先生不可能让你去杀人。”

宫本芳子再次拿起弹壳，分析道：“凶手使用的是苏联制造的莫辛—纳甘1891/30型狙击步枪。这个人应该在苏联接受过特殊训练，肯定是共党分子。他之所以留下弹壳，就是想告诉我们，他对此案负责，无须牵连其他人。”

影佐圭吾猛拍一下桌子：“肯定是门徒小组狙击手干的！”

宫本芳子补充说：“没错，据我们掌握的信息，这个人代号‘野兔’。”

影佐圭吾吼道：“不管他是什么兔子，与帝国为敌，就必须永远消失！”

宫本芳子依然很冷静，默默地端详着弹壳。从松下武章下船后遇到的一切事情，可以看出中共门徒小组已经准确掌握了他的行程路线。如此机密的事情，他们是怎么获得的信息？

凌云洲的身影如鬼魅般闪过她的脑海，如同在墙上挂画像似的，一下子定格在她心里。

对于松下武章暴毙，她毫不在意。作为帝国军人，从踏上中国土地那一刻起，就随时准备以身殉国，她也一样。影佐圭吾抵达上海的时间和地点，她只告诉过凌云洲。按理说，如此机密之事，她不应该对任何人提起，但是，她对凌云洲就是无法设防，也不想设防。

她转念一想，76号的人在军舰抵到码头前两个小时才得到消息，就算76号潜伏着共党分子，在这么短的时间内，他们也不可能设计出如此完美的刺杀计划。想到这里，她心里坦然一些，不停地暗示自己：“玉树不会有任何问题的，绝对不会。”

“芳子，松下将军殉国，你有什么看法？”影佐圭吾紧紧盯着有些走神的宫本芳子，阴鸷的脸已经有些扭曲。

“我的看法不重要吧？”宫本芳子在强调她只是在此挂职而已。

影佐圭吾缓声说道：“芳子，你是‘老龟’爱徒，‘老龟’是日本特科第一人，比我的老师还高明，你应该有独到的看法。”

晴气武夫也劝道：“芳子，大敌当前，我们应该放下一切分歧。”

宫本芳子思索片刻：“闲暇时，我分析过以前门徒小组作案的所有卷宗，这次凶手作案的手法，与前几次基本相同，可以断定，就是那些人所为。”

影佐圭吾愤愤地吼道：“也只有他们，才会如此猖狂！”

“根据龟机关的跟踪情报分析，门徒小组是共党组建的最神秘的特工小组，与共产国际红组有一定的联系。”宫本芳子说到这里，略微停顿一下，“为了调查门徒小组，我们已经耗费大量人力财力，但收获寥寥。目前只知门徒小组有十二人和他们的代号，至于他们长什么样，具体做什么，一无所知。”

“不得不说，他们确实是非常称职的特工。”影佐圭吾阴沉着脸，“是值得我们尊敬的对手！”

宫本芳子道：“门徒小组成立之时，就是小组成员死亡之时，这个小组的人，就如同我们的死士。”

“置之死地而后生，唯有赴死之心，才能向死而生。”影佐圭吾踱了几步，站在办公桌前仰视墙壁上的天皇像，“这与武士道精神如出一辙！”

“向死而生！”宫本芳子思索着影佐圭吾的话，顺着他的话茬儿说道，“门徒小组非常独特，成员固定。一个成员死了，不会再补充。就像一支枪里只有十二发子弹，射出一发少一发，十二发子弹打完，这支枪再无用途。”

影佐圭吾道：“这就是门徒小组的可怕之处——可怕的稳定。”

晴气武夫问道：“这是不是门徒小组屡屡得逞的原因呢？”

宫本芳子轻轻叹息一声：“人不畏死，何惧之有？他们不怕死，我们能做的，只能让他们如其所愿，把他们斩尽杀绝。”

影佐圭吾点头说道：“杀人是很简单的事，我们目前面对的问题是，在哪里杀，怎么杀！”

宫本芳子道：“地点肯定在上海。至于怎么杀，就看他们的造化了。据我所知，这次他们的刺杀行动，只有最后射向松下将军那一枪，才是门徒小组所为。虹口码头的刺杀行动太拙劣，根本不可能是他们所为。”

晴气武夫满脸狐疑：“难道码头刺杀行动是重庆方面的人做的？”

“或许吧。目前我们首要的任务，是查清从哪里走漏的消息。这个问题不解决，估计还有第二枪、第三枪……”宫本芳子淡淡地说。

影佐圭吾说：“结合各方面的信息分析，出卖我们抵达消息的人，不在上海，而是在东京。”

“不会吧？难道敌人已经打入东京了？”宫本芳子虽然对此不敢苟同，但心里却暗自庆幸，这样就可以排除凌云洲了。

影佐圭吾颔首：“我这次回国，就是执行‘老龟’的‘捕鸟行动’。我们抵达上海前两个小时才通知上海方面迎接，不论共党分子还是重庆特工，从得到消息再做准备，这是不可能完成的任务。”

宫本芳子点点头，认可影佐圭吾的分析。不过，她对“老龟”的目的更关心：“执行‘老龟’的‘捕鸟行动’？我是龟机关中国局的联络官，怎么一点消息都不知道呢？”

“别说你这个联络官，关东军司令不知道都正常。这次行动意义重大，‘老龟’直接向近卫首相汇报。”

“‘捕鸟行动’有什么进展吗？”宫本芳子问。

“破获了潜伏在东京的苏共谍报网——拉姆扎小组。”影佐圭吾脸上露出一丝得意之色。

宫本芳子说：“拉姆扎小组与红组也有关联。”

“‘老龟’送给你的七只乌鸦，是否齐全？”影佐圭吾突然转移话题。

宫本芳子没有回答，盯着影佐圭吾的眼睛，猜测他后面要说什么。

“你不用害怕。”影佐圭吾微微一笑，“神鸟丢失是‘老龟’故意设计的一个环节，消息也是‘老龟’亲自放出去的，目的就是让拉姆扎小组和门徒小组上钩、暴露，然后——”他把手掌横在脖子前。

宫本芳子听罢心惊肉跳。她实在没想到，自己也成了他们手中的诱饵，不禁感到脊背发凉，装作镇定："'捕鸟行动'不只是撒网，还要自己放鸟？"

"这是'捕鸟行动'的核心。"

"'老龟'为什么这么做？"

影佐圭吾摇摇头："我要是知道为什么，就不会在上海受这种夹板气喽。现在，我们别管'老龟'了，还是想想把这场噩梦怎么圆过去吧。"

晴气武夫叹口气："怎么圆？没法圆！我们已经层层布防，可是支那人犹如幽灵，防不胜防。"

宫本芳子说："我们可以做两种假设。一、门徒小组与拉姆扎小组一直保持某种联系。门徒小组从拉姆扎小组那里获得消息，那么，码头的第一次刺杀行动为何会如此仓促？这解释不通；二、门徒小组和拉姆扎小组没有任何联系。码头很外行的刺杀行为就好解释了，是重庆特工所为。但神鸟被盗，松下将军殉国，足以证明门徒小组已经拿到情报。所以，这两种假设都成立，又都不成立。"

影佐圭吾问："有没有第三种可能？"

"我们将这两种假设合并，就能得出第三种假设。门徒小组拿到情报，利用灯下黑原则，在宪兵司令部动手。重庆那伙人准备不足，来不及详细策划部署，便仓促行动了。"

影佐圭吾点头："第三种假设有一定道理。"

晴气武夫不解，反问道："重庆那伙人从哪里获得的消息呢？"

宫本芳子道："特工总部。"

晴气武夫难以置信："特工总部有重庆方面的卧底？"

影佐圭吾问："秦癸恩是共党分子，有没有直接证据？"

晴气武夫道："对于这种狡猾分子，根本不可能获得直接证据。"

"只能是猜测？"影佐圭吾闻言不悦，"你们是不是坚信'宁可错杀一千，也不放过一个'？错杀不错杀我不管，但是你们要记住，放走真正的共党分子才是致命的。作为职业特工组织，特工总部的工作作风太烂了！"

晴气武夫轻咳一声："秦癸恩偷走神鸟，可以证明他是共党分子，甚至是门徒小组成员。特工总部作为梅机关的第二只手，这只手必须干净，因此我要求他们彻底清查内部。”

宫本芳子看了晴气武夫一眼。晴气武夫冲她摇摇头，示意她不要说破。

“特工总部确实需要过几遍筛子了。”影佐圭吾走到窗前，拉开窗帘，“‘以华治华、以战养战’是帝国的军事战略，是建立大东亚共荣圈的导向。帝国虽在支那驻军百万，但支那却有四万万刁民，就算我们打败支那军队，推翻蒋介石政府，如何收拾烂摊子才是棘手问题，所以必须培养一个傀儡政府，替我们管理那些刁民，让这个东亚病夫源源不断地为大日本帝国输血，这就是我组建南京政府的初衷。上海形势复杂，法租界、公共租界、日占区共同管制。帝国军队虽然占领上海北区，但三界鼎足、多国盘亘，必须依靠特工总部的力量。”他转身盯着晴气武夫，“晴气课长，你要好好运作，必须让特工总部成为帝国最忠实的一条狗！秦癸恩是门徒小组成员的定论，不要告诉他们，我要看看特工总部有没有资格做对帝国有用的狗！”

晴气武夫行了一个标准的日本军礼，离开机关长室。

影佐圭吾目送晴气武夫出门，扭头对宫本芳子说：“‘光计划’启动了。”

“‘光计划’终于启动了！”宫本芳子双手合十。

“‘光计划’才是让你留在上海的原因，否则你早应该回国了。如果不是‘光计划’，宫本先生也不会允许你长时间留在这个是非之地。”

“‘老龟’曾说过，‘光计划’可以让帝国成为世界上第二个‘日不落帝国’。”

“太阳之下，皆是天皇领土！”影佐圭吾走到天皇像前，深深鞠躬，默念道，“希望帝国能成为永不沉落的太阳，帝国之光绵延万年，恩泽世界。”

宫本芳子待影佐圭吾行完礼，补充道：“只要‘光计划’成功，大和民族子孙的愿望必将实现！”

“天皇万岁，大和民族昌盛万年！”影佐圭吾又向天皇像行军礼后，从桌上拿起一份文件递给宫本芳子，“你去见见他。”

宫本芳子接过文件，见上面写着“满铁上海调查部”字样，向影佐圭吾行了一个标准的军礼。

第六章　遗　物

~ 017 ~

时间： 1941 年 10 月 11 日，星期六。

地点： 上海，日占区，极司菲尔路 76 号。

孤岛上的人，对双十节格外在意。双十节已经过去一天，节日的气氛依然不减。人们只能假借这种心灵的麻药，抚慰战争带来的创伤。在那些打发生活的欢笑声中，也包含着被生活打发的屈辱、焦虑、绝望和无助。

上海，一个被枪炮割裂的叱咤之城，早被无数只看不见的大手撕裂了。灵与肉的分裂，生活在城里的人们活得如同行尸走肉，国家尊严、个人荣辱，在这座孤岛上已经荡然无存。

也许，在过去的九十多年中，上海从来就没有真正属于过中国。在她包容一切的怀抱中，在她华丽的肌肤上，一群来自世界各地的暴徒，肆无忌惮地撕扯着她已经千疮百孔的躯体……

这一天，76 号却被躁动和恐慌充斥。

李墨群如同热锅上的蚂蚁，他执掌的 76 号大院，面临着前所未有的困局。他对活跃在上海的中共门徒小组一直避而不谈，因为这是他的痛点。幽灵般的中共门徒小组就像一团雾，虽然近在咫尺，却看不透、抓不着。他也明白，松下武章之死是个导火索，逼迫他必须直面中共门徒小组。虽然上海是他的天下，但中共门徒小组是他几乎无药可医的心病。

是病就得治，不治就得死人。李墨群强打精神，召开处长会议，下达了他的指令。

“松下将军玉碎，我们心碎！”在偌大的会议室里，李墨群有气无力地说，“特工总部再无宁日。实际上，特工总部从来就没有消停过。”他扫视各位处长，“日本人不会让我们消停的，可是我们自己人也不让我们消停啊！”

四位处长明白李墨群话有所指，都不敢说话。

“松下将军是怎么死的，是被枪打死的吗？”李墨群陡然提高嗓门，“不是！松下将军是被情报害死的！我们早上 8 点接到通知，10 点半松下将军在宪兵司令部门口中弹，这说明什么？这说明我们内部有鬼！上午开会时，我说我们这里有延安安插的共党分子。通过今天的两枪，我觉得我的说法还不够缜密，我们部里不仅有延安的共党分子，还有重庆的军统分子。看来，上次我们的大清洗，没有将上海洗干净啊！”说着，他瞟了沐承风一眼，“那个代号‘变色龙’的军统特工，到现在还没有抓到！”

沐承风立即站起来，垂首低声道：“卑职办事不力，请主任责罚！”

李墨群向沐承风挥挥手：“沐队长尽职尽责，尽心尽力，是特工总部的大功臣，我怎么可能责罚你呢？那些虱子的存在，只能说明，我们是有存在价值的，还望沐队长再接再厉。”

“主任，卑职向您保证，一定揪出这个挨千刀的内鬼，让他现出原形！他让我们一时不舒服，我让他一辈子不好过！”沐承风愤愤地说。

另外三位处长均不作声，有的在笔记本上写写画画，有的抱着肩盯着天花板神游。

李墨群瞥了三位处长一眼，从鼻子里发出蔑视的声音：“怎么了？关键时候都哑巴了？”

凌云洲坐直身体，向左右看了看，低声说：“要说破案，各位是专家。我有个不成熟的想法，说出来权当抛砖引玉啊。我觉得啊，潜伏我们这里的共党分子，没准儿是吃双饷的，从重庆、延安两面领薪水。”

“凌大少这个想法比较大胆，没准儿还真是这样。”李墨群的脸上由阴转睛，“看来调查部里内鬼的活儿，交给凌大少侦办是对的。”

凌岳州瞥了凌云洲一眼：“凌大少这个想法好，没准儿是个破冰思路。”

沐承风道：“我也赞同凌大少的判断。”

杨枢拍拍额头：“我这个脑袋呀，就是一个榆木疙瘩。虽说我经常用它跟凌处长喝酒，可就是没学会如何使唤它，惭愧，惭愧！”

“现在你不是还用它说明问题嘛。”凌云洲向诸位作个罗圈揖，“各位这是捧杀我啊。假如，我说假如啊，假如松下将军来上海的消息是从我们这里泄露的，那么这个内鬼必然在这个屋子里。”他再强调一句，“各位别在意啊，我说的是假如！”

杨枢摆摆手：“凌大少，你的假如还真是假如。知道这个消息的人，不止咱们四位吧？也可能从宪兵司令部那里泄露出去的呢。凡事无绝对，有这种可能的。”

“你说的也是一种假如嘛，哈哈！”凌云洲将笔记本轻轻合上，“各位，我从来没抓过鬼，手生得很，如果今后给各位添麻烦，还望各位见谅。”

凌岳州笑道：“凌大少，你手生心熟啊。说实在的，我就没想到这个内鬼可能是双面间谍。”

李墨群轻轻敲下桌子，待众人安静下来，说：“一个日军的将军，死在我们负责的地界，好说不好听啊，以后有各位忙的了。另外，宫本课长正在执行秘密任务，要部里给她安排一个上海通，我觉得只有苏成方合适。”

沐承风点头：“苏成方在青红两帮都吃得开，在上海就没有他办不成的事儿。只是那个日本娘们儿脾气古怪，阴晴不定，不好伺候啊！”

凌云洲反问：“哪个日本爷们儿好侍候？依我看，主任断人还是挺准的，就他吧。”

李墨群点点头：“这事儿就这么定了，接下来研究案子。虽然我们的老对手很狡猾，不过我们也不是一张牌都没有，别忘了还有秦癸恩这条线索。他虽然死了，可遗物还在。他只要做事，就必然留下痕迹，绝对不会擦得那么干净。沐队长虽然检查过秦癸恩的遗物，但他毕竟不是搞情报出身，没看出啥门道来。不过，我可以断言，秦癸恩一定是卧底，但他究竟来自延安，还是来自重庆，抑或两面通吃，还得仰仗各位侦知。凌大少负责调查内鬼，沐队长就把秦癸恩的遗物交给凌大少，希望借凌大少的慧眼，找出蛛丝马迹，挖出潜伏在我们中间的内鬼。”

“还是转到情报处吧！”凌云洲看了凌岳州一眼，示意他这回不用愁了，主任已经批复，“既然有内鬼，重要物证放在总务处不安全，万一丢了或损坏，我也说不清楚。再者说，我对资料收集、情报分析也不在行，少不了求凌大处帮忙。”

李墨群点点头：“那就凌大处多费心，给凌大少提供一切方便。”

凌岳州目不斜视，用手中钢笔轻轻点着本子：“是，主任！抓内鬼嘛，在下自然竭尽全力！”

李墨群看了看众人：“根据影佐机关长的命令，下一步我们的首要任务是把门徒小组挖出来，斩草除根，以绝后患。这个重任就交给沐队长负责，各位协助。各位，门徒小组的存在，一直让我夜不能寐啊，还希望你们能再立新功。”

沐承风大声道：“卑职一定不负主任所望。”

“眼下，沐队长配合晴气课长，全力调查松下将军遇难之案，全力追捕作案之人。”李墨群站起身来，向前走一步，又退回来，“希望各位不要给我丢脸，松下将军遇难，我的处境也不好过。今天我把话撂在这儿，日本人不让我好过，我就不可能让你们好过！”

~ 018 ~

时间： 1941年10月11日，星期六。

地点： 上海，日占区，极司菲尔路76号，苏州河宾馆；公共租界，爱琴海西餐厅。

凌云洲不接收秦癸恩的遗物，自然是为了避免“灵蛇”妄动。秦癸恩的遗物很有价值，同时也是陷阱，谁染指谁就会掉进去，“灵蛇”恐怕会首当其冲。遗物放在防卫设备最差的总务处，“灵蛇”必然会铤而走险，绝不能因为遗物暴露“灵蛇”，所以他才拒绝接收。当然，他早就制定好获得遗物线索的方案。

方案很简单，就是利用时间差。只要先一步看到遗物，他就有机会先检查，确定有无价值后，再寻找机会拿走或毁掉。

请人喝酒吃饭的方法，向来都是简单且有效。

散会后，凌云洲给凌岳州打电话，约他和杨枢到爱琴海西餐厅小聚，并说要照顾沐承风的情绪，他们分头前往。

凌云洲站在窗前，目送杨枢和凌岳州驾车驶出76号大院，便开始行动了。

凌云洲拿着两盒茶叶，直奔沐承风办公室，见他还在生闷气，便将茶叶放在桌上，说：“我就知道沐队长心里肯定不舒服，所以拿两盒上等龙井给您败败火。”

沐承风知道凌云洲是汪精卫安插在76号的心腹，不敢怠慢，赶紧赔笑道：“让凌大少费心了，以后还得请您多多关照。”

“您不高兴才正常。”凌云洲指着茶叶说，“明前茶，味道不错。这事儿啊，要是放在我身上，我也不高兴。”

沐承风拿起茶盒看了看，指着凌云洲说：“你呀你，怪不得凌大处主动做你的副手，总务处油水大啊。现在明前茶可不好弄，也亏得您手眼通天，还想着兄弟，谢了！”

“您先尝尝，若是喜欢，改天我再给您弄点儿。”凌云洲见沐承风桌上放着一包烟，便抽出一支点燃，吸了一口烟说，“我现在啊，就有这么点儿小权力。有权不用，过期作废。”

沐承风将茶盒放到桌上，说：“凌大少，您可是无事不登三宝殿，有什么指示，直说吧，我能做的一定做。”

“我知道沐队长和凌大处之间有些误会。”凌云洲笑了笑，“下午你们不是交接秦癸恩的遗物嘛，我怕你们再闹出不愉快。”他学着李墨群的口吻说，“日本人不让我好过，我就不可能让你们好过”，然后呵呵笑道，“主任这两天心情不好，咱们就别给他添堵了。”

沐承风点点头：“主任最近烦事太多，喜怒无常，咱们还是小心为妙。我来特工总部时间短，没有凌大处根子深。”他叹了口气，“唉，凌大少，我这么跟您说吧，凌大处不待见我啊，我这热脸啊，经常贴到他的冷屁股上。”

“同事之间，哪有什么待见不待见的？”凌云洲点指沐承风，“您啊，本事大，能力强，锋芒太露。有句话怎么说来着？木秀于林风必摧之，就是这么回事儿。”

这话沐承风听起来非常顺耳、暖心，点头笑道：“古有一字之师，现在凌大少一句点醒，您这个朋友我交定了。那些人啊，酿酒不甜，做醋绝对酸。在主任那里，没少给我扎针儿。”

“他妈的瞎扯淡！”凌云洲骂道，“追随老蒋是正路，拥护汪先生就是叛徒啊？”

沐承风是聪明人，知道有些话点到即可，只可意会不可言传。他观察凌云洲很长时间了，也查过他的档案，知道他与汪精卫、周佛麟等人的关系。他这个总务处处长，虽然整天无所事事，但能将 76 号所有人的一言一行，一字不落地传到南京政府。

“凌云洲就是汪精卫安在 76 号的眼睛”。沐承风也曾如此抱怨过。他心里很清楚，凌云洲对秦癸恩的遗物看似不感兴趣，实际上非常需要。要查内鬼，秦癸恩的遗物就是重要线索，深谙侦查之道的凌云洲，对遗物怎么可能熟视无睹呢？

沐承风得知凌岳州请凌云洲吃饭，便猜测凌岳州和自己有同样的心思，都想攀附凌云洲这棵有背景的大树，于是奉承道：“凌大少，你是长在森林里的大树，总比我路边这棵无人问津的孤木要好！”他之所以将自己比喻成路边孤木，是因为他虽然投靠了李墨群，为他鞍前马后效力，但他知道李墨群和戴笠一样，都是至阴至狠之人，一旦有风吹草动，随时都会丢卒保帅。他瞧不起这种人，但这种人却掌握着他的生死，现实真他妈的悲哀。

“凌大少，走吧，交接遗物。”沐承风什么都看透了，自然容易做抉择。他亲自陪着凌云洲去行动队。

“沐队长，够兄弟！”凌云洲和沐承风并肩行走，“改天我做东，咱们好好聚一聚。”

“那我就吃大户啦！”沐承风开玩笑说，“凌大少的名字取得真好，是不是源自宋朝郭师元的《云洲》？”他来了精神，高声吟诵，“昭代元丰日，云洲致瑞祥。”

凌云洲笑道：“氤氲浮岭表，精彩灿霞光。”

“好一首《云洲》！”凌云洲的幽默让沐承风心里舒服极了，至少觉得凌云洲不像其他处长那么排斥他，心里竟有些感动，“凌大少才华横溢啊，让人佩服！”76号上下相互怀疑、猜忌，为了一点利益，就没有不能出卖和背叛的。能让他感到舒服的人，也只有凌云洲了。为了讨好凌云洲，到了行动队，他逐一介绍秦癸恩的遗物。

“就这些，我检查过好几遍，没啥价值。”沐承风指着遗物说，“这本《巴黎圣母院》，还他妈的是英文版。他压根儿不懂英文，没什么稀奇之处。菜谱倒是好东西，可是对咱们没啥用。”

凌云洲拿起泛黄的菜谱，见封面上写着“醒园录”三个字，笑道：“沐队长好眼光，这可是清宫御厨李化楠的作品。”

“凌大少不愧是东京大学的高才生，对菜谱都有研究。”沐承风呵呵一笑，指着菜谱说，“里面有些奇怪文字，是不是密码之类的东西，我就不得而知了。”

凌云洲随意翻看菜谱：“破译的事儿，就不该由咱俩操心。这是凌大处的分内之事，就让他抓耳挠腮吧！”

凌云洲办完交接手续，按照既定程序，沐承风吩咐手下护送凌云洲把秦癸恩的遗物转交情报处。

对于《醒园录》上的怪异字，连号称“军统五哥”的沐承风都破译不了，凌云洲准备拍下来再仔细揣摩。去情报处的路上，他趁陪同人不注意，将菜谱取出来藏在身上。

遗物移交情报处之后，凌云洲迅速驾车赶往爱琴海西餐厅。他之所以选择在那里聚餐，是因为那里距离他家凌公馆只有五分钟车程。路上，他拐了个弯，回到凌公馆拍完照，然后赶到爱琴海西餐厅。

凌岳州见凌云洲姗姗来迟，言语有些刻薄，挖苦他几句。当听说沐承风背着他与凌云洲交接遗物，勃然大怒，骂沐承风狗眼看人低。

杨枢劝道："你能虎口拔牙，还不允许老虎咧咧嘴啊？昨天主任虽然发了话，但并不代表沐承风心甘情愿。今天早会上，主任又命他将遗物移交给你，他那么大的脸，能乖乖与你交接吗？只能绕着弯子交给凌大少。毕竟凌大少是部里的万金油嘛。"

凌岳州扭头骂凌云洲："万金油，抹哪儿都行呗，你连沐承风的屁股都抹呀？今天本来我跟杨处说，这顿饭我做东，现在我改主意了，今天必须你请，还得由我们点菜。杨处，抡圆了给我招呼！"

"好，好，我请我请，你们随便点！"凌云洲哈哈一笑，"现在好人难做，好人难做啊！"

杨枢笑道："凌大少，你想做好人没错，但是选错地方了。特工总部是什么地方？魔窟，人间地狱，塞满牛鬼蛇神，你他妈的在这里还想做好人？我劝你啊，最好连人都别做。"

凌云洲笑了，端起红酒抿了一口。他不善喝酒，勉强能喝点儿红酒。这是他的高明之处，在魔窟潜伏压力大，一般都会选择用酒精化解压力。然而，经常酗酒不仅有伤身体，醉酒后一切也不可控。所以，他尽量不喝酒。"真正的潜伏不是潜伏，而是生活"，这是他对潜伏的理解。

三人插科打诨，很快吃完饭，一起返回 76 号。凌云洲将《醒园录》原件放回去，做得不露痕迹。然后，他和凌岳州一起检查秦癸恩的遗物。

凌岳州对菜谱产生极大兴趣，甚至连破旧的袍子也翻来覆去地检查。凌云洲陪了一个小时，见凌岳州还没有找到线索，便回到总务处。

他刚走进办公室，就接到江澄子的电话，要他马上去苏州河宾馆。

苏州河宾馆是江家的产业，坐落在苏州河北岸，上海邮政大楼西侧。江澄子怎么去了日占区？难道她去了虹桥码头？

凌云洲立刻担心起来。江澄子没有地下工作经验，又急于表现，这是谍报人员的通病。她的热情，让她产生冲动，做出不理智的行为。虽然她的"不着调"是天然的掩护，但凌云洲要的不是这些。

他虽然理解罗亭的决定，但他习惯了孤军奋战，总觉得江澄子是羁绊、累赘。江澄子的努力和好心，会不断地给他制造麻烦，甚至将他带入万劫不复之地。可是，他并不排斥江澄子，因为他知道，这种不排斥里包含着一种信息，他已经喜欢上这位名正言顺的未婚妻。

当他赶到苏州河宾馆时，再次证实他的担心不是妄自揣测。江澄子确实给他带来了前所未有的麻烦。

他在苏州河宾馆看到了冯壬山。

左胸中枪的冯壬山藏在苏州河宾馆里，血虽然止住，但因失血过多，一直昏迷不醒。

江澄子虽然一脸惊恐，但看到凌云洲，立刻恢复常态，指着冯壬山说："你认识他吧？国品茶楼的冯老板，在码头刺杀松下。我怎么都没想到他是门徒小组成员。"

凌云洲走到冯壬山身前检查伤口，弹头没有击中要害部位，只因失血过多才导致昏迷。他看着冯壬山，眼皮忽然跳了一下。

影佐圭吾在码头埋伏三名狙击手、几十名特务，中弹的冯壬山是怎么脱身的呢？还有，冯壬山和秦癸恩认识，难道是他出卖了秦癸恩？难道他就是门徒小组的叛徒？

这一连串想法，让凌云洲惊慌之后，迅速冷静下来。他走到窗前，稍微挑起窗帘看了看楼下的北苏州路，见路上都是日本宪兵，立即肯定了自己的判断——冯壬山就是叛徒。

"澄子引狼入室！"凌云洲转身看着江澄子，见她依旧满脸兴奋，心情更加沉重。他拉着她走到房外，见左右无人，低声问："你怎么救的他？"

"有什么问题吗？我做错了吗？"江澄子不解地问。

"你救他没错。"凌云洲不想让她担心，悄声问，"你暴露了吗？"

"没有。"江澄子想了想，郑重地点点头，"绝对没有。罗亭姐叮嘱过我，我的身份只有你和她知道，绝不能让第三个人知道。"

凌云洲长吁一口气："那就好！"

"你一惊一乍的，想干吗？"江澄子满脸疑惑。

“门徒小组出了叛徒。”凌云洲把嘴附在她耳郭边说。

“他——他是叛徒？”江澄子指着房门。

“不一定！”凌云洲低声说。

~ 019 ~

时间：1941 年 10 月 11 日，星期六。

地点：上海，日占区，苏州河宾馆；公共租界，国品茶楼。

假如黄浦江是上海腔调的魂魄，那么苏州河就是上海繁华的风骨。

凌云洲站在窗前，眺望苏州河，内心无法平静。他的目光随着河面上的船只移动。目光所及之处，是雾茫茫的未知世界，他的心也飘向那片虚无中。

这么多年来，他虽然一直处于休眠状态，并不代表他忘记危险。他的使命，已将他置于刀锋之上，略有不慎，就会坠入万劫不复之地。

他经常给自己设计各种危险场景，时刻让自己保持备战状态。可是他万万没有想到，江澄子救了叛徒，把这个烫手的山芋强行塞入他的手里。

现在杀掉冯壬山易如反掌，但他不确定这是不是冯壬山和日本人设计的圈套。杀掉冯壬山，必然会暴露江澄子，他也脱不了干系。若不杀掉冯壬山，江澄子搭救刺杀日军将军的凶手，又怎么解释？

日本宪兵只是沿街搜查，还没有强行闯入宾馆，或许日本特务早已秘密潜入，或许敌人要通过江澄子这个诱饵钓到更大的鱼。

这条鱼，要么是他，要么是“13 号”。

当然，还有另一种可能，冯壬山不是叛徒。假如冯壬山不是叛徒，他误杀了自己的同志，这种错误更不可原谅。

布满涟漪的苏州河河面上，在昏黄的日光下，如金色鱼鳞般闪闪发亮。几艘小船漂浮在河面上，舱中的少女神情淡漠，像是被岸上的枪声惊吓了。

江澄子看着忧心忡忡的凌云洲，意识到问题的严重性。她后悔不该任性去码头，更不该私自搭救冯壬山。她怎么都没有想到，人心竟然如此险恶，敌人竟然如此狡猾，而懵懂无知的她竟然落入了敌人的圈套。

她从罗亭口中得知，组织在敌人心脏处安插一个潜伏人员，花费的人力、财力是无法估量的。凌云洲能打入 76 号，组织肯定付出了巨大代价。如今，他刚被唤醒，寸功未立，若因她的幼稚行为而暴露，她无论如何也负不起这个责任。

这时，她才意识到凌云洲的谨慎和小心，不是胆小、懦弱的表现，而是责任和使命的需要。

这次她误传情报、误救叛徒，都是不可原谅的错误。这一刻，恐惧像小精灵似的，一下子从她内心深处蹦出来，在她五脏六腑中乱窜。她像打碎父亲心爱之物的小女孩，大脑一片空白，可怜巴巴地望着凌云洲。

出乎她意料的是，凌云洲竟然做出一个大胆的决定——救活冯壬山。

在治疗过程中，冯壬山醒过来一次，看到凌云洲时，眼里满是惊愕，然后又昏过去。

弹头虽然取出来了，但冯壬山失血太多，又无法补充，一时半会儿醒不过来。

等待冯壬山苏醒时，江澄子温顺地站在凌云洲身边，乖巧得连她自己都感到惊讶。

两个小时后，冯壬山慢慢醒来，见凌云洲坐在他身侧，颤巍巍地问："这是哪里？ 76 号？"

"日占区，苏州河宾馆。"凌云洲轻声说。

"苏州河——宾馆？"冯壬山脸色苍白，视线有些模糊，声音有些虚弱，"抓我的是日本人，还是 76 号？"

"有区别吗？"凌云洲冷冷地盯着冯壬山的眼睛。

冯壬山狠狠地眨眨眼睛，终于能看清眼前的一切。他看见江澄子时，眼皮跳了一下："你们——救了我？"

"你怎么觉得自己在 76 号？"凌云洲注视着冯壬山，"冯老板知道我的身份，你这么说，是不是觉得自己应该去 76 号？”

江澄子看着凌云洲，不明白他为什么这样质问冯壬山。

冯壬山警觉地看了看江澄子，但表情很平静，是那种早已看淡生死的平静。

“你不用看她。”凌云洲看了看江澄子，“她只是让你搭个顺风车而已。”

“今日落入你手，我也没想活着出去。”冯壬山哼了一声，“凌大处长，你看着办吧。”

凌云洲微微一笑：“你放心，我不会将你交给日本人的。”

冯壬山把头扭到一边：“76 号，就是日本人的狗窝。”

凌云洲说：“今日我救你，说巧合也好，说故意也行。事到如今，我只希望能跟你谈笔生意。”

“我们有什么生意可谈？”冯壬山鄙夷一笑，“杀鬼子的原因很简单，老子是中国人！”

凌云洲说：“我也是中国人。”

冯壬山问：“你还配做中国人？”

“配不配，你说得不算。”凌云洲笑道，“冯老板，凌某人在 76 号，只是为了谋碗饭吃，从未杀过抗日人士。”他举起双手，“我这双手，对你们来说，还是很干净的。我呢，苟活于世，只求活得舒坦，所以才广交朋友，从不树敌。你是共产党也好，是国民党也罢，我只想跟你交个朋友。今日我救了你，只是想给自己留条后路。万一哪天我落入贵党之手，也希望你们能放我一马。”

冯壬山转过头，瞪大眼睛看着凌云洲，心里暗自合计：“他确实是苟活于世，完全没有自己的原则、底线和信仰。”

“直说吧，在 76 号做事，只是为了养家糊口而已。我在哪里做事，给谁做事，都是一个样。贵党若是高薪聘我，我也可以为贵党工作。”

“这也是一种活法。”冯壬山平静地说。

“我不反对冯老板信仰共产主义，或者三民主义。”凌云洲站起来，走到窗前，背对着冯壬山，“今日我帮你走出日占区，只是希望他日冯老板也能给我一次机会。人无百日好，花无百日红，做人做事要留一手。我们既无杀父之仇，又无夺妻之恨，何必相互为难呢？”

冯壬山调查过凌云洲，他利用特工总部总务处处长的身份，在上海经济金融圈长袖善舞，平日里结交三教九流，经常做顺手人情，帮助过很多人，所以他从未上过地下组织的刺杀名单。不过，冯壬山打心眼儿里瞧不起这种有奶就是娘的人。

江澄子见凌云洲把这个烫手的山芋，轻轻拿起，又轻轻放下，处理得如此举重若轻，不禁佩服得五体投地。她这时才恍惚明白，凌云洲常年与魔鬼共舞，却能安全无虞的原因了。像他这种无原则、无底线的投机分子，怎么可能是铁骨铮铮的共产党员呢？

她走到窗前，与凌云洲并肩站在一起，心底涌起一股莫名的幸福感。她忽然想起了凌公馆，那是爸爸送给她的订婚嫁妆。自凌云洲住进去之后，她就再也没去过，这时竟有想去看看的冲动，脸上不由得阵阵发热。

凌云洲将染有血迹的床单放入澡盆中，烧成灰烬，冲入下水道，然后安排江澄子通知大堂经理，把所有人召集到会议室开会。三人趁四下无人，从后门走出去。

凌云洲将冯壬山藏进轿车的后备厢，驾车进入主干道。只要过了外白渡桥关卡，进入公共租界，他们就相对安全了。

夜是无声的，凄凉的。充满和平假象的月亮，就像涂了一层脑浆，乳白色中散发着死亡的气息。

轿车行驶到百老汇大厦，前方就是外白渡桥关卡。关卡处显然增加了兵力，盘查很严。江澄子建议立即掉头，到其他关卡试试。凌云洲认为，松下被刺，所有关卡都会增加兵力，走哪个关口都一样。

“难道松下死了？”江澄子见大街上戒备森严，自言自语道。

凌云洲停下车，点燃一支烟，说：“宪兵司令部门口，头部中弹。”

“日本人肯定气疯了，怪不得满大街搜查。”江澄子兴奋地说，“这么说——”

凌云洲狠狠地瞪了她一眼。

她回头看了一眼，赶紧捂住嘴巴。她见前挡风玻璃下有支笔，一把夺过凌云洲嘴里的烟，在烟上写道："门？"

凌云洲接过笔写道："是。"

江澄子接着写："13？"

"是。"凌云洲向四下看了片刻，将烟吸完，决定冒险一试。

轿车被一个日本少佐拦下。日军将军在日本宪兵司令部门口遇刺，震惊上海，也让日军高层震怒，上海日本宪兵队全部出动，第十三军的驻军也派兵增援，每个关卡都有少佐级以上的军官带队盘查。

日军少佐看了看凌云洲的证件，问："特工总部的？下车接受检查。今天就是李墨群的车，也得接受检查！"

"检查没问题。"凌云洲把头探出车窗，"只是我车里装的是芳子小姐的私人用品。你最好打电话问问，芳子小姐有洁癖，否则我交不了差。"

"芳子小姐？"日军少佐皱皱眉，似乎知道宫本芳子的癖好。

"宫本芳子。"凌云洲补充道，"梅机关情报课课长。"

日本少佐犹豫一下，说："我先跟芳子小姐联系一下。"他走到岗亭，拨通电话，汇报道，"特工总部凌云洲，驾车进入我责任区，说您的私人用品在他车上，特此向您核实。"

"是的。"宫本芳子听完日军少佐的汇报，有些惊喜。她知道凌云洲又给她准备了好东西，但又不能让他人知道，便说道："凌云洲是值得信任的，他确实在给我运东西，不必检查了。"

日本少佐很识趣，没有坚持检查原则，还向凌云洲道歉，挥手放行。

轿车驶过外白渡桥，在南京路拐弯，一直驶到国品茶楼。凌云洲停好车，将冯壬山扶出后备厢。

脸色苍白的冯壬山看了看国品茶楼，只觉得恍若隔世，向凌、江二人深深鞠了一躬。

凌云洲笑道："姓冯的，你给我记住，你今天欠我一条命。咱们这笔交易，该我履行的我都履行了，接下来你就看着办吧。"

"你就不怕我是日本特务？"冯壬山打量凌云洲。

"那又怎么样？"凌云洲微微一笑，"我替汪先生挡过子弹，还救过日本人的命，逢场作戏嘛，那么认真干吗？”

冯壬山没有说话，冲凌云洲竖起大拇指。

凌云洲道：“这几天你消停点儿，不该去的地方别去。”

“大隐隐于市。”冯壬山指着茶楼，“明天正常营业，欢迎凌处长来喝茶，以后全部免单。”

“一言为定，别反悔啊。”凌云洲辞别冯壬山，驾车路过凌公馆时，江澄子忍不住瞟了一眼，幽幽地问，“你跟宫本芳子到底是什么关系？她为什么买你的账？”

“佣工与雇主的关系。”凌云洲淡淡地说，“她是梅机关的人。”

“提醒你，她还是女人。”江澄子掐住凌云洲的大腿，大声说。

第七章　再别康桥

~ 020 ~

时间： 1941 年 10 月 12 日，星期日。

地点： 上海，公共租界，凌公馆，百货商场。

这是一栋有灵气的法式洋楼，被南京路上茂盛的法桐簇拥着，像孩提时代童话里的木房子。外墙是原石，看起来古朴拙笨。墙面爬满随季节变化颜色的蔓藤。洋楼东侧是一个大花园，花园里散乱铺就的鹅卵石甬道通向一池碧水。池里有荷花和金鱼，水池旁立着一块巨石，上刻“相濡以沫，不如相忘于江湖”十一个大字，大字下面还有一行小楷，“江家有女初长成”。这块巨石，是江仲阁为了纪念江澄子出生，特意从黄山购买的。水池名为“江湖”，四周点缀着古树、假山，还有直通一楼客厅的抄手走廊。

这里曾是上海滩一景，是南京路上“结庐在人境，而无车马喧”之妙境，直到江仲阁看中黄浦江与苏州河结合处的地块。如今，在四周四米高的院墙中，只有一道铁门，门旁石墙上刻着“凌公馆”三个大字。

每天醒来，凌云洲望着窗外美不胜收的景致，仿佛置身国画之中，而他只是画中一个硬朗的点缀。与江澄子订婚后，他独自住在这里，江澄子从未来过。他知道，这位大小姐对这桩婚姻并不满意，又不想让父亲生气，就以应付的态度待之。

这里平时很安静，仿佛是孤岛中的孤岛。这日清晨，凌公馆便不再安静了。凌云洲醒来时，听到楼下有动静，惊出一身冷汗。有人进入凌公馆，他竟然毫无察觉。他从枕头下面摸出手枪，站在门后细听，判断声音来源，却发现有人在厨房里做饭。

“吴妈，汤煲好了就端到桌上去。”江澄子的声音传来。厨房里，她和吴妈在做饭。

“晓得了，小姐。姑爷还没起床？”吴妈问道。

“胡说，什么姑爷不姑爷的！”江澄子笑嗔道。

“老爷说，今年就让你们完婚。”一脸慈祥的吴妈将汤盆端到桌上。

江澄子羞红脸，“嘘”了一声，指指楼上，示意吴妈说话小声点儿。

吴妈笑了笑，又回到厨房。

凌云洲见是江澄子，心底涌起一股暖流。自他们订婚以来，江澄子应该是第一次进入凌公馆。然而，这股暖流瞬间便消失了，向来习惯独来独往的凌云洲，貌似对孤独有种特殊的眷恋。

凌云洲洗漱完毕，走进餐厅，见江澄子坐在餐桌旁，穿着点缀桃花的白色旗袍，素雅至极。这一刻，他有点恍惚，这画面曾多次出现在他的脑海里。如今画面成为现实，那样的女人，就像女主人似的坐在餐桌旁，含情脉脉地注视着他下楼，眼睛里充满温暖的笑意，让他感到有些不适应。

凌云洲走到餐桌前，指着吴妈的背影，问：“吴妈怎么来了？自我住进这里，你可是头次来，今天怎么有如此雅兴？”

“你一个人住在这里，我不放心。”江澄子板起脸说。

“有什么不放心的？敢抢 76 号处长家的人，还没出生呢！”凌云洲走到餐桌旁坐下。

“没人敢抢财，有人敢抢人。”江澄子嘟嘟囔囔地说。

凌云洲顿时闻到一股醋味儿，嘻嘻笑道：“这也不是江大小姐的嗜好啊。”

“我的嗜好，哪有凌大处长的嗜好独特，到处给宫本芳子采购私人用品。”江澄子嘟着小嘴，酸酸地说。

凌云洲终于明白那股醋味儿来自哪里了。这股醋味儿，他不但不觉得酸，还觉得有点甜，咧嘴笑了。

“笑什么笑？”江澄子愤愤地问，“你还好意思说自己是76号的处长啊？晚上睡得跟死猪似的，把你扛到大街上，你还以为自己梦游呢！”

凌云洲伸个懒腰：“昨天太累了，睡得确实有点沉。”

江澄子随即质问：“想你的芳子想的吧？”

凌云洲笑道：“别瞎说，我们只是同学关系。”

江澄子杏眼圆睁：“她都让你采买私人用品了，有这样的同学关系吗？”

“哪有什么私人用品，我是顺口瞎说的。我跟鬼子说的话，你也当真？”凌云洲摆摆手，“赶紧吃饭，今天你得陪我去一趟商场。”

“你让我替她挑东西？”江澄子直视凌云洲。

“我啊，做什么事，都喜欢做得严丝合缝，免得有人算后账。”凌云洲呵呵一笑，“你懂生活、有品位，不让你挑让谁挑？怎么，你不愿帮我，难道想看我笑话？”

江澄子顿时明白凌云洲的良苦用心，便不再纠缠，笑道：“让我帮忙可以，但必须给我置办一份。还有，从今天起，吴妈就住在这里。我呢，会随时过来检查吴妈的工作。”

“你想来就来呗，用得着找那么冠冕堂皇的借口吗？”凌云洲瞥了江澄子一眼。

江澄子起身轻轻拍了凌云洲一下：“谁找借口了？”

“你呗！还检查吴妈的工作，把自己说得像上海市市长似的。”

“记住，从今天起，你永远是我的市民，这辈子是，下辈子还是！”

“我有那么倒霉吗？！”凌云洲点点头，“好吧，市长大人，草民随时恭候您的征用。”

“那你就候着吧！”江澄子“扑哧”一声笑了。

凌云洲看着好像永远长不大的江澄子，感觉自己没有以前那么排斥她了。他明白，她已经真实地走进了他的生活，从此以后，他生命中的一切，包括幸福、感动，哪怕是危险，都要与她分享；同理，他也要接受她的一切，幼稚、倔强、任性，包括好心办的坏事。

他们逛了半天商场，江澄子看什么都说不合适。凌云洲也不敢多言，怕哪句话刺激她的泪腺，亦步亦趋地跟在她后面。

江澄子走进内衣店，边挑内衣边说：“私人用品，男人不能乱碰的一定是内衣。”

“我给她买内衣，有点不合适吧？”凌云洲都觉得羞涩难堪。

“你不是追求严丝合缝嘛！”江澄子笑着把内衣在胸前比量，“你看看，严丝合缝不？”

凌云洲把头扭向一边。

江澄子哼了一声：“你累不累啊？反正我累了，不转了，就它了，买三套吧。”

凌云洲还是不看她。

江澄子嘀咕道：“沉默就是默许。”她转身对老板说，“麻烦您给我包好。”

等老板包好了，凌云洲赶紧付钱。江澄子接过包好的内衣，抿嘴微笑，看了又看，走到商场门口塞给凌云洲，问：“怎么谢我？”

凌云洲接过去：“谢谢。”

江澄子哼了一声：“哼，我陪你跑了二十里路，你就送我俩字？算了，本小姐大人大量，决定不予追究。”她把嘴附在凌云洲耳郭边，“尺码对不对？别买小了。”

“都是你选的，我怎么知道大小！”

“我选的不假，但是你送的啊。”江澄子幽幽地说，“你不反对送这玩意儿，说明你们关系绝对不一般。别解释，解释也没用。”

“我反对，你退了吧。”凌云洲将内衣塞给江澄子。

“逗你玩呢！”江澄子“扑哧”一声笑了，“就送这个吧，只有这个，才解释得通。走吧，本小姐做东，今天把你喂得饱饱的。”

~ 021 ~

时间：1941 年 10 月 12 日，星期日。

地点：上海，日占区，愚园路 1136 弄。

上海的早晨是鲜活的。它的鲜源自空气，空气里包裹着从江面雾化的水珠，洗涤、净化城里人制造的尘埃；它的生命在于孕育，每个早晨总是演绎、裂变着各种鲜为人知的故事。有时候猛烈的海风刮来，这座叱咤之城恍若浮在海面上，人心也跟着漂浮，果真有一种孤岛的意味。

今天的早晨，四处飘荡着雾。太阳出来，雾就变成强弩之末。等这拨雾散尽，上海的早晨恐怕要多日见不到雾了。这雾，这晨，给已经极度不安的市民带来些许安全感。

晨雾里的 1136 弄显得形影相吊，这里曾是汪伪政府卖国求和的罪恶原宥地，这个曾经孕育汪伪政府的弄堂，如今成为一个地标；在这个地标上，镂刻着汪伪政府卖国的决策。除却它的背景，它无疑是上海浮华的见证。哥特式复兴风格建筑群，苍劲、古朴，周围绿树葱郁、绿草如茵、河水环绕，在当时可谓是上海滩少有的高档建筑。

今天的早晨迟迟不来，罗亭却早早醒了，站在窗前发呆。她背后的墙上挂着古老的钟，时针指向 5 点。

昨夜对她来说，又是一个无眠的夜。

罗亭望着灰蒙蒙的夜幕，看着夜幕下的假山和小桥，耳旁萦绕着徐志摩的《再别康桥》：“轻轻的我走了，正如我轻轻的来；我轻轻的招手，作别西天的云彩。那河畔的金柳，是夕阳中的新娘；波光里的艳影，在我的心头荡漾……”

这时，她的思绪似乎飘到了康桥，飘到了伦敦剑桥大学。那段时间，是她最悠闲自在的日子，也是她今生最幸福的时光。在风景秀丽的康河两岸，她和普乐天坐在黄花点缀的葱绿草坪上，或看书，或看天上的浮云；有时一起在碧波荡漾的康河上划船……

在一个美丽的黄昏，他们在康桥上漫步，然后定下终身大事。

罗亭转过身，轻轻叹口气，无尽的思念像浓雾一样扑进室内，紧紧地把她包裹。这一刻，她把自己所有的爱，都倾注在丈夫普乐天身上。

他们在伦敦结婚，是合法夫妻。不幸的是，一个月后“九一八事变”爆发了。为救民于水火，挽国家之倒悬，他们决然选择回国。次年，组织命他们加入中共门徒小组后，彼此就分开了。

“夫妻，暴露一个，死一对。”

为了更好地完成组织下达的任务，也为了彼此的安全，他们选择分开居住。没想到，这一分就是十年。其间，虽然他们经常见面，但不敢以夫妻相称相处。

这十年，时光如白驹过隙，转眼即逝；这十年，每天都如履薄冰，巨大的压力让她经常彻夜难眠。以前，他们还能相见、幽会，在一起度过短暂的美好时光，一个吻，一个对视，生命光亮而轻盈。

然而，当她成为汪精卫的机要速记员后，他们见面就难了。除了节假日里，能在江公馆偶尔见面外，连幽会都成为一种奢望，偶尔的对视还要小心翼翼。

近在咫尺，却不能相见，然而罗亭也是幸福的，至少她跟爱人有着共同的信仰。这种信仰，就是他们坚守孤独的支撑，奋斗的明灯和动力。在中共门徒小组中，她只对两个人可以不设防，一个是“国师”，另一个就是普乐天。他们两个人，是中共门徒小组两把刺刀，让中共门徒小组成为令敌人闻风丧胆的地下组织。

罗亭坐到窗前的沙发上，喝完一杯咖啡，然后就静静地回忆。在钩心斗角、你死我活的谍战生涯中，所有过往都成为美丽的风景线。何况，那一道道风景线，就是她亲手绘就的。

喝第二杯咖啡时，她忍不住站起来打量一番弄堂。这条弄堂，就是上海老百姓口中的“汉奸弄”。她住在汪公馆，斜对面的洋楼是周公馆，住着周佛麟的小姨子、杨枢的姐姐杨毓香。这时，周公馆的灯也亮了，杨毓香显然也是孤枕难眠。作为上海滩名媛，她每天都起得格外早，仿佛这也成了孤岛上一道极美的景致。

罗亭之所以起得早，是因为昨晚她接到陈璧君的电话。按照汪精卫临走时的交代，凌晨3点来电话是个暗号，早上6点有人要来找她，交代汪精卫的私人密令。罗亭是执行汪精卫私人密令的人。接到电话后，她就再无睡意。

在日汪合作时期，汪精卫传达私人密令，而且是陈璧君亲自打来电话，究竟发生了什么大事呢？

"给你做了一件旗袍，周部长已安排人送去。这是傅大师封山之作，十分珍贵。"陈璧君在电话里用暗语叮嘱。

罗亭又坐回沙发上，继续喝咖啡，注视着夜色渐渐隐去，晨光渐渐露出来。

6点钟，杨枢准时按响她家的门铃。她披上外套，给杨枢开门，看到他手里拎着一个盒子。

杨枢见到罗亭，给她行礼："罗校长，这么早来打扰您，实在是抱歉。"

罗亭笑了笑："你起得不是比我还早嘛。"

"5点钟我就到了，怕打扰您休息，就去姐姐家坐了一会儿。"

"杨小姐还好吧？"

"老样子，一个人单着，挺让人操心的。"

"我们不都是单着嘛，呵呵。"

"我们单着，是为了等待幸福开花。"

"好了，不扯闲篇了，进屋说话吧。"

杨枢进入客厅，并没有四下观看。他懂规矩，不该看的不看，不该问的不问，就会避免很多麻烦。他将盒子放到茶几上，然后在沙发前坐下："这是夫人捎来的旗袍，是南京傅大师封山之作。听夫人说，傅大师临收山前，夫人亲自登门，特地为罗校长定制的。"

罗亭也在沙发上坐下，按着盒子笑道："你替我谢谢夫人，也谢谢你一大早亲自给我送过来。"

"罗校长客气了，杨枢就是一个粗人，也只能跑个腿送个信，还望罗校长日后能在汪先生面前替我美言几句。”杨枢寒暄完毕，压低声音，“汪先生密令，一定将盒子里的东西保管好。”

罗亭看了看盒子：“除了旗袍，还有其他东西？”

杨枢点点头：“有件汪先生的私人物品。”

罗亭郑重地说：“既然是汪先生的私人物品，我定当妥善保存。人在物在。”

“此物已被梅机关盯上。”杨枢谨慎地说，“影佐圭吾曾向汪先生索要此物，可此物对汪先生来说弥足珍贵，不想赠人，便谎称此物已经遗失。汪先生本想让周部长保存，可周部长技穷，想不出好法子，这才劳烦罗校长妥善安排。”

罗亭低头想了想：“此物不会是《金山胜迹图》吧？”

“罗校长冰雪聪明，令在下佩服。”杨枢抱拳拱手，把声音压得更低，“唐伯虎真迹，无价之宝。”

罗亭似乎不以为然：“《金山胜迹图》是隆裕太后和肃亲王赠予汪先生的，汪先生怎能转手送人呢？再者说，这是中国国宝，岂能落入外人之手！”

杨枢连连点头：“罗校长所言极是，汪先生也是这个意思。”

罗亭打开盒子，取出旗袍，下面有个夹层，按下夹层开关，夹层翻开，露出唐伯虎的《金山胜迹图》真迹。

看到国宝的那一刻，罗亭似被一只无形的手卡住脖子，感觉呼吸困难，忍不住咳嗽一声。

二十几代人精心收藏的中华瑰宝，如今却落入汪精卫之手，日本人还在虎视眈眈，欲据为己有。现在，国宝落在她手中，她必须设法保存，誓死不能让它落入倭寇之手。

“罗校长费心了。”杨枢在罗亭脸上匆匆一瞥，“国宝从南京来到上海，路上难免走漏消息，梅机关又是无孔不入，汪公馆的保密工作，其实就是一个破筛子。”

罗亭关闭夹层：“麻烦你转告周部长，我一定妥善保存。”

杨枢点点头：“我相信罗校长不会让汪先生失望的。在下就此别过，有用得着在下的地方，您尽管言语。”

杨枢起身告辞，出门走下台阶，一道阳光穿过一棵大树枝叶的间隙射过来，赶紧用手遮住阳光。他深深地吸了口气，接到密令时的巨大压力瞬间消失。

杨枢向前走了两步，忍不住悄悄回头看了一眼，见罗亭悄然站在门口，那端庄高贵的气场，仿佛能驱散上海上空所有的阴霾。

~ 022 ~

时间：1941年10月12日，星期日。

地点：上海，公共租界，江公馆，国品茶楼。

凌云洲和江澄子度过了一个愉快的周末。他们像新婚的小两口，手挽着手逛街。如果在往日，凌云洲肯定没有这种闲情雅致，绝对不会陪着光看不买的大小姐遛大腿。

他白天不逛街，不等于晚上不去夜场。上海的夜场里，藏着数不尽的秘密，可以获得各方面需要的情报，何况他还是上海经济金融圈的常客。

意想不到的是，向来视逛街为苦差事的他，今天竟然体会到前所未有的快乐。他知道，这与身边的江澄子有关。爱情就像一层纸，捅破了，看见彼此的内心深处，才知道自己的眼睛欺骗了自己。

有些真实是丑陋的，也有些真实是可爱的。他们都看到了真实的可爱，心门就豁然打开了，仿佛两年前就种下的爱情之树，此时已经春花烂漫。

他们经过国品茶楼时，照例去喝茶。冯壬山还在，只是脸色有些苍白。老板娘王辛梓在柜台里算账，偶尔抬起头，眼神里隐藏着冷冷的光。他们猜想，她应该与冯壬山一样，也是中共门徒小组成员。

王辛梓见他们进来，热情地把他们引到小包间，泡上上等龙井。

他们也不客气，一边喝茶一边闲聊。一个小时后，他们离开茶楼，继续逛街。走到凌公馆时，他们相偎在一起，远远地注视他们的家，心中洋溢着难以言喻的幸福。

良久，他们相视一笑，顿感天高、气爽。

晚上，他们来到江公馆。江仲阁在客厅陪国画大师俞心、沉香阁拍卖行老板孙丙伦聊天。俞心六十岁上下，满头白发，一身长袍，颇有儒家风范。

“日盼夜盼，终于把老师盼来了，太好了！”江澄子看见授业恩师，立即跑到俞心身边，笑着给他揉肩。

“你这张小嘴呀，还是那么甜！”俞心看到江澄子，疲惫的脸上陡然露出开心的笑容。

江仲阁笑道：“澄子，别闹！俞老刚从外地回来，一身风尘呢！”

江澄子坐到俞心身旁，笑道：“老师，爸爸总是说我不成器，您现在就给我证明，我是不成器的花瓶子吗？”

俞心呵呵笑道：“澄子聪明颖慧，蕙质兰心，可不是花瓶子呦。对了，澄子，这些日子你还坚持作画吗？听江老说，你要结婚了？”

江澄子脸色一红，瞥了凌云洲一眼：“谁说我要结婚了，我还没玩够呢！”

江仲阁摇摇头：“俞老，你看，我说啥来着，这丫头还没有长大吧？”

凌云洲上前向俞心行礼、问好：“俞老好！在下凌云洲，澄子的未婚夫。”

俞心淡淡地说：“好什么好，勉强活着而已。”他扭头对五六十岁的孙丙伦说，“孙老，他是76号的人，咱们当他面说话，必须注意点儿。”

凌云洲尴尬地退到一边。

江仲阁为凌云洲介绍孙丙伦：“云洲，这是沉香阁拍卖行老板孙老。”

凌云洲冲孙丙伦微微鞠躬：“孙老好！千年沉香，一阁风雅，今日见到孙老，果然器宇不凡啊。”

江澄子连忙接着说：“孙老好！我叫江澄子。”

孙丙伦笑道：“盛世古董，乱世黄金。这年头天天打仗，到处死人，我这个拍卖行的老板啊，跟棺材板差不多了。如果不是江老和俞老帮衬，沉香阁拍卖行早就关门了。”

江仲阁道：“俞老、孙老，云洲在76号，也就是谋碗饭吃，从未做过出格的事。”

俞心呵呵笑道：“在坏人堆里不做坏事，应该挺难的。”他举起双手，“我这双手，也有写败笔的时候，但绝对不是故意的。”

孙丙伦笑道：“俞老这双手是国宝，即便是败笔，也值钱啊。您啊，还得多收几个徒弟，把您一生所悟传下去。”

俞心摇摇头：“我啊，一辈子就收过两个学生，一个是澄子，一个是亭亭。你猜怎么着，澄子呢……不说了。亭亭呢，更离谱，她竟然为大汉奸工作！你们说，是世道变了，还是人心变了？”

江澄子连忙解释：“老师，您别生气了。罗亭姐现在是圣约翰大学的校长，继承您的衣钵，教书育人呢！我呢，不做坏事就已经是好事了，哈哈！”

俞心叹道：“老师虽然老了，但不糊涂。余生只愿做陆放翁，与倭寇决战到底。只是——只是江兄一向不过问政事，若非一世为友，我肯定鄙视他一辈子。”

江仲阁摆摆手：“俞兄错怪我了。汪精卫要我入主新政府，我断然拒绝，就已经表明了我的立场。现在国弱民孱，有些事情，我实在是无能为力啊。”

俞心笑道：“哈哈，江兄不用解释，我们兄弟相处大半辈子了，岂能不知你的脾气秉性？刚才我的牢骚话，其实是嫉妒你富可敌国，哈哈！”

孙丙伦道：“在上海滩，谁没受过江老的恩惠？尤其是江家的制药厂和造船厂，工人都已经把工厂当自己家了。为啥呀？感激江老的知遇之恩！”

江仲阁道：“老朽虽然无能，尚且还能为老百姓办点小事，不足挂齿。”

“澄子，你也不小了，不要耍小性子，要好好孝顺你爸爸。”俞心站起来，在江澄子肩头轻轻拍了拍，“江兄，我和孙老板还要见一个人，今天就不在这里蹭饭了。告辞，来日再会。”

送走俞心和孙丙伦，三人一同返回客厅。江仲阁坐在沙发上，拿起一支雪茄。凌云洲帮他点燃后，和江澄子并肩垂立一旁。

烟雾笼罩在江仲阁头顶上，恍惚间想起了三十年前辛亥革命时，他和凌国轩、汪精卫一同加入同盟会。当时，汪精卫手中有一幅元朝倪云林的《六君子图》，上题五六首诗，当中有一首诗：“远望云山隔秋水，近看古木拥坡陲。居然相对六君子，正直特立无偏颇。”他们在此图前结拜金兰，成为换帖兄弟，自称“同盟会三君子”。现在看来，这个“三君子”充满了讽刺意味。

凌国轩堪称君子，十年前东渡日本，再无消息，直到凌云洲出现，才知道他已经殒命他乡。

汪精卫投敌卖国，何谈君子？他每每想起此事，就如鲠在喉。

如果不是仆人提醒该吃夜宵，他还在往事中自责。餐桌上，江澄子破天荒地将鸡腿分别夹到凌云洲和江仲阁碗里。她这个体贴的举止，一下子化解了江仲阁思绪里的惆怅。女儿懂事、故友之子陪伴身旁，让自己尽享天伦之乐，行将就木的自己，还有什么感叹的？

俞心今夜要见的人，正是他声声诅咒的“汉奸”罗亭。

罗亭在锦香茶室的包间里早早等候，见俞心进来，赶紧起身，上前挽住他的胳膊，笑问：“老师，您还在生我的气？”

俞心一把挣脱罗亭的手：“你我既是师徒，又情同父女，你现在的所作所为，令我很寒心啊！”

罗亭再次搀扶俞心坐下：“老师，您放心，亭亭不会让您失望的。”

俞心慨叹道：“亭亭呀，你父母是怎么死的？‘九一八事变’后，你父亲虽为一介书生，却毫不犹豫拿起铁笔抗日，为国捐躯。亭亭，杀父之仇不共戴天，你怎能为新政府工作呢？”

罗亭在俞心对面坐下，轻声说：“《日汪密约》昭告天下，不也是抗日嘛。”

“你……”俞心心里一怔，仔细打量罗亭。

罗亭斟茶：“老师，您说过，有时候我们的眼睛也会欺骗自己的。”

俞心心里明白了大概，也不敢细问，端起茶杯慢慢品着：“我就觉得高宗武、陶希圣没那个能耐。”

“老师是一片丹心照玉壶，亭亭敬重。不过，留得青山在，不怕没柴烧。您啊，还得看着日本人滚出中国呢。”

“想起你父母，我就恨不得投笔从戎，怎奈我空有一肚子怨气啊。”

“老师，一场戏有多种角色，一道难题有多种解答方式。我们何必在乎直中取还是曲中求呢？”

俞心笑道：“不论直中取，还是曲中求，有进取有追求就好。老朽起码还能倚老卖老，哈哈！”

罗亭莞尔一笑：“您能卖的东西可多了，您得问问价才行啊。”

“价钱不重要，用途才重要。”

罗亭拿出一个普通的长纸盒递过去。

俞心接过纸盒：“这是什么？”

“您看看便知。”

俞心熟练地打开纸盒，取出图，掏出随身携带的放大镜细细查看，然后点点头，指着图低声问：“它不是在那个卖国贼手里吗？”

“现在已经被日本人惦记上了，一直向他索要呢。”

“无耻至极，无耻至极！老祖宗留下来的宝贝，绝对不能落入贼人之手。”

“今天我约见老师，正是为了和您商量怎么藏起来，才能确保它安全无虞。我决定将它交给您。它只有在您手里，才是安得其所。”

俞心看看图，看看罗亭：“亭亭，你想过没有，这样做，对你是非常不利的！”

“您放心，我自有应对之策，不过可能需要您配合。”罗亭说。

俞心把画收好，放入盒中，严肃地说：“就算拼了老命，老朽也会帮你的。不，不是帮你，是帮苦难中的国家。”

“让老师受累了。”罗亭给俞心倒了一杯茶后，从包里拿出一张船票，“这是去香港的船票。”她指指图，“它就交给您了。”

俞心接过船票装好，深思片刻：“卖国贼把它交给你，绝对不会不闻不问，到时候你怎么交代？”

罗亭笑了：“所以我才有求您啊。您尽快临摹两幅赝品送给我。”

俞心呵呵一笑，点指罗亭说：“你呀，你呀，老朽一生痛恨赝品，没想到……好，好，这趟活儿我接了。”

罗亭又拿出一张纸条：“您离开上海之前，把赝品寄存在这个地方。”

第八章　密码疑云

~ 023 ~

时间：1941 年 10 月 13 日，星期一。

地点：上海，日占区，极司菲尔路 76 号。

李墨群办公室里摆放着一张明代石桌，桌面上刻着规整的围棋棋盘。

李墨群思考问题时，总是拈着棋子。他的人生如棋，几乎每天都与各种对手对弈。下班前，他习惯按照古棋谱摆一局残棋，次日上班后再寻找破解之法。

日复一日，乐此不疲。

凌云洲进来时，看到李墨群落下一个白子，笑道："主任下棋呢！"

李墨群指着棋盘，默念："时局如棋局，棋局如时局！"

凌云洲走到石桌前看了看，冲李墨群竖起大拇指："主任，您这不是下棋，而是悟道，怪不得您的境界那么高，眼界那么宽。"

"《红楼梦》里说，'世事洞明皆学问，人情练达即文章'。曹雪芹才是真正的高人，他从生活细节处悟透人生。"经凌云洲夸奖，李墨群洋洋得意，顺着杆子往上爬，"做咱们这一行，必须世事洞明，全盘算计，靠热血靠冲动，解决不了任何问题。"

"我不太懂围棋，太深奥了。"凌云洲谦卑地说。

李墨群摆摆手：“你学数学，自然懂得计算。你混金融圈，必然知道盈亏。”

“我懂计算，不懂算计。我呀，即便苦学十年，也只能掌握技术层面，但达不到您这种道行的层面。”凌云洲拍起马屁来也是不露声色，“您是雄才伟略的帝才，我拼死拼活，也就做个勉强合格的奴才。这是天生的，没办法。”

李墨群呵呵大笑：“把奴才做好，也不容易啊。”

凌云洲点头哈腰：“主任，您找我，有事您吩咐！”

李墨群确实在凌云洲这里找到做“老佛爷”的感觉，心里非常舒服，连连摆手：“不是吩咐，是请求，是请求。”

“主任，您再这么说，我就得跪着听了。”

“还是我站起来吧。”李墨群站起来说，“宫本课长不是要找个上海通嘛，我就把苏成方打发过去了。没曾想，竟然把猪头送错庙门了。”他捏起一粒棋子，端详棋盘，落子，“她点名让你去。”

“我？让我去做什么？”凌云洲微微一愣。

李墨群拍拍他的肩膀：“宫本课长是个活脱脱的大美人，看着都让人赏心悦目。这活儿，八百个人惦记呢，可惜她只要你。其实我也舍不得放你过去，没办法，谁让我们站在矮檐下呢。你就算帮帮我，辛苦一趟。”

“既然是主任需要，我绝不能说不。”凌云洲爽快地回答。

李墨群低声说：“宫本课长的父亲是日本天皇的姐夫，按中国古代的说法，就是驸马爷。你要是能把宫本课长变成特工总部乘凉避雨的大树，那可是居功至伟呦！”

“宫本先生是我的老师。”凌云洲轻声说。

李墨群点点头：“我知道，这层关系我们一定要利用好。云洲啊，我一直很欣赏你，也想重用你，不过这需要一个契机。从今以后，无论生活还是工作上的困难，你尽可来找我，不要有什么顾忌。”

“谢主任。”

李墨群不动声色地说，“好好干，前途无量。”

凌云洲离开李墨群的办公室，在院子里碰到杨枢。

杨枢手里拿着一叠资料，瞧见凌云洲，便走到他面前，朝他胸部打了一拳：“你小子艳福不浅啊。”

“杨处长的气色也不错嘛！”凌云洲笑问，“碰到啥好事了？”

“没办法，我悟性好，既能把一碗面包成饺子，也能擀成面条，或者煮成馄饨。”杨枢阴阳怪气地说，“你说你跟江小姐都订婚了，凌公馆多好的地方，有山有水有树林的，你们何必去苏州河宾馆呢？”

凌云洲微微一笑：“饺子吃腻了，吃碗馄饨不行啊？”

“你想吃啥我不管，但是在什么地方吃，我就得掂量一下了。”杨枢把嘴凑到凌云洲耳边，“别以为你举着尚方宝剑查内鬼，我还扛着三口铜铡查内鬼呢！”

凌云洲顿时明白，李墨群生性多疑，对谁都不信任。不管调查什么事，他总会安排两路人马，然后听双方汇报，从中找出相同点和不同点，最大限度地接近真相。杨枢这么说，肯定是在背后调查他。

凌云洲笑道：“我虽然能力有限，但还能禁得起风吹雨打。”

杨枢嘿嘿一笑：“你想多了。咱们兄弟办差吃饭，都不容易。你是汪先生的人，我是周部长的人，山不转水转，水不转人转。在特工总部，要说我信任一个人，也只能是你。你放心，我把调查记录都删掉了，你在苏州河宾馆干的那些破事儿，只有我知道。”他还要往下说，突然指着大门口，转移话题，“说曹操，曹操就到。你看，江大小姐这就来了。”

“别闹，这时候她来这里干什么？”凌云洲装傻充愣。

杨枢掐着凌云洲的脑袋扭向大门方向：“江大小姐，要身材有身材，要脸蛋儿有脸蛋儿，人间尤物啊。”

凌云洲见江澄子果然来了，知道她这时来肯定有重要的事，扭头对杨枢说：“这里阴气太重，我不能让她进来。杨处，你不是要报销费用嘛，我办公室没锁门，你把票据放在办公桌上就行。”

杨枢竖起大拇指：“我就喜欢你的敞亮劲儿，对了，以后你们有什么私密话，请到外头去说。江大小姐是上海名媛，一旦有流言蜚语传出去不太好。”

凌云洲拍拍杨枢的肩头，转身迎接江澄子。

江澄子穿着一件绣着木槿花花瓣图案的旗袍，显得端庄可爱。她站在76号门口，与76号阴森诡异气质十分不和谐。

凌云洲走到江澄子身边。江澄子一把挽住他的胳膊，拉着他向外走。

他们刚走两步，李墨群的轿车就出来了。

轿车在他们身旁停下。李墨群摇下车窗，探出头，笑问："江大小姐，今天怎么这么闲啊？"

"你也没说这里我不能来呀！"江澄子骄横地说。

李墨群呵呵笑道："哪里哪里，上海滩有一半是江家的，你想去哪里就去哪里，何况我这个小小的特工总部！"

江澄子笑道："特工总部庙小神大，我可不敢随便进。"

李墨群笑道："江大小姐是上仙，神再大也没用。以后这里你来去自如，我特批了。不过我得提醒你，凌大少是特工总部的宝贝，你得省着点儿用，哈哈！"他说完，往前一指，轿车前行。

凌云洲目送轿车消失在视野中，和江澄子向圣约翰大学方向走去。走了片刻，江澄子见左右无人，悄声说："'13号'有任务。"

凌云洲说："具体点儿。"

"组织破译了一条日本特务密电。"

凌云洲问："什么内容？"

"具体内容不详，只知道他们要实施'光计划'。'13号'命你查清这个计划的具体内容。"

"宫本芳子正在执行一项秘密任务，难道就是这个'光计划'？"凌云洲想了想，"看来此事要从宫本芳子那里入手。"

"你又要去找宫本芳子？"江澄子直视凌云洲几秒钟，抛下他独自向前走去。

凌云洲紧走几步追上她："我的大小姐，别走啊，我还有重要的事情要说呢。"

江澄子不理他，但放慢了脚步。

凌云洲跑到她前面，把手搭在她肩上："老秦牺牲，会牵扯出很多事情，会令我们防不胜防。为了确保不出纰漏，我建议与‘13号’建立不间断的联络线。”

“不间断的联络线？”江澄子瞪大眼睛。

凌云洲解释说：“所谓不间断，就是我能随时随地传出情报，所以你必须时刻在我身边。”

江澄子撇嘴道：“我们中间还夹着宫本芳子呢，我怎么可能时刻在你身边？”

“你住进凌公馆不就行了嘛！”凌云洲建议道。

“让我跟你住在一起？”江澄子打量凌云洲，“你不会是假公谋私吧？不过，不是不可以，我爸爸点头就行。”

“住进凌公馆之后，你就请假准备婚礼。这样你就可以随时找我。我一有情报，你就能及时传递出去。也就是说，从现在起，你要成为我的太太，而不是未婚妻。”

“你的太太？”江澄子脸红了，“这种事我怎么能主动跟爸爸说呢？”

“这是任务，你必须完成。”

“我去试试吧。”江澄子矜持地说。

“不是试试，而是必须成功。”凌云洲严肃地说，“从明天起，在别人的眼里，你必须是我的太太。”

“你——”江澄子瞪着凌云洲，“你——这是催我结婚吗？告诉你，本小姐不乐意，本小姐最讨厌被别人强迫做事情。”

~ 024 ~

时间：1941年10月13日，星期一。

地点：上海，日占区，极司菲尔路76号，圣约翰大学。

江澄子坐在路边的椅子上，又是挑眉又是挤眼睛，调皮得像个顽童。

凌云洲总是将工作和生活分得很清楚，而她总是弄不清自己的角色。她希望工作只是生活的点缀，就像挂在门前的珠帘上镶几颗珍珠，在阳光中折射出七彩玄幻。

凌云洲知道，江澄子肯定会支持他，只是不想乖乖服从而已。

江澄子示意他坐到她身边。凌云洲不知道她要干什么，也不好意思问，就挨着她坐下。他刚坐下，她就起身坐到他的大腿上，双臂箍住他的颈部，用一汪清水似的大眼睛直视着他。

凌云洲顿时感到血脉喷涌，呼吸急促，闭上眼睛，把嘴慢慢地凑上去。

江澄子悄悄地脱下高跟鞋，把鞋跟儿对准凌云洲的嘴。

凌云洲的嘴猛地下压，鞋跟儿结结实实地插进他的嘴里。

江澄子一把抽回高跟儿鞋，迅速穿在脚上，笑得花枝乱颤。

凌云洲连吐几口："澄子，你这是提醒我，我今生的好日子结束了吗？"

江澄子撇嘴道："错，我是用实际行动提醒你，你受压迫的日子刚刚开始。"

"我就不明白，男人为什么一定要结婚呢？"

"再生个女孩子继续折磨你啊，哈哈！"江澄子调皮地说。

凌云洲点指江澄子的额头："我上辈子肯定欠你什么了。"

"不赖账就是好同志。"江澄子说着向左右看了看，压低声音说，"我将救人的事情对'13 号'说了，'13 号'对你的判断没有表态，只是画了一个图。"她说完，从包里拿出一张纸，递给凌云洲，"你瞧，我都看不懂。"

凌云洲打开纸，见上面画着一个简图。

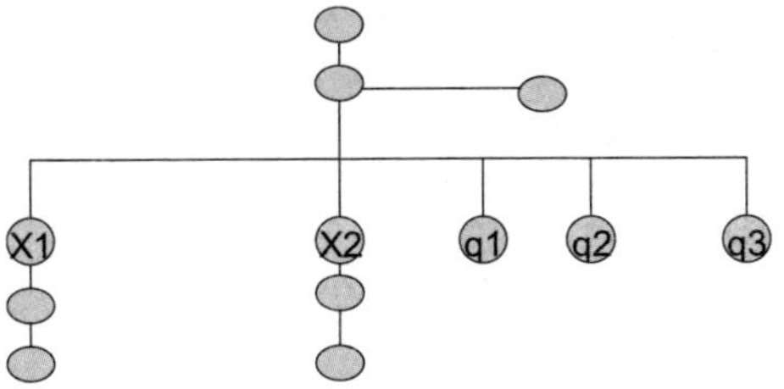

凌云洲意识到，这是中共门徒小组的组织结构图。看到这张简图，他暗

暗佩服罗亭的智慧。中共在上海的地下组织一般只有上下线，以串联方式构成。一旦其中一个暴露或叛变，敌人顺藤摸瓜，就能揪出一串人。中共门徒小组采用串并联混合方式，确实提高了安全系数。无论哪条线上出现叛徒，都不会影响小组的正常运行。

只是，罗亭画这个简图的真实用意是什么？向他传达什么信息呢？这张简图里，隐藏着什么答案呢？

凌云洲盯着 x、q 两点看了一会儿，顿时明白 X 就是中共门徒小组行动组的缩写，q 是中共门徒小组情报组的缩写。中共门徒小组的行动小组和情报小组的成员，应该互不认识。也就是说，冯壬山根本不知道秦癸恩是中共门徒小组成员。而且，三个情报小组成员也互不认识，“灵蛇”也不知道秦癸恩的真实身份。

这就是罗亭给他的答案——冯壬山不是叛徒。

凌云洲掏出打火机，将简图烧掉，叮嘱江澄子凡事一定小心，然后返回 76 号。

看见李墨群的专车停在院里，凌云洲便知道他已经返回。经过李墨群的办公室时，他故意放慢脚步，门里传出凌岳州的声音。他刚回到办公室，就接到李墨群的电话，要他过去。

凌云洲来到李墨群的办公室。李墨群说：“凌大少，让你过来，是想让你也听听凌大处甄别秦癸恩遗物的进展情况。”

“我本想向主任汇报后再去找你。”凌岳州对凌云洲说，“主任却叫你过来一起商量。”

凌云洲笑道：“看来凌大处大有收获啊！”

“秦癸恩的遗物中果然藏着情报。”凌岳州拿出秦癸恩的衣服，指着上面的一块补丁说，“秦癸恩是情报员，肯定受过专业训练。主任，凌大少，你们看看，这个补丁的针脚有什么问题？”

李墨群接过衣服，仔细端详那块补丁：“难道这补丁的针脚上有文章？凌大少，你看看。”

凌云洲接过衣服瞧了瞧：“凌大处果然厉害，这些针脚有长有短，按理说，正常人补补丁都不会这样。”

凌岳州冲凌云洲竖起大拇指：“这是摩尔斯密码，针脚的长短，代表着摩尔斯密码符号。我破译出其中的内容，可是这些内容太诡异了，具体代表什么，我还没有弄清楚。”

“说说看嘛。”凌云洲对凌岳州的工作能力感到吃惊，心中猜测他是不是“灵蛇”。

凌岳州说：“就是《论语》中的名句，‘学而不思则罔，思而不学则殆’。”

李墨群摸摸下巴：“这是什么意思？”

凌岳州说：“这是双重密码。第二层密码的内容，我还没有破译出来。”

凌云洲稍做思考：“这事儿确实有些蹊跷。秦癸恩肯定是情报高手，他知道自己暴露后，他的东西必然会落到我们手里。有一点我想不明白，如果这是情报，他为什么一直保留呢？根本不符合看罢即毁的原则。主任、凌大处，你们觉得有没有这样一种可能，其实根本没有第二层内容，他只是传递一条信息。”

凌岳州认可凌云洲的判断：“确实有这种可能。”

李墨群看了看两个人：“秦癸恩要将信息传递给谁？他要传递什么信息？”

凌岳州说：“种种迹象表明，秦癸恩就是共党分子，他在向隐藏在我们身边的同党传递某种信息。”

凌云洲道：“如果这种推测成立，那么谁对秦癸恩的东西最感兴趣，他的嫌疑就最大。”

李墨群淡淡地说：“沐队长一直摁着这些东西不放，难道……”

凌云洲摆摆手：“沐队长绝对不可能。”

凌岳州看了看凌云洲，见他的脚尖对着自己自然地颤动，立刻会意：“这些东西，确实是沐队长第一个拿到的，而且还放在他那里好几天。沐队长曾是军统五哥，他弃暗投明，确实是明智之举。最关键的是，他加入我们之后，提供了很多条有价值的线索，让我们一举重创潜伏在上海的重庆谍报组织，甚至可以说是对其进行毁灭性的打击。说他是……我找不到合理的解释。”

凌云洲摇摇头："我瞎说啊，假如沐队长是共党分子呢，拿别人家的东西当作投名状，也未尝不可。"

李墨群思索片刻，说："我们宁可错杀，也不能放过，先把沐队长列为重点监控对象。此事由凌大处负责，有什么情况，和凌大少商量。你们一定要齐心协力，挖出已经钉在我们脑门上的钉子。"

凌岳州立正敬礼："是，我即刻安排。"

李墨群冲凌岳州摆摆手："去吧。"他见凌云洲也要走，手向下一点，"凌大少留下。"

凌云洲见凌岳州带上门走远，低声说道："主任，沐队长虽有可疑，但凌大处也不能排除在外。"

"我也有这层意思。"李墨群起身拍拍凌云洲的肩头，"查内鬼，挖卧底，是个长期活儿，不能急于一时，必须要有耐心。你的逆向思维很好，总能从其他角度想问题。我相信，你一定能将这颗钉子拔出来。去吧，按照自己的想法办即可，有情况直接向我汇报。"

凌云洲回到总务处，关上门，从抽屉里拿出翻拍的《醒园录》和新买的版本一一对照，发现菜谱内容没有什么问题，但上面有几个希腊字母和四个奇怪的符号，以及一些奇怪线条引起他的注意。那些希腊字母虽然杂乱，但难不倒精通数学的他。他将希腊字母进行排列组合，竟然组成一个单词"ΑΝΑΓΚΗ"。

看到这个单词，他意识到秦癸恩要传递的信息可能藏在《巴黎圣母院》这本书里，"ΑΝΑΓΚΗ"是"命运"的意思，雨果正是根据这些雕刻在巴黎圣母院上的希腊字母，创作出这部传世经典著作。

凌云洲猜测，曾跟随亚瑟·谢尔比乌斯[1]多年、专研情报密码学的凌岳州，应该能破解出这些字母的含义，只是没向李墨群汇报而已。这时，一个疑虑又从他的脑海蹦出来——凌岳州是"灵蛇"吗？

---

[1] 亚瑟·谢尔比乌斯，德国发明家，其发明的恩尼格玛（ENIGMA）被誉为"超级密码"，使密码编译从人工手写时代跨越到机器操作时代，为德国在"二战"时期的密码加密做了不小的贡献。

凌岳州如果是“灵蛇”，他为何又如此卖力地破译呢？

如果他不是“灵蛇”，他隐瞒“ANAΓKH”包含的信息用意何在？

难道这条情报是秦癸恩用生命换来的“神鸟”藏匿处？

凌云洲无法断定凌岳州是敌是友，他唯一能做的，就是比凌岳州早一步找到秦癸恩留下的情报。他盯着《醒园录》内几个粗犷的线条出神。

יהוה

这几个线条代表什么意思？他没有见过这种怪异的线条，无法猜测它们代表什么。他看着看着，这些奇怪的线条像蝌蚪似的在他脑海里游来游去，令他心神不宁。

实在找不到答案，他决定将翻拍的《醒园录》交给罗亭，希望罗亭能破解其中的含义。于是，他拨通江澄子办公室的电话：“澄子，我这里有两盒雪茄，是我特意孝敬老爷子的。我今天晚上可能过不去了，你过来取一下，帮我转交给老爷子。”

江澄子接电话前，刚向罗亭汇报了凌云洲的建议，罗亭表示同意。回到办公室，她正盘算怎么跟爸爸讲时，接到凌云洲的电话，便驱车来到 76 号。

凌云洲将翻拍的《醒园录》和凌岳州的破译内容藏在烟盒底部，在 76 号门口大大方方地交给江澄子，暗示她赶紧交给罗亭。

江澄子火速赶回圣约翰大学，将烟盒交给罗亭。

罗亭看着凌岳州的破译内容，对江澄子说：“‘学而不思则罔，思而不学则殆’，是圣约翰大学的校训。”

“老秦是何用意？”江澄子问。

“老秦被捕那天，曾来过学校，他一定将神鸟藏在学校某个地方了。”

“学校这么大，怎么找啊？”

罗亭将照片放到桌上，一一摊开，分析道：“老秦肯定将藏匿‘神鸟’的信息密码写在《醒园录》内，只要破译了，就能找到‘神鸟’。云洲精通数学，一下子就发现 ANAΓKH 这条线索。”

江澄子笑道："他的数学和物理学得都不错。"

罗亭不停地端详那些照片，目光集中在怪异的文字和线条上，眉头渐渐皱起。יהוה，她不陌生，是"YHWH"的希伯来文，是基督教耶和华的缩写。还有那些线条，貌似横竖交叉毫无规律，如与教堂联系在一起，便能看出每两组交叉的线条，就是耶稣身上背负的十字架。

难道秦癸恩将"神鸟"藏在圣约翰大学的教堂里？

罗亭长吁一口气，走到窗前，望着远处的圣约翰教堂，秦癸恩的面孔浮现在脑海里。那个和蔼可亲的人，将他的使命与教堂融为一体了。

这时，罗亭意识到，秦癸恩早已做好牺牲准备，特意设计了传递最后一条关键情报的方式。

他的牺牲，对中共门徒小组日后的工作影响巨大。中共门徒小组二十二次成功狙杀重要目标，其中十次是秦癸恩提供了准确的情报。

她转身再次审视那些图片，一条信息忽然闪现——秦癸恩被捕前留下十字架图案，难道在暗示"灵蛇"叛变了？

难道"灵蛇"查明了秦癸恩的真实身份，76号才逮捕秦癸恩，掐断中共门徒小组最给力的情报源？

罗亭顿时陷入进退两难的境地。

"灵蛇"是同志，是战友，她不能在无凭无据的情况下无端怀疑，但是，这个疑点在她心中越来越大，一时间无法否定。

~ 025 ~

时间： 1941年10月13日，星期一。

地点： 上海，日占区，山阴路28号；公共租界，爱琴海西餐厅。

凌云洲意识到危险真的来了。这个危险，就像大雾一样，铺天盖地席卷而来，让他无处躲藏。

下午 2 点，他接到宫本芳子的电话，要他陪同她去虹口区山阴路。

路上，他从宫本芳子口中得知“光计划”早已实施。这个“光计划”，竟然由日本特科三大巨头“老龟”、土肥原和宫本正仁联袂制订。

仅看这三个人，就知道“光计划”有多么重要，接触核心机密的人必然少之又少。

山阴路，是一个由两排房子形成的小弄堂。就在这个小弄堂里，曾经住过很多名人，譬如曾住在 132 弄 9 号的鲁迅先生、133 弄 12 号的瞿秋白先生。让凌云洲没有想到的是，124 弄 28 号的留青小筑里却住着日本人。

弄堂狭小，轿车只能停在弄堂口。凌云洲和宫本芳子下车后，徒步来到 124 弄 28 号，开门的是一个三十出头、身材消瘦的日本人，自我介绍时说他是满铁的中山功。

宫本芳子向凌云洲介绍：“中山君还是华中派遣军司令部顾问，主要负责大项目，是‘支那抗战力量调查’项目负责人，也是首相秘书尾崎秀树的好友。”

中山功看起来有些书生气，与日本宪兵的蛮横霸道判若云泥。他谦逊、礼貌，把凌云洲、宫本芳子让进房里，细致地展示他的茶道。

留青小筑里的陈设全是传统的中式家具，若非客厅挂着一幅樱花油画，让人很难想到这是日本人的家。书房与客厅相通，墙边摆满书柜，书柜上赫然摆放着鲁迅的《阿 Q 正传》。

中山功拿起《阿 Q 正传》，翻开封面，指着扉页上的签名说：“这是鲁迅先生的亲笔签名。我非常敬佩鲁迅先生，多次与他秉烛夜谈。拜读鲁迅先生的《阿 Q 正传》、瞿秋白先生的《多余的话》，让我有种‘高山仰止，景行行止’的感觉。中国文化博大精深，让我难窥其境。我一直认为，日本文化是中国文化的延续，一本《源氏物语》怎能与《红楼梦》《三国演义》等文学巨著媲美呢？日本的茶道、剑道、文化均难以承载中国文化的厚重。就拿鲁迅先生的《铸剑》来说，讲的是顶好的故事，那个故事发生的年代，大日本帝国还是蛮荒之地。说实在的，我非常羡慕凌处长是中国人，是被厚重的传统文化滋养长大的。”

凌云洲瞥了一眼宫本芳子，见她不说话，便恭维道："中山先生不愧是中国通，对于中国文化比我了解得还多。"

中山功将书放在桌上，走到客厅沙发前坐下："我在满铁只负责'支那抗战力量调查'这个项目，从没有到前线打过仗。做这个项目，用中国的典故形容，叫纸上什么来着？"他实在想不起来，便挠挠头笑了。

"纸上谈兵。"凌云洲笑道。

中山功猛拍额头："对，对，就是纸上谈兵。"

宫本芳子沉吟道："纸上得来终觉浅，绝知此事要躬行。"

中山功感叹道："东京高层确实有些盲目，中国抗战力量是很难统计的，绝对不是用简单的数字就能体现出来的，譬如一个军队具体有多少人，国共双方共有多少军队。中共的新四军是华中派遣军司令部首要剿灭的对象，日汪合作的目的就是剿共，但共军军力却无法计算，他们军民不分，到处流窜，连个具体驻地都没有。所以，我虽然完成了'支那抗战力量调查'项目，但无法做到精准。"

宫本芳子说："今日我们前来拜访中山君，就是来拿那份报告的。"

"早给宫本课长备好了。"中山功起身从桌上拿起一个装订精细的小册子，封面写着"支那抗战力量调查"，双手递给宫本芳子。

宫本芳子双手接过，躬身拜谢，与中山功一同坐下，继续说道："另外，龟机关截获'003号'作品，近卫首相的意思，先让中山君考证一下，再决定是否运回国内。"

中山功一副难以置信的表情："你们居然找到'003号'作品了？好，好，我期待已久了。非常感谢宫本课长给予我这个机会。"

宫本芳子道："中山君是研究中国传统文化的专家，对中国文物研究造诣颇深，'003号'作品的鉴定工作就仰仗您了。"

中山功低头颔首："求之不得，何谈辛苦！"

宫本芳子道："影佐机关长说，'008号'作品就不劳烦中山君了，里面牵扯事情过多，就由梅机关操办吧。"

中山功点头："也好，'008号'作品的真伪，我还真拿不准。"

凌云洲不敢多问，无法探明他们口中的“003号”“008号”是什么，但宫本芳子说的“鉴定工作”，中山功说的“真伪”，让他感觉应该是中国文物。

辞别中山功，凌云洲将宫本芳子送到百老汇大厦，将一瓶法国香水和三件真丝内衣送给宫本芳子。宫本芳子欣然接受，眼神里荡起一抹缱绻的笑意。

凌云洲一直猜测“003号”“008号”是什么东西，没有心思去上班，驾车漫无目的地溜达，不知不觉就来到爱琴海西餐厅，看见76号行动队副队长苏成方带着几个特务站在门口，便踩下刹车。

“你是文盲吗？别弄脏我的地方，有多远滚多远！”宋格站在门口，手里拿着一块牌子，牌子上写着“汉奸与狗，不得入内”。

苏成方并不生气，嘻嘻笑道：“据我所知，中午76号的三位处长就在这里吃饭了！”

宋格把头扭到一边：“我又没说他们是汉奸！”

“看来这块牌子是为我量身定做的喽！”

“自己知道就好！”

“师妹，我也是有苦衷的啊！”

“呸，不要叫我师妹。让你这么说，日本人漂洋过海来上海烧杀抢掠，也有苦衷了？”宋格白了他一眼。

“都不容易，都不容易！”苏成方凑到宋格面前，嬉皮笑脸地说，“既然你不喜欢，我就不叫你师妹。我就按西洋人的叫法——亲爱的。”

宋格怒道：“小心天上掉东西，砸烂你的舌头。”

“我是你的未婚夫，你都不怕我怕啥？”

“恬不知耻！我答应了吗？”

“你爹答应了啊。”

“那你娶我爹去！”

这时，万墨翰带着巡捕巡逻到此，问宋格：“宋小姐，需要万某搭把手吗？”

宋格看到万墨翰，大声说：“万探长，你来得正好，有人到公共租界寻衅滋事！”

“谁这么大胆子，敢在老子的地盘闹事？”万墨翰瞥了苏成方一眼，“呦，这不是青帮二爷嘛，NO，现在是76号行动队队长了，怪不得敢跑到这里闹事。”

苏成方抱拳拱手：“万探长，我哪有闹事啊，商谈一点家事而已。”

万墨翰摇头：“家事国事天下事，凡是发生在这片地方的事，万某就得管。不管不行啊，不然老外得砸我的饭碗啊。苏队长端日本人的饭碗，应该知道伺候老外不容易。”

苏成方把脸一沉：“还真是我的家事，说开就好，不劳万探长费心！”

宋格怒道：“我家可没有日本人的走狗！”

万墨翰笑道：“听听，宋小姐可不承认你是自家人，你好歹也是个队长，就别往上贴了。”

苏成方纠正道：“我是宋帮主的大徒弟，怎么不是家人？”

宋格怒道：“呸，你还好意思提红帮？”

万墨翰冲苏成方摆摆手：“苏队长，赶紧走吧，脸掉到地上不好捡的！”

苏成方绷着脸：“万探长，咱们低头不见抬头见，这样不好吧？”

万墨翰肃容：“苏队长，刚才万某讲得很明白，我要是办不好差，老外会砸我的饭碗。宋小姐已经加入美国籍，也就是赏给我饭吃的主子，你觉得我应该为她提供什么样的服务呢？”

苏成方惊诧：“美国籍？”

宋格把脸扬起：“你还想娶美国老婆吗？”

苏成方吼道：“改天我向师父讨个说法。”

宋格冷笑：“你不怕我爹劈了你，只管去！”

苏成方冲向特务挥手，怒吼一声：“走！”

万墨翰目送苏成方离去后，对宋格说：“宋小姐，这里是公共租界，再有人闹事，你就打电话通知巡捕房，万某随叫随到。”

宋格点头：“谢谢万探长。”

万墨翰笑道：“宋小姐客气了。在上海滩，万某只敬重两个人，一个是工部局董事江老，另一个就是红帮老帮主。请您转告老帮主，有用得着万某的地方，知会一声，万某必当赴汤蹈火。”

宋格点点头：“欢迎万探长随时到红堂做客。”

“您啊，还是把这玩意儿收起来吧，有些问题，光靠置气、喊口号解决不了的，还徒增不必要的麻烦。”万墨翰指着牌子说。

“我只是拿出来气气那个走狗而已。”宋格把牌子翻过来。

万墨翰扭头看见凌云洲，冲他微微点头。

凌云洲冲万墨翰竖起大拇指，打个响指，驾车离去。

第九章　风满楼

~ 026 ~

时间： 1941 年 10 月 13 日，星期一。

地点： 上海，日占区，极司菲尔路 76 号。

这是一个突发情况。

突发，意味着可能带来惊喜，也可能带来惊吓。

这个突发情况是惊吓，是凌云洲一手炮制的，只是来得太快，令他感到措手不及。

凌云洲的轿车还没停稳，便看到行动队的车队进入 76 号大院。沐承风推开车门钻出来，猛地一挥手，两个特务从车上押下一个人。看清那个人，凌云洲顿时无比惊愕。

冯壬山！

冯壬山被捕了！

凌云洲的手指在方向盘上乱弹，感觉大脑有些缺氧。他狠狠地摇摇头，强迫自己平静下来，然后将近几天发生的事情迅速在大脑里复盘，推敲每个环节，然后想好应对措施。

冯壬山被捕，他倒是不担心。他担心的是，冯壬山被捕后引发的连锁反应。幸亏他早一步将香水和内衣送给宫本芳子，有她作证，至少能堵住那个最大的漏洞。

现在他唯一担心的是，冯壬山能否扛得住各种酷刑。

他所要做的事情，是尽快将冯壬山救出去。

凌云洲下车径直走到审讯室。门外把守的特务向他打招呼。他问："沐队长在吗？我找他有事。"

特务答道："沐队长刚进去，我通知他。"说着便要拨电话。

凌云洲按住电话："不用了，我到里面找他。"说完，他便向门里走去。

他推开审讯室的门，看见沐承风坐在椅子上，几个特务已将冯壬山打得血肉模糊。

沐承风见凌云洲进来，也不起身："呦，日头从西边出来了，凌大少怎么驾临血腥之地了啊？"

凌云洲没有回答，指指四面墙壁。

沐承风会意，对几个手下说："你们出去。"

几个特务出去后，沐承风把凌云洲拉进用木板围成的小房间内，压低声音道："木板墙内加六层塑料布，你是学物理的，应该明白这玩意儿能对抗监听器。这法子，我是从军统那里学来的。"

"我好好学习一下。"凌云洲说完走出去。

凌云洲敲了敲木板墙，感觉应该有很好的隔音效果，又借机瞥了几眼刑架上的人。那个人满脸是血，看不清眉目，但身材、脸型、发型都像冯壬山。

沐承风在后面阴阳怪气地问："凌大少，你不会认识这个人吧？"

凌云洲说："没准儿，要不我过去瞧瞧？"

"你还真不怕摊上事儿。"沐承风把他拽回木板房。

凌云洲指指木板房："你弄这个玩意儿，凌大处知道吗？"

"他知道个屁！"沐承风呸了一口，"我向主任汇报过。"

"主任知道就没事。我想——跟你说件事。"凌云洲故作紧张。

沐承风打量凌云洲："是不是凌岳州那个龟孙子又想害我了？"

"你得向我保证，我今天说的话，天知地知你知我知，绝不能让第三个人知道。"

沐承风指着脑袋："我以脑袋担保。"

凌云洲道："上午我去见主任，凌大处也在。凌大处向主任汇报，他在秦癸恩的那些东西中找到线索，可能怀疑你就是内鬼。"

"我 × 他娘！"沐承风急了，"我他妈的要是共匪，他妈的都是共匪。"他骂了几句，冷静下来，低声问，"主任怎么说？"

"主任生性多疑，他有时候连自己都不信。"凌云洲摇摇头，"如果不是宫本课长要我陪她出去办事，我早就告诉你了。"

沐承风握住凌云洲双手："啥都别说了，兄弟懂。"

凌云洲道："说你是共党卧底，打死我都不相信。"

沐承风拍了拍凌云洲的肩头，满眼感激。

凌云洲指着外面："那个人就是反证嘛。"

沐承风摇摇头："他要是共匪就好了，他妈的是个军统，还是软骨头，没几下就撂了。"

"军统有这么尿的吗？"凌云洲走出去，来到那人面前瞧了瞧。那人只是眉宇之间像冯壬山，便放心了，回到木屋，关上门，"那个家伙到底是谁？"

沐承风说道："沈笑，就他妈的一个雏，刚加入军统两个月。几鞭子下去，就供出他的上线叫赵甲坊。"

"赵甲坊？我认识啊。"

"认识？"

"打过交道。他现在在公共租界巡捕房当差。"凌云洲掏出一盒烟，抽出一支递给沐承风，"这个人我注意很久了，但没有告诉主任，先不要动他。"

"放长线钓大鱼？！"沐承风给凌云洲点燃烟，"凌岳州那个龟孙子摆了我一道，我绝不会放过他。"

"小不忍则乱大谋。在咱们这里，谁怀疑谁都正常。"凌云洲吐出一串烟圈，"你要想摆脱嫌疑，也很简单。"

"说说看。"沐承风不动声色。

"抓住一个共党分子，往死里整，不就说明一切了嘛。"凌云洲冲外面努努嘴。

沐承风会意："确实很简单。"

凌云洲低声说："把他秘密转移到安全房，等待时机。他是个雏，咱们说他是什么他就是什么。"他拍拍沐承风的肩头走出去。

午后的阳光透过天窗洒在走廊里，却把审讯室映衬得格外阴暗、湿冷。

凌云洲之所以建议将沈笑秘密转移，就是因为沈笑和冯壬山长得很像，将来或许有用。

果然，十几个小时后，事实证实了他的先见之明。

～ 027 ～

时间：1941 年 10 月 14 日，星期二。

地点：上海，日占区，极司菲尔路 76 号。

凌云洲靠在椅子上，看着天花板，一半在思考，一半在休息。昨天晚上，他没有休息好，原因自然是江澄子。江澄子的办事效率是有目共睹的，果然在晚上 6 点前住进凌公馆。江仲阁对江澄子虽然苛责，但罗亭出面恳求，他就破例答应了，说老祖宗的规矩不能破，并要吴妈做好监督。

忙活到凌晨 2 点，主卧室布置一新。江澄子搂着凌云洲的脖子，让他吻她。虽然那一吻，只是双唇轻轻一碰而已，但对他们来说却是极度幸福了。

江澄子换上睡袍，显得更加妩媚可爱。凌云洲直瞪瞪地盯着她，仿佛六神无主。江澄子对他的木讷表情极为满意，这就是她想要的效果。此时的女人，一般是不讲道理的，她也一样，要求凌云洲在她熟睡之后才能离开。

凌云洲乖乖地坐在床边，看着她眉宇间泛起的幸福，仿佛溢到房间里的每个角落。

他就这样看着，一直看到天亮才上班。

半睡半醒中，杨枢急促地推开门，说影佐圭吾到了，催促他赶紧去会议室。凌云洲一下子清醒过来，整理好衣装后迅速赶往会议室。

影佐圭吾与李墨群一起进入会议室，见各处处长到齐，便将手中一叠资料摔到会议桌上，吼道："我对特工总部的办事能力深表怀疑！"他见众人正襟危坐，没有人直视他，一屁股坐到主位上。

李墨群坐在他左侧，扫视一眼众人，低声道："请影佐机关长训示。"

影佐圭吾瞥了各位处长一眼："松下将军殉国，东京上下震怒。三天过去了，各位谁能给我一个说得过去的解释？"他看了李墨群一眼，"先从李主任开始吧。"

凌云洲知道李墨群无法给出合理的解释，便替他解围："松下将军被刺，主任痛彻心扉，彻夜难眠。行动队沐队长满城侦缉，怎奈刺客策划周密，暂时还没有落网。但是，我们根据掌握的线索所做的判断，也可能是机关长需要的解释。那就是，这次松下将军被刺，只能说明国共特工已经联手。如果不是国共特工联手作案，是难以得逞的。"

凌云洲的回答，出乎影佐圭吾的意料，他对此不置可否，只是冲凌云洲微微点头。

心思缜密的李墨群，接过话茬儿："特工总部现在只做两件事。一，限期挖出这个双面间谍；二，全力配合梅机关抓捕国共特工。"

影佐圭吾点点头，指着桌上的资料："凌大少看看这些资料。"

凌云洲拿过资料，见"国品茶楼"四字赫然出现在首页，心中猛然一惊，没想到梅机关已经锁定国品茶楼；第二页写着"沉香阁拍卖行"；第三页上写着"佛香物流"。这些字眼儿都让他感到吃惊，定定神，轻声说道："我常去这家国品茶楼，老板姓冯。机关长的意思是——"

影佐圭吾道："松下将军抵沪前，梅机关已获得情报，共党分子要刺杀松下将军，因此早在码头设伏，也想借此机会一举歼灭门徒小组。"

李墨群道："机关长料事如神，码头果然有人行刺。"

影佐圭吾摇头："百密一疏啊！我怎么都没有想到，国共特工能走到一起，这才导致松下将军殉国，让大日本帝国白白损失一员名将。我派人在码头设伏，只是第一步，并不是关键。就算在码头抓捕几个人，也只是执行具体任务的小鱼小虾，根本无法根除祸乱。所以，在几个月前，我就委托工部局警务处赤木处长密查所有店面。根据密查结果分析，唯有这三家店面在每次出现刺杀案件时都歇业，所以我断定，这三家店中必有一家是门徒小组的窝点。”

莫名的恐惧袭上凌云洲的心头，他暗暗打量影佐圭吾，心里暗暗思忖，这个一手促使日汪合作的特务头子绝对不可小觑，看来他早已找到应对中共门徒小组的办法。这种办法，看似笨拙，却是极其有效的手段。这种算法，在数学上叫作概率，看来他还精通数学。幸亏他只拿到三次记录，若是超过十次，便能轻松锁定国品茶楼。

凌云洲合上资料，说道：“机关长的大智慧，我等望尘莫及。只可惜三次记录太少了，若是超过十次，便可准确锁定。”

影佐圭吾点头：“我听芳子说，你精通数学算法，看来她所言不虚啊。”

“机关长谬赞了。”凌云洲摇摇头，“真实的数据是不会说谎的，绝对的数据里包含着绝对准确的信息。根据这些记录，我们就可以断定，其中一家店铺就是门徒小组的窝点。”

李墨群道：“这很简单嘛，把三家店里的人都抓起来，审问过后，自然就能找到我们需要的答案。”

影佐圭吾摇摇头：“此事没有那么简单。通过赤木处长调查，发现佛香物流的后台老板竟然是周部长。”他看了杨枢一眼，“杨处长，这个信息应该没错吧？”

“没错。”杨枢慌忙起身。他听到“佛香物流”时，心就提到嗓子眼儿。佛香物流是周佛麟和杨毓香出资筹办的公司，而杨毓香就是他姐姐，《金山胜迹图》就是通过佛香物流运送到上海的。

他嘴唇嚅动，低声说：“这家公司由家姐负责运营，周部长只是出资，不过问日常运营之事。”

影佐圭吾示意他坐下：“周部长是帝国的好朋友，佛香物流肯定不是门徒小组的窝点。但三次刺杀案件发生时，佛香物流都歇业，应该不会如此巧合，确实需要提供一个合理的解释，才能佐证其清白。”他顿了顿，轻轻咳嗽一声，“沉香阁拍卖行与工部局华董江仲阁关系匪浅，工部局是它的幕后老板，这一点，凌大少应该清楚吧？”

凌云洲道：“我在江公馆见过沉香阁拍卖行的东家孙丙伦，但是该店具体运营情况，我了解不多。”

影佐圭吾微微一笑：“这三家店，唯有国品茶楼没有背景。不过，如果我们捣毁国品茶楼，万一它不是门徒小组窝点，就会让送到嘴边的猎物醒了，岂非得不偿失！”

李墨群道：“如此看来，只有先暗查佛香物流和沉香阁拍卖行，再动嫌疑最大的国品茶楼。”

影佐圭吾点点头：“诸位，帝国与英、法、美等国还保持和平共处关系，梅机关不便在租界露面，所以这件事只能委托特工总部了。”

李墨群点头道：“请机关长放心，此事我亲自负责。”

这条消息就像蠹船的蚂蚁，渐渐盯上中共门徒小组。别小看这只蚂蚁，一旦它行动起来，必将中共门徒小组这艘大船吞噬。

四五天来，中共门徒小组的遭遇，不啻被电击、雷劈。先是秦癸恩牺牲，接着国品茶楼暴露，冯壬山领导的行动一组岌岌可危。这些无解的棋局，让凌云洲的心沉入黑暗的海底，迟迟找不到应对之法。

目送影佐圭吾的车队向圣约翰大学左侧的苏州河驶去，他的目光一直飘在车队的上空，大脑里一片空白。

国品茶楼被锁定，冯壬山自然无法脱身。怎么办？难道只能眼睁睁地看着冯壬山束手被擒？不行，一定要救冯壬山！凌云洲叹了口气，转身看到沐承风，一个新奇的想法顿时在脑海闪现——狸猫换太子。

他暗暗庆幸自己昨天做出的决定。

凌云洲沉到海底的心一直没有浮出海面。梅机关的所有部署，都在证明巨大的危险将以海啸之势席卷而来。

第一个迎接这次海啸的人，只能是他，也只能是他。

~ 028 ~

时间：1941 年 10 月 14 日，星期二。

地点：上海，日占区，圣约翰大学。

明媚的午后阳光，将校长办公室照得格外通透。

事情发展到最后，越容易在细节上出问题。凌云洲感觉，影佐圭吾天罗地网式的布局，是要对中共门徒小组展开立体式攻击，旨在彻底将中共门徒小组连根拔除。

“沉香阁拍卖行是门徒小组的另外一个联络点，孙丙伦就是‘军师’。”罗亭的话令他振聋发聩。

凌云洲看着窗外不远处的教堂，莫名的恐惧陡然将他包裹。想到中共门徒小组面临的危机，他就闭上眼睛，不由自主地摇头。片刻之后，他睁开眼睛，缓声说道：“影佐圭吾是土肥原的学生，不但是个中国通，还继承了土肥原的侵略意志，效仿土肥原扶植溥仪建立满洲国，扶植了汪伪政府。可以说，他并不是一个简单的特务，而是一个政客，境界和格局在日本特科都是数一数二的。当然，他设置的这个局，也许就是土肥原做的。”

“土肥原正忙着运筹东京‘北上、南下’战略，根本无法顾及上海的地下组织。”罗亭拿着笔在纸上画来画去，“冬天快要来了。”

凌云洲不明白她的意思，随口应道：“嗯，冬天确实要来了。”

“门徒小组的冬天来了。”

凌云洲豁然明白：“只要能熬过这个冬天，春天就不远了。只是，这个冬天太冷了。”

“莫斯科的冬天更冷啊。”罗亭将纸递给凌云洲。

凌云洲见纸上写着“北上、南下”四个字，皱起眉头：“北上、南下，这是日本高层绝密级作战计划——Z 计划。”

罗亭点点头，取出一幅苏联地图放在桌上：“你在苏联待过几年，对苏联不陌生。”她指着地图中的地名，“红组传来情报，德军‘巴巴洛萨计划’搁浅，半月前又制订了‘台风计划’，扬言十天之内攻占莫斯科。德国一百八十万中央集团军在10月2日向莫斯科发动攻击，以各坦克集团军实施突击，割裂苏军防御阵地，并在维亚济马、布良斯克两地围歼西方面军、预备队方面军和布良斯克方面军，尔后以强大快速集群从北面和南面包围莫斯科，与步兵兵团一起攻占莫斯科。”

凌云洲站起来，盯着地图上莫斯科的位置：“德军虽然对莫斯科形成合围之势，但领袖和他领导的苏联红军绝不会轻易放弃，肯定会尽其所能保卫莫斯科。”

“莫斯科保卫战已经打响，每天都有数以万计的红军牺牲。第五局的日子最难熬，拉姆扎小组成员被捕后，基本丧失了收集情报的能力，所以第五局将希望寄托于延安方面，希望延安方面能派人协助拉姆扎小组，探明日军的‘Z计划’，挽救莫斯科于倒悬。”

“苏联红军怎么可能如此不堪一击呢？”凌云洲皱紧眉头。

“苏联红军虽然弱于德军，也不至于兵败如山倒。”罗亭在地图上轻轻点了一下，“德军几个月内就兵临莫斯科城下，一部分原因可能跟情报泄露有关。”

“你说的是‘老龟’吧？”凌云洲咬了咬牙，“庆父不死，鲁难未已。”

“是的。”罗亭点点头，“我接到‘基督’密电，尽快协助第五局挖出‘老龟’。”

“挖出‘老龟’并非易事。”凌云洲依然皱着眉，“第五局既已锁定犬养中堂，为何不直接抓捕？”

罗亭解释道：“苏日之间已经签订互不侵犯条约，没有确凿证据，苏联不会逮捕犬养中堂。一旦出现外交麻烦，无疑是逼日军从西面夹击苏联，到那时莫斯科连反击的余地都没有了。”

“‘基督’的意思是——”

“引蛇出洞。让犬养中堂自己现身。”

“这太难了吧？”凌云洲连连摇头。

“只要有一线希望，就要全力以赴。”罗亭果断地说，“眼下的局势是，德军发动闪电战，志在冬季到来之前攻占莫斯科。对莫斯科来说，唯一的办法就是将西伯利亚的六十万红军调回。这六十万红军，是防御日本关东军的，一旦调回，就等于引日军进入苏联，与德军狼狈为奸。一旦遭到德日两军合围，莫斯科必垮。莫斯科一垮，共产国际必然解散。这对世界各地的共产主义组织而言，都是灭顶之灾。”

凌云洲将写有“北上、南下”四字的纸举起来看了看，说道：“这么说，截获日军的‘Z 计划’，对于改变战争格局是至关重要的。”

“可以说是撬起地球的阿基米德支点。”罗亭从凌云洲手里接过纸，从抽屉里拿出火柴点燃，“‘基督’密电称，他将暴露自己，除掉‘老龟’，探明‘Z 计划’。”

“对于目前的战局而言，获取‘Z 计划’，除掉‘老龟’，都是头等大事；对于门徒小组而言，如何摆脱梅机关的追捕，却是迫在眉睫的大事。”凌云洲指着窗外，“所有事情就像窗外的雾气一样，不来则已，一来就是铺天盖地。有时，我都觉得我们就是雾中人。局势越坏，雾气越浓，越能彰显我们的重要性。一旦天气晴朗，万里无云，我们就可能百无一用了。”

“我还真期盼我们百无一用，在乡下侍弄自己的一亩三分地就好。那是我们的奋斗目标，一定会实现的。”罗亭笑道，“当下有雾，对我们来说，相对安全些。我们之所以存在，就是为了驱逐雾霭，还世界一个晴朗无云的天。”

凌云洲冲她竖起大拇指：“我已着手调查‘光计划’，今天听宫本芳子说起‘003 号’‘008 号’作品，这与‘光计划’有关吗？”

罗亭摇头：“这是日本人制订的‘东方史馆计划’，与‘光计划’无关。这些作品都是中国国宝，‘003 号’和‘008 号’具体是什么，我也不清楚，不过我猜测，其中一个应该是《金山胜迹图》。”

“汪精卫的珍藏？”凌云洲瞪大眼睛。

“是的。《金山胜迹图》现在在我手上，是通过佛香物流运来的。如今佛香物流已被梅机关盯上，估计影佐圭吾已经知道《金山胜迹图》在我手中。”

“《金山胜迹图》是国宝，无论如何都不能落到日寇手中，不然我们愧对祖宗啊。”

“此事我已有打算，你不用操心。”罗亭走到窗前，向外看了看，转身说道，“明天‘基督’抵达上海。”

“明天‘基督’就到上海了？”

“拉姆扎小组出事，‘基督’等不及了。”

“我有一个救冯壬山的办法。”凌云洲将沐承风抓住沈笑的事情说了一遍，然后补充道，“我想救出沈笑，然后狸猫换太子。”

罗亭沉默片刻，眼角眉梢忽然舒展开来，仿佛在严冬中看到春暖花开，欣喜地说道：“我也有个办法，可一举解决这三件事。”她快速走到凌云洲面前，“门徒小组成立之时，曾抱必死之心，是谓门徒。所以，冯壬山不可能离开他的战场，离开就意味着死亡。但有一种死法，叫重生。”

“重生？”凌云洲摸摸鼻子，猜测道，“你的意思是让他继续潜伏，只是改调重庆？”

罗亭嗯了一声：“沈笑刚加入军统，所以他对重庆并不熟悉。这有利于他开展工作。”

“只是——只是如何取信沈笑的介绍人赵甲坊呢？只有赵甲坊配合，冯壬山才能继续潜伏。”

“这很容易。”罗亭把嘴贴近凌云洲的耳郭，轻声说，“赵甲坊就是门徒小组成员‘鼹鼠’。”

凌云洲悬着的心稍微放下：“我真没想到，赵甲坊也是门徒小组成员。这样一来，冯壬山就可以假借沈笑的身份了。”

“所以，第一步就是暴露国品茶楼。”

“丢卒保帅。”凌云洲点点头，“暴露‘战马’，保护‘军师’。”

“‘军师’不能出事，他是门徒小组的中枢。”

“现在，还缺少一个暴露的理由。这个理由，必须充分，不能让人看出半点设计的痕迹。”凌云洲踱了几步，驻足道。

“‘基督’到达上海，就是一个非常好的理由。”罗亭说。

凌云洲盯着罗亭：“‘基督’有没有危险？”

“‘基督’就是来上海赴死的！”

“‘基督’赴死？”凌云洲一脸惊愕。

“‘基督’到上海的目的是拜见土肥原，他会想办法暴露他的真实身份。

这是他自己制定的赴死之约。”

“我们怎么协助‘基督’呢？”

“刺杀土肥原！”

“刺杀土肥原？”凌云洲一边低头踱步一边嘀咕，“他可是老牌特工，一个细小的破绽，就会让我们万劫不复的。”

“这是一次门徒小组式刺杀，只是为了表明冯壬山是门徒小组成员，并非真要刺杀土肥原。”

凌云洲点点头：“这是一场表演，需要我做什么呢？”

“第一，配合‘基督’行动，除掉‘老龟’；第二，去见‘战马’，传达密令。‘战马’已被76号监视，密令无法通过正常渠道传送过去，所以要你亲自通知‘战马’。我今晚面见‘国师’，部署刺杀土肥原的行动。”罗亭走到窗前，指着教堂说，“老秦以生命换来的‘神鸟’，就藏在圣约翰教堂耶稣背负的十字架后面。”

凌云洲也走到窗前：“‘神鸟’内藏有什么秘密？”

罗亭转身走到桌前，在桌角处轻轻一点，从侧面弹出一个暗格，里面正是宫本芳子丢失的乌鸦木雕。她拿出乌鸦木雕，用镊子在乌鸦的脚趾上轻轻一夹，乌鸦的身体豁然打开，露出肚子里由石蜡密封、类似香烟的东西。

她取出火柴，烘烤石蜡。石蜡滴落，露出里面裹着的锡箔纸。打开锡箔纸，露出一张斑驳、泛黄、空无一字的宣纸条。

“无字？”凌云洲接过宣纸条翻看，“上面当真无字？”

罗亭颔首，轻轻翻动宣纸条：“目前所有显字、显影的方法我都试过，无效的。”

“乌鸦木雕内没有情报，难道这是一个圈套？”凌云洲忍不住又摸了一下鼻子。

“是我们对‘神鸟芳子’的情报解读有误。”罗亭轻轻拿起乌鸦木雕，看了看又放下，“红组传来消息，‘神鸟’是一个人的代号。”

“代号？”

“龟机关特工。”

“除了我和宫本芳子，上海还有龟机关潜伏特工？”凌云洲倒吸一口凉气，“如果是这样，老秦的暴露就没有任何价值了。”

“也许老秦传递的信息并不止这些。”罗亭指着桌上的石蜡说，“石蜡是我密封上去的，随时做好复原的准备，制造从未破译的假象，这是我采用的一种保护措施。现在，留给我们的时间不多了，你抓紧时间从宫本芳子那里找出‘神鸟’。”

凌云洲颔首：“我怀疑凌岳州已经发现了老秦遗物中的秘密。他在德国学的就是密码情报学，找出其中的关联并非难事。不过有一点我想不通，他为何没有将他的发现告诉李墨群呢？”

“他是门徒小组中的‘灵蛇’。”罗亭轻声说。

“凌岳州就是‘灵蛇’？”得到这条信息，所有困扰凌云洲的事情迎刃而解。凌岳州是“灵蛇”，自然不会将他的发现告诉李墨群，但李墨群不是傻子，他应该已经怀疑凌岳州了。

“门徒小组中肯定有内鬼，所以你不能联络‘灵蛇’。”罗亭叮嘱道。

“我在暗中保护他。”

“你什么都不能做。你和‘灵蛇’不在一条线上，任务不会重叠。况且，现在也不能排除‘灵蛇’就是叛徒。”

“你怀疑他？”

“老秦和‘灵蛇’潜伏在76号，难免会露出蛛丝马迹。到目前为止，‘灵蛇’背叛的可能性还是有的。”

“你怎么确定冯壬山不是叛徒？”凌云洲盯着罗亭，反问道，“每个门徒小组成员都可能是叛徒，‘灵蛇’可能是，冯壬山也可能是。”

“冯壬山不会是叛徒。”罗亭非常肯定地说，“冯壬山若是叛徒，沉香阁拍卖行绝对不会暴露。”

“冯壬山和沉香阁拍卖行有什么关系？”

“孙丙伦是冯壬山的父亲。”

“他们是父子关系？”凌云洲眼睛微微一闭，脑海里浮现出孙丙伦的笑容。

罗亭点点头：“冯壬山若是叛徒，不可能将父亲推到敌人面前；冯壬山若是叛徒，就算想利用沉香阁拍卖行诱捕门徒小组，也会秘密进行。”

凌云洲道：“沉香阁拍卖行被推到台面上，恰好证明冯壬山是清白的。”

罗亭嗯了一声：“红组制订‘赴死计划’，莫斯科、东京、上海三地同时进行，时间上要统一。”

“莫斯科、东京、上海三地相隔甚远，如何做到时间统一呢？”

“这是关键，也是难点。困难肯定很大，正因为困难大，敌人才会忽略。谁能想到红组会设计这么大的局！”

“‘基督’赴死——”凌云洲黯然神伤，“‘基督’若是牺牲，红组就解散了。‘赴死计划’是红组的第一个计划，也是最后一个计划吧？”

“‘基督’抱定必死之心而为之。”罗亭点点头，微叹一口气，“‘赴死计划’看似难以达成，但只要三方配合到位，便可揪出‘老龟’。”

“你有什么计划？”

“我要以特派员的身份进驻 76 号。”

凌云洲惊诧：“特派员？”

“汪精卫不放心 76 号的人，安排我以特派员的身份留在上海，暗中监视 76 号。”

“汪精卫没有指令，你怎么能自曝身份？”

“自曝身份需要一个理由，这个理由就是《金山胜迹图》。”

“你要把《金山胜迹图》藏在 76 号？”

“上海还有比 76 号更安全的地方吗？”罗亭笑了笑，“红组已经查明，龟机关中国局、苏联局共有八名潜伏特工，‘神鸟’就是之一，潜伏在上海。”

“我只知道‘神刀’和‘菊花’。”凌云洲说，“‘神刀’是我的上线，‘菊花’是宫本芳子。”

“红组判断，宫本芳子虽是龟机关特工，但她是日本贵族，父亲是宫本正仁，老龟也是利用她的身份，与宫本正仁保持一种微妙关系，所以她应该不是龟机关的核心骨干。”

“有这种可能，因为宫本芳子从未杀过人。”

“所以，宫本芳子不应该跟‘老龟’直接联系，而是通过‘神鸟’跟‘老龟’联系。”

“宫本芳子的生活极其规律，她到上海后只在梅机关、百老汇大厦和76号活动，连日本宪兵司令部和第十三军军部都很少去。”

“所以，‘神鸟’只能在梅机关或76号。”

“我会一直监视宫本芳子，直到找出‘神鸟’。”凌云洲低头想了想，“76号有‘灵蛇’，梅机关那边指望谁呢？”

“‘土狗’有办法侦听梅机关的电台。”

凌云洲在回凌公馆的路上，将计划在心里核对好几遍，直到觉得毫无疏漏，才将车驶入凌公馆。

一袭白裙的江澄子，披着蕾丝边的披肩，正站在“江湖”的木桥上，双手背在身后驻足远眺，宛如童话里的白雪公主。

凌云洲面对此人此景，似乎忘记身处战火之中，忘记时刻面对的钩心斗角、明争暗斗。有时，他非常害怕自己出现这种感觉。他知道，幸福会一点点蚕食他的戒备心，像温水煮青蛙似的，渐渐地将他推到悬崖边缘。

可是，他情愿沦陷在这种幸福里，哪怕是短暂的，稍纵即逝的。

江澄子宛如春柳，语笑嫣然地注视着他下车，便走下木桥迎上去，挽住他的胳膊，和他并肩走进客厅，吩咐吴妈开饭。

在开饭前，凌云洲将她带到书房，告诉她中共门徒小组要在虹口俱乐部刺杀土肥原，惊得她咂舌不已。

其实，对于熟悉之人的复杂身份，凌云洲也难以置信。这盘根错节的关系，充满巧合的角色，也让江澄子觉得不可思议。

其实，每个人并不复杂，而是他们生存的社会太复杂。面对狡猾的外来之敌，他们不得不选择复杂。

复杂的人，却为了一个简单的目的——拥有真正属于他们的家国而战。

第十章　煮　酒

~ 029 ~

时间：1941 年 10 月 14 日，星期二。

地点：上海，日占区，梅机关。

晴气武夫面无表情地注视着影佐圭吾擦拭军刀，内心却是波涛翻滚。从日本陆军学校毕业后，他就怀揣效忠天皇的梦想来到中国。现在看来，他的梦想在影佐圭吾面前碎了一地。

影佐圭吾作为土肥原的学生，策划组建南京政府，扶持汪精卫上位。这样的大手笔，让影佐圭吾的地位远远超越了他，他只能屈居影佐圭吾之下。

“布控好了吗？”影佐圭吾头都不抬。

“全部就位。”晴气武夫难以接受影佐圭吾的傲慢，但还是耐心地低声解释，“全是便衣，有些还是工部局警务处的人。”

“现在可以确定，国品茶楼、佛香物流、沉香阁拍卖行当中，至少有一家是门徒小组的窝点。你知道我需要什么。”

“是的。”晴气武夫双腿一并，肃容道，“特工总部在明处，我们在暗处，双管齐下，确保万无一失。”

影佐圭吾瞥了晴气武夫一眼，将军刀放在刀架上：“记住，这次行动的目的，要打两张牌。端掉共党窝点是明牌，揪出中共‘31 号’是暗牌。这两张牌，必须打得好，打得漂亮！”

晴气武夫说：“若不是为了芳子小姐，宫本老师是不会提供这个情报的！”

影佐圭吾讽刺道：“宫本先生是你的老师，为了你的前途，自然会提供的。”

晴气武夫苦笑：“宫本老师视自己的生命如草芥，岂能在乎他学生的前途？”

影佐圭吾理解晴气武夫的苦楚，摆摆手，换个话题：“一直处于休眠状态的中共‘31 号’，他若不动，咱们就无法抓他。共党窝点暴露，这个‘31 号’必然着急，一定会露出马脚的。我们在暗处，一定要擦亮眼睛，把这个内鬼揪出来！”

晴气武夫沉默不语。他在心里合计，中共门徒小组是不是他撬动梅机关的支点。

影佐圭吾示意晴气武夫到桌前坐下。桌上摆着几碟小菜和两瓶清酒。

影佐圭吾指着清酒道：“清酒，唯有静夜轻思，细细品来，才见其味道。”

“喝清酒，会想起妈妈的。”晴气武夫垂首道。

“晴气君，让我们一同遥祝我们的妈妈身体健康。”影佐圭吾举杯一饮而尽，放下杯子问道，“这次布控，能绕开芳子吗？”

“宫本老师再三叮嘱，不让芳子手上沾血，梅机关所有行动自然会绕过她的。”

“晴气君，你做得对。芳子身份高贵，我们一定要照顾好她。”

“只是——只是芳子既然选择加入这场战争，双手岂能不沾血？”

“我们尽力即可。”影佐圭吾又饮了一杯酒，“‘008 号’有结果吗？”

“藏在汪公馆。”

影佐圭吾皱眉：“罗亭？”

“是的。”晴气武夫点头，“机关长和罗亭是旧识，签署《日汪密约》时，罗亭是汪精卫的机要书记员。”

“罗亭确实是一个聪慧的女人。”

“‘008 号’就是通过佛香物流运过来的。”

“佛香物流？周佛麟的产业？”

“既是周佛麟的产业，我们还有必要监控吗？”

“支那人没有一个可信的，该监控的还得监控，也算是给周佛麟一个警告吧！”影佐圭吾又喝了一杯清酒，“我对‘008号’不感兴趣，大本营指名要它，我才向汪精卫索要。可汪精卫却说丢了。那好，既然它已经丢了，我们找到就是我们的。”

“苍井君明晚行动。”

“好！明天迎接我老师的事，安排好了吗？”

“土肥原将军来上海乃是大事，必然安排妥当。”

“这次老师驾临上海，肩负重要使命，保卫措施一定要到位，不得有半点疏漏。”影佐圭吾与晴气武夫碰杯，“秀鸾将军是帝国名将，一定要照顾好。”

晴气武夫举杯的手停在空中：“秀鸾将军到上海做什么？”

“大本营一直为‘北上还是南下’战略争论不休，秀鸾将军来上海的目的恐怕与此有关。具体是什么任务，只有见到老师才明白。”

“这应该是为了帝国绝密级的‘Z计划’吧？”

“是的。美国人要动手了，我大日本帝国岂能坐以待毙！”

“让我们一起祝大日本帝国国运昌盛。”晴气武夫与影佐圭吾碰杯。

~ 030 ~

时间：1941年10月14日，星期二。

地点：上海，日占区，极司菲尔路76号；公共租界，国品茶楼。

对于76号的特务来说，又是一个无眠之夜。

一百多号人，两百多双眼睛，死死盯着国品茶楼、沉香阁拍卖行和佛香物流。整个晚上，三家店里出奇的平静，平静得让人感到可怕，仿佛大潮即将涌来。

凌云洲也是彻夜难眠。罗亭制订了一个大胆的计划，但她怎么才能在众目睽睽之下，将这个计划如实告诉孙丙伦呢？

天亮之后，凌云洲就赶到 76 号。令他惊讶的是，李墨群昨晚竟然没回家，在办公室熬了一夜。

凌云洲夹着一个木盒进来时，李墨群正坐在石桌前研究残棋。他见到凌云洲，把手里的棋子随手扔在棋盘上。

凌云洲笑道："天女散花呀！"

"太烧脑了。也许随手一丢，就能破解呢！"

"这就是无心插柳柳成荫吧！"

凌云洲把木盒放在李墨群面前："我运气好，淘换到一个老物件，主任给掌掌眼。"

"在哪里淘的？不会是江老的吧？"李墨群打开木盒，看到里面是一块上等古玉，顿时两眼放光，"这是明末琢玉大师陆子冈的作品。"

凌云洲竖起大拇指："主任识货！"

李墨群拿起古玉把玩："这是传世之宝，无价啊！"

"主任，您再瞧瞧盒子，看看有什么说道没有。"凌云洲指指木盒。

李墨群翻看木盒，见底部刻有明朝天启皇帝朱由校的私章，不禁"啊"地叫了一声，"这是那个木匠皇帝制作的？手艺还真不错！"

"这盒子比那块玉器值钱。"

李墨群瞥了一眼凌云洲："俗，太俗！不是什么东西的价值，都能用钱来衡量的。这是无价之宝！无价，懂吗？"

"我确实不懂，所以在我手里就糟蹋了。宝剑赠英雄，所以我就给主任拿来了。"

"这个太珍贵了。"李墨群翻来覆去地看着盒子，"看来，'买椟还珠'的故事是真的。"他看了凌云洲一眼，"这种东西应该不会漂到市面上，应该是江老的珍藏吧？"

凌云洲俯下身子，悄声说道："国品茶楼老板冯壬山的珍藏。"

李墨群皱眉："什么？这是什么意思？他要你送来的？"

凌云洲摇头："是我上交充公的！"

“说说看，到底是怎么回事儿？”

“昨晚回家我才知道，国品茶楼是江家产业，冯壬山与江家签订六年租赁合同，但只交了一年房租，其余五年交不起，没办法就用这个老物件抵了。”

“哦，是这么回事儿。如果相关手续齐全，江老不用担心受牵连的。”

“主任，您知道，老爷子向来保持政治中立，不愿招惹是非，所以就让我把这个抵押物上交给主任，免得到时候说不清楚。”

“江老的担心是有道理的，毕竟跟日本人没有道理可讲。放在我这里也好，起码到时候我还能说句话。”

“太感谢您了！”

“把这个老物件放在身边，太他妈的让人担心了，肯定少睡不少安稳觉。”李墨群摇摇头，“我尽力吧！”

“主任，您受累了。对了，关于门徒小组，我有个想法，不知——”凌云洲轻声说。

“有话就说，就屁就放。都啥时候了，不知道啊？”李墨群示意凌云洲坐下。

凌云洲坐下后，压低嗓门：“门徒小组，其实就是一群运气比较好的乌合之众，也没有多么深的道行。与其空等死耗，不如煮茶一杯。我与冯壬山认识多年，要不让我探探他的底儿？”

李墨群瞥了凌云洲一眼：“直接说做什么、怎么做！”

凌云洲说：“青梅煮茶套情报。”

李墨群想了想：“能套出来最好，不过，不能让他看到我们的底牌。”

“我只想看到他的底牌！”凌云洲说。

李墨群目送凌云洲出门，嘴角泛起一抹冷笑。

去国品茶楼，必然经过佛香物流，那里由沐承风和苏成方负责监控。凌云洲钻进沐承风的轿车，询问监控情况。沐承风骂骂咧咧，说万墨翰一大早便来到佛香物流，在周围转了好几圈才走，觉得他的行为很反常。

苏成方解释说，万墨翰是瘾君子，到杨毓香这里买鸦片。凌云洲看了看眉飞色舞的苏成方，感觉他要拿鸦片给万墨翰下套。

沐承风冲凌云洲招手，他们下车走到无人处。他悄声问凌云洲："昨晚出事儿了？"

"你们这里没事儿，还能有什么事儿？"凌云洲掏出一支烟递过去，"你们在这里蹲了这么久，佛香物流到底是不是门徒小组的窝点？"

沐承风接过烟，点燃后狠狠吸了一口，吐出一串烟圈，摇摇头："就算是窝点，我还能把杨毓香怎么样？有周部长那尊大神罩着她，我连只蚂蚁都算不上。"他向左右看了看，低声说，"我坐实了，杨毓香就是周部长的姘头。周部长就好这口，咱们能给他添乱吗？"他的声音更低了，"安全房昨晚被端，沈笑被救走了。"

"安全房被端了？"凌云洲故作惊愕，"端了就端了吧，一个军统小卒子，榨干了能有多大油水？"

沐承风摆摆手："老弟，一加一多数时候都不等于二的。唉，咱们没赚那份钱，凭啥操那份心？咱们哪儿说哪儿了，这事你不能跟主任说。"

"哈哈，我也没赚那份钱！"凌云洲知道沐承风将行动队核心成员全部调到这里，安全房必然守备松懈，中共门徒小组便有机可乘。

沐承风将烟蒂扔到地上，狠狠地踱灭："老弟好好想想，安全房被端说明什么？说明军统知道安全房警戒力量不够，所以才乘机下手，对吧？军统是怎么知道的？还不是有内鬼嘛！这说明呀，内鬼被唤醒喽！"

"内鬼动了，那就好办喽！"凌云洲心里"咯噔"一声，吐出一口烟，"就怕内鬼一直死睡，痒痒在骨子里，抓皮、抓肉都解不了痒的！"

"老弟就是福星！"沐承风又点燃一支烟，"一个休眠者，都他妈的给逼动了。"

"内鬼动了，我得走喽！"凌云洲哈哈一笑，将烟蒂扔到地上，告别沐承风，驱车赶往国品茶楼。

杨枢从工部局副总董冈本一策那里拿到征用令，将沙逊大厦六楼朝国品茶楼的房间全部征用，就连国品茶楼后面的民房里也安排了人，对国品茶楼实行立体式监控。

杨枢见凌云洲来了，笑道：“六木子来了。”

“‘六木子’叫得挺顺口呀！”

“六木森森，松柏梧桐杨柳。云洲泱泱，江河湖泽海洋。五行缺木呀，老弟。”杨枢笑了笑，“江澄子，两个三点水，六点，水生木，江大小姐旺你。所以我就杂糅取名，六——木——子，吉祥不？”

凌云洲哼了一声：“连澄子都这样叫我了，这不行，我得给你取个绰号。”

“可以呀，只要好听，我就接纳。”

“你的名字里有两个木——”

杨枢笑道：“瞧咱哥俩儿多有缘分，水生木，你旺我！”

“双木——双目鱼，对了，你从今以后就叫‘双目鱼’吧，剽悍不？”

“剽悍个球！费劲巴拉地给我整个动物名，你的水平也太洼了！”

“军统王牌特工还叫‘变色龙’呢，你叫‘双目鱼’怎么了？特工范儿多足啊。”

“你的意思是，我能眼观六路？”

“还能耳听八方。”

“好了，别闹了。”杨枢点燃一支烟，“主任刚才打来电话，要我配合你的行动。和赤匪青梅煮酒，你还真不嫌掉价！”不等凌云洲反驳，他小声问，“你应该觐见过沐队长了吧，他那边怎么样？”

“他能查出什么鸟来！”凌云洲轻轻拍了拍杨枢的肩头，“那是周部长的地盘，他到那里裹乱，主任少不了挨骂。你放心吧，那边肯定没事。就算有事，也起不了大屁。”他向窗外看了看，“让兄弟们放松点儿，别拉着脸，跟欠他们十斗大米还他们半升谷糠似的。如果冯壬山是共党分子，一眼就能看到他们的尾巴。”

杨枢撇撇嘴：“这么大的事，谁敢马虎啊？认真还给扣帽子呢。你赶紧走吧，祝你旗开得胜，马到成功。”

凌云洲说：“你能不能真诚一点啊？好吧，借你吉言，我去办差。”他走出沙逊大厦，穿过马路，走进国品茶楼。

冯壬山貌似料定凌云洲一定会来，早在他习惯坐的位子上煮茶。此时茶已飘香，火候正好。

凌云洲闻到茶香，笑道："冯老板料定我要来呀！"

冯壬山指指窗外："这么大的阵仗，难道不是凌处长的杰作吗？"

凌云洲扫视一眼周围，低声道："小人之心。"

"冯某人虽然不是大丈夫，但绝非是小人！"冯壬山把煮好的茶，倒进一个形状粗拙的杯子里，"你更不是君子！"

凌云洲端过茶杯，见茶水呈现琥珀光泽，一道特殊的金边在杯中形成，道："不错，上等祁门红茶。"

"凌处长识货。"冯壬山笑道，"细小如眉，苗秀显毫，色泽乌润，茶出金边，上等极品。"

"不愧是'镶着金边的女王'，香气持久，馥郁柔滑。"凌云洲端起茶杯，闭上眼睛闻了闻，"极品，绝对的极品！"他说完，一饮而尽。

"一片小小的鲜叶，无论炒青做绿茶，还是发酵成红茶，茶道茶礼终不会变。"冯壬山又为凌云洲续茶。

凌云洲细品之后，道："正如当今上海滩，无论日本人，还是新政府，最终赢得革命胜利的，必将是中国人。"

冯壬山嘴角微翘："凌处长既然看透时局，又何必做日本人的走狗，做人人不齿的汉奸呢？"

凌云洲笑道："好人和坏人，是相对的，不是绝对的。就如同绿茶和红茶，喜欢喝什么茶，只跟喜好有关。喜好不同，喝的茶自然不同。"

"此茶一饮，感谢凌处长救命之恩。"

"客气。"

"凌处长放心，我冯壬山被捕，绝不会牵连你。"

凌云洲伸伸胳膊，舒服地向后一靠："我岂能怕你牵连？"

冯壬山冷笑道："凌处长这时候来，难道不是封冯某人的口吗？"

凌云洲摇头道："小人之心！"

冯壬山也摇头："希望凌处长下手快点儿，让兄弟少受点儿罪。"

凌云洲诡谲一笑："你觉得我是来抓你的？"

冯壬山嘿嘿一笑："你看看对面，76 号一群狗崽子，岂能逃过我的眼睛？作为堂堂中国人，我死不足惜，只可惜没有杀尽日本鬼子、杀尽狗汉奸，我冯壬山死不瞑目！"

"你果然是——"凌云洲伸出手指在茶杯里蘸水，在桌面上写下"战马"两个字，"抗日分子。"

冯壬山看到"战马"两个字，神情不由一凛："凌处长不是来抓我的吗？"他将茶杯端到面前，以指蘸水，在桌面上写下"31"，点了点，"是不是？"

"抓人的事，不归我管。"凌云洲点点头，微微一笑，"以茶代酒，敬你——我！"

"知我者，凌处长也！咱们就此别过！"冯壬山哈哈一笑，端起茶杯一饮而尽，"凌处长不该来的！我选择抗日，早报杀身成仁之决心。凌处长救过我的命，我不是忘恩负义之徒，放心吧，我不会牵连你的。"

"我呀，就是心太软，或者说是非不分，该救的救过，不该救的也救过，上面要处分我早处分了，冯老板多虑了。"凌云洲哈哈一笑，"'国'破山河在，京'师'草木深，懂吗？"

"凌处长错了！"冯壬山纠正道，"不是'京师'，是'城春'！"

凌云洲又是哈哈一笑，摘下礼帽，从里面取出一张纸条，轻轻放在冯壬山面前，缓缓起身："再见！"

~ 031 ~

时间： 1941 年 10 月 15 日，星期三，下午 2 点。

地点： 上海，日占区，梅机关。

影佐圭吾并不愿意老死在无名有险的情报界，一心想如土肥原一样成为帝国军界名将。所以，他非常关注东京制定的"北上、南下"战略。

这个战略中，不论“北上”进攻苏联，还是“南下”劫掠东南亚，都是大格局；相对这个战略，剿灭区区中共门徒小组，根本不值一提。

土肥原大将和秀鸾上将一同来到上海，已经成为他的心病。土肥原是“南下”派，秀鸾则是“北上”派，他们同时来到上海，可见“北上、南下”战略还没有最终定论。当然，他肯定要唯自己的老师马首是瞻。

第十三军来电，不让梅机关去火车站迎接土肥原和秀鸾，这令影佐圭吾有些懊恼。这种情绪一直持续到土肥原到梅机关向他说明缘由。

土肥原解释说：“影佐，没让你接站，你不要太在意。这次秀鸾将军到沪行程事宜，均由十三军安排。你去接我，显然不太合适。”

陪同土肥原的，是三十多岁的满洲国竹机关行动课课长中村宇都。他精明干练，目光深邃，举止却淡如水、静如月。

宫本芳子站在影佐圭吾身旁，向土肥原鞠躬问好。土肥原目光慈祥地看着宫本芳子，笑道：“宫本先生来电，严厉地告诫我，不让你参与梅机关的任何行动。我很好，不用你陪护，回去歇息吧。”

宫本芳子笑道：“爸爸脾气向来不好，请将军不要介意。”

土肥原哈哈大笑：“哈哈，我和宫本先生乃是知己故交，这份情谊你是不懂的。无论说什么，彼此都不会介意的。”

宫本芳子颔首：“谢谢将军。”

“无须过谦。”土肥原把手搭在宫本芳子肩上，“你如我的亲生女儿一样，明白吗？”

“明白。”

“回吧。”

“告辞。”宫本芳子向土肥原深深鞠躬后，后退三步，转身离去，甚至都没看中村宇都一眼。

土肥原目送宫本芳子离去后，指着中村宇都，向影佐圭吾介绍：“他也是我的学生，中村宇都，竹机关行动课课长。”

影佐圭吾颔首：“中村君！”

中村宇都鞠躬：“影佐君是学长，日后请多多关照。”

“影佐，拉乌尔神父到上海了，麻烦晴气课长去接站。”土肥原转向中村宇都，“中村，你认识拉乌尔神父，就陪晴气课长一同前往吧。”

中村宇都点头：“好的，老师。”

影佐圭吾对土肥原是非常敬重的，可以说他的一切都是土肥原给予的，提携之恩必唯命是从。机关长室里，他看着土肥原的背影有些落寞，问道：“老师，您怎么忧心忡忡呢？”

土肥原转过身来，看着得意弟子，脸上才绽露出笑容：“影佐，你是我的骄傲。当年，我成功策划‘九一八事变’，扶植清逊帝溥仪在东北成立满洲国，为天皇统治中国铺平道路。你不逊于老师，扶植汪精卫成立南京政府，为实现大东亚共荣圈打下坚实基础。咱们师徒的功绩，必将在大日本帝国史册上留下浓重一笔。”

影佐圭吾低头轻声说：“圭吾难望老师项背，满洲国是老师妙手神笔之作，而南京政府却没有发挥应有的作用。”

“南京政府的意义要大于满洲国。”土肥原走到影佐圭吾面前，“清王朝只是没落的帝国，孙中山倡导的三民主义才是当今中国人的主心骨。汪精卫一直追随孙中山，在国民党内部拥有强大的号召力。这种号召力是最好的攻心力量。不战而屈人之兵，才是兵法上乘。”

“老师谬赞。”影佐圭吾将身子站得笔直，低头颔首。

土肥原踱了两步：“我的担忧来自美国方面。帝国所需的石油全靠进口，百分之八十来自美国，可美国佬说冻结就冻结，导致帝国石油供给不足一年。现在，国内战略物资严重匮乏，若半年内拿不下中国战场，大东亚共荣圈极有可能成为笑话。”

影佐圭吾叹气：“蒋介石的焦土战略，毛泽东的游击战术，掣肘帝国军队，半年内彻底占领中国，绝无可能。”

土肥原哀叹：“所以，帝国‘北上’或‘南下’，是不得已而为之。”

“帝国南下，就等于向英美宣战。”影佐圭吾盯着土肥原，“近卫首相是选择‘北上’，还是‘南下’？”

“宫本先生说，近卫首相摇摆不定，既想北上与德军会师，又想南下独搭灶台。”

影佐圭吾摇摇头：“这是东条陆相和松岗外相斗争的结果吧！”

“东条和松岗，一个主张‘南下’，一个主张‘北上’，闹得不可开交。不过，近卫首相只相信‘老龟’的判断。”

影佐圭吾思索片刻：“老师，请恕学生直言，帝国情报机构太庞大太臃肿了。天皇有‘仁者’，内阁有‘龟机关’，陆军部有‘梅、兰、竹、菊’四大机关，外务省有‘岩井公馆’，内务省有特高课，另外还有一些私人情报机构，这些情报机构互相掣肘，实在是消耗国力。”

“情报机构之间的斗争，实际上是它们主子之间的斗争，这就是政治。”

“‘老龟’主张什么？”

“‘老龟’主张‘北上’，利用德军包围莫斯科之际，北上与德军会师，对莫斯科形成东西夹击之势，迅速消灭苏联。苏联战事结束，中国战事也会随之结束，从根本上解决日本战略资源匮乏的难题。”

影佐圭吾点头：“日德瓜分苏联，确实可解国之困局。”

“如今军部已经坐大，近卫首相不能不考虑他们的意见。”

“‘老龟’潜伏莫斯科多年，能拿到莫斯科军事机密，对近卫首相来说至关重要。”

“‘老龟’一人之言竟能左右一国决策，谍报工作能做到如此地步，堪称我等楷模啊。”

“‘北上’和‘南下’犹如天平两端的砝码，此刻是平衡的，‘老龟’的情报只要够分量，就能打破这种平衡。”

“我怀疑情报的真实性。”土肥原双眉拧到一起，“苏共若想甄别‘老龟’，有的是办法，可是为何迟迟不动？”

“老师的怀疑是有道理的。”影佐圭吾向窗外望了一眼，“苏共第五局的巴维尔·菲金年轻有为，难道对‘老龟’一无所知？”

“日德两国之所以缔结同盟，就是因为彼此有共同敌人苏联。一旦苏联瓦解，谁敢说希特勒不会兵发中国，进而觊觎帝国？所以，苏联对我们来说，也是一种制衡。”

“为帝国大业长远计，‘南下’夺取战略资源，才是上上之策。只要帝国战略资源雄厚，他日建立大东亚共荣圈，德意志、欧美国家都得臣服帝国。”

“为了完成‘南下’战略，我受东条陆相之命，秘见拉乌尔。”

影佐圭吾忽然想起一事，问：“当年从苏共第五局救出拉乌尔的人，是中村君吗？”

“是的。”土肥原点点头，“拉乌尔当年救了两万犹太人，那可是一支奇兵。这一两年，关东军一直在支持拉乌尔，他也不负众望，成功组建了反苏铁血同盟。”

“老师想用反苏铁血同盟牵制远东苏联红军？”

“远东有六十万红军，那是苏联的精锐部队，也是关东军的劲敌。‘老龟’之所以力挺‘北上’战略，就是怕这支部队突然出现在莫斯科。”

“反苏铁血同盟虽然只有两万人，但只要能牵制住远东苏联红军，就是胜利。”

“一旦六十万苏联红军被牵制住，就等于协助了德军。松岗外相的‘北上’战略就会流产，‘南下’战略便是必然之选。”

“这是釜底抽薪之计。”影佐圭吾由衷佩服。

土肥原点点头：“拉乌尔到上海，就是商议此事。”

“老师高明！”

“翻看中国历史，汉朝张良、三国诸葛、明朝刘基皆是谋士。他们能建立一方政权，依仗的是策略，而非武力。”土肥原看了看影佐圭吾，“你准备好了吗？”

“下午3点接站，晚上8点晚宴，均已安排妥当。”影佐圭吾说完犹豫一下，“老师为何大张旗鼓地迎接拉乌尔？”

“防火防盗防门徒啊。”土肥原仰起头，看着天花板。

影佐圭吾小心地问：“拉乌尔到上海，跟门徒小组有关？”

土肥原还在凝视天花板：“竹机关里有内鬼。”

影佐圭吾一怔：“竹机关有内鬼？谁？”

“目前只知道他的代号叫‘圣杯’。”土肥原低下头，又扭头看向窗外，“红组成员，仅此而已。”

“红组成员？跟龟机关有关？”

土肥原扭过头，盯着影佐圭吾：“根据‘老龟’提供的情报分析，这个红组，组长代号‘基督’，由苏共和中共七个成员构成，他们的代号分别为‘信者’‘圣水’‘宗印’‘教母’‘烛心’‘圣杯’和‘福音’。”

“‘圣杯’是苏共还是中共？”

“苏共。”土肥原慢慢地走到窗前，低声说，“苏共从拉姆扎小组和曼哈顿小组抽调四名特工。”

“‘圣杯’原属哪个小组？”

“曼哈顿小组。”

影佐圭吾也走到窗前，与土肥原并肩而立：“美国方面的？”

土肥原直直地望着远处的街道：“美英苏德和帝国都在秘密进行一项大工程，就是研制原子弹。谁先研制出原子弹，谁就能统一世界。”

“这就是帝国的‘光计划’吧？”

“不，‘光计划’是帝国圣战中伟大战略之一，它包括‘原子计划’‘炼狱计划’和‘B 计划’三个分支计划。‘圣杯’潜入竹机关，恐怕与满洲国和朝鲜半岛上的基地有关。”

“必须把此人揪出来，否则后患无穷。”

“谈何容易！”土肥原摇摇头，“我暗中对竹机关进行过梳理，结果每个人的身份和历史都很干净，跟美国方面都毫无关联。”

影佐圭吾纳闷：“怎么会这样呢？‘老龟’那边有消息吗？”

“‘老龟’没有‘圣杯’的消息，倒有‘基督’的消息。”

“‘老龟’查出谁是‘基督’了？”

“‘老龟’怀疑‘基督’就是拉乌尔。”

“什么？”影佐圭吾无比惊愕，“这怎么可能？”

土肥原面露难色：“反苏铁血同盟是我一手组建的，我为其注入大量的财力和人力。如果拉乌尔是‘基督’，我怎么向天皇交代？”

“‘老龟’可有确凿的证据？”

土肥原说：“他也只是推测。”

"'老龟'确有过人之处，他不会平白无故怀疑任何人。万一拉乌尔是'基督'，咱们说什么都不能放虎归山，否则——"

"没有否则！我已经想出一个对策。"土肥原扭头看向座椅后面墙上的天皇像，"这次我秘见拉乌尔，就是想看看他的底牌。如果他答应牵制苏联红军，他是不是'基督'无关紧要，'南下'战略才是关键。"

影佐圭吾点头："如果他不答应，只能死在上海。"

土肥原嗯了一声："竹机关有内鬼的消息，连中村都不知道。"

影佐圭吾诧异："您怀疑中村君？"

土肥原摇头："中村毕业于德国军校，是优秀的帝国特工，我并不怀疑他的忠诚。"

"您安排中村君迎接拉乌尔，有何目的？"

"我不怀疑中村，但怀疑他的手下。"土肥原走回座椅坐下，"随同中村去车站的人叫青木，他的情人是美国人。"

这时，影佐圭吾深刻意识到，土肥原的智谋绝非他能匹及。土肥原作为日本第三代特工王，恐怕只有远在莫斯科的"老龟"能与其争之长短。

影佐圭吾知道，"老龟"与土肥原虽同属天皇臣子，但他们之间各种利益与权力之争从未中断。目前，"北上还是南下"是他们与他们背后利益集团的终极之争。

影佐圭吾怀着虔诚恭敬之心去完成土肥原安排的任务，所有能秘密散布消息的渠道都将散布这条消息，特工、记者、帮会、巡捕齐集火车站迎接拉乌尔，第二天就会在各大报纸占据头版，无孔不入的中共门徒小组必将获得这个消息。

现在，影佐圭吾的脑海里全是刀光剑影，慢慢地又演变成一张密不透风的大网。这一网撒下去，就能将他的肉中刺、眼中钉——中共门徒小组连根拔除。

第十一章　重　生

~ 032 ~

时间： 1941 年 10 月 15 日，星期三。

地点： 上海，日占区，火车站，梅机关。

拉乌尔最后一个走到列车门前，望着站台上拥挤的旅客，脸上露出一丝笑容。

一缕阳光照在他胸前的十字架上，泛着银光。

他提起箱子，走下火车。中村宇都迎上来时，他的笑意更浓了。

中村宇都曾经救过他的命。

在大雪纷纷的西伯利亚，中村宇都率领日军突然出现，枪杀押解他的苏联红军。那一刻，他觉得自己必死无疑，可是日军没有杀他，也没有动刑，还被土肥原奉为上宾。

土肥原之所以救他，是看中他救助的两万犹太人，提出利用这两万犹太人在西伯利亚成立一支反苏铁血同盟。他将计就计，躲到上海蛰伏一段时间后，接受了土肥原的提议，接受了关东军和满铁总部提供的大笔军费。如今的他，已是土肥原的铁杆同盟。

中村宇都上前一步，紧紧握着拉乌尔的手，喊道："神父，咱们又见面了！"

拉乌尔笑道："中村君，见到您太好了！"

“自西伯利亚一别，我们就没有见过面。”

“当初如果不是中村君搭救我于枪口之下，我这把老骨头早就化作西伯利亚的黑土了。”

“都是土肥原将军精心安排，我只是奉命行事而已，神父不必挂怀。”

晴气武夫命令特务帮拉乌尔提箱子，却被拉乌尔阻止。

拉乌尔将箱子放在地上，从里面拿出一摞信封，抽出一封递给中村宇都：“这是见面礼，略表心意。”

晴气武夫盯着那摞信封。

拉乌尔又拿出一个信封递给晴气武夫，笑道：“这是您的。”

晴气武夫怔怔地接过信封，打开一瞧，里面竟是一叠法币，扭头对中村宇都说：“没想到神父这么有钱。”

中村宇都看着拉乌尔给其他特务发钱，笑道：“这笔钱，是将军送给他的。”

晴气武夫“哦”了一声：“原来是物归原主啊！”

“这叫借花献佛！”拉乌尔分发完毕，冲中村宇都微微一笑。

中村宇都笑道：“神父，咱们走吧，将军等您多时了！”

“我确实有段时间没见将军了，很是想念他。”拉乌尔合上箱子，交给身边的特务，问：“您是？”

那个特务立即正立，颔首：“卑职青木，供职竹机关。”

车队快速驶入梅机关大院。土肥原和影佐圭吾早已站在台阶上等候。

拉乌尔下车后，看到土肥原，快走两步，握住土肥原的手笑道：“将军，别来无恙！”

土肥原微微一笑：“神父不远万里来到上海，与我等共襄大业，辛苦辛苦！”

中村宇都冲土肥原缓缓点点头。

土肥原把手微微下压，影佐圭吾突然掏出手枪，对准青木：“不许动！”

青木一脸惊恐：“你们——”

土肥原走到青木身边转了两圈，冷笑道：“‘圣杯’先生，该摘下你的面具了。”

土肥原说“圣杯先生”四字时，看了拉乌尔一眼。

拉乌尔毫无反应。

“将军，谁是‘圣杯’？我是青木！”青木已经意识到接下来要发生什么。

影佐圭吾缓声说道：“青木少佐，既然你不承认，我就替你说吧，你是红组间谍！”

青木愕然：“红组？什么红组？”他冲土肥原大声喊道，“将军，我不知道他在说什么！”

中村宇都走到青木面前，从他裤兜里掏出拉乌尔送给他的信封，抽出里面的法币，举到眼前对着阳光细看，然后抽出一张明显厚一些的法币，递给土肥原。

土肥原问：“哪来的钞票？”

青木道：“在火车站，神父赠给我的，人人有份。”

土肥原转向拉乌尔。

拉乌尔立即点头：“确实是我送给他们的见面礼，叫小费也可以。”

影佐圭吾接过法币，告诉土肥原：“这张法币是假的。”

土肥原说：“法币如果有问题，可能比真法币还值钱，哈哈！”他伸出右手，冲拉乌尔微微一笑：“神父，请吧！”

拉乌尔点点头，跟随土肥原等人走进梅机关办公楼，直奔检验课。

影佐圭吾从抽屉里拿出镊子、刀片、刷子、显影液等工具，经详细检查，确认那张法币确实有问题。

那张法币是先从中间裁开、一分为二，中间夹着一张细薄的纸条，然后再粘上。

中村宇都在法币上涂上显影液，“圣杯，老地方见，基督”八个字在纸条上渐渐显露出来。

土肥原拿起放大镜，仔细查看，然后转身问拉乌尔：“你是‘基督’？”

拉乌尔笑道：“每个基督信徒心中都住着一个基督，我若是‘基督’，无上荣耀。”

土肥原道：“此基督非彼‘基督’。”

青木见法币确实有问题，接连喊道："将军，我不是'圣杯'，也不知道什么是'圣杯'！"

土肥原挥手抽了青木一个耳光："圣杯就是一个物件，它当然不知道自己是圣杯，可它就是圣杯，不是吗？说，老地方是哪里？"

青木哭丧着脸："我真的不知道。"

土肥原把手伸向中村宇都。

中村宇都掏出手枪放在土肥原手里。

土肥原用枪抵着青木的额头："说吧，你还有说一句话的机会。"

青木连连摇头："我真的不知道。"

"砰"的一声，土肥原扣动扳机，弹头射入青木的额头。

青木像木桩一样栽倒在地。

拉乌尔低头看着青木的尸体，闭上眼睛为他默默祷告。

土肥原道："神父，'圣杯'已死，你就是'基督'。"

拉乌尔睁开双眼，轻声说道："但愿我是'基督'，替他受罪。"

土肥原指着青木，轻声说："在他下地狱之前，你先想想如何拯救自己吧。"说完，他轻轻地挥挥手。

晴气武夫与两个特务把拉乌尔押进审讯室。

土肥原命令影佐圭吾："影佐，通知芳子处理这件事。这是龟机关的事，咱们就不插手了。"

影佐圭吾说："好的，学生马上去办，但怎么处理反苏铁血同盟，请老师明示。"

土肥原一边踱步一边说："暂且压下，咱们不能因小失大，不能让此事成为别人掣肘我们的把柄。你想想看，即便'老龟'不拿此事做文章，宫本也会借机生事。宫本是近卫首相的谋士，是支持'老龟'的。在我们的战略落实之前，万万不可做蚁穴溃坝之事。"

影佐圭吾知道土肥原的担心，现在暂时不能动"基督"，否则极有可能殃及土肥原的仕途。

影佐圭吾走到桌前，打电话通知宫本芳子来一趟梅机关。宫本芳子刚到机关长办公室，电话铃声骤然响起。

影佐圭吾抓起话筒，“嗯嗯啊啊”一会儿才挂断电话，转身对土肥原说：“老师，找到门徒小组窝点了！”

土肥原沉着脸，不动声色地问：“哪里？”

“国品茶楼。”

土肥原转向宫本芳子：“芳子去过那里吗？”

宫本芳子摇头：“我到上海后，不在家里，就在梅机关或特工总部，其他地方从来不去。谁锁定那里的？”

影佐圭吾看着宫本芳子，慢条斯理地说：“凌云洲。”

“凌云洲？”土肥原想了想，“怎么这么耳熟？”

影佐圭吾介绍道：“当年与拉乌尔进行人质交换的帝国特工。”

“哦！”土肥原恍然大悟，“是他啊，他怎么在特工总部？”

宫本芳子道：“‘老龟’安排进去的。”

土肥原道：“‘老龟’识人的本事，还是值得我们学习的。”

宫本芳子说：“他确实非常能干的。将军，您让我来，是确定拉乌尔是‘基督’了吗？”

土肥原摇摇头：“目前只确定青木是‘圣杯’。”

“‘圣杯’身份确定了？”宫本芳子眸子里闪出一丝惊喜，笃定地说，“拉姆扎小组快落网了！”

“好啊！”土肥原表情平静，语气里却有一丝失落，“看来‘老龟’又立下大功了。”

宫本芳子补充道：“龟机关苏联局还查明，‘圣杯’是曼哈顿小组成员，‘圣水’是拉姆扎小组成员。”

“红组如此隐秘，‘老龟’是如何办到的？”土肥原盯着宫本芳子。

“‘樱花’潜伏在苏共第五局。”宫本芳子悄声说。

“‘老龟’的厉害之处就在于此。”土肥原仰起头，“他不仅是帝国优秀特工，还能培养优秀特工。”

宫本芳子继续介绍：“龟机关中国局、苏联局共有八名特工，分别是‘神鸟’‘神木’‘樱花’‘雉鸡’‘起子’‘武士’‘神刀’和‘菊花’。”

影佐圭吾问：“你是‘菊花’？”

宫本芳子说：“嗯。”

土肥原肃容道：“八名特工，抵得上八个师。”

宫本芳子颔首：“将军过奖。”

土肥原问：“凌云洲的代号是——”

宫本芳子道：“‘武士’。”

土肥原笑道：“自古‘武士’爱‘菊花’。芳子，你俩的事儿，宫本先生跟我说过。”

宫本芳子不愿意跟土肥原谈论这个话题，转而说道：“将军，我想去会会‘基督’。”

土肥原问：“你有多大把握？”

宫本芳子道：“我没有把握，但不交手怎么知道结果呢？”

影佐圭吾赶紧插话：“宫本先生有过交代，不让芳子小姐参与血腥之事。审讯这等事，还是由梅机关代劳吧。”

宫本芳子反驳道：“不是我想参与审讯，而是我有所怀疑。拉乌尔是苏共通缉犯，他会是苏共大特工‘基督’吗？”

土肥原道：“你应该相信‘老龟’。”

宫本芳子道：“我们需要的是确凿的证据。”

土肥原道：“证据有时候是设计的。”

宫本芳子见土肥原也不同意她审讯拉乌尔，无奈地说：“看样子，我只需通知‘老龟’一声就行了。”

土肥原说：“如果拉乌尔是‘基督’，不管你使用什么手段，也审不出你想要的结果；如果他不是，你问出什么都没有意义。”

宫本芳子道：“好吧，我不参加审讯了，我回去通知‘老龟’。”

土肥原道：“芳子，今晚虹口俱乐部举办舞会，你也来放松一下吧。”

宫本芳子反问：“我能带舞伴吗？”

土肥原没有说话，看着影佐圭吾。

影佐圭吾轻声说："将军，虹口俱乐部有规定，不让中国人进入，除非有我们颁发的特殊证件。"

宫本芳子把手伸到影佐圭吾面前："那就给凌云洲颁发一张。"

影佐圭吾看看土肥原，又看看宫本芳子："他就是你要带的舞伴？"

宫本芳子道："不行吗？他是日本人。"

~ 033 ~

时间：1941 年 10 月 15 日，星期三。

地点：上海，公共租界，沙逊大厦，国品茶楼。

冯壬山将写有"今日歇业"的牌子挂在门上，然后站在门前吸烟，有意无意间瞥了斜对面沙逊大厦一眼，迅速将烟蒂丢在地上，用脚轻轻踩灭，转身进入国品茶楼。

对面的沙逊大厦内，李墨群的眼睛渐渐眯成一条缝，转身问凌云洲："你确定他就是门徒小组成员？"

"他身上有伤，虽然刻意隐瞒，但逃不过我的眼睛。我可以断定，他就是虹口码头刺杀松下将军的杀手。"凌云洲举着望远镜，望着国品茶楼门口，"他挂出歇业牌子，应该要有行动。估计这次肯定与土肥原将军有关。"

李墨群在桌后的椅子上坐定，命令杨枢："通知影佐！"

杨枢通知影佐圭吾后，向李墨群汇报："主任，土肥原将军今晚在虹口俱乐部举行舞会，欢迎秀鸾将军进驻上海，看来冯壬山真要去搞事！"

李墨群吩咐杨枢："你把监视沉香阁拍卖行和佛香物流的兄弟抽调一部分，盯死冯壬山，我倒要看看他是不是孙猴子！"他说完起身向后门走去，突然回头对凌云洲说，"一旦抓住这个冯壬山，你就立了一功。事成之后，为你庆功。"

凌云洲点点头，目送李墨群离去，又举着望远镜监视国品茶楼。

杨枢护送李墨群至轿车前。

李墨群对杨枢说："今晚冯壬山要么落网，要么被乱枪打死。一旦他有逃走迹象，立刻击毙，一并逮捕凌大少。"

"逮捕凌大少？"杨枢一脸不解。

"青梅煮酒论英雄，呵呵。"李墨群冷笑道，"凌大少要么是大智，要么是大奸！"

杨枢一面琢磨李墨群的话，一面目送轿车向码头方向驶去，百思不得其解。

冯壬山关上店门，缓步走向二楼，见妻子王辛梓站在二楼楼梯口，眼中尽是似水柔情，心头不禁一暖。

王辛梓推开卧室门，夫妻二人进屋。王辛梓打量冯壬山脸上的倦色，道："你太累了，歇会儿吧。"

冯壬山摇摇头，轻轻揽住王辛梓的双肩："十年了，你生命中最美好的十年，都用来陪我了。"

"你生命中最美好的十年，不也是陪我了嘛！"王辛梓抱住冯壬山，"我知道，我什么都知道！"

"都怪我行事不慎。"冯壬山盯着王辛梓的眼睛，"答应我，不论发生什么事，你都要好好活下去。"

"咱们加入门徒小组，就已经选择舍生取义。你我是军人，是共产主义追随者、坚定的门徒。既然暴露了，咱们就做好牺牲准备。"

"你不能死，你怀有我们的骨肉，孩子是无辜的，他不能被我们的选择连累。"冯壬山抚摸着王辛梓微微隆起的腹部，"希望他能看到，咱们为之奋斗的理想变成现实的那个世界。"

王辛梓摇摇头："十年来，我们生死与共，生命早就结为一体。你死，我也活不了。"

冯壬山抱住王辛梓说："只要渡过今晚这一关，我们将获得重生。"

"你不用安慰我。"王辛梓闭上眼睛，沉醉在转眼即逝的柔情中，"你刺杀松下，没有得到'军师'同意，已违反纪律。你遭到特务伏击后，我就知道必有今天。你看，茶楼四周都是特务，咱们的生命走到尽头了！"

“我已得到‘国师’指令，今晚去刺杀土肥原，然后金蝉脱壳。”冯壬山将“狸猫换太子”的计划简要说了一遍。

王辛梓听罢，推开冯壬山：“既然还有一线希望，咱们就要试试。与其在这里坐以待毙，不如多杀一个鬼子。如果有幸做掉土肥原，咱们也不枉做一回门徒。”

冯壬山点点头：“咱们准备一下，‘铁猴’已到行动二组。我一失手，便将他调走了。”

“也好，咱们夫妻就去痛痛快快地大闹一场，就算战死，也是死而无憾！”

下午5点，冯壬山和王辛梓准备好枪支弹药，又将茶楼内所有能暴露真实身份的信息抹净。

这是难得平静的傍晚。冯壬山泡了一壶大红袍，夫妻二人开怀畅饮。

茶香氤氲间，十年来一直在刀尖上行走的日子，仿佛都沉浸在那一杯杯浓茶中。人生真味是清欢，这一刻才体会得到。死亡、恐惧、慌乱、愤怒似乎一下子不见了，全部消融在满室飘溢的茶香里。

喝了十几杯茶，他们还不想停下，仿佛要将一辈子的茶全部喝完似的。

茶淡了，淡如清水，他们还继续品着，如品香蜜。

墙上的挂钟响了六声后，他们才起身紧紧拥抱，然后相携下楼，从容不迫地上了黄包车。

一阵清脆的电车铃声从他们身后悠扬传来。

虹口俱乐部的宴会，就是一场鸿门宴。他们这次以必死之心赴宴，绝对不会中途逃跑。一旦他们有逃走的举动，凌云洲就会被捕。所以，一路上，他们说说笑笑，仿佛要把剩余的好日子一起过完。那种轻松自然的举止形态，不是尽情地表演，而是保护同志的掩饰。

过了外白渡桥，进入日占区，他们在虹口俱乐部门口下车，走进虹口俱乐部对面的一家旅店。

老旧的旅店在金碧辉煌的虹口俱乐部映衬下，显得衰败、矮小。

按照“国师”的指示，他们进入502房间，拿到虹口俱乐部入场券。监视他们的特务，立即将503和504房间征用。

他们听到隔壁房间传出窸窣的动静，意识到特务已经尾随而至，夫妻二人相视一笑。

王辛梓挽着冯壬山的胳膊走上阳台。他们像度蜜月的夫妻一样搂抱亲昵，目光时不时地飘向虹口俱乐部。特务们见他们淡然的样子，实在想不出他们如何进入虹口俱乐部，如何行刺土肥原。

~ 034 ~

时间：1941 年 10 月 15 日，星期三。

地点：上海，日占区，虹口俱乐部；公共租界，苏州河桥。

舞池中，宫本芳子将下巴搭在凌云洲肩上，感受他的气息。偶尔，她抬起头，凝视着凌云洲，千言万语都化成了那一抹凝视，柔情蜜意也都融进了舞曲中。

宫本芳子的款款情意，连李墨群都感觉到了，何况凌云洲呢！

凌云洲面对宫本芳子，有些心不在焉。敏锐的宫本芳子自然看得出来，可是她装作不知，这让李墨群感到奇怪。一向视男人如无物的宫本芳子，为何对凌云洲如此痴情？难道她心里隐藏着难以向外人道的秘密？

来虹口俱乐部之前，凌云洲陪着李墨群巡视监控沉香阁拍卖行和佛香物流的情况。两家公司正常营业，显然不像中共门徒小组的窝点。特别是沉香阁拍卖行里，竟然在举办一场小型拍卖会，热闹异常。

拍卖会结束后，孙丙伦和助手便直接回家休息，再无外出。

孙家大院在临江路上，院里有一栋二层洋楼。凌云洲和李墨群抵达孙家附近的一处制高点，通过望远镜看见孙丙伦和家人正在吃饭。

一个特务汇报，孙丙伦的助手名叫吴已楠，三十多岁，是孙丙伦的继任夫人。

凌云洲通过望远镜看到孙吴二人在餐桌上谈笑风生，看来他们已经意识到有人监视，却猜测不出罗亭是如何把消息通知孙丙伦的。

佛香物流也是正常营业，下班后杨毓香返回周公馆，再也没有出来。他们见两处没有疑点，就驱车赶赴虹口俱乐部。

一曲完毕，影佐圭吾派人请宫本芳子过去。凌云洲身边无人，便四处走动。他刚走几步，发现罗亭在一个包厢里与中山功聊天。罗亭看到凌云洲，向中山功举举酒杯，用日语说声“抱歉”，便过来找他。

凌云洲与罗亭走到二楼走廊拐角处，那里可以俯瞰整个舞池。

凌云洲小声问：“你怎么来了？”

“影佐邀请。”罗亭注视着周围的人。

凌云洲问：“他为什么邀请你？”

“我和他早就认识。”

凌云洲“哦”了一声：“伪政府成立，你和影佐打过不少交道。但他今晚邀请你，是不是察觉出什么？”

罗亭摇摇头：“他想得到‘008 号’。”

“直中取还是曲中求？”凌云洲问。

罗亭摇头：“都不是。汪精卫既然说‘008 号’已经丢失，影佐碍于面子，也不会强取豪夺。他今日让我来，实则是要去汪公馆盗图。”

“不怕贼偷，就怕贼惦记。看来‘008 号’无法保住了。”

“我已安排妥当，他们拿走的是赝品。”罗亭向舞池看了看。

“你是如何通知‘军师’的？”凌云洲好奇地问。

“鸽子。”罗亭用手比画，“‘军师’早上 8 点 10 分看到三只鸽子从家门口飞过，就知道他被敌人监视。这是我们约定的暗语。”

“这个法子不错。”凌云洲悄悄竖起大拇指，“即便特务抓住鸽子，也找不到任何线索。”

“冯壬山的金蝉脱壳之策将会更精彩，你等着看好戏吧。”罗亭看看表，现在是晚上 7 点 58 分，指指楼下，“主角登场了。”

这时，影佐圭吾、土肥原、秀鸾、李墨群等人从舞台侧门走到舞台中央。影佐圭吾把双手下压，微微咳嗽两声。

待所有人安静下来，影佐圭吾道："非常感谢各位拨冗光临！今晚我们欢聚一堂，主要是欢迎土肥原大将、秀鸾上将来到上海指导工作。希望在两位将军的统领下，早日实现大东亚共荣。"

这时，冯壬山身穿中山装、头戴礼帽突然在俱乐部闪现，并举枪向土肥原射击。

李墨群看到冯壬山举枪，反应极快，一个鱼跃将土肥原扑倒在地。

"噗"的一声，一颗弹头钻入舞台的幕布之中。

枪声一响，台下人群顿时乱成一团。

隐藏在暗处的日本宪兵迅速包围俱乐部，监控冯壬山的特务也掏出手枪，向他包抄过来。

"啪"的一声枪响，秀鸾应声倒地，双腿抽搐几下便气绝身亡，胸口洇出一大片血迹。

那是步枪子弹，不可能是冯壬山射出的，而是从天而降。

二楼，凌云洲循声寻找狙击手，感觉子弹貌似来自窗外。

冯壬山闪现、李墨群扑倒土肥原、秀鸾中弹身亡，在一刹那间完成。等日本宪兵和特务们察觉狙击手在外面时，便一窝蜂似的冲出大门口，却发现大街上到处是穿中山装、戴礼帽的人。

冯壬山已不知所踪。

原来，晚上 7 点 55 分时，对面旅馆出现了一件奇怪的事情。监视冯壬山的特务见他们离开房间，便悄悄跟上。特务刚到四楼，却发现从不同房间中纷纷走出很多对"夫妻"，而且那些"夫妻"的穿着打扮都和冯壬山夫妇穿着相似。那些"夫妻"中，男的戴礼帽、穿中山装；女的穿暗红色旗袍。

这样一来，特务们傻眼了。他们来到大街上，发现大街上到处是"冯壬山、王辛梓"，不知谁真谁假。

特务们没有办法，只能一个个识别，却发现都不是。

特务们把冯壬山夫妇跟丢了，急忙派人向李墨群汇报。前去汇报的特务刚到俱乐部门口，枪声便响了。

一出旅馆，冯壬山便看到店伙计"铁猴"郑庚同。他将王辛梓推给郑庚同，径直向俱乐部走去。王辛梓挽住郑庚同的胳膊，迅速走向街口。

冯壬山进入俱乐部，举枪射杀土肥原。这种情况下，很难击中土肥原，但他的真实目的是把目标的注意力集中到自己身上，掩护高处的“野兔”有效狙击目标。

冯壬山见秀鸾中弹倒地，便迅速撤离，跑到街口钻进一辆轿车中。

王辛梓正在轿车里等他。郑庚同熟练驾驶轿车，东拐西绕，在特务封锁该地区之前，驶出日占区。

这就是罗亭制订的刺杀计划。

这是标准的中共门徒小组式刺杀。

近距离掩护、远距离狙击，让刺杀变得简单、有效、迅速。

原来，罗亭通过“国师”传达刺杀计划，密令行动二组化装成日本宪兵，租用租界的四个戏班，到预订好的旅馆房间化装成“冯壬山”和“王辛梓”，所有人在晚上 7 点 55 分一起离开旅馆。

凌云洲见秀鸾身亡之后，便冲下二楼，迅速跑到大街上，然后朝天空开了一枪，一人应声而落。凌云洲冲到那个人跟前，迅速将其控制住。

那人正是从安全房救出的沈笑。

当然，沈笑已经中弹身亡。不过，他不是死于凌云洲枪下，而是死于远距离狙杀。

李墨群率领一群特务赶到时，“冯壬山”已经倒地不动。

李墨群上前检查，见“冯壬山”脸部扭曲变形，判断他应该是在中弹前服毒。

李墨群狠狠踢了“冯壬山”一脚，骂道：“娘希匹！”他回头吩咐特务，“拖回特工总部，看看能不能弄活。”

凌云洲见日本宪兵在大街上抓住几对“冯壬山和王辛梓”，问李墨群：“主任，这是怎么回事？”

“我他娘的怎么知道！”李墨群转身向虹口俱乐部走去，边走边骂，“他娘的，共匪疯了！”

凌云洲紧紧跟在李墨群身后，说：“共匪确实疯了，扔下冯壬山不管了。”

李墨群道："冯壬山虽然死了，但门徒小组还在。死后的冯壬山，对我们毫无价值！"

凌云洲说："秦癸恩死了，冯壬山死了，我们干掉两个门徒小组成员，起码没有白忙活啊。"

李墨群停下脚步，摇摇头："可惜我们赔上了秀鸾将军！"

"幸亏松下将军和秀鸾将军都在日占区玉碎，若在其他地方，特工总部的麻烦可就大了。"凌云洲往回找补。

他们一前一后进入虹口俱乐部，立正垂首等待影佐圭吾训斥。

影佐圭吾根本没有时间搭理他们，指挥日本特务护送土肥原返回宪兵司令部。

枪响时，宫本芳子便四处寻找凌云洲。她看见凌云洲时，飞快地向前跑几步，突然戛然停下，想起了她不能在影佐圭吾面前与他有亲昵行为，便缓缓张开双臂，隔空"拥抱"凌云洲。她紧绷的脸松弛下来，笑容绽露，一瞬间又绷起来，两行泪水顺着脸颊流下。

凌云洲望着宫本芳子的举动，情不自禁地虚张了一下双臂，仿佛在回应她，可又不愿给她柔情，刹那间又放下手臂，咧嘴冲宫本芳子假笑。

宫本芳子看到凌云洲笑了，也跟着笑起来，忽觉身子无比轻盈，忍不住在凌乱的地板上做了一个优美的舞蹈动作。那是凌云洲最喜欢看的舞蹈。

影佐圭吾走到凌云洲面前，附耳安排他把罗亭送回汪公馆，并授意他必须拖延时间。

凌云洲领会影佐圭吾的意思，见罗亭站在大街上四下张望，便转身离开。走出虹口俱乐部大门的那一刻，他忍不住回头望了宫本芳子一眼，见她笑着向他挥手，心头忍不住一紧，疾步走到大街上，驾车载着罗亭直奔法租界。

锦香茶室的东家，是罗亭另一个身份。锦香茶室不是中共门徒小组联络点，只做日常待客之用，店员都是雇来的寻常百姓。

二人来到锦香茶室，店里已经没有客人，茶室经理笑脸陪同。罗亭吩咐茶室经理打烊，让他赶紧回家。等茶室经理走后，凌云洲关上店门，悄声问道："为何刺杀秀鸾？"

“昨晚接到‘宗印’电话：刺杀秀鸾。”

“‘宗印’在上海？”

“嗯。”

“是延安的命令？”

“不！”罗亭摇摇头，“是佐尔格发给他的密电。”

“佐尔格？那个德国记者？”凌云洲仰头想了想，“1932 年，我在上海见过佐尔格，他跟我父亲是故交。”

“‘宗印’说，佐尔格就是拉姆扎小组组长，红组的‘圣水’。”

“佐尔格是共产国际成员？！”凌云洲一怔，摇摇头说，“这不可能！‘宗印’虽是日籍同志，但怎么会与佐尔格有电报往来？”

“别忘了，佐尔格是记者，他的文章也会刊发在中国报纸上，自然能发电报到上海。”罗亭解释道，“或许，‘宗印’就是延安安排与拉姆扎小组对接的情报员。”

“非常时期，佐尔格密电频繁，不是什么好事情。”

“拉姆扎小组被东京警视厅特高课破坏，佐尔格与苏共第五局断了联系，只能通过其他渠道联系‘宗印’。”

“恐怕佐尔格会因电报暴露。”

“或许佐尔格已无暇顾及，日本高层为‘北上、南下’战略争执不下，东条英机支持‘南下’，松岗支持‘北上’，如今吵得火热。秀鸾是‘北上’派，他一死，松岗必将矛头指向东条英机。”

凌云洲点点头：“只有让日本高层混乱，佐尔格才能挖出‘老龟’。”

罗亭幽幽一叹：“仅仅因为‘老龟’，佐尔格不会冒这么大的风险。他肯定得到来自东京的最新消息，急于将情报发往莫斯科，却苦于拉姆扎小组遭到破坏，无法传出去。莫斯科得不到最终情报，不敢调动六十万红军。为了保卫莫斯科，为了保住共产国际，佐尔格不得不出此下策。”

凌云洲和罗亭商谈时，冯壬山和王辛梓已经穿过苏州河，进入公共租界。轿车在黄浦江畔缓缓停下，郑庚同回头对冯壬山夫妇说：“我只能把你们送到这里。你们下车后往前走五百米，‘鼹鼠’在车牌号 2527 的车上等你们。”

冯壬山和王辛梓下车，分别与郑庚同握手。

冯壬山说："我们此去，可能要等抗战胜利后再见面了。"

郑庚同道："前途充满荆棘，祝你们一路平安。"

王辛梓道："'铁猴'，十年朝夕相处，咱们早已成为家人。如今分别，心里确实不舍。"她无法抑制的泪水流出来，"你一直叫我姐姐，可我这个做姐姐的，从来没有照顾过你。"

郑庚同道："姐姐，你做得已经够好了。十年中，你对我来说，不是亲姐姐胜似亲姐姐。我吃了十年姐姐做的饭，唉，下一顿不知道什么时候能吃上了。"

王辛梓道："抗战胜利后，姐姐天天给你做好吃的。"

郑庚同泪眼婆娑："为了这个目标，我们都要好好活着。"

冯壬山叮嘱道："这段时间，你出去避一避。"

郑庚同道："'军师'已为我安排新身份，你们放心吧。"

冯壬山和王辛梓辞别郑庚同后，向前走了几分钟，便发现车牌号 2527 的轿车停在路边，一个四十岁左右的中年人靠着车门，打量冯壬山几眼后，喃喃自语说："'鼹鼠'。"

"'战马'。"冯壬山停下脚步。

"'山鸡'。"王辛梓随口说道。

"鼹鼠"抬起头，冯壬山一愣："赵甲坊？"

赵甲坊点指冯壬山："冯壬山！"

他们早就认识，却不知道彼此的真实身份。

赵甲坊为冯壬山夫妇拉开车门，待他们坐好后，一边驾车向前行驶一边说："你们肯定想不到，万墨翰就是军统锄奸队队长。现在，我们就去见他。冯兄，你现在的身份是沈笑，是我发展的下线，你的妻子叫皇甫芬。"说完，他掏出两个证件扔给冯壬山，"这是你们的合法证件，你们已经获得重生了。"

江边一片漆黑，夜风吹得树枝哗哗作响。

冯壬山感觉呼吸不畅，便将玻璃窗微微摇下，露出一条细缝，让风吹进来。一股凉意瞬间涌入车内，令他感觉清爽舒畅了许多。

轿车在黑暗中疾速向前飞驶，仿佛一直钻不出无尽的夜幕。一股莫名的落寞悄然袭上冯壬山的心头，感觉酸酸的。就要告别生活十年的城市了，不免有些不舍。

当轿车驶入中央巡捕房大院，几盏电灯仿佛拉开沉重的夜幕，冯壬山顿觉眼前一片光明。

冯壬山意识到，他将要奔赴下一个战场了。

一辆 76 号的轿车飞速驶向苏州河桥。

圣约翰大学院墙上的灯，发出昏黄的光，在死一般沉寂的夜里，显得苍白无力。

那辆轿车的后备厢里，横着“冯壬山”的尸体。

轿车驶上苏州河桥，过桥就是极司菲尔路，再过几分钟便到 76 号大院。

沐承风接到李墨群的命令，早早来到苏州河桥边，等着接走“冯壬山”的尸体，连夜解剖，看看能否找到有价值的线索。

杨枢在冯壬山和王辛梓离开国品茶楼后，便对国品茶楼展开地毯式搜查，此刻正在办公室里写搜查报告。

那辆轿车行驶到苏州河桥中间，只听“砰”的一声，随后一个火球升腾，人、车、桥顿时被烈火和浓烟覆盖。

沐承风见状，意识到不好，赶紧指挥特务冲上桥。怎奈火势太大，根本无法靠近，他们只能眼睁睁地看着轿车在火光中变成废铁架子。

圣约翰大学院墙上的几盏灯，一起熄灭了。

烈火熄灭后，夜更黑了。

第十二章　权力的游戏

~ 035 ~

时间：1941 年 10 月 15 日，星期三，晚 9 点。

地点：上海，公共租界，江公馆；日占区，极司菲尔路 76 号。

江澄子的心境并不澄清，她看不清楚自己在计划中的位置，甚至觉得自己就是一个多余的人。

把一辆遗失轿车开进日占区，停在塘沽路指定的位置上。

这算什么狗屁任务。

最关键的是，她停好车后必须立即撤离。也就是说，她都不知道把轿车交给谁。

江澄子心中窝火，停好车后，把钥匙放在左前轮胎上面，凝望了一眼不远处的虹口俱乐部，心中的失落感宛如潮水般涌来，忍不住用力跺脚，一不小心把鞋跟儿弄断了。

江澄子拎着鞋子，赤脚去找修鞋铺，走了两步又被小石子硌伤脚，疼得她直咧嘴，顿时觉得很委屈，蹲在地上掉眼泪。

江澄子拿着鞋敲打地面，嘟囔着骂凌云洲找女人，才给她带来霉运。她敲着敲着，闻到了咖啡的香味，抬头发现自己蹲在咖啡馆门前。她站起身，走进咖啡馆，将鞋子往吧台上一放，掏出一沓钞票递给侍应生，让他去找修鞋的。侍应生见她狼狈，起了善心，在她喝咖啡的当空，把鞋子送到修鞋铺。

江澄子坐在靠窗的位置，一边喝咖啡，一边向外张望。她发现她坐的位置好极了，不仅能看到虹口俱乐部，还能看到停放在塘沽路上的轿车。

没过多久，鞋子修好了，可她没有回去的打算，便继续喝咖啡。不知何时，夜幕四垂，虹口俱乐部突然传来一阵枪声。

江澄子心里害怕，却不敢跑到大街上，只好坐着不动。

就在这时，她看到一个男子提着木箱疾步向那辆轿车走去。

那个男子戴着礼帽，用围巾围着脸，夜幕中根本看不清。

可是，江澄子却认出他。朝夕相处的大哥就是蒙着脸，她也能认出来。

那个男子就是普乐天，狙杀秀鸾后便沿着撤退路线，到塘沽路指定位置取车。他走到那辆轿车前，弯腰从轮胎上取出钥匙，打开后车门，将木箱扔进去，正要驾车离去，却没想到副驾驶的车门被宋格拉开了。

江澄子更是吃惊了，她“噌”地一下站起身，双手握紧咖啡杯，瞪大双眼看着。她怎么也没想到，宋格竟然也参与了刺杀行动，自己还不如一个外人，越想越觉得自己就是一个多余的人。

江澄子一直待到咖啡馆打烊，见街上恢复平静，才离开日占区。回到家后，她悄然走到假山前，透过书房的窗户，正看到普乐天在藏枪。

普乐天耳聪，察觉有人偷窥，急忙转身，看见江澄子冲他做出狙击的手势。

“你去哪里了？”普乐天走出书房，来到江澄子面前。

“平家小姐约我喝咖啡，我们去了日占区。”

“怎么去了日占区？”

“平家小姐请客，我是客随主便。”

“嗯，路上还好吧？”

“听到枪声，我们吓得不敢出来。”江澄子小心翼翼地说，“我在塘沽路看到宋格了。”

“嗯？”普乐天微微一怔，“宋格，她去日占区做什么？”

“我怎么知道？”江澄子哼了一声，“她跟一个男子上了一辆车。”

普乐天直直地盯着江澄子："你认出我来了吧？"

"大哥！"江澄子一跺脚，"你怎么能跟宋格在一起？"

"宋格帮我藏枪。"普乐天侧身向书房一指，"苏联制造的狙击步枪，可以说是目前世界上最好的狙击步枪。"

"你有世界上最好的狙击步枪？"江澄子惊讶地瞪大眼睛，"你用它杀过鬼子吗？"

"我用它杀过鬼子，也杀过汉奸。"普乐天轻轻点点头，"你不问我是延安的还是重庆的？"

"我才不问呢！只要大哥抗日，就是血性男儿。大哥放心，我一定会替你保密的。"江澄子歪着头笑，"不过，我有一个小小的条件。"

"要我教你狙击？"普乐天轻点江澄子的额头。他和江澄子一起生活了二十年，自然能读懂她心中的小九九。

二十年前，普乐天那时叫张五仔，因卷入一场离奇诡谲的杀人风波，让这个帮会出身的广东靓仔失去了自己的名字和身份，莫名其妙地变成了广东普家大少爷，却很快又成了灭门惨案中的唯一幸存者。

他本来要死在码头上，幸运的是碰到了江仲阁。江仲阁花重金买下他的命，把他带到上海，视他为己出，供他留洋读书。在这个其乐融融的大家庭里，他早将自己看作是江家不可或缺的一分子，也将江澄子视为亲妹妹，暗暗发誓将用生命守护这个家。

然而，谜一样的风波始终无法忘却，这个如水彩调色板晦涩、复杂的男人，也始终没有放弃寻找那个终极答案。

"姐姐，你来了？"江澄子忽然喊道。

普乐天仿佛猜到罗亭会来似的，一点儿也不惊讶。他缓缓转身，凝视着站在木桥上的罗亭。

罗亭也凝视着普乐天，缓缓举起手，在半空中轻轻一抚，像是隔空抚摸普乐天的脸颊。普乐天痴痴地站着不动，恍若感触着那只手的温度，脸上绽放出灿烂的笑容。

他们就这样望着彼此，用眼神交流着。在静谧的空间里，一个微笑，一个凝视，一个抚慰，都融进了绵绵深情。

在罗亭身后，凌云洲也静静地站着。他看到罗亭与普乐天对视时的眼神，便意识到他们之间藏着不为人知的秘密。他们的表情，不是恋爱中男女间炽如烈火，而是相濡以沫、同生共死后的守望与相知。突然间，他意识到普乐天也是中共门徒小组成员，而且还是罗亭最信任的“尖兵”。

罗亭来江公馆，就是确认普乐天是否安全脱身。只要普乐天执行危险任务，她都会找各种理由来江公馆。只有看到他的身影，她那颗悬着的心才会踏实。

那时的罗亭，不再是充满智慧和果敢的罗亭，而是等待丈夫外出归来的妻子。

晚上 10 点，罗亭驱车来到 76 号大院，李墨群率领各处处长早在门口恭候。李墨群发现 76 号特派员竟然是圣约翰大学校长，本来平静的心忽然提到嗓子眼儿。看来，他誓死追随的汪精卫从来就没有信任过他，早在距 76 号百步之遥的圣约翰大学安插了眼线。

杨枢忍不住问道：“罗校长，您就是特派员？”

罗亭反问：“不像吗？”

杨枢摇头：“真不像。”

李墨群讪笑：“万万没想到，特工总部特派员就一直坐在我的隔壁！”

罗亭摆摆手：“李主任，特派员只是一个强加在我头上的虚衔。我呢，也识趣，按部就班走走过场。”

李墨群做恍然大悟状：“哎呀，我还一直纳闷罗校长为何不去南京任职呢，呵呵，看来汪先生早有安排啊！”

罗亭微微一笑，反问：“您对汪先生的安排不满意？”

李墨群笑道：“汪先生大智，我难以望其项背。满意，绝对满意，熟人好相处嘛！”

罗亭紧接着说：“李主任满意就好！其实汪先生对特工总部是非常放心

的，不然早就让我来坐班了。我之所以今天才亮明身份，是因为土肥原将军到了上海。汪先生和周部长一时赶不过来，才临时派我代表他们问候土肥原将军。我呢，一则学校工作繁重，二则我是外行，所以您还得原谅我经常缺席特工总部的工作。您看这样行不行？一周我就上两天班，不，两个下午班，对汪先生有个象征性的交代就行。李主任，您觉得怎么样？”

李墨群笑道：“一切听从特派员安排。”

这时候，凌云洲正在喝宫本芳子熬的汤。

宫本芳子目不转睛地看着凌云洲喝汤。妻子给丈夫煲汤，丈夫幸福地喝汤，这样的场景不知在她脑海里闪现过多少回了，没想到这一刻成为现实，令她沉醉其中，浑身酥软。

甚至，向“老龟”汇报秀鸾之死的情报时，她仍然精神恍惚，耳畔只有东京某处被樱花包围的房子里飘出来的舞曲。

宫本芳子向“老龟”发电报时，凌云洲便给李墨群打电话。

这是凌云洲和罗亭约好的暗号。

李墨群接通电话，笑道：“凌大少，你又跑哪里逍遥去了？特派员今天赴任，你都敢缺席？哪个特派员？特工总部的特派员！你想多了，汪先生怎么会不信任我们呢？哦，你在宫本课长那里？嗯，你把事情办妥再回吧。不忙，特派员你认识，就是罗校长。哪个罗校长？上海能有几个罗校长，当然是圣约翰大学的罗校长了……”

罗亭见李墨群挂断电话，说道：“这个凌大少，我们认识的。”

李墨群笑道：“江大小姐在您那里任职，您肯定认识他了。”

罗亭站起来：“李主任，我想参观一下咱们的情报处，现在是否方便？”

李墨群道：“当然方便。”

罗亭道：“那就劳烦李主任带路了。”

罗亭和李墨群到情报处时，凌岳州和六个情报专员正在监听。他们见罗亭和李墨群进来，纷纷起立敬礼。

李墨群向众人介绍完罗亭，罗亭便一一与众人握手。当她与一个三十多岁的男情报专员握手时，瞥见他的桌上有张纸条，上面写着奇怪的“ССПЯ”

字母，便问李墨群：“李主任，这位怎么称呼？”

那人再次立正敬礼：“贺加，情报处副处长。”

罗亭示意他坐下，问道：“你好像不是汉人吧？”

贺加大声说道：“我是朝鲜族。”

罗亭示意贺加坐下继续工作，象征性地走了一圈，便离开情报处。

李墨群询问罗亭是否视察其他处室。罗亭称自己是外行，只会影响大家工作，便张罗回去。

她回到 1136 弄，脑海中一直闪现“ССПЯ”字母，迟迟无法入睡。

她只有拿到“土狗”的情报，才能印证她的判断。一直等到凌晨 3 点，她还是睡意全无，便下床走到书桌前，在纸上写出“ССПЯ”四个字母。

“过 3 点，无消息”，是她与“国师”的约定。现在 3 点已过，梅机关没有动静，只能说明与“老龟”有关联的“神鸟”就藏在 76 号。

“神鸟”到底是谁呢？

罗亭端详着四个字母，忽然笑了。她知道谁是“神鸟”了，也知道“老龟”的电台频率了。于是，她在纸上写下两句俄语：

Советский　Союз

Посольство　Японии

显然，“ССПЯ”便是这两句俄语的缩写，“苏联，日本大使馆”，这是“神鸟”接收“老龟”电报时的缩写词。

“老龟”使用的电台不是私人电台，而是日本大使馆的电台。看来“老龟”一直将情报混杂在官方电报中发往东京。

“太明显了！”罗亭无法确信这就是“老龟”与外界的联系方式，但她仍将情报发给“宗印”，再由他转给佐尔格，交由拉姆扎小组甄别。她发完电报后，煮了一壶茶，慢慢细品，忽然明白“老龟”的真实意图——引蛇出洞！

真正实施“引蛇出洞”之计的人，绝非是“基督”，而是“老龟”。

“神鸟芳子”的情报是“老龟”故意透露给拉姆扎小组的，也就是说，“老龟”早就知道潜伏在东京高层中的拉姆扎小组成员了。

“老龟”不但要挖出拉姆扎小组，还要挖出中共门徒小组。

“老龟”真正的目标是红组。

想到这里，即便在偌大的房间内，罗亭都感到窒息。一种不可名状的恐惧，似乎从心底喷涌而出，冲破三十多年的岁月，在空中无尽地弥漫。

~ 036 ~

时间：1941 年 10 月 16 日，星期四。

地点：东京，近卫官邸。

东京出现了五十年一遇的大雾。大雾从太平洋生成，然后顺风飘到东京湾，紧紧裹住东京这座叱咤之城，让处于战争状态的东京死一般沉寂。

自发动战争以来，曾经繁华的东京日渐衰败。四处出兵的日本，就像魔鬼弹奏狂想曲，响彻东亚广阔大地。近卫文麿，一手将日本拉入法西斯轴心国的国家元首、法西斯主义首要推行者，就是狂想曲的指挥家。

近卫官邸，那座白色西式洋楼，就是那架犹如海岸线般美妙的钢琴。

夜雨凄迷中，五十多岁的宫本正仁和助手松岛凉子冒雨来到近卫文麿的官邸。这位天皇贵胄、前清朝王爷似乎失去往日的高傲，卑躬屈膝地在门口等待大管家通报。

犬养中堂给共产国际下了一剂猛药，将拉姆扎小组送上断头台。由于药力太猛，竟然威胁到近卫内阁。为此，他要向近卫文麿做进一步解释。

马路对面停着一辆黑色轿车，东条英机的大管家东条川赖坐在车里，冷冷地注视着他。他顿时意识到，东条英机绝不会浪费这个大好的内斗契机。

宫本正仁作为近卫文麿的谋士，必须想出万全之策，以应付措手不及的政变。令他懊恼的是，他已经能清晰地看到近卫内阁的结局。

半晌过后，近卫文麿的秘书尾崎秀树才把他们带到书房。

近卫文麿面沉似水，默不作声。

宫本正仁行过礼后，近卫文麿才微微点头：“宫本先生，若非事态严重，绝不会让你从朝鲜赶回来。”

“首相先生，我明白。”

“见过天皇了？”

“见过了。”

“天皇什么态度？”

“东京警视厅已经逮捕了几个内阁成员。”

“那几个内阁成员，都是我的人啊。”

“犬养先生的药力有些猛。”

“是呀！”近卫文麿哀叹道，“旧疾固然治好，新病却要命！”

“犬养先生此举虽然瓦解了拉姆扎小组，但也牵连了首相先生的内阁。”

“犬养先生只懂谋略，不懂政治！”

“拉姆扎小组负责人佐尔格，就是红组的‘圣水’。红组是龟机关的劲敌，所以犬养先生才无法顾全大局吧。”

“这么多年难为犬养先生了。为了帝国崛起，他不得不娶苏联女人，还生下两个儿子，一个死在波兰战场，一个死在德军枪下。”

宫本正仁感叹道：“为天皇效忠，虽死犹荣。首相先生三任内阁首相，犬养先生居功至伟。苏联占领波兰的军事计划，就是犬养先生制订的，所以他目前很安全。”

“苏共领袖勋章，是犬养先生的荣耀，也是苏共领袖的耻辱。”

“大家都在传，天皇启动了‘仁者’，正在秘密调查此事。”

“天皇究竟有没有‘仁者’？”

“虚虚实实，谁能看得透呢！”宫本正仁略显惆怅地说，“就像我大清雍正帝的‘血滴子’，或许真的存在吧。”

“对于‘北上、南下’纷争，先生有何高见？”

“只有‘北上’战略成功，首相先生才能化解困局。”

“看来只能等犬养先生的情报了。”

“等不及了。”

“先生可有良策？”

宫本正仁注视着近卫文磨，一字一顿地说："逼——宫！"

近卫文磨一愣："逼宫？"

宫本正仁点头："近卫内阁全体辞职，挟天皇签署'北上'战略。"

近卫文磨皱眉："太激进了吧？"

"军部更激进。"宫本正仁愤愤地说，"秀鸾玉碎，我们只能殊死一搏。"

近卫文磨起身踱了几步，站下沉思一会儿，转身问道："难道没有退路了？"

宫本正仁摇头："秀鸾玉碎，东条英机会大做文章。"

近卫文磨走到窗前，凝视大雾，默默说道："东条英机的忠犬东条川赖，已经明目张胆地监视我的府邸了。"

宫本正仁走到近卫文磨身后，低声说："东条川赖老谋深算，他敢明目张胆地监视首相府邸，只能说明东条英机决心已定。"

近卫文磨转过身："我今晚就带领所有内阁成员面见天皇。"

"好，我随首相先生同去。"

"你不能去。如果内阁倒台，你还能继续完成'光计划'。"近卫文磨回到榻榻米上坐下，"做了三任首相，我也累了，'光计划'就交给先生完成吧。你——回吧！"

暴雨落在院内的芭蕉上。

松岛凉子举着伞，陪宫本正仁走到一棵芭蕉树前。宫本正仁停下脚步，望着芭蕉叶上滚落的雨滴出神。

松岛凉子轻声问道："先生，近卫内阁要散了吗？"

宫本正仁叹了口气："政治就是赌博。押对了，你就是赢家；押错了，只能倾家荡产。"

"对先生有影响吗？"

"我和老犬养不同，他的格局在全球。我的格局小，只在中国战场。日本人啊，太贪婪了。"

"先生，接下来咱们做什么呢？"

"等。"宫本正仁向前走去。

“等？”松岛凉子一愣，疾步跟上。

“等，也是一种战略。”宫本正仁伸手去接疾速落下的雨滴，“学会等待，才能赢得最终胜利。三国时的司马懿，就洞悉‘等’字的精髓，最终赢得天下。”

~ 037 ~

时间：1941 年 10 月 16 日，星期四。

地点：上海，日占区，梅机关。

此刻的上海，如东京一样黑暗。

阴森、潮湿的梅机关监狱里，拉乌尔蜷缩在薄薄的稻草上，眼睛直直地盯着铁门上的窗口。

一个用围脖蒙面的中年男子悄然走进监狱，站在牢门前，透过门上的铁窗，冷冷地看着拉乌尔。

他就是传说中的“神鸟”。

拉乌尔起身走到门前，低声说：“来得有点晚。”

“不太自由，也不方便。”“神鸟”向左右看了看。

“你是‘鸟’，没有你不能去的地方。”拉乌尔冷冷地说。

“我是‘神鸟’，是乌鸦，在中国只负责报丧。”

拉乌尔反问：“这次你给谁报丧？”

“‘基督’！”“神鸟”扑哧一声笑了。

拉乌尔低声笑道：“我现在死不了，犬养先生却不好说。”

“犬养先生？”“神鸟”吃惊地看着拉乌尔。

“对，犬养先生！”

“那你就是‘基督’。”

“我若是‘基督’，他就是‘老龟’。”拉乌尔比画出乌龟的形状，“他若不是‘老龟’，我就不是‘基督’。”

“你是自投罗网？”“神鸟”的脸几乎贴到铁门上。

“甘愿赴死。”拉乌尔也往前凑了凑，平静地说。

“为了找到‘老龟’？”

“不行吗？”

“你们无法逮捕‘老龟’的！”“神鸟”微微摇头。

“苏日签订不战协定，第五局无法逮龟。”拉乌尔犀利的目光锁住“神鸟”的眼睛，“但可以杀龟！”

“神鸟”没有言语，沉思片刻，转身离去。

拉乌尔笑道：“‘神鸟’，咱们还是好好聊聊吧！”

“神鸟”停下片刻，转过身来，再次走到拉乌尔面前：“基督赴死，期待重生世界。你还能重生吗？”

“取决于你！”拉乌尔神秘一笑。

“取决于我？”“神鸟”一怔。

拉乌尔说：“‘老龟’死了，我的任务也就完成了。不过，你的任务才刚刚开始，‘圣杯’玉碎、‘圣水’化为甘露，可上海还有‘教母’‘烛心’，东京还有‘宗印’‘信者’，恐怕这些人都能让你寝食难安吧？”

“神鸟”问：“你想与我合作？”

“就看你能否让我重生。”

“什么彩头？”

“‘宗印’！”拉乌尔眨眨眼睛，“我可以告诉你，谁是‘宗印’。”

“神鸟”盯着拉乌尔，足足有十秒钟，才说道：“怎能确定你说的真假？”

“你可以去查。”

“条件呢？”

“这里不是人待的地方，给我换个地方。仅此而已。”

“你想去哪里？”“神鸟”的声音没有一丝温度。

拉乌尔扭头看看牢房：“我为了让自己活得舒服些，做了一次犹大，总得找个教堂忏悔吧？”

“你想去哪个教堂？”

拉乌尔淡然地说：“圣约翰教堂。”

“神鸟”想了想：“圣三一教堂。”

拉乌尔立即说：“圣约翰教堂。”

“神鸟”几乎与拉乌尔同声：“圣三一教堂。”

拉乌尔不再坚持：“成交。”

“谁是‘宗印’？”“神鸟”随即问道。

“中山功。”

“满铁的中山功？”“神鸟”咬咬牙。

“看来，你早就注意他了。”拉乌尔见“神鸟”没有质疑，补充道，“不用怀疑，他就是‘宗印’，拉姆扎小组成员。”

“我会证明你的说法的。”

“随便。我何时能去圣三一教堂？”

“神鸟”说：“只要我确定中山功就是‘宗印’，会履行诺言的。”

拉乌尔摇摇头：“我就知道你会出尔反尔。这样吧，我再告诉你‘信者’是谁，条件是明天把我送到圣三一教堂。”

“神鸟”盯着拉乌尔：“你真是‘基督’？”

拉乌尔摇摇头：“我希望我不是‘基督’，但只是希望而已，否则我不会待在这里。”

“神鸟”问：“谁是‘信者’？”

拉乌尔耸耸肩，反问：“明天怎么安排我呢？”

“神鸟”冷冷地说：“只要你告诉我谁是‘信者’，今天就可以去圣三一教堂。”

“尾崎秀树。”拉乌尔一字一顿地说。

“什么？”“神鸟”大吃一惊，“近卫首相的秘书？”

“没错，他就是‘信者’，通知东京警视厅吧。”拉乌尔转过身，走到稻草堆前，面朝墙坐下，不再搭理“神鸟”。

“神鸟”疾步走出梅机关监狱，却没有向东京发报。

清晨的风有些凉，一夜没睡的他，穿行在风中，却无比清醒。他知道间谍的下场，犬养中堂再高明，也摆脱不了间谍的宿命。

不知不觉间，“神鸟”就来到圣三一教堂。“今天走得这么快？”他四下巡视一番后，不禁哑然失笑，估计是自己的神经绷得太紧了。

“神鸟”想，既然到了教堂，就进去瞧瞧吧。他走到教堂入口处，忽见一群鸽子陡然从教堂屋顶飞起，“扑棱”声夹杂着哨声，听上去却觉得毫不刺耳。

“神鸟”抬头看看远去的鸽群，将围巾拉下来。

他竟然是凌岳州。

凌岳州走到教堂左侧的鸽子房，见方远声正在喂鸽子，远远地就打招呼：“方管事，忙着呢！”

方远声转身看到凌岳州，放下手里的食盆：“哦，凌大处长呀，起得够早的啊！”

“什么起得早，是根本没睡。路过这里，看到鸽子，就想让它们抚慰一下我千疮百孔的心灵。”

“那你得好好喂喂它们。”方远声将饲料盆递给凌岳州，“鸽子代表和平，我真希望上海的天空飞的都是鸽子。”

“理想和现实是两码事儿。”凌岳州开始喂鸽子，“上海滩的教堂都养鸽子吗？”

“应该是吧！”方远声一语双关，“其实鸽子比人好相处。呵呵，我在上海没有亲人，这些鸽子就是我的亲人。”

“我在上海也没有亲人，以后也常来喂鸽子吧，看看能不能把它们喂熟。”

“肯定比人好喂，哈哈！”

凌岳州放下饲料盆，拍拍手：“世道，人心。世道乱，人心也跟着乱了。喂喂鸽子，慌乱的心呀，倒是平静许多。”

“你既然来了，就四处转转。这里比外面简单、纯粹。”

“好主意，那我就出去溜达一圈。”凌岳州说完走出鸽子房。

方远声目送凌岳州离去，眉头渐渐皱起来。

~ 038 ~

时间： 1941 年 10 月 16 日，星期四。

地点： 东京，近卫官邸。

近卫官邸对面的一棵树下，尾崎秀树与浓雾融为一体。他直直地盯着消隐在浓雾中的白楼，近视镜片上渐渐模糊一片。

作为近卫首相的秘书，年轻的尾崎秀树的政治生涯才刚刚开始，可是他的心却已衰老了。他时常想起中国鲁迅的作品《阿 Q 正传》。他觉得自己是有思想的人，拥有樱花一样美丽的梦想，可是他的梦想被战争摧毁了，如同暴雨中的樱花，落入肮脏的泥土里，让人不忍直视。

他不想做阿 Q 式的人，他也无法用精神胜利法来安慰自己，去赞同裕仁天皇发动的侵华战争是正确的。他那颗苍老的心中窝着一团火，那团火似乎随时都能从喉咙中喷出来，燃烧还有良知的日本人。可是他知道，教条、机械的日本人，从骨子里就推崇强权。他们虽有极强的国家意识，但从不会用自己的大脑思考。如果有一天，一个疯子带领他们跳进大海，他们也会毫不犹豫地跳进去，并以此为荣。

这样的民族是危险的，随时会做出疯狂的事情。于是，他选择以正确的方式去做正确的事情。用他的话说，那是卫道，为了全人类的和平，他秘密加入中国共产党，并为拉姆扎小组提供各种情报。

在雾中的他，脑海里蹦出一个词——潜伏。他就是优秀的潜伏者，也不负众望，陆续传递出许多日军侵华的情报，并受到中共领导人秘密嘉奖。这是他的选择，也是他的荣誉。可是，在飘满大雾的清晨，他忽然觉得自己非常孤独、无助，特别在六个小时前，他与佐尔格秘密见面后，意识到深陷重围的拉姆扎小组已经无路可走了。

所幸，“老龟”的秘密电台锁定了，从中共门徒小组发出的电台频率，与他在近卫官邸里找到的文件垃圾中分析得出的频率一样。而且，他也知道，他马上就要暴露了。

尾崎秀树没有慌乱，自从加入中国共产党那一天起，他就知道自己随时会牺牲。他已决定牺牲自己，用生命捍卫自己的信仰，在遥远的日本东京间接参与莫斯科保卫战。

尾崎秀树走入白色官邸，此行目标就是近卫首相那张宽大的办公桌。

尾崎秀树走进空荡的书房，从地板上杂乱无章的脚印可以判断，近卫首相和他的内阁确实慌了。

松下和秀鸾遇刺身亡的电报，就放在办公桌上。

两个誉满军部的名将，横死在中国，天皇震怒。

所以，近卫内阁以集体辞职相要挟，逼迫裕仁天皇签署“北上”战略。

可是，近卫文麿怎么也没想到，他面对的却是军部专门为他设计的穿肠毒药。

尾崎秀树拿到近卫首相的印章，盖在一本早已填好的特别通行证上。他将凭借首相签署的特别通行证，进入官邸下面近卫文麿秘密组建的情报室，用与“老龟”秘密联络的专属电台，给“老龟”发电报。

他从松岗外相口中得知，“老龟”是发报高手，能感知每个电台的特点、电量强弱、机器型号、发报员手法，甚至能从任何一个细微到几乎可以忽略的细节中断定电报是否来自近卫首相情报室。

这样的“老龟”，让尾崎秀树感到可怕，又肃然起敬。

当他准备离开书房时，忽然看到一份标注“绝密”的档案袋。

从档案袋上签署的时间判断，这是刚从秘密情报室送来的文件，近卫首相还没来得及看。

强烈的好奇心，迫使他打开文件。

看到文件内容，他惊呆了。

文件是一份名单，是龟机关特工“樱花”从苏共第五局获悉的名单。

尾崎秀树顿时惊出一身冷汗。他意识到，一旦这份名单出现在东京高层面前，日军将会更加疯狂，将会摧毁东亚各国，甚至占领全世界。到那时，日本的底层百姓，将会陷入更可怕的水深火热之中。

尾崎秀树迅速烧毁名单，然后走进近卫首相休息室。

休息室通往地下一层秘密情报室。凭借特别通行证、首相秘书的身份、“老龟”秘密电台的频率，他命令发报员向“老龟”发出一份电报。

电报内容如下：

苏共佐尔格被捕，

拉姆扎小组破获。

“北上”战略实施，急需苏远东军防御图。

16日14时，莫斯科机场，老龟归国。

十分钟后，“老龟”回电：天皇万岁！

完成任务后，尾崎秀树松了一口气。他悄悄拔出枪，套上消声器，将情报室的工作人员全部击毙，然后毁掉电台，扯断所有线路。

杀人，捣毁秘密情报室，并不在他的计划之内，是他看到名单后的临时决定。

他早就意识到，自己不可能全身而退，但他不后悔，也不悲哀，而是选择“卫道”，用鲜血清洗这个国家制造的战争罪恶。虽然他的血像沧海一滴，但一滴又一滴的热血，汇聚起来就是汪洋大海。他知道，还会有更多热爱和平的继承者，用他们一滴又一滴热血，一点点地洗刷这个国家带给世界的罪恶。

在警察未到之前，尾崎秀树从窗口跳出官邸，直接回家。

他家的院子里，雨下得更疾。一阵风吹，樱花四下飞舞。

他走进书房，在书柜里拿出几本书，从书里取出几个信封，发信人均是中山功。他又从书柜下面拿出一个小箱子，从里面取出一个用竹片编织的风铃。他用剪刀修剪完毕，将竹风铃放入小箱子里密封，在上面写上地址和人名。

这是他早已设计好的秘密传递方式，他要将这份名单传递给远在中国的中山功。

做完所有事情，尾崎秀树又返回近卫官邸，靠在首相办公桌后的宽大椅背上，望着满院樱花树出神。生命已经走到尽头，可他却没有看到樱花开满庭院。忽然，一瓣樱花从窗前飘过，接着又是一瓣。后来一瓣接一瓣的樱花，如同雪花般飘落下来，渐渐地呈现一幅“樱花渐欲迷人眼”的画面。

看到满院飞舞的樱花，尾崎秀树似乎看到了未来的日本，看到了亲人幸福地生活在飘满樱花的海岛上。

窗外，浓雾渐渐散去，罪恶也悄悄被洗涤……

~ 039 ~

时间：1941 年 10 月 16 日，星期四。

地点：莫斯科，日本大使馆，机场。

莫斯科的天空也是灰蒙蒙的。

天上飘浮的不是雾，而是爆炸产生的灰尘。

莫斯科无风，却冰冷。

这座叱咤之城里却有另一种风刮起，而且是震撼人心的龙卷风。它始于一个人口中，形成于千万人口中，最终形成强大的气流。

气流驱散空中的尘埃，驱散军民心中的恐惧，于是莫斯科大街上所有人都变得视死如归。

德军毫无人性的轰炸，虽然摧毁城市的楼宇，但人心构筑的堡垒却是无比坚固的。领袖早晨签发统帅令，党政机关和全部外交使团向距莫斯科八百公里的古比雪夫转移，只留下党中央政治局、国防委员会、最高统帅部和总参谋部。

莫斯科市内虽然混乱，但军民的心却是整齐划一的。军民在街道筑起防御工事，连克里姆林宫外也是如此。所有人誓死保卫莫斯科，“坚决保卫首都”“绝不放弃莫斯科”“决不让纳粹进入莫斯科”，声声令人振奋的呐喊，像荡气回肠的号角，演奏着气势雄浑的宏大乐章。

这时的莫斯科大街，拥挤的人流绘出一幅波澜壮阔的画卷。

画卷就平铺在犬养中堂眼前。他被这种气势、力量震撼了！这是正义的呐喊，这是对和平的渴望。他从骨子里就排斥战争，欣赏不战而屈人之兵的胜利，那样才能真正俘获人心，才能率人唱响强悍、统一的声音，才能形成百川归海的大势。

可是，他阻止不了裕仁天皇的大帝国梦，阻止不了东条英机的战争狂想。这不能说明他的境界低。他的境界已经超越天皇的梦、东条英机的狂。他心目中的日本，应该是19世纪的英国，是地球上真正的日不落帝国。

他就是苏共第五局一直苦苦寻找的“老龟”。

犬养中堂非常自负。当然，他不是盲目自负，在当今世界的谍报界，还没有人能与他一较高下。苏共巴维尔·菲金不行，日本土肥原不行，欧洲诸国及美国的特工，更不入他的法眼。他在莫斯科潜伏三十年，至今无人发现他的真实身份。

他的身份确实无懈可击，经得住任何审查。中国辛亥革命时，他就进入苏联，并成家立业。他的两个混血儿子，一个死在波兰战场，一个死在德军枪下，这为他增添无限荣耀。迅速占领波兰的军事战略计划，他也是策划者之一，并被授予领袖勋章。这样的他，怎么可能会是日本老牌特工呢？

犬养中堂刚刚收到近卫首相发来的一道密电。

他的电台是注册在案的，虽然会被苏共第五局特工秘密监控，但也阻止不了他向东京传送情报。

犬养中堂知道，他使用的频率和密码本，苏共第五局根本无法破译。更何况，苏日签署的不战条约，又是一道强有力的防火墙。

犬养中堂离开大使馆前，将花了三年时间拼凑的西伯利亚和远东地区的军事战略地图分成几十块，然后按着编码塞进拐杖里。

他走出大使馆，回头望着正在搬迁的使馆人员，向他们微微鞠躬。今天，他就要离开莫斯科，可能不再回来。他将拐杖在地上拄了三下，扭头看了看大街上川流不息的人，快速向隔壁的瑞士银行走去。

作为一名优秀特工，犬养中堂知道什么才是最好的伪装，譬如金钱。为了掩盖自己撤退的意图，他故意去一趟瑞士银行，故意停留了十分钟，装作十分在乎和担忧的样子。

他所做的一切，都没有逃过巴维尔·菲金的眼睛。

巴维尔·菲金坐在瑞士银行门前的一辆轿车中，嘴角还挂着一条烟丝，红肿的眼睛里，透着少许淡定神色。

两个小时前，他面见领袖，汇报他的判断和建议：日本Z计划落实，采取“南下”战略，远东六十万红军可调回。

他没有向领袖汇报“杀龟计划”。他知道日苏不战条约对于苏联的意义。如果抓捕犬养中堂，日苏不战条约会立即失效，一百二十万关东军会即刻跨过边境，等于向燃烧中的苏联倒一桶汽油。更何况，他也没有掌握直接证据，领袖不会因为他的怀疑就签署这样的计划。

但是，他绝不能放过“老龟”。

“老龟！犬养中堂！必杀之！”这是拉乌尔去中国前的交代。对巴维尔·菲金而言，拉乌尔是他的良师益友。他临危受命，第一件事就是请拉乌尔出山，所以才组建了横跨苏、中、日、德、美的共产国际谍报网——红组。

拉乌尔眼光长远，境界极高，巧妙地设计一盘棋。在这个棋局中，棋手都是高明的，任何一个人都能改变世界格局。

想起拉乌尔，巴维尔·菲金的眼睛亮了，嘴里默念：“‘老龟’，必杀之！”

他将“杀龟计划”在心里默默推敲一遍，觉得一切都无懈可击，犬养中堂必将化成齑粉，飘撒在莫斯科的上空。

犬养中堂并没有直接去莫斯科机场。他身上携带重要情报，需要更好的伪装。作为军事顾问团成员，他不经请示贸然去机场，必然会被苏共第五局怀疑。所以，他先到最高统帅部，没想到却听到驻扎远东地区的红军即将调回的消息。

看来是天照大神在护佑日本。

边境空虚，关东军可以乘机直抵莫斯科。在德日两军夹击之下，苏联必亡。

犬养中堂看了看手中的拐杖，突然觉得攻防图有些多余。只要近卫内阁能说服裕仁天皇发兵北上，强大的关东军根本不需要任何攻防图。

犬养中堂将拐杖插入火炉中，看其燃烧。他不会留下任何能暴露自己真实身份的证据。

毁掉唯一的证据，他就能轻松应对一切检查。只要登上飞机，他就能安全抵达满洲国。

莫斯科机场停着四架飞机，其中一架是领袖的专机“道格拉斯”号。他迅速锁定第三架标有一团红黑记号的飞机。

犬养中堂刚登上飞机，忽然感到一种恐惧——前所未有的恐惧。

飞机舱门关闭，伴着发动机的轰鸣声，飞机沿着跑道加速向前滑行，然后猛然攀升，飞向高空。

机舱里，坐着四名苏共第五局特工，均举着手枪对准犬养中堂，其中一名特工正是谢尔盖。

“我们是第五局的！”谢尔盖一手举枪，一手掏出证件向前一送，“你被捕了，‘老龟’！”

犬养中堂一脸惊讶：“‘老龟’？什么‘老龟’？”

谢尔盖说：“龟壳都掉了，就把头伸出来吧！”

犬养中堂从口袋里慢慢掏出手帕，捂住鼻子，轻咳一声：“我要面见领袖。”他自然地放下手帕，瞥了一眼，见药末还在，心里踏实许多。如果被擒，他将选择以身殉国。

“知道这架飞机飞往哪里吗？”谢尔盖嘿嘿一笑，“如果你想知道，我可以告诉你，德军高射炮阵地！”

“好，好啊！”犬养中堂轻轻鼓掌，“巴维尔·菲金竟然能布下这个局，非常好！我们一起死在德军高炮之下，日方也无可奈何，高明！”他将手帕丢在地上。既然难逃一死，那就死在火炮之下，才是军人真正的归宿。现在，作为军人的他，竟然非常感激巴维尔·菲金的安排。

“十分钟后，抵达德军高炮阵地！”谢尔盖吩咐飞行员，然后示意那三名特工控制住犬养中堂。

三名特工举枪迫近，一名特工持枪对准犬养中堂的头，一名特工给他戴上手铐，另一名特工搜身。

“啪啪啪”三声枪响，谢尔盖三个点射，将三名特工击毙。然后，他快速进入驾驶舱，将飞行员射杀。

飞机失去操控，摇摆着疾速坠落。

犬养中堂蹲下，从一名特工身上找到钥匙，用独特的手法打开手铐，然后跑到驾驶舱，推开飞行员的尸体，亲自驾驶飞机。一番熟练的操作后，飞机进入正常飞行状态。

犬养中堂的沉着冷静，让谢尔盖暗自佩服。

“你何必暴露自己呢？”犬养中堂头也不回地问，“我暴露了，在苏联已无价值。你可以继续潜伏，为帝国再立新功。”

谢尔盖说：“我是您的学生，您若不在，我无法独活。一个小时前，我接到巴维尔·菲金制订的‘杀龟计划’，没有时间通知您，就自作主张了，请老师见谅！您之所以暴露，跟中共门徒小组有关，拉姆扎小组一直和中共门徒小组保持联系。”

“啪啪啪”，又是三声枪响。

一名浑身是血的特工爬到驾驶舱门口，艰难地对着谢尔盖连开三枪。谢尔盖也转过身，对那名特工连开两枪。

犬养中堂依旧不回头：“怎么样？”

谢尔盖断断续续地说：“名单——已经截获，今日第五局——迁移，来不及向——向您汇报，已发往——近卫首相情报室——”

喉咙里突然涌出一股鲜血，塞满谢尔盖的口腔，令他无法说话，陡然一阵抽搐，躺平在地。

犬养中堂见谢尔盖不再说话，便把头转过去，见谢尔盖死了，眼神中满是愤怒和伤心。

谢尔盖，代号“樱花”，龟机关苏联局局长，犬养中堂的秘密武器，这些年谢尔盖为他提供了许多重要情报。谢尔盖一死，他一逃，龟机关苏联局就难逃被苏共第五局血洗的命运。

他成功剿杀了潜伏在东京的拉姆扎小组，代价是以龟机关苏联局与其兑子。

看来，他在大使馆接到的密电内容是假的，东京最终会选择“南下”战略。德日两军夹击苏联，只能成为一种假设。莫斯科保卫战必将获得胜利，太平洋战争一触即发，世界大战的格局已然发生改变，法西斯轴心国将面临各国围剿。

他知道，即便他看得再准，此刻也已经无能为力。作为天皇子民，他只能为天皇收拾残局。

此刻，飘在空中的犬养中堂非常落寞。现在的他，是败军之将，是临战脱逃，这不符合他的性格。但是，他确实成了逃兵。

他无暇赴死，更无暇感伤，此刻他只想尽快飞往满洲国，谋划东山再起，否则他就不是“老龟”。

在莫斯科上空，飞机穿过德军防空力量薄弱的地区，在天空中留下一道灰蒙蒙的线条，直接向长春飞去。

第十三章　特工迷踪

~ 040 ~

时间：1941 年 10 月 28 日，星期二。

地点：上海，日占区，极司菲尔路 76 号；法租界，锦香茶室。

一只蝴蝶在东京扇动一下翅膀，便在大海对岸的南京政府掀起海啸。日本内阁政变，导致南京政府组织结构随之调整。善于从乱局中捞取政治资本的李墨群，敏感地捕捉到这股潮湿的政治气流，决定常驻南京，在上海设置特工总部副主任职位。

出于对权力的贪婪，李墨群竟然想利用副主任之位试探各个处长，期望在权位之争中窥视每个人的小心思，以便日后更好地掌控。

李墨群最信任沐承风，自然先约谈他。沐承风进入主任办公室，见李墨群在研究残棋，便走到石桌前，假模假样地看棋局。

李墨群指指棋盘："你看看，接下来怎么走比较好？"

"我就是一个粗人，只知道服从命令，哪知道怎么走啊！"沐承风一语双关。

"这样可不行啊。我以后可能常驻南京，部里要设副主任。"李墨群将棋子扔到棋盘中，注视沐承风，"在我心中，副主任的理想人选就是你。"

"感谢主任栽培。"

“你肯定知道，杨处长背后站着特工总部的顶头上司周佛麟，掌握新政府的财政大权。那个凌大少，是汪先生的世侄，又是船王的女婿，他们的后台都够硬，不好处理啊。”

“卑职明白，让您为难了。不过，卑职能力有限，不应该有这个想法。”

李墨群起身拍了拍沐承风的肩头：“承风，你得有想法，因为你是我心中的理想人选，是我的人。”

沐承风摇摇头：“可是——我——我没有仰仗的人！”

李墨群在沐承风肩头用力一按：“我！”

沐承风颔首：“多谢主任！”

“你重创上海的军统和中统，汪先生亲笔嘉奖，这就是你的资本。如果你能揪出中共‘31号’，还怕没资格做特工总部的副主任？”

“卑职明白。”

李墨群挥手：“去吧，凡事多动动脑子！”

第二个约谈的人是凌岳州。

凌岳州进入主任办公室时，李墨群正盯着棋盘，举棋不定。

凌岳州站在李墨群面前，轻声道：“落子吧，主任，这是一步好棋。”

李墨群落子：“的确是步好棋！还是凌大处懂围棋啊！”

“皮毛而已。”

“听说了吧，特工总部要设副主任了。”

“大家都在传。”

“你有什么想法？”

“杨处长和凌大少有背景，沐队长刚立新功——”凌岳州淡淡一笑，故意停顿几秒钟，“我呀，是有想法没办法！”

“诚实。”李墨群点指凌岳州。

凌岳州垂首：“自知之明嘛，我还是有的。”

李墨群起身，盯着凌岳州：“你没有杨、凌之背景，没有沐队长之战功，但你的优势也在于此。鹬蚌相争，君子不器，明白吗？”

“多谢主任点拨。”

李墨群挥手："明白就好，回去好好工作。"

第三个谈话的人是凌云洲。

对于凌云洲，李墨群总感觉无法掌控。这种挫败感，让李墨群更想探知凌云洲的背后。谈话是讲究艺术的，他决定先从奇闻怪谈中打开凌云洲似敞开又似紧闭的心门。

凌云洲进来时，他在办公桌后正襟危坐，不等凌云洲站稳，抢先说道："六木子，这个绰号不错！"

"这个您都知道了？"

"做咱们这行的，眼刁耳尖！"李墨群笑道，"不过，你给杨处长起的绰号'双目鱼'就差强人意了。"

凌云洲笑道："杨处长蓄谋已久，我临场发挥。"

"查内鬼的事，有进展吗？"

"没有。我本想从冯壬山尸体上找些线索，可惜一个炸弹，把他变成肉末了。"

李墨群拿起烟盒，抽出一支烟扔给凌云洲。

凌云洲接过烟，掏出打火机给李墨群点烟。

李墨群淡淡地吐出一个烟圈，手指叩击桌面："奇怪了，他为何要炸毁自己尸体呢，有这个必要吗，是不是想掩盖什么呢？"

凌云洲竖起大拇指："主任高见！事出反常必有妖。"

"尸体会有什么信息呢？"李墨群摇摇头，"最近闹心的事太多了，我有点心神不宁啊！"

"因为日本内阁的事？"凌云洲猜出李墨群的心事，挑起话题却不深聊，故意挠李墨群的痒痒肉，嘻嘻笑道，"咱们不是也消停半个月了嘛，也很难得啊。"

"那是决定我们命运的大动作，你还能笑得出来？"

凌云洲还在嬉笑："主任，凡事都有正反两面。您想想，要不是因为日本重组内阁，冯壬山尸体被炸、'野兔'查无所查、内鬼毫无动静，就这三件事，绝对让咱们没好日子过。"

"怕个鸟，日本人还能把咱们怎么样？天塌下来，有个高的人顶着。"李墨群盯着凌云洲，“芳子小姐还好吗？”

“芳子回国了。她是日本贵族，重组内阁这么大的事，她不露面不合适。”

“平民有平民的苦恼，贵族有贵族的烦心。”李墨群感叹道，“自近卫内阁倒台，我不得不在南京处理事务。日本政界动荡，新政府也不会稳当。千条线对着咱们一根针，烦！”

“东条英机出任首相，日本军部如虎添翼，会对新政府有利。您啊，以后会更忙的。”

李墨群意味深长地笑了笑：“所以，我以后可能无法常驻上海，因此不得不考虑副主任人选。”

“上海与南京相距不远，主任两边跑嘛。”

李墨群摆摆手：“我是人，不是神。你们这几位处长，能力都不错。我想从你们中间选一位，你觉得谁最合适？”

“我来上海时，汪先生叮嘱我，什么事都不能动心。”凌云洲猜不透李墨群的意图，只能打太极，“汪先生的话，我必须要听的。不动心，不操心，不烦心，这就是我的‘三不’原则……”

李墨群突然问道：“你怎么样？”

“我这个管吃喝拉撒的总务处处长，去当副主任？”凌云洲故意把眼睛瞪圆，一副吃惊的模样，“主任，您还是一枪毙了我吧，免得给大家裹乱。”

“我们生来都不是特工，能力都是在实战中培养出来的。”李墨群低声说，“你跟特派员关系不错，可以走近些嘛，特派员帮你说句话，汪先生不就让你动心了嘛！只要有汪先生一句话，一切都好办了。”

“谢谢主任栽培。”

“我说过，咱们一定要相互提携。”

“在您选定副主任之前，一定要把内鬼揪出来！”凌云洲把烟蒂在烟灰缸里轻轻按了几下，“万一内鬼出任副主任，那可是天大的笑话。”

“你查了那么久，有线索了吗？”

“直接证据还没找到，凭直觉锁定一个。”

李墨群一怔：“直觉有时候比证据更有效。谁？”

“贺加。”

李墨群又是一怔：“情报处副处长？说说你的看法。”

“我一直觉得中共‘31 号’藏在情报处，因为那是核心部门。既然潜伏一回，必然会想办法进入核心部门。如果潜伏在总务处，天天面对吃喝拉撒，根本没什么价值嘛。”凌云洲一本正经地说，“我将调查重点放在情报处，也一直跟凌大处走得很近，无意中发现了一件不太正常的事情。”

李墨群平静地说：“说说看。”

“冯壬山死后，贺加的情绪波动很大。”

“具体表现在什么地方？”

“这段时间，他常去一家叫‘忘忧谷’的心理诊所。”

李墨群仰起头，嘴里嘀咕：“心理诊所，心理诊所……他心理有问题？”

“应该是心理压力太大。”凌云洲把手拄着桌面上，“门徒小组蹦跶十年了吧，根本没有连续出过事。这个月，秦癸恩、冯壬山相继落网，国品茶楼窝点暴露，隐藏在咱们内部的中共‘31 号’，精神压力必然剧增，甚至达到心理承受极限，不得不求助心理医生。”

李墨群点点头：“看来贺加确实不太正常。”

“主任，这只是我个人推测而已，仅供您参考。”

“不到一个月就锁定中共‘31 号’，也算有收获，起码有重点了！”李墨群向前探探身子，“接下来你想怎么做？”

“我想对贺加和心理诊所进行全天候监控。”凌云洲略微停顿一下，“人手呢，我不想用情报处和行动队的人。虽然杨处长手下人不少，但干这种活儿，不在于人多，而在于专业。”

“好！”李墨群爽快地说，“我安排杨处长配合你。”

这是凌云洲与罗亭设计的棋局。他们想利用日本内阁重组、南京政府组织结构调整、李墨群忙于跑官的空当，利用 76 号的人除掉“神鸟”贺加。

在锦香茶室经理室的窗前，凌云洲将自己与李墨群的谈话内容告诉罗亭。

"'铁猴'一直在跟踪贺加。"罗亭坐回茶桌前，一边煮茶一边说，"根据贺加的行踪来看，'忘忧谷'应该是他的联络点。"

凌云洲转过身："一定要打掉这个联络点，掐断'神鸟'的翅膀。"

"日本内阁重组，南京政府内部调整幅度也很大，这次调整至少持续三个月。"罗亭将一杯热茶放在对面，示意凌云洲喝茶，"李墨群的权力欲望很大，他的精力会集中在南京，咱们可以趁这个空当除掉'神鸟'。"

凌云洲走到茶桌前坐下："能救'基督'吗？"

"'基督'算是重生了。"

"算是重生？"凌云洲正将茶杯送往嘴边，闻言不由得停在空中。

"'神鸟'将'基督'囚禁在圣三一教堂。"罗亭嫣然一笑，"有教堂的地方，还能困住'基督'吗？"

"圣三一教堂有咱们的同志？"凌云洲缓缓喝了一杯茶。

"方管事就是'国师'。"

凌云洲惊愕："方管事是'国师'？"

"嗯。"罗亭拿起一把精致的茶针，将落到茶桌细缝里的茶叶挑出来。

凌云洲微微一笑："看来，'基督'困局，其实是活局，'国师'和'基督'都在圣三一教堂，那些特务的脑子还是不够用的。"

"掐断'神鸟'羽翼，就是帮助'基督'重生。"

"这次一定利用76号打掉'神鸟'的联络点。"

"今天是重阳节，晚上去看看江老。"罗亭给凌云洲续茶。

"你还是不要去了。"

"怎么，不方便？"罗亭恍然大悟，"因为宋格？"

"每年重阳节，宋老帮主和老爷子都会聚一聚。去年在红堂，今年在江公馆。"凌云洲淡淡一笑，"宋格会陪着宋老帮主，不过就是过个节，你也不要太担心。"

"我有什么担心的？"罗亭强颜欢笑，"再说了，乐天娶宋格也不错呀！"

"大哥要真娶了宋格，你怎么办？"凌云洲喝了一口茶，"你会嫁给杨枢吗？”

“杨枢也不错呀！他虽在 76 号，但本性不坏。”

“杨处长要是听见这句话，会高兴死的。”

“澄子的气消了吗？”

凌云洲苦笑：“她的脾气你不知道？怎么会轻易消了！”

“她有些任性，你迁就些。”

“我怕影响任务。”

“她的任务就是掩护你，这样的掩护对你有利呀！”

凌云洲呵呵一笑：“你这是报复我说错话！”

罗亭幽幽一叹：“己所不欲，勿施于人。这道理你懂的呀！”

~ 041 ~

时间： 1941 年 10 月 29 日，星期三。

地点： 上海，法租界，“忘忧谷”心理诊所；日占区，梅机关。

事情总是这样，形势一旦发生变化，就会出现连锁反应。

凌云洲指控贺加是中共卧底，看似是 76 号内部的事，但在选拔副主任的关键节点，却成为上海滩的大事。那些藏在深处的秘密，也被一一折腾出来。

晨光透过窗户洒在杨枢的办公桌上，形成明暗相间的条纹。杨枢坐在办公桌后面，伸出手掌，那些条纹便落在掌心。

“你可以呀，竟学会逼宫了？”杨枢向坐在办公桌上的凌云洲望了一眼，那只手掌一握，冲凌云洲竖起大拇指。

“逼宫，我哪敢！”凌云洲呵呵一笑，“我只是不赞同主任双线操控模式，我在明，你在暗，你不能偷工减料，我不能偷奸耍滑，不然这事没法干。”

“主任怎么就同意了呢？”杨枢还是不敢相信。

“主任的心思不在上海滩，早就飞往南京了！”凌云洲拿起办公桌上的雪茄点燃，“主任正考虑副主任人选呢，你多往南京跑几趟吧。”

杨枢反问：“你就不想当副主任？”

“拉倒吧，我连自己都懒得管，还管那群王八蛋？你饶了我吧。”凌云洲依然是那副难改的痞子样，“一个月前，我还是特工总部的闲人，就因为芳子是我同学，不得不把查内鬼的烂差事交给我。咱们这里啊，有我五八，没我四十。”

“把贺加打回原形，就是大功啊。”杨枢点点面前的文件夹。

“我还真没把那玩意儿当回事，真的。”凌云洲朝着杨枢吐了一口烟，笑了一声，“呵呵，我之所以用你的人，就是想把这个大功让给你，保你去争副主任。你当上副主任，我会比现在还清闲。”

杨枢双手抱头，往后一仰：“按惯例，这种情况下，副主任一般都会空降，咱们都是白惦记。”

凌云洲皱眉：“主任外边还有人？”

“主任的心，海底针，怎是你我能猜透的！”杨枢坐直上身，拿起雪茄点燃，“不过，不管他是就地取材，还是他山移植，这个位子咱们还是要争一下的，万一落到凌岳州或者沐承风头上，咱们的好日子就到头喽。”

“我挺你！你上面有汪先生和周部长罩着，你的机会还是蛮大的。”

“那就借你吉言吧。”

“凌大处没有后台，轮不上他。你留意点儿沐承风，他清洗军统和中统立下大功，红得发紫。”

杨枢淡淡一笑：“等着吧，外面还有一壶酒，够沐承风喝的了。”

凌云洲“哦”了一声：“你下了什么套？”

杨枢嘿嘿一笑：“道上的朋友要会会他！”

杨枢知道时不我待的道理，立刻安排机要处档案室科长赵青带领十几个特务在“忘忧谷”心理诊所布控。

“忘忧谷”心理诊所地处法租界，76号的人不敢明目张胆行事，便租下一间古董店作为监控点。事情出乎意料的顺利，他们刚刚安排完，就看到贺加从“忘忧谷”心理诊所隔壁一家名为“巴黎客”的法式饭店走出来。

这一发现，让杨枢惊诧，随之发生的事情更让他惊诧——便装打扮的晴气武夫竟然也从“忘忧谷”心理诊所走出来。

这时，赵青得到消息，“忘忧谷”心理诊所的老板名叫王开福，法国留学生，极有可能是共产党员。因牵扯日本人，杨枢不敢擅自做主，急忙赶往李公馆，向李墨群请教，并借机送礼。

送礼物当然要投其所好。杨枢早就看中华宝斋里那盒上等老玉雕刻的棋子，这次咬牙买了下来。

李墨群把玩着温润的棋子，爱不释手，笑道：“难怪周部长喜欢你。你啊，你啊，凡事都走心！”

杨枢知道自己与李墨群还有一臂的距离，不算交心：“宝剑赠英雄嘛。这玩意儿放在我那里，就是一堆石子而已。主任懂棋，应该懂它，所以嘛——呵呵，对了，主任，那个心理诊所确实有点不正常。”

“哪里不正常？”

“梅机关的晴气课长去了心理诊所。”

李墨群一怔：“你没看错？晴气武夫去诊所做什么呢？”

杨枢摇摇头：“不好判断。那里是法租界，日本人一般情况下是不能去的。”

“你怎么看这件事？”李墨群低下头，继续把玩棋子。

杨枢试探着回答：“传闻梅机关在情报中介市场买情报，是不是跟这个有关呢？”

李墨群将棋子放在桌上：“法租界确实有个情报中介机构，梅机关也在情报中介机构买情报。日本人不放心咱们搜集的情报，相互佐证嘛。”

杨枢“哼”了一声：“哼，不信任咱们，还像使唤牲口似的使唤咱们！”

“干咱们这行，用人要疑，疑人要用，谁信谁吃亏。”李墨群语重心长地说，“杨处，我个人觉得，你才是副主任的最佳人选。但是，这不是我能决定的，上下关系你要疏通，到时候我也好说话。”

“谢谢主任提醒。”杨枢颔首。

“日本人一直不相信咱们，如果这次能抓住梅机关的小辫子，倒是一件好事。”李墨群把左右手食指并在一起，“最好把中共‘31号’和梅机关的小辫子一起抓住。不过，你一定要谨慎行事，不出手则已，出手必中。此事办妥了，那就是副主任的位子等你了。”

“忘忧谷”心理诊所的确是情报中介机构，梅机关也是买家之一。“坐诊”卖情报的是王开福，提供情报的却是贺加。那些从“忘忧谷”心理诊所流出去的情报，大部分都是76号的垃圾情报，当然还有些来自其他渠道。

晴气武夫的伪装身份是重庆商人，来买关于“神鸟”的情报。王开福听音辨人，并不被他的重庆人身份迷惑，猜出他是日本人，就把贺加刚交给他的情报卖给他。

晴气武夫带着情报回到梅机关，向影佐圭吾做了汇报：“有情报说，‘神鸟’在上海，藏身法租界。”

影佐圭吾半信半疑：“这条情报能信吗？”

晴气武夫如实回答：“不能全信。”

“‘老龟’太自负了！”影佐圭吾叹了口气，“他下了一盘棋，确实抓住了‘基督’，可也丢了性命。”

“东京震荡，或多或少也跟‘老龟’有些关系。”

“是呀，一国局势，系于一人，‘老龟’此生也值了。”影佐圭吾又看了看情报，“‘神鸟’的确在上海，我对他非常感兴趣，所以才让你去买情报，梅机关不能明着去查‘神鸟’。”

“上海的情报中介机构很多，机关长为何选择‘忘忧谷’？”

“根据前几次买的情报来看，‘忘忧谷’的情报很精准，提供的多是咱们所需的。”影佐圭吾抬头看了晴气武夫一眼，“我有种直觉，‘神鸟’或许跟‘忘忧谷’有关联。”

“找到‘神鸟’有何用？”晴气武夫不解地问。

影佐圭吾淡淡一笑：“龟机关的特工都是帝国精英，‘老龟’一死，这些特工就无主了，找到‘神鸟’，让他为梅机关工作，不是很好嘛！”

“嗯。”

“‘忘忧谷’的情报，应该有些价值——”影佐圭吾瞥见秘书拿着一份电报站在门前，便示意秘书将电报送进来。他接过电报，看了一眼，突然手一抖，说：“晴气课长，把监控‘基督’的人撤下来。”

晴气武夫一愣：“怎么了？”

影佐圭吾将电报递给晴气武夫：“‘老龟’还活着。”

晴气武夫接过电报一看再看，轻轻“啊”了一声：“‘老龟’要来上海？”

影佐圭吾感叹：“‘老龟’就是‘老龟’，真没想到他还能活下来。”

“我这就去通知。”

“调查‘神鸟’也暂停吧！”

“哈依！”

“‘老龟’心细如发，你在‘忘忧谷’干不干净？”

“很难干净。”

“那就处理干净！”影佐圭吾忧心忡忡地挥挥手。

杨枢驱车赶往法租界，本想大干一番，却不料刚到古董店，就看到“忘忧谷”心理诊所被法租界巡捕房勒令关闭。

失去了监控目标，杨枢只好带着 76 号特务撤离。

出乎他们意料的是，当天晚上王开福被人砍死在家中，就连贺加也谜一样失踪了。

76 号给出定论，王开福是被贺加灭口，只是这个定论太牵强，无凭无据。

谁知，就在王开福死后的第三天，警察在郊外的树林里发现了贺加的尸体。尸检报告显示，心脏中刀，且一刀毙命。

更令人大跌眼镜的是，76 号副主任之争的开场锣还没敲响，却被一件意想不到的事情耽搁了。

沐承风在公共租界枪杀了赤木亲之，一场迷雾般暗战在上海滩打响了……

~ 042 ~

时间：1941 年 11 月 4 日，星期二。

地点：上海，公共租界，中央巡捕房；日占区，梅机关。

若非事关重大，沐承风不会一个人去公共租界，毕竟他的名字高悬在军统刺杀名单上。他没有九条命，绝不能随意冒险。

然而，赤木亲之派人送来请帖，他不能拒绝。他知道赤木亲之是梅机关安插在工部局的间谍，赤木亲之或许是代表影佐圭吾见他呢。

见面地点在河南路上一家新开的包子铺，店名叫“东望”，这让他感觉此行是安全的。东望，东望，除了小日本，谁他妈的还向东望？

东望包子铺除了十几张餐桌，还有两个包间。他走入包子铺，看到赤木亲之坐在靠包间墙壁的桌前，便走上前坐下。

“沐队长？”赤木亲之看到沐承风时显得颇为意外。

沐承风微微一愣：“赤木处长！”

这时，包间墙上的一块墙纸连着土掉了，一个枪口露出来。

赤木亲之问：“沐队长怎么有雅兴来租界？”

沐承风微怒：“不是赤木处长约我来的吗？”

赤木亲之急忙起身：“不好，这是陷阱！”

沐承风拔出枪：“怎么了？”

“啪”，一声枪响，弹头正中赤木亲之的右耳。赤木亲之身子一斜，趴在桌面上。

包间里，赵甲坊开枪后立刻卧倒。

沐承风大惊，冲包间连开几枪。他正要冲进包间，万墨翰带领巡捕跑进来。

万墨翰高喊：“别动！再动把你打成筛子！”

沐承风扔下枪，举起双手：“这是个误会。”

“误会？”赵甲坊乘巡捕拥过来之机，走出包间，又从巡捕后面挤进来，揪起赤木亲之的头发，看着他的脸，“哎呀，总探长，是赤木处长！”

万墨翰说："赤木亲之？"

赵甲坊点头："嗯。"

万墨翰嘿嘿一笑："带走吧！"

赵甲坊给沐承风戴手铐："得罪了，沐队长。"

沐承风伸出双手："我懂规矩。"

赵甲坊淡淡一笑："懂规矩好，走吧！"

沐承风向前走，赵甲坊用枪抵着他的后背，万墨翰和巡捕跟在后面。沐承风走到门口，小声说："沈笑。"

赵甲坊一怔："嗯？"

"我懂规矩。"

"懂规矩就好！"

"希望我能活着走出中央巡捕房。"

"只要你好好配合，我保证你能走出巡捕房。"

"多谢。"沐承风向停在路边的轿车望去，"麻烦赵探长把我的车送回76号吧。"

沐承风提到沈笑，赵甲坊一时不知他掌握了多少信息，不敢拂他的意，便命人将轿车送到76号。

自然，车到消息到。苏成方接了车，听了故事，差一点儿惊掉下巴，骂沐承风吃了熊心豹子胆，敢去租界刺杀日本人。骂过之后，他又觉得骂错了。沐承风不是傻子，怎么可能杀日本人？他赶紧向李墨群汇报。

"万墨翰敢抓特工总部的人？"李墨群不相信万墨翰有这个胆量。

"沐队长杀了日本人。"苏成方小心翼翼地解释，"沐队长杀了赤木亲之。"

"沐队长杀他做什么？"

"不知道。"苏成方幸灾乐祸地摇头，"可能吃错药了吧！"

片刻之后，沐承风枪杀赤木亲之的事就传遍76号大院。还没等凌云洲有所反应，便接到李墨群让他去工部局打探消息的电话。凌云洲挂了电话，觉得此事跟杨枢有关。他正要去工部局，杨枢却推门进来。

"是你道上的朋友干的？"凌云洲等杨枢关上门，低声问。

“嗯。”杨枢一个劲儿地吸烟。

“玩得太大了。”

“谁知道他们这么玩？”杨枢掏出烟盒，抽出一支递给凌云洲，又给他点燃，“这件事你知我知，且不可外传。”

“放心。”

“六木子，谢谢你。”

“不谢，双目鱼。”凌云洲吐出一口烟。

凌云洲没有直接去工部局，出门后找了一个公共电话亭，约罗亭在锦香茶室见面，把沐承风枪杀赤木亲之的消息告诉她。

“我已经知道了。”罗亭一边煮茶，一边笑盈盈地说。

“你已经知道了？”

“老赵做的。”罗亭将茶杯放在凌云洲面前，“赤木不死，沉香阁拍卖行早晚要暴露。‘忘忧谷’不除，危害的是咱们中国人。”

“为何要嫁祸沐承风？”

“万墨翰就是军统锄奸队队长。”

凌云洲一怔：“万墨翰是军统的人？”

“杨毓香也是军统的人。”罗亭淡淡一笑，“这都是老赵提供的情报。罗家湾 19 号给军统锄奸队连发三道‘金牌’，密电内容一样，炸毁日本人的制毒工厂。”

“日本人的制毒工厂必须得炸毁。”凌云洲轻轻捶了一下桌面，“制毒、贩毒都是违反国际公约的行为，该死的小日本！”

“伪满洲国的细菌部队，南京大屠杀，随意射杀医护人员和飞行员，哪一件哪一桩不违反国际公约？小日本罔顾人道，必遭天谴。”罗亭将茶针插在一块茶饼上，深吸一口气，“另外，老赵怀疑军统王牌特工‘变色龙’就是杨枢。”

凌云洲吃惊：“杨枢是‘变色龙’？”

“老赵说，军统上海站被沐承风清洗了，活下来的只有军统锄奸队四人组，跟军统上海站不在一条线上。老赵一直配合万墨翰、杨毓香行动，却从未见过第四人。”

“老赵怀疑第四人是杨枢？”

罗亭点点头：“从万墨翰对第四人的保护力度来看，这第四人应该就是‘变色龙’。”

凌云洲“嗯”了一声：“嫁祸沐承风，杨枢的确有参与。”

“国共合作，一致抗日。这是我们党的宗旨。”罗亭拿起清代制壶名家陆思亭创制的“思亭壶”，给凌云洲倒茶，“所以，如果我们有能力，在确保自身安全的情况下，应尽最大努力保护‘变色龙’。”

凌云洲端起茶杯喝茶：“李墨群派我去调解沐承风的事，我该怎么做？”

“沐承风杀戮抗日分子，不该救。此事是军统锄奸队所为，不能救。”罗亭喝了一口茶，“安全为上。”

凌云洲放下茶杯：“明白。我去了。”

凌云洲驱车赶往工部局，刚到大门口，看见两辆轿车停在中央巡捕房门前，晴气武夫和五六个日本特务从车里下来，就意识到梅机关介入了，便调转车头离开。

中央巡捕房审讯室内，沐承风已经被打得不成人样。万墨翰和赵甲坊坐在审讯桌后，面无表情地看着。

万墨翰皮笑肉不笑地说：“沐队长，巡捕房虽然不如 76 号家伙齐全，但要试一遍，怕你承受不起呀！”

沐承风呸了一口：“万探长，我还是那句话，赤木不是我杀的！”

赵甲坊说：“不是你是谁？”

沐承风说：“我哪知道是谁！你们放了我，三日内我交出真正凶手！”

万墨翰说：“你就是凶手，赤木死在你面前。”

沐承风说：“我为何要杀赤木？我没有杀赤木的动机！你们可否知道，这个赤木是梅机关的人？”

万墨翰假装吃惊："赤木是梅机关的人？"

沐承风重重点头："我怎么敢杀日本人呢？我还是特工总部的人呢！"

万墨翰嘿嘿一笑："听说你曾经是军统五哥？"

沐承风说："是。"

"军统杀日本人，太正常不过了。"万墨翰阴阳怪气地说，"你杀了赤木，难道你还不是军统？"

沐承风怒喝："胡说八道！"

"啪"的一声，皮鞭抽在沐承风身上。

沐承风咬牙忍住："万墨翰，这些点心菜，正合我的口味。要不，你亲自来喂我吧！"

"你真想死在这里吗？"赵甲坊从桌后站起身，走到沐承风面前，"不想死就闭嘴。下面的话我来说。如果赤木真是梅机关的人，我们也留不住你，此刻梅机关一定在想办法把你弄过去。一旦到了梅机关，你还有活命的机会吗？"

沐承风舔舔嘴边的血："你能让我活下去？"

赵甲坊淡淡一笑："杀赤木可是大罪，想活下去，你得有大底牌。"

万墨翰叹口气："都是中国人，我们不会为难你。审讯你，是做给工部局看的。"

沐承风眼睛一亮："两位若能高抬贵手，今后定当厚报。"

赵甲坊压低声音问："沐队长知道我们为谁工作吧？"

沐承风说："工部局。"

万墨翰说："工部局总董李德尔是美国人。"

赵甲坊说："美国海军陆战队与日军对峙已久，现在却被日军挤压得要灰溜溜地回国了，沐队长可有好想法？"

沐承风说："美国海军陆战队要报复日军？"

赵甲坊竖起大拇指，笑道："聪明！"

沐承风咽了口唾沫："要我做什么？"

"美国海军陆战队有个线人被梅机关抓了，就关在梅机关大牢。"

“让我传信？”

“你杀了赤木，一定会被梅机关提走的。”

“我传信的话，你们能做什么？”

“交出杀赤木的真凶。”

沐承风恍然大悟：“这是你们布的局？”

赵甲坊呵呵一笑：“不是我们，是美国海军陆战队。我们只是执行命令。”

万墨翰起身向沐承风走去：“沐队长，人在江湖身不由己，希望你能谅解。此事成了，不会让沐队长白受罪的。”

“你们是日本人？怎么敢硬闯呀！”审讯室外传来一阵嘈杂的吵闹声和急促的脚步声。

万墨翰嘿嘿一笑：“他们挺嚣张呀！兄弟们，抄家伙！”

赵甲坊走到沐承风跟前，附耳向他交代几句。

晴气武夫与日本特务走进审讯室，看到巡捕房举枪以待，嘴角挂着一抹冷笑。

“万探长，这是工部局提人的文件。”晴气武夫从身旁日本特务手里接过文件，递给万墨翰。

万墨翰接过文件看了看，笑道：“既然有文件，那就带走吧。”

晴气武夫走到沐承风面前：“沐队长，请吧。”

“晴气课长，赤木真不是我杀的！”沐承风喘着气说，“他是右耳中枪，我是右手用枪，我与他面对面坐着，不可能击中右耳的。”

晴气武夫冷冷地说：“有什么冤屈到梅机关再说吧！”

沐承风被带到梅机关时，李墨群就站在机关长室窗前，低头看着沐承风被日本特务推搡谩骂，脸色十分难看。他慢慢转身，说：“机关长，我敢担保，沐队长绝不是抗日分子。”

影佐圭吾耷拉着脑袋："沐队长不是抗日分子，为何杀了赤木？"

"据我所知，沐队长跟赤木有过几面之缘，虽谈不上是朋友，但也谈不上是敌人。"

"嗯。"

"赤木是梅机关的人，虽然大家都知道，但明面上却不会捅破。机关长大张旗鼓地做文章，不是给英美两国留下外交隐患吗？"

"在工部局安插间谍，的确会引发外交纠纷。"

李墨群叹口气："李德尔总董心不在上海，冈本副总董是帝国的人，所以大家都睁一只眼闭一只眼，此事如果再扩散，其他董事联合指责，到时候恐怕无法收场啊！"

影佐圭吾点点头："你说的有几分道理，但沐队长的确杀了我们的人。"

这时，晴气武夫走进来，说："机关长，赤木应该不是沐队长杀的。"

影佐圭吾皱眉："嗯？"

李墨群兴奋地说："晴气课长有发现？"

晴气武夫说："赤木是右耳中枪而死。"

李墨群说："沐队长是右手用枪的。"

晴气武夫说："根据沐队长描述，赤木左侧是包间墙壁，当时沐队长坐在赤木对面，根本无法开枪击中赤木右耳。"

李墨群说："是呀，赤木身上也有枪，沐队长要杀他，不可能袭击右耳，面对面开枪效果最好。"

影佐圭吾说："晴气课长，此事明天你和中央巡捕房到现场勘查后再议。至于沐队长，先把他关押起来，算是替李主任整顿整顿军纪。"

晴气武夫垂头："哈依！"

李墨群双手合十："感谢机关长，感谢晴气课长。"

沐承风被送进一个小型监狱。里面关押的三四十号人，都虎视眈眈地盯着沐承风。沐承风不理会他们，在墙边坐下，闭目昏睡，直到夜幕降临，月光从高处的小窗口洒进来，他才睁开眼睛，轻轻吟唱：

我们的战旗迎风招展

从黎明直到夕阳

我们在任何地方作战……

一个躺在他对面睡觉的中年男子翻身坐起，轻轻和唱：

……只要能拿起枪

从白雪皑皑的北方

到赤日炎炎的热带……

二人和唱一会儿，不约而同地停下。中年男子站起身，走到沐承风身边，也靠墙坐下，低声问："你是'马润[1]'派来的？"

沐承风问："你是'剪刀手'？"

"嗯。"

"地址？"

"佘山。"

"'马润'交代，闭上嘴，你很快就会出去的。"

"明白。"

沐承风冲那个代号为"剪刀手"的中年男子笑了笑，忽然双手握住他的头，"咔嚓"一声扭断了他的脖子。

沐承风试探"剪刀手"的鼻息，发现他已经死了，便将他的头恢复到睡觉状态，然后向四周查看一番后，走到僻静的角落里睡觉。

[1] "马润"，海军陆战队的英文 Marine 的音译。

~ 043 ~

时间：1941 年 11 月 5 日，星期三。

地点：上海，公共租界，河南路；日占区，梅机关。

“务必炸毁日本在沪制毒工厂。”

一个月内连发三道同一内容的密令，这是少有的事情。万墨翰知道重庆方面着急，可他手上没人，别说进行有效的袭击行动，就是安排密探调查日本人的制毒工厂，还得花钱雇用美国海军陆战队的线人。

倒霉的是，那个代号为“剪刀手”的线人，在传递消息时卷入一起假共谍案，被梅机关当作共产党员抓入梅机关。

正在他一筹莫展之时，赵甲坊想出这个连环计，既能除掉沐承风，又能拿到情报，却想不到这是中共门徒小组的设计。

东望包子铺里，晴气武夫和万墨翰一行人正在现场模拟枪击。

万墨翰说：“沐承风不可能击中赤木右耳。”

赵甲坊指着墙上的小洞口：“你看这里，凶手应该是从这里开枪的。”

晴气武夫看了小洞一眼，走入包间，掏出王八盒子插入小洞，正好合适。

万墨翰嘿嘿一笑：“是贵国的枪。”

“砰”的一声，一个消瘦的中年男子走入包子铺，拔枪朝天开了一枪。子弹击中房顶，水泥块稀里哗啦地掉下来。

那个消瘦男子说：“老子是来自首的。”

日本特务和巡捕举枪对准消瘦男子。晴气武夫、万墨翰、赵甲坊走出包间，来到消瘦男子面前。

万墨翰问：“自首？赤木是你杀的？”

消瘦男子将枪扔到面前桌上：“我用的就是这把枪。”

赵甲坊拿起枪，递给晴气武夫：“是王八盒子。”

晴气武夫皱眉问："为何杀赤木？"

消瘦男子怒喝："老子一家老小被小鬼子杀了，老子杀小鬼子还需要理由吗？只要是小鬼子，老子都杀。"

万墨翰说："你为何要自首？"

消瘦男子挺直腰板："老子杀了八个小鬼子，但都不是大官，没有牵连到旁人。谁知这个小鬼子是个大官，牵连旁人非大丈夫所为。大丈夫一人做事一人当，小鬼子是老子杀的，老子来抵命。反正老子已经杀了八个小鬼子，也够本了。"

晴气武夫大怒，向日本特务挥手："带走！"

消瘦男子突然又拔出一支枪，对准自己的太阳穴，哈哈一笑："老子才不跟小鬼子走呢！老子走，就走个痛快！"

"啪"的一声，消瘦男子扣动扳机，轰然倒在地上。

晴气武夫对消瘦男子的举动感到震撼，呆立片刻，带着日本特务走了。

万墨翰悄悄吩咐巡捕："厚葬！"

万墨翰和赵甲坊看着巡捕抬着消瘦男子出去，对视一眼，默默掏出烟点燃，显得十分悲痛。

赵甲坊叹口气："温子翔是条汉子，他自尽时，我差一点夺他的枪。"

"冤案！温子翔坐了十年牢，患了重病，活不过今年。"

"也好，他死了，家人能活。"赵甲坊猛吸一口烟，"钱给了吧？"

"从监狱捞出后就给了，先让他回家的。"万墨翰向门外望去，看着巡捕将温子翔的尸体扔到卡车上，"我知道他是条汉子。"

"只要拿到地址，就能炸毁日本人的制毒工厂。"

"戴老板命令我重建军统上海站，自今日起，我就是军统上海站站长。"

"恭喜站长。"

"我已向上面要了编制，很快你就是副站长了。"万墨翰伸手在赵甲坊肩上一按，"你的任务是在上海发展更多的线人。沐承风熟悉军统工作模式，咱们不能抱残守缺。"

赵甲坊嗯了一声："何时做掉沐承风？"

"他交出地址时，就做掉他，这是戴老板的命令。"万墨翰目露杀气，"他手上沾了太多的血腥，身上背负太多的冤魂！”

赵甲坊将烟蒂丢到地上：“我来办。”

“要小心，沐承风曾是军统老五，我怕你不是他的对手。”万墨翰转身看着赵甲坊，“咱们只有四个人，谁也不能牺牲。记住，能杀则杀，不能杀就放弃，安全是第一位的！”

沐承风从监狱里出来，觉得阳光刺眼，抬起手遮挡，不小心触到伤口，全身疼痛。他看见影佐圭吾和李墨群若无其事地站在车前等他，心里涌起一股不可名状的悲哀。

“承风！”李墨群向沐承风招手。

沐承风走到车前，向李墨群鞠躬：“谢主任。”

“查清楚了，赤木不是你杀的。”

沐承风嘿嘿一笑：“咱们就这么走了？”

影佐圭吾说：“沐队长，这是一场误会。”

“可以走了吗，机关长？”不等影佐圭吾回话，沐承风便坐到车内。

李墨群见影佐圭吾脸色难看，连忙辞别上车，与沐承风并肩坐下，吩咐司机开车。轿车驶出梅机关大院，李墨群转身向后面看了一眼，见影佐圭吾仍旧站在那里，心里顿觉爽快，扭头说：“承风，赤木死得蹊跷。”

“我会查明的。”

“有怀疑对象吗？”

沐承风摇头：“还没有。主任放心，我不会白受这场罪的。”

李墨群嗯了一声：“日本人那里，就算了吧。”

沐承风呸了一口：“小日本能指望吗？主任，咱们不能死心塌地给日本人卖命了，他们根本就不是人！”

“咱们只给自己卖命。”李墨群给沐承风点燃一支烟，“承风，你的苦楚我能理解，但是，你要知道，现在最重要的是活着。只有活着，好好活着，才能赚得大好前程！”

李墨群将沐承风送到家，目送他进院。沐承风关上院门，立刻转身通过门缝向外偷看，见李墨群的轿车驶离，才放下心来，喃喃自语：“是啊，只能给自己卖命，才能赚得大好前程！”

沐承风走进屋，躺在床上睡了一会儿，见夜幕降临便换套干净衣服走出家门。

夜幕下的东望包子铺，门上贴着封条，四下沉寂。

沐承风走到店铺门口，撕开封条，推门进去。

“嗤”，划火柴的声音传来。一个角落里，一根蜡烛燃起来。

“沐队长请坐。”赵甲坊将蜡烛放在桌上，笑盈盈地看着沐承风，“沐队长果然是练家子，被打成这样，还能出来溜达。”

“硬撑着来的！”沐承风走到桌前坐下，“我不来，怕赵探长睡不着觉！”

“沐队长是老江湖啊！”

“彼此彼此，你是军统，我杀军统，我没有杀你，你可知为什么？”

“为什么？”

“因为我好奇你怎么还能活着。”

赵甲坊嘿嘿一笑：“你觉得呢？”

沐承风向烛火瞥了一眼：“我觉得你不是军统上海站的，你是军统锄奸四人组的。”

“你是老狐狸。”赵甲坊点指沐承风，“我就是军统锄奸四人组的。”

“我没杀你，不是杀不了你，而是我想全杀。”

“够坦诚。”赵甲坊掏出烟，扔给沐承风一支。

“我在你们锄奸队黑名单上排第几位呀？”

“只说 76 号吧，李墨群第一，你第二，陈恭如第三。”

沐承风冷笑一声，低头点烟：“戴笠还真看得起我！”

“好了，聊聊‘剪刀手’吧。你杀了‘剪刀手’，拿到地址了吧？”

沐承风轻轻吐出一口烟：“‘剪刀手’死了？”

“咱们都是聪明人，‘剪刀手’告诉你地址，你还能让他活着吗？”赵甲坊淡淡一笑，“日本人虽然没有对外公布‘剪刀手’的死讯，但我却知道你杀了‘剪刀手’。”

“好，真人面前不说假话，我确实杀了‘剪刀手’。”

赵甲坊一拍桌子："痛快！"

"赵探长也给句痛快话，是不是我说出地址，你就要杀我呢？"

赵甲坊点头："是的！"

沐承风一拍桌子："痛快！"

"今晚我不会杀你的。"

"为什么？"

赵甲坊嘿嘿一笑："像你这么聪明的人，我暂时还不想让你死。"

"今晚我也不杀你。"

"那就交易吧！"赵甲坊从桌下拿起一个箱子，放到沐承风面前，"先看看有没有诚意。"

沐承风打开箱子，里面全是法币，问："怎么不是美元？"

"你当美国人傻呀，给你美元做证据呀？"赵甲坊在桌上轻轻一点，"地址？"

沐承风合上箱子，站起身："佘山。"

赵甲坊也站起身："保密。"

沐承风摇摇头："不是保密，是忘记。忘掉刚才发生的一切吧。"

"最好忘了我的身份。"赵甲坊伸出手，捏灭烛火，"咱们活着，会比死了强。"

黑暗中，赵甲坊看不到沐承风是点头还是摇头，只听见他并不稳健的脚步踩在水泥地上，在寂静的空间里留下一串摇摆不定的声响。

~ 044 ~

时间：1941 年 11 月上旬。

地点：上海，日占区，樱花居，梅机关；公共租界，圣三一教堂。

日军秘密建在佘山的制毒工厂被重庆特工炸毁，国际舆论哗然，令影佐圭吾如坐针毡。庆幸的是，犬养中堂抵达上海，日方的军、政、警忙着接待这位传奇人物，暂时停止侦办制毒工厂被炸之事。

满洲国方面为确保犬养中堂的安全，特命中村宇都一路护送。到达上海后，犬养中堂便住在梅机关那栋小红楼——梅花楼里，除了接见过第十三军司令官松井太久郎和宪兵司令部司令官德川长运，其他人一概不见。

犬养中堂委托影佐圭吾安排好中村宇都，因为中村宇都还要配合他做些事情。

安顿好中村宇都后，犬养中堂化装出行，身后自然少不了暗中保护他的梅机关特务。不出三里路，这个日本特科第一人就摆脱了那些特务，径直走进樱花居酒店东照里分店的包间。

在包间里等候的凌岳州，见犬养中堂进来，立即躬身喊道："爸爸。"

凌岳州竟然是犬养中堂的第三个儿子，犬养纯。

"纯儿，没想到我们父子还能相见。"犬养中堂示意凌岳州坐下说话。

"我以为爸爸殉国了。"凌岳州坐下，"爸爸，您怎么到上海来了？"

"'基督'在上海，我不能不来。"犬养中堂缓声说，"这两年，我大部分心思都放在与'基督'的斗争上，非常精彩，也非常充实。'基督'赴死，逼我现身。第五局这一招非常高明，也怪我疏忽大意。"

凌岳州说："这一役，龟机关和红组各有伤亡，我方'樱花'玉碎，对方'圣杯'挂掉，'圣水'和'信者'被捕，'宗印'暴露，算来还是我方胜了。"

犬养中堂摆摆手："这笔账不能这么算。'基督'认为，只要逼我现身，无论死多少人他都是胜利者。"

"'基督'在我们手上，爸爸却自由了。"

"我失去了重要的战场，是逃兵！"犬养中堂幽幽一叹，"我愧对天皇啊！"

"爸爸无须自责。"

"'基督'现在如何？"

"'基督'选择赴死，是个英雄。"凌岳州脸上呈现鄙夷神色，"可他为了所谓的自由，供出了'信者'与'宗印'，却是叛徒行径。"

犬养中堂摇头："尾崎秀树是'基督'故意暴露的，目的是摧毁近卫内阁。近卫首相的秘书是共党分子，对近卫内阁来说是颗大炸弹。”

“中山功呢？‘基督’为何要暴露中山功？”

“中山功是‘宗印’吗？”

凌岳州摇头：“不确定。”

“‘基督’在混淆视听吗？”犬养中堂喝了一杯清酒，“纯儿，我遭遇了人生滑铁卢，无颜回国面对近卫首相，才选择来到上海。等除掉心腹大患后，我就切腹自尽，以谢天皇！”

凌岳州斟酒：“胜败乃兵家常事，爸爸为帝国立下汗马功劳，天皇应该不会怪罪您的。”

犬养中堂摆摆手：“纯儿，我有我的尊严。做特工做到我这个分上，只能在高处凭寒御风，不能在地面令人践踏。我这次来上海，就是为了根除红组和门徒小组。这是我最后的使命，不容有失。”

凌岳州说：“我在门徒小组潜伏足足十年，可惜门徒小组架构复杂，我只找到了‘军师’。”

“找到‘军师’就足够了，你我父子联手，利用‘军师’引出所有人。”

“门徒小组中，有两个人协助红组。我推测是‘国师’与‘军师’。”

“无所谓，只要我们根除门徒小组，何必在意他们是谁呢。”

“只可惜‘福音’在美国，我们鞭长莫及。”

“你没杀‘基督’是对的，只要‘基督’在，就能找到‘福音’，也能确定中山功是不是‘宗印’。”

“我会尽快安排您与‘基督’见面。我不宜在此久留，先走了。”凌岳州起身向犬养中堂鞠了一躬，退出包房。

拉乌尔似乎猜到“老龟”未死，所以见到犬养中堂时并没有感到意外。在他看来，几乎神一样存在的“老龟”，怎能轻易死在莫斯科呢？

犬养中堂打量着耶稣背上的十字架，问：“我需要向上帝祈祷吗？”

拉乌尔笑道：“你手上沾了太多血腥，上帝无法宽恕你的罪恶。”

犬养中堂笑道："罪恶，对我来说，却是战功。"

拉乌尔在胸前画十字，默念道："善恶本是孪生兄弟，有此就有彼。"

犬养中堂呵呵一笑："用《三国演义》中那句'既生瑜，何生亮'更合适吧？"

"身处乱世，瑜起亮生，一物克一物嘛！"

犬养中堂点头："说得好！咱们出去走走吧，我感觉面对上帝，有点儿讨厌自己了，哈哈！"

犬养中堂和拉乌尔离开教堂，走向青黄相间的草坪。

犬养中堂长叹一口气："唉，昨天我拜会松井司令官和德川将军，他们说尾崎秀树被捕前，将一批信件寄往中国，这些信件被军部扣押了。"

拉乌尔道："不得不承认，尾崎秀树确实是了不起的共产主义战士。"

"我也敬重他！"犬养中堂微微点头，"不过，有一点我还没想明白，希望神父指点迷津。"

拉乌尔笑道："是不是和我的质疑一样？尾崎秀树明知自己要落网，也知道他寄出的那些信件会被军部扣押，他为什么还要寄给中山功呢？"

犬养中堂点点头："我也是百思不得其解呀！"

"尾崎秀树不给中山功寄信，军部就不怀疑他吗？"拉乌尔站下看着犬养中堂。

犬养中堂说："中山功上学时曾因组织'日支战斗同盟'入狱，就凭这一点，军部必然怀疑他。这次尾崎秀树落网，他与尾崎秀树又是故交好友，军部必然进一步调查他。"

"但是，我怎么也想不明白，这种傻子都能看明白的事情，尾崎秀树为何要做呢？"

"我就是前来恳求先生解答这个问题啊！"犬养中堂摊开双臂。

拉乌尔又问："我告诉'神鸟'，中山功就是'宗印'，你怎么不信呢？"

犬养中堂继续往前走："你我调换位置，你会相信吗？"

拉乌尔摇头："不信。"

"信与不信，中山功的结局都一样。"犬养中堂忽然停下，"只是我想不明白，你为何布下此局。”

“不识庐山真面目，只缘身在此山中。”拉乌尔抬头望向天空，默默说道，“你不妨跳出来想一想。”

“好呀，先生出题目，学生自然要回答。”

犬养中堂很快想出甄别中山功的办法，于是他邀请中山功晚上到梅机关做客，并让军部送来尾崎秀树寄给中山功的六封信。

中山功如约而至，腋下夹着两本书跟在影佐圭吾身后，走进梅花楼。

影佐圭吾在书房门前站下，轻声说：“先生，中山君到了。”

犬养中堂正跪坐在茶几前泡茶，回道：“中山君到了，请进。”

中山功面对犬养中堂，把腰弯到九十度，轻声说：“中山功向先生问好。”

犬养中堂待二人跪坐在茶几对面，将一杯茶放在中山功面前。

中山功发现面前茶几上并排放着六个信封，收件人都是他，不由得一阵恍惚。他定了定神，端起茶杯抿了一口。

犬养中堂指着信封说：“这是尾崎秀树给你写的信，你可以看看。”

中山功夹起一个信封看了看，放下，然后又夹起一个信封……他把六个信封看完，说道：“尾崎秀树是共党分子，为了避嫌，这些信还是交给军部审读吧。”

影佐圭吾道：“尾崎秀树这么做，就是想陷害中山君。”

中山功叹气道：“唉，我自身不太干净，所以凡是共党分子的物品，绝不触及。”

犬养中堂淡淡一笑：“中山君，喝茶。”

中山功拿出一本书，双手递给犬养中堂：“这是拙作《支那抗战力量调查》，请先生赐教。”

犬养中堂接过书：“我的观点是军事不动、调查先行。这调查呀，才是决胜的关键。中山君创作的《支那抗战力量调查》，必然为帝国军队制定战略战术提供重要参考，这岂是一个主力师团能比得了的？”

中山功道："先生谬赞了。"

中山功又拿出一本《支那抗战力量调查》，翻到一页："先生请看，除了军民以外，基督教也有所涉猎。不过，让我感到痛心的是，帝国叛徒——"

犬养中堂看了那页的页码，把手上的书也翻到那页，默默读道："宫川哲治、由大西正……"

中山功说："遗憾的是，这些帝国叛徒投入八路军阵营，愧为天皇臣民！"

犬养中堂道："你这份调查做得确实很详细。"

中山功又翻了两页，忽然合上，说："我就不一一列举了，烦劳先生闲暇之时予以斧正。"

犬养中堂将书放在茶几上，笑道："中山君的大作，我一定好好拜读。喝茶！"

中山功喝了一杯茶后，将手边的书递给影佐圭吾："也请机关长斧正。"

影佐圭吾接过书："我一定好好拜读大作。"

犬养中堂看看手表："咱们去用餐吧。"

三人起身，向餐厅走去。

犬养中堂走了两步，扭头看了看茶几上的六封信和那本《支那抗日力量调查》，脸上泛起一抹笑意。

饭后，中山功便离开梅花楼。

影佐圭吾望着中山功的背影，轻声问犬养中堂："先生，他是'宗印'吗？"

犬养中堂点头："他就是'宗印'。"

"何以见得？"

"证据就在六个信封和《支那抗日力量调查》上。"犬养中堂左右手互指，"一个是密电，一个是密码本。尾崎秀树和中山功，这两个帝国败类智商很高，可惜甘愿做共党分子。你看看那些信封，什么都明白了。"

进入书房，犬养中堂拿起信封说："中山功不看信，是因为秘密就在信封上，你看看寄信人地址后面的时间。"

"怪不得中山功刚才只看信封。"影佐圭吾拿起信封翻看，"信封上的时间确实有些不正常。昭和一年、二年、十一年、十二年、十四年、十六年，这些数字应该代表什么。”

犬养中堂愤愤地骂道：“军部那些蠢蛋，只关注信，却忽略了信封。”

“这不能怪军部的人，不是搞情报工作，谁会在乎这些细节呢？这六封信跨越十六年，军部会误以为是遗物。毕竟每封信最后的签署时间和信封上的时间一致，看纸张的泛黄程度，也说得过去。呵呵，学生才疏学浅，愿听先生高见。”

“按照公元历计算，昭和一年是1926年，昭和十六年是1941年。这六个信封上的时间后两位数字，就可以构成密码，如26、27、36、37、39、41。”犬养中堂拿起《支那抗战力量调查》，翻到36页，第六行第六个字是“基”，37页第六行第六个字是“督”。

影佐圭吾问：“这是不是巧合？”

犬养中堂又翻到26页、27页，两页第六行第六个字分别是“叛”和“徒”。

影佐圭吾翻开中山功送给他的书，问道：“先生怎么确定是第六行第六个字呢？”

犬养中堂指指六个信封：“我刚才翻书时，就注意到这个问题了。”

影佐圭吾从心底里佩服：“先生记忆过人，在下领教了。这个中山功，竟敢在咱们眼皮子底下破译密码，太嚣张了吧？”

犬养中堂笑道：“他是恃才傲物。”

“可惜他遇到了先生。”

犬养中堂根据规律又翻了两页，说道：“据此分析，39代表‘才’，41代表‘是’。”

影佐圭吾惊讶：“‘基督’才是叛徒。”

犬养中堂点指信封：“这就是尾崎秀树要向中山功传递的信息。”

“‘基督’才是叛徒……”影佐圭吾默念。

犬养中堂问：“你觉得‘基督’会是叛徒吗？”

“‘基督’这两年一直与我的老师合作，难道他一直为帝国服务？”

“有点儿意思了。”犬养中堂觉得遇到可以让他尊重的对手了。

“苏共通缉犯，红组组长，反苏铁血同盟领袖，拉乌尔有多重身份，到底哪个才是他的真实身份？”

“或许都是，或许都不是。”

“此次拉乌尔被抓时，我的老师就在上海，老师也拿捏不准。”

“能遇到‘基督’这样的对手，我死而无憾了。”犬养中堂抿了一口茶，意味深长地说，“中国的茶叶，还是不错的嘛！”

影佐圭吾问：“现在抓捕中山功吗？”

“他一旦落网，就是一枚弃子。抓不如钓，或许用他能钓到大鱼呢！”犬养中堂得意地说，“当年‘武士’与‘基督’进行人质互换，我就一直不放心。”

“‘武士’在苏联被捕只是意外，这两年‘武士’在上海的表现可是异常出色的。”

“‘神刀’‘樱花’接连玉碎。这几年啊，龟机关苏联局特工死伤殆尽，这才是帝国最大的损失啊。”犬养中堂幽幽地说。

影佐圭吾颔首：“他们都是帝国英雄！”

“以我的秉性，‘武士’被捕，应该必死无疑。我之所以没有除掉‘武士’，是因为‘神刀’是‘武士’的父亲。”

影佐圭吾一脸狐疑：“凌国轩是‘神刀’？”

犬养中堂点点头：“凌国轩真名叫森木正淳，原是东京大学教授，与‘樱花’和‘武士’一起打入苏共第五局。可惜他死在巴维尔·菲金的枪下。”

影佐圭吾慨叹道：“非常遗憾，今生无缘见到‘神刀’了。”

“这就是我留下中村宇都的原因。”犬养中堂说，“当年土肥原抓捕‘基督’后，后续之事都是中村宇都操办的。他了解其中的详情，他在上海，凡事你可以随时向他咨询。”

证实了自己的怀疑，犬养中堂再见到拉乌尔时，精神状态比上次好多了，几乎是神采飞扬。他对拉乌尔说：“老师出的题，学生今天交卷了。”

“先生才是老师。”

“不敢当。先生来到上海，我就不得不追随到上海。先生才是谍报界大师。”

“我现在是阶下囚。”

“中山功是‘宗印’。”

“先生相信我的话了？”拉乌尔微微一笑。

“不信。”犬养中堂摇头，“我还要进一步印证。”

“先生果然是大才。”

“‘信者’向‘宗印’传递情报了。”

“看来先生已经破译了。”

“只有六个字。老师想听吗？”

“说说看。”

“‘基督’才是叛徒。”犬养中堂盯着拉乌尔的眼睛。

拉乌尔平静地回答：“我是叛徒，先生信吗？”

“不信。”犬养中堂摇头。

“我是红组组长，怎么会是叛徒呢？”

“你出卖了‘信者’和‘宗印’。”

“我顺势而为，仅此而已。拉姆扎小组被你破坏，‘信者’和‘宗印’被抓是早晚的事儿。你看，门徒小组和曼哈顿小组的人，我是不会告诉你的。”

犬养中堂笑道：“我确实没有办法让你开口。”

拉乌尔笑道：“我是来赴死的，不是来求生的。”

犬养中堂慨叹道：“人不畏死，何惧之有！”

拉乌尔哈哈大笑：“先生是日本特工第一人，什么事能难住先生呢？”

“我倒是希望你是叛徒，这样咱们就能合作了。”

“瑜亮联手，火烧赤壁。咱们就联手烧一烧全世界？”

“火烧全世界，确实很壮观。”犬养中堂点点头。

拉乌尔笑道：“这是我给先生出的第二道题。”

犬养中堂瞥了一眼拉乌尔：“老师还在考我？”

拉乌尔笑问：“先生答不答呢？”

犬养中堂点头：“老师出题，学生必然要作答的。”

第十四章　变色龙

~ 045 ~

时间：1941 年 11 月 10 日，星期一。

地点：上海，公共租界，凌公馆；日占区，极司菲尔路 76 号。

刚过立冬的上海，天气湿冷。

立冬后，上海才出现深秋的景象。枯黄的树叶纷纷飘落，落到大街上、房屋上，乍一看来，上海仿佛沧桑许多。

这时的莫斯科，已是白雪皑皑。三天来，收音机里播放着莫斯科举行的红场阅兵盛况，极大鼓舞了苏联红军的斗志，坚定了全世界共产国际战士捍卫共产主义的决心。

这个消息传到上海，让江澄子激动不已。

江澄子的房间是一个套房，有一个二三十平方米的客厅。客厅在萧瑟的初冬倒有一番春日景象，至少她心里春意盎然。虽然凌云洲经常去找宫本芳子，可她知道那只是为了完成任务，是革命工作，她必须为此付出代价。

她虽然不知道凌云洲在执行什么任务，但她知道，莫斯科红场阅兵盛况和他应该有一点点小关系。这个“小”，是可以无限放大的，至少在她心中是很“大”的。能为共产主义事业做一点“小”事情，这个“小”再小，对国家对民族也是“大”。

夜幕降临，她刚刚和江仲阁通过电话，又是撒娇，又是晒幸福，这时却心事重重地斜靠在沙发上，半睡半醒着，眼神缱绻。

汽车的喇叭声“惊醒”了江澄子，她起身奔出房间，步履轻盈。下楼时，她却走得很缓慢。这是她一天的期盼，也是她施展的小情调。

自从她搬到凌公馆，凌云洲回家后都要给她一个拥抱。那种拥抱，既是爱的表达，又是安全的告慰。

还在回味拥抱的江澄子，猛然看到凌云洲和罗亭一同进来，心里不禁有点儿失落，转而又很兴奋，喊道：“姐姐，你怎么来了？”

罗亭满面春意：“自然是看你来了。”

凌云洲也是满脸微笑：“我回来了。”

江澄子抓住罗亭的手，白了凌云洲一眼：“你天天回来，有什么稀罕的？姐姐才是稀客。”

罗亭指着江澄子的鼻子说：“小丫头，心口不一！”

江澄子摇着罗亭的胳膊：“真的，绝对发自肺腑。何况，姐姐将来会变成大嫂的。”

罗亭轻轻点了一下江澄子的额头：“少贫嘴。你最近见到乐天了吗？”

江澄子道：“每天都见，躲都躲不开。”

“他在做什么？”

“姐姐应该问他啊。”江澄子歪头笑道。

凌云洲道：“澄子，我们有事要谈，你先到楼上去。”

江澄子虽然任性，但懂得分寸，更懂得纪律。她放下罗亭的胳膊，转身走上楼梯。在楼梯拐角处，她看到凌云洲一直注视着她，便回眸微微一笑，转身进入自己的房间。

罗亭走到沙发前坐下，问：“最近咱们见面是不是太频繁了？”

“没关系。”凌云洲坐下，“76 号的各位处长都在争抢副主任的位子，我与特派员见面很正常，拉关系、走后门，江湖不就是人情世故嘛。”

罗亭笑道：“我明天就向汪精卫汇报你们的丑态。”

凌云洲呵呵一笑：“副主任之争，是李墨群的权谋。实际上，副主任人选，他早就定好了。”

“谁？”

“陈恭如！”凌云洲低声说。

“军统四哥？”罗亭惊愕，“他怎么还活着？”

“出乎意料吧？”凌云洲说，“说来可笑，军统八大金刚，老大、老四、老五叛变，老三是日谍，老七神秘失踪，八去其五，真是军统奇耻大辱。”

罗亭问：“你从哪里得到的消息？确定吗？”

“犬养中堂，他的消息应该不假。”凌云洲一字一顿地说。

罗亭大惊：“‘老龟’？”

“犬养中堂不但活着，还到了上海。我被龟机关启用了。”凌云洲表情严肃，“宫本芳子从日本回来，是她告诉我的。这就是我急着见你的原因。”

“犬养中堂还活着，他真的还活着！不知为什么，我一直觉得他都没死！”罗亭从包里掏出一瓶风油精，倒在手上，点在太阳穴上搓揉，“另外，‘国师’也怀疑‘灵蛇’是叛徒，为了安全起见，我已经通知‘军师’了。”

“‘灵蛇’就是‘神鸟’。”凌云洲点燃一支烟，忧心忡忡地说。

“‘灵蛇’是‘神鸟’？”罗亭的手微微一抖，碰倒了风油精瓶，精油洒到腿上，她赶紧拿起风油精瓶，“这也是‘老鬼’告诉你的吗？”

“不！”凌云洲摇摇头，“我和宫本芳子去樱花居吃饭，正好看到犬养中堂和凌岳州碰面。”

“是巧合吗？”

“不，一定不是巧合！”凌云洲猛吸一口烟，“犬养中堂单独见他，他一定是‘神鸟’。”

“贺加——看来我判断错了。”罗亭举起风油精瓶放在鼻下嗅了嗅，“真没想到，‘神鸟’竟然在我们身边。”

“‘军师’有危险，通知他撤离吧。”

罗亭摇头：“你不了解‘军师’，不到万不得已，他是绝对不会撤离的。”

“如果‘军师’不愿意撤离，我们怎么保护他呢？”

“凌岳州早知道‘军师’是谁，却没有下手，看来他是想放长线钓大鱼。

如果是这样，‘军师’暂时应该是安全的。”

“犬养中堂来到上海，肯定会掀起腥风血雨。”凌云洲将烟头摁在烟灰缸里，向罗亭望去，“我的真实身份，是不是应该告诉澄子了？”

罗亭点头道：“应该告诉她了。”

凌云洲向楼上望去，轻声说：“希望她能扛得住接下来的风雨。”

“你放心，她已经成熟很多了。还有一件事，我要告诉你。”罗亭起身走到窗前，沉思一会儿，转身轻声说，“‘1号’首长已经批复，可以让你知道‘野兔’的真实身份了。”

“‘野兔’？”凌云洲走到罗亭身边，“他是不是很能跑？”

“你觉得乐天能跑吗？”罗亭笑问。

凌云洲点点头：“我早就猜到了！”

罗亭说：“澄子正在跟他学习狙击术。”

“师傅厉害，徒弟自然差不了。”凌云洲低声说，“今天开会时，李墨群宣布，针对苏南抗日根据地的《苏南清乡计划》已经制订完毕，我们一定要拿到这份计划，不然我军损失不可估量。”

罗亭说：“上级已经交代过，务必拿到《苏南清乡计划》，配合新四军第16旅的反清乡行动。”

“《苏南清乡计划》应该是绝密级，你有权限接触吗？”

罗亭摇头：“绝密级文件只有汪精卫、周佛麟和李墨群能调阅。我虽是特派专员，但也没有这个权限。《苏南清乡计划》应该放在档案室，归杨枢的机要处管，咱们可以从他身上下手。”

“这只‘变色龙’太狡猾了，浑身找不到下手的地方。”

“‘军师’有办法。”

“如果杨枢愿意帮忙，我们就能拿到。”凌云洲想了想，“还需要李墨群签发的阅览证。”

“你有办法搞到吗？”

“李墨群回来了，得想个办法调开他。”凌云洲又抬头望向楼上，“或许呀，乱拳打死老师傅，澄子能想出办法。”

“那就让她试试，不过不能大意。李墨群属狗的，逆风都能闻出味儿来。”

罗亭走后，凌云洲把自己的真实身份告诉了江澄子。女人的第六感觉是非常准确的，江澄子的感觉得到证实后，她没有惊诧，只有惊喜。

对于如何调开李墨群，她眼珠子一转，便想出办“婚前宴”的主意。

江澄子想把她的婚前宴搞成年轻人的派对，主要邀请上海滩名人的年轻子女。因为是年轻人的派对，也不请政要，江仲阁也就没有反对。

这样轻松的派对，不但有名酒，还有多金的帅哥靓妹，年轻人自然求之不得。

江澄子特意到 76 号邀请李墨群担任这次派对的主持人。这个面子李墨群肯定愿意给的，更何况他更喜欢接触豪门名媛。

派对如期在凌公馆举行，受邀之人如约而至。

主角凌云洲不停地向来宾敬酒、干杯，很快就喝“高”了，被杨枢送进卧室。派对达到高潮，男女纷纷在草坪上跳舞，这时凌云洲已经进入了李墨群的办公室。

越刻意，越有秘密。李墨群刻意摆残棋，这里面有什么秘密？

白天的时候，凌云洲去见上海检察总长，商讨如何在股市上大赚一把。上海检察总长也姓凌，喜欢作画，尤其擅长画石头，而且有个怪癖，画石头总是四排，因此得了一个“凌四石”绰号。“凌四石”打开保险箱时，有意无意地瞟了一眼题名为《云石武侠世界》的新画。凌云洲顿时明白，那四排石头的数目就是保险箱密码。

那一刻，凌云洲恍然大悟，李墨群摆的不是残棋，而是每天更换的密码，这真是一个令人惊喜的意外发现。

凌云洲站在石桌前，审视着残棋，忽然发现天元线上的棋子落点就是密码源。

找到了密码源，剩下就是数学问题了。

凌云洲很快破译出密码，打开李墨群的保险箱，顺利拿到阅览证，并盖上李墨群的签章，然后返回凌公馆。

李墨群喝了很多酒，接连与几个美女跳舞，感觉有些疲惫，便向江澄子告别。

嘻嘻哈哈的江澄子，虽然到处张罗，内心却无比焦急。凌云洲毕竟要进入魔窟，运气稍微差一点点，就可能落入万劫不复之地。她见李墨群前来告辞，故意撒娇道："李主任，云洲见您来捧场，一时忘乎所以，贪杯失礼，还望主任多加海涵。"她眼角的余光瞥见凌云洲房间的灯光熄灭了，知道凌云洲回来了，赶紧说道，"云洲醉得快，醒得也快，要不您再玩一会儿？"

"咱们去看看他吧。"怀疑一切的李墨群指指楼门口。

"云洲何德何能，怎敢劳您大驾呢？还是我把他喊出来吧。"

这时，摇摇晃晃的凌云洲走出楼门口，满身酒气地来到李墨群身边，高声喊道："主任，我没醉，绝对没醉，走，咱们再喝几杯！"

他不容李墨群回应，哆哆嗦嗦地拿起两杯酒，把一个酒已见底的杯子递给李墨群，自己刚要喝，脚下一软，一屁股坐在地上。他挣扎着爬起来，又去拿酒。

"澄子，别让他喝了。"李墨群仔细打量凌云洲，从眼神到脚步，完全是喝断片儿的酒鬼。

江澄子乘机说道："让主任见笑了。您看他都这样了，您……"

"我得赶紧走了，不然他还得缠着我喝酒。"李墨群放下酒杯，冲身边的人挥挥手，向轿车走去。

江澄子屁颠屁颠地跟在李墨群后面，连声道歉。

"主任，等等我，我去送您！"凌云洲嘶哑的声音从后面传来。

~ 046 ~

时间：1941年11月11日，星期二。

地点：上海，公共租界，工部局，沉香阁拍卖行，中央巡捕房。

被市民俗称为"石头房子"的工部局大楼，同样沉寂在黎明前的黑暗里。

面朝江西中路的窗户，只有中间一扇透出灯光，在偌大的空间里犹如盈盈烛光。

那是工部局华董江仲阁的办公室，此刻他坐在办公桌后看《道德经》，正默念着："上善若水，水利万物而不争……"

这时，寂静的走廊里传来一阵清脆的脚步声。

江仲阁神色一凛，轻轻放下书，缓缓站起身，注视着似关未关的房门。等脚步停在门口，他便轻声说："孙老，门没关，请进吧！"

"江老！"沉香阁拍卖行的老板孙丙伦推门进来，向江仲阁抱拳拱手，"兹事体大，我只能深夜贸然造访，还望江老海涵。"

其实江仲阁就是在等孙丙伦。普乐天晚饭时告诉他，孙丙伦凌晨5点会到工部局拜访，无论如何都要见他一面。从不求人的普乐天如此求他，必有隐情，他也没有多问，只是把一张工部局的工作证交给普乐天。

江仲阁呵呵大笑："孙老，您客气了！您来就来呗，干吗绕这么大的弯子呢？坐，坐，喝点儿什么，酒还是茶？"

孙丙伦坐下，向左右看了看，悄声问："江老，冒失地问一句，此处说话方便吗？"他本想说"安全"，又觉得不妥，便改为"方便"。

江仲阁会意，笑道："您要信任我，就方便；不信任我，就不方便。"

孙丙伦笑道："您既然这么说，我就开门见山了。"

"听说您跟乐天还是好朋友，有话请讲。"

"我们是可以托付生命的朋友。"

江仲阁手指轻点桌面："那我还得感谢孙老提携晚辈啊，哪天我摆一桌，老少一起研究一下忘年交。"

"江老说笑了。我今夜拜见您，确实有事相求。"孙丙伦沉思几秒，"为表诚意，我必须向您表明我的另一个身份。"

江仲阁一怔："另一个身份？延安还是重庆？"

孙丙伦低声说："南京。"

江仲阁哈哈一笑："乐天还真不挑食啊，哈哈！"

孙丙伦马上纠正道："我是延安的。"

江仲阁直视孙丙伦："孙老，这种玩笑一点儿都不好笑。我之所以保持政治中立，就是想多活几天。如果外面的人知道我办公室进来延安的人，三岁小孩都知道是什么后果。"

"正是在乎后果，一批仁人志士才舍生忘死，扶大厦之将倾。"孙丙伦义正词严地说，"国将不国，在日本鬼子面前，没有道理可讲，他们只知道中国人还是日本人，根本不在乎您中不中立！"

"延安就能救中国？"

"能不能救暂且不说，至少一直在努力。"孙丙伦从怀里掏出一块怀表，起身双手递给江仲阁，"这是延安首长送来的，说是您故交之物，让我物归原主。"

江仲阁接过怀表一看，表情凝固了："物归原主，不恰当吧？此物早些年我就赠送朋友了。"

孙丙伦直言道："凌先生就是共产党员。"

江仲阁端详着手表："人各有志，无所谓对错。他是大才，可惜生在乱世。"

孙丙伦又掏出一封书信，递给江仲阁，说："凌先生向您问好。"

"出师未捷身先死，长使英雄泪满襟。"江仲阁心中不悦，伸出两根手指夹住书信，拿到眼前瞥了一眼，看清信封上写着"六君子"三个字时，另一只手急忙从两根手指中取下信封，"这是国轩的字。"

故友遗物，重逾山石。

江仲阁的手微微一抖，展信观看，越看手越抖，忽然哈哈一笑："国轩还活着？国轩还活着！"他的笑声未落，脸上恢复平静。他将信纸叠好，塞入信封中，不动声色地问，"为何多此一举呢？"

"凌先生在上海执行秘密任务，多有不便，不能与您相见。"孙丙伦指指信封，"兹事体大，请江老暂时不要向凌云洲提及。这是凌先生再三强调的。"

"为何？"江仲阁不解。

"凌先生日后自会向您解释。"孙丙伦盯着江仲阁，"江老可否听过中共门徒小组？"

江仲阁呵呵一笑："老朽两耳不闻窗外事。家事国事，在老朽看来，都是闲事。”

“您不必过谦。实话实说吧，我就是中共门徒小组的‘军师’。”

“老朽是不是可以说，我是汪兆铭？老朽爱财，但不愿意赚带血的钱，还望您不要开这种玩笑。”江仲阁意味深长地说。

孙丙伦说：“可是江老更爱国！”

江仲阁摇摇头：“可惜国破家亡了。您深夜前来，最好有话直说。”

孙丙伦说：“上海滩可以没有孙丙伦，但不能没有江仲阁。我们需要一批药品，还望您帮忙运筹。”

“多少？”

“多多益善。”孙丙伦从包里掏出一个布包，里面是十根金条，推到江仲阁面前，“这是门徒小组的活动经费……”

江仲阁立即问道：“全部？”

孙丙伦点头：“全部。”

江仲阁拿起一根金条：“我是生意人，公平买卖。”

孙丙伦诧异：“江老，我们是认真的。”

江仲阁示意孙丙伦坐下：“我也是认真的。我现在只能说，尽我绵薄之力，不过我有一个条件。”

“什么条件？只要我们能力所及，您尽管提。”

“我只有一个要求，此事不能涉及我的家人。”

“不瞒您说，乐天也是共产党员。他不仅狙杀了松下、秀鸾，还有日军少佐军衔以上十二人、南京政府要员八人。希望您不要责怪他。”

江仲阁不动声色地说：“十八岁之前，我只教育他在正确的时间做正确的事情。成人之后，他的选择，我向来不闻不问。”

“江老，我的身份可能暴露了，日后无法再与您见面。关于药品事宜，我会委托他人与您联系。”

江仲阁直视孙丙伦：“日本人盯上你了？”

孙丙伦笑道：“应该是。”

“为何不离开上海呢？”

孙丙伦笑道："我自横刀向天笑，去留肝胆两昆仑。江老，天快亮了，我得走了，告辞！"他说完起身走出去。

江仲阁走到窗前，注视着孙丙伦消失在夜幕中，嘴里不停地默念"我自横刀向天笑，去留肝胆两昆仑"。

孙丙伦离开工部局后，内心无比激动。他知道，江仲阁虽然没有明确答应他的所托，但是收下金条就等于表明了态度。

已近耳顺之年的孙丙伦，革命之心还很年轻，时刻充满激情，对未来充满憧憬。

让他高兴的事情，还包括"国师"传来的消息，冯壬山已经成功打入重庆军统内部。儿子活着，孙子很快降生，对他来说，都是好消息。

日军全力准备"Z 计划"，中共门徒小组进入蛰伏状态，上海暂时平静很多。闲暇时，孙丙伦和冯壬山一样，喜欢煮茶品茗，只不过他品茶时要下围棋。

他的"妻子"吴已楠，就是与他棋力对等的人。

刚满三十六岁的吴已楠，虽然不再年轻，但有成熟女性的端庄稳重。在外人眼中，她是孙丙伦的继任妻子，实际上他们是做了十年的假夫妻。

在一起生活十年，虽然没有同床共枕，吴已楠却已分不清他们的关系了。她对孙丙伦，由敬重演变成爱慕，已经把自己当作他的真正妻子。

两个人对弈时，吴已楠的注意力集中在棋盘上。为孙丙伦倒茶时，她的心思又落在孙丙伦身上。两个人对视一眼，不用言语，就知道对方想要什么，或者想做什么，这就是生死与共的夫妻才有的默契。

吴已楠在九十六手时，便意识到自己这盘棋输定了。不料孙丙伦竟然做出一个错误的选择，让吴已楠凭一子逆转。再下三子，居然以半目优势战胜孙丙伦。

论棋力，孙丙伦是国手级，不可能犯如此低级的错误。

吴已楠看着心神不定的孙丙伦，问道："老孙，你有心事？"

孙丙伦看见她额角挂着几根银丝，轻声道："你才三十六啊，怎么会有白头发呢？"

吴已楠笑道："生在乱世，岂是几根白发能了得的？老孙，这几天你没有出门，难得如此清闲啊。"

孙丙伦说："这几天上海确实太平静了，不正常啊！"

吴已楠说："难得清闲，咱们再下一盘？"

孙丙伦摆摆手："身闲心不闲啊。我总觉得要有大事发生，最近眼皮子总跳。"

"是不是没想好如何去见万墨翰？"

"事关《苏南清乡计划》，岂能掉以轻心！"

吴已楠说："不过，叛徒已经挖出来了，可以稍稍放心了。"

孙丙伦点点头，转而问道："五号仓库打扫干净了吧？"

吴已楠"嗯"了一声，问："凌岳州去过五号仓库？"

孙丙伦说："凌岳州跟踪我十年，他岂能放过你？五号仓库早已暴露了。"

"我也暴露了？"吴已楠难以相信。

"你还是做好撤退的准备吧！"

"与上海共存亡，这是咱们当初的誓言。无论发生什么，我都要与你共进退。"吴已楠坚定地说。

"我们要敢于牺牲，但不能做无谓的牺牲。"

"五号仓库中转的情报，凌岳州查看过？"

"五号仓库是今年增设的联络站，我怀疑老秦的暴露，可能跟五号仓库有关。"

"既然暴露了，那就放弃五号仓库吧。"

孙丙伦摇头："无缘无故放弃五号仓库，凌岳州会怀疑的，他会立刻抓我，也会顺着这条线查下去。"

吴已楠不假思索地说："我若撤离，不也是一样？咱俩是同心锁，两命一体。"

"或许我们能利用五号仓库，除掉这个叛徒。"孙丙伦看看表，时间已到10点半，站起身来，"时间差不多了，我该去见万墨翰了。"

吴已楠也站起来："我陪你去吧。"

孙丙伦摆摆手："虽说国共联合抗日，但是国民党心口不一,万一万墨翰是颗雷呢。"

吴已楠问："他会不会出卖你？"

孙丙伦安慰道："我还没有达到让他心动的价码。他是军统上海站站长，胃口大得很。放心吧，我心里有数。"说完，他起身离去。

孙丙伦走进萧瑟的风中，大风卷起他的衣襟和衣领。他知道吴已楠就站在窗口，但是他没有回头，或者转身挥挥手。

残酷的环境，已经扼杀了他所有情绪，把一切情感都深藏在骨髓里，不敢露出半点儿。

他期盼为之苦苦奋斗的理想早日实现，到那时候，他就可以不设防地去爱想爱的人，去恨想恨的人。

孙丙伦表情木然地走到公共租界中央巡捕房大门口。那里早有一个巡捕等候，把他带到万墨翰的办公室。

万墨翰见孙丙伦进来，示意巡捕关门出去，端起两个茶碗放在办公桌上，笑道："今天孙老怎么有雅兴到巡捕房来？这里可没有你能相中的宝贝啊。来，请坐，喝茶。"

孙丙伦坐在办公桌前的椅子上："万探长就是无价的大宝贝，起码是中国人的大宝贝！"

万墨翰坐下，笑道："那就请孙老掌掌眼，我这个大宝贝值多少钱。"

孙丙伦打开茶碗盖儿，用手指蘸了茶水，在桌面上写出一个"军"字："送到76号，起码值二十条大黄鱼。"

万墨翰指指自己的太阳穴："孙老开玩笑吧？我这个宝贝怎能值那么多钱呢？估计二十个银圆都没人要。"

孙丙伦说："我是生意人，一般情况下不会看走眼。"说罢，他在"军"字前面又写了一个"共"字。

万墨翰没有说话，将"军"字抹去，用手沾水，在"共"字后写下一个

“匪”字。

孙丙伦笑道：“看来没有打眼啊，哈哈。”

万墨翰冷笑道：“假如我是军统，完全可以毙了你。”

孙丙伦道：“你应该不会，因为我姓共。”

万墨翰突然拉开抽屉，迅速拿出手枪，对准孙丙伦：“你既然承认自己是共匪，那我就没有客气的理由了。”

孙丙伦端起茶碗，用盖子轻轻刮着上面的浮茶，慢悠悠地说：“你不会的。如今国共合作，一致抗日，你岂能杀同胞战友？”

万墨翰将枪放下：“说，你怎么知道这些的？这年头，知道太多可不是什么好事儿！”

“猫有猫道，狗有狗道。重庆那堵四处漏风的破墙，呵呵！”孙丙伦将茶碗放下，“万探长荣升军统上海站站长，我特此前来贺喜。”

万墨翰不动声色：“你还知道多少？”

“日本人制毒工厂那把火，是你放的。这件事干得非常漂亮，孙某佩服。”孙丙伦笑道，“现在的军统上海站，前身是军统锄奸队，组员有四，万探长、杨小姐、赵探长和大名鼎鼎的‘变色龙’。”

万墨翰端起茶碗喝茶，掩饰自己心里的不安：“你知道‘变色龙’？”

孙丙伦淡笑：“杨枢，对吧？”

万墨翰盯着孙丙伦看了几秒钟：“你到底是什么人？”

孙丙伦笑道：“我是门徒小组的‘军师’。”

万墨翰上下打量孙丙伦：“你就是门徒小组的‘军师’？”再次得到孙丙伦确认后，他点点头，缓声说道，“门徒小组确实是个传奇，不得不令鄙人敬佩。”

孙丙伦说：“上海现在的形势不容乐观，国共合作势在必行。”

“能与门徒小组合作，是鄙人今生之大幸事。”万墨翰微微点头，“没想到孙老竟是门徒小组的‘军师’。”

孙丙伦道：“万探长也是上海滩呼风唤雨的人物，我神交久矣。”

万墨翰摆摆手：“鄙人不才，承蒙戴局长赏识，当为党国效力。不知你今日找鄙人有何贵干？”

孙丙伦道：“你应该很清楚，自今年年初，汪精卫筹建清乡委员会，自任委员长，周佛麟任副委员长，76 号的李墨群出任秘书长，对我苏南、苏中抗日根据地发动两次‘清乡’活动，如此肆意残杀同胞的卖国行径，实在是令人发指。”

万墨翰愤愤地说：“李墨群已杀我数百兄弟，这是他必须偿还的血债！”

孙丙伦道：“我方获悉情报，李墨群准备实行第三次‘清乡’，计划都已经做好了。”

万墨翰问：“你要我做什么？”

孙丙伦道：“清乡计划放在 76 号档案室，只有杨枢才有机会阅览。”

万墨翰道：“没有李墨群签发的阅览证，他也无法接触。”

孙丙伦道：“这事包在我身上。”

万墨翰起身走到孙丙伦身后，盯着他的后脑：“难道——中共‘31 号’，不是贺加？”

孙丙伦站起身，转身低声说：“明天早上，阅览证就会出现在杨枢的办公桌上。”

“谢——谢谢！”万墨翰目送孙丙伦离去，他嘴唇嚅动时发出的“谢谢”，微弱得连他自己都听不清。

他的“谢谢”，既包含自己真实身份被人轻易拆穿的羞辱，也有被人默默保密的感激，这复杂的情愫点燃了他心中的怒火，伸手拿起孙丙伦用过的茶碗，狠狠地摔到地上。

~ 047 ~

时间：1941 年 11 月 12 日，星期三。

地点：上海，公共租界，上海总会；日占区，极司菲尔路 76 号。

在 76 号这个畸形的机构里，杨枢是典型的特例。

在外人看来，他是靠裙带关系上位的。按他的能力，坐到机要处处长的位子，就是因为他投胎成功，摊上一个给畸形政府要员当情妇的好姐姐。所以，76 号特务都恭维他、迎合他、攀附他。

杨枢知道自己就是众人眼里的小丑，可是在国破家亡之际，比他更丑陋的人多如牛毛，更何况他还有不与外人知的漂亮一面。

他是军统王牌特工“变色龙”，这个代号列在 76 号稽查黑名单上，赏金非常高。他虽然顶着各种角色，但更在意的是经过伪装的角色。他喜欢这种伪装，因为就连一个鼻孔都能嗅出军统味儿的沐承风，也不曾对他有过一丝怀疑。

自认为凡事都做得天衣无缝的杨枢，正在上海总会与万墨翰聊天，忽然得知中共门徒小组早就识破了他的身份，无比惊愕，手中的红酒溅到万墨翰衣襟上。

“他们怎么知道我的真实身份？”杨枢掏出手绢为万墨翰擦拭。

在外人看来，76 号的杨处长和公共租界的总探长是酒肉之交，聚会是极为正常的事情，所以杨枢经常和万墨翰一起泰然自若地喝酒。

“不晓得呀！”万墨翰示意杨枢不要擦，“沐承风这条疯狗一直在找咱们，就差挖地三尺了。没想到共党的鼻子，比沐承风的狗鼻子还灵！”

杨枢起身走到门外，见四下无人，才关紧房门，走到万墨翰身前悄声问道：“难道我们中间出现内鬼了？”

万墨翰摇头：“锄奸队只有毓香、老赵、你我四人，都是忠于党国的死士。咱们在上海潜伏五六年，没有出现过任何纰漏，所以不可能是我们当中的人。忠义救国军要派人支援咱们，我没有答应，就是不想有生人混进来。”

杨枢满脸疑惑：“那是哪里出了问题？这事非同小可，我们必须摸清楚，不然可是个大雷子。”

万墨翰道：“孙丙伦虽然没有明说，但暗示他从重庆高层得知。这种绝密之事，也只有戴老板身边的人知道。”

“蛀虫！”杨枢怒骂。

“我怀疑贺加不是‘31 号’。”

"'31号'没有死？"杨枢惊问。

"我问过孙丙伦，他避而不谈。"

"或许就是默认。"

"孙丙伦自曝身份，就是向我们表明'国共合作，一致抗日'的立场。"万墨翰看着杨枢，"他们请你帮忙查阅《苏南清乡计划》。"

"这需要李墨群签发的阅览证。"

"共党提供。"

"能拿到阅览证的人，地位可不低啊。"

万墨翰叹道："他们说猫有猫道，狗有狗道。你想想，他们的'31号'究竟是谁呢？"

"他们宁愿暴露门徒小组的'军师'，也不愿暴露他们的'31号'，看来这个人一定在76号身居要位。"

万墨翰皱眉："凌岳州？"

杨枢点头："我也是这么想的。"

杨枢很清楚，堂堂76号创始人李墨群的办公室，不是想进就进的。私下打开李墨群的保险柜，拿到阅览证的概率基本为零。多疑的李墨群，每天都会更换保险柜的密码。

杨枢离开上海总会，一路上一直祈祷不要看到那个该死的阅览证。

当他在办公桌前坐下，拉开抽屉，才知道老天爷根本不是有求必应的。

谁有如此高明的手段？

谁是那个传说中的"31号"？

一脸疑问的杨枢，走到门口查看锁孔，看到上面有少许划痕。

无处安放身躯的杨枢，呆呆地坐在办公桌前沉思时，端着咖啡杯的凌岳州出现在门口，笑嘻嘻地看着他。

杨枢很自然地拿起一份文件，盖在阅览证上，也微笑着冲凌岳州招手。

凌岳州看着门锁，伸着脖子悄声问："屋里是不是进贼了？"

"这是抓贼的地方好不好？什么贼的脑袋那么大？"杨枢假装不知道。

"眼睛干啥用的？锁孔都变形了！"

杨枢起身走到门口，仔细检查一遍："还真进贼了？"他向房内看了看，"好像也没缺什么东西啊。"

凌岳州呵呵笑道："多了东西也不行啊。"

这时，凌云洲夹着文件袋走进来："聊啥呢？"

杨枢指指门："门锁被撬了。"

凌云洲看看门锁："这手法，也太一般了，不可能是内鬼干的！一会儿我安排人给你换把新锁。"

杨枢说："要是被贼惦记上，换锁也没用。"

凌云洲白了他一眼："上赶子还真不是买卖，到底换不换？"

杨枢笑道："换，必须换。"

凌岳州插话："凌大少，这么一本正经的，这是要去哪儿？"

凌云洲道："我去岩井公馆对账，要经费。"

凌岳州嘻嘻笑道："呦，这是要发财的节奏啊。杨处，咱俩晚上就去撬总务处的锁，肯定有收获。"

杨枢笑道："就这么定了。"

凌岳州喝了一口咖啡："先声明，我可不会那种手艺。这得全靠你，我只负责数钱。"

"数钱你都数不明白。"杨枢笑骂。骂归骂，但心里却很高兴，因为他认定凌岳州就是那个"31 号"。

这是他的直觉。

这是他的判断。

杨枢心里妥帖，不再为共产党方面知道他的真实身份而愤愤不已，毕竟他也知道凌岳州就是神龙见首不见尾的中共"31 号"。

凌云洲和凌岳州离开后，他就一直盘算，如何既能拿到《苏南清乡计划》，又能保全自己。想来想去，他觉得必须除掉晚上在机要处值班的陈立。

下班一个小时后，杨枢来到机要处档案室，陈立笑脸相迎。

杨枢出示阅览证，陈立调出《苏南清乡计划》交给他。按照规定，查阅绝密级文件，只能在档案室里看，不能带出去。记忆力超强的他，很快就记住关键词、时间、地点、人数。

看罢，杨枢将文件还给陈立后，说自己在陆家老店切了几斤猪头肉，要和他喝几杯。

陈立自然高兴，立即打电话通知赵青前来换班，说他有急事必须出去。

杨枢告诉陈立，为了避免不必要的麻烦，他们分开走，稍后在陆家老店会合。

陈立与赵青交接完毕，便哼着小曲上路，边走边思量自己攀上杨枢这个高枝，日后必定飞黄腾达。

就在小曲哼到激扬处，一颗弹头从暗处飞来，钻入他的额头。

第十五章　**间谍斗法**

~ 048 ~

时间：1941 年 11 月 12 日，星期三。

地点：上海，日占区，梅机关。

茶室氤氲间，犬养中堂自顾自地摆弄茶道，看上去像谦卑的老者。

一个月前，他浑身全是傲气，胸中全是谋略，就是如此不可一世的他，与红组依然智斗失败。虽然摧毁了拉姆扎小组，但他也暴露了，苦心筹划多年的“北上”计划付诸东流。

按理说，他的“北上”计划一旦得以实施，不仅能灭掉苏联，还能控制中国，绝对是上上之策，但日本高层却以国内“战略资源紧缺”为由予以否定。

那些满嘴大道理的人，根本不知道，最好的防守就是进攻。只要日军进驻苏联，就能获得取之不尽用之不竭的战略资源。

现在，日本的军政要员，基本都选择了“大东亚共荣圈”战略。龟机关溃败后，他显得更加势微言轻。若不是为了完成“光计划”，他也许就解甲归田了。

在长春，土肥原没有安慰他，他们这样的人不需要别人安慰或同情。他们的眼中只有目标和任务，没有任何个人情绪。

土肥原派中村宇都陪他前往上海，就是为了更好地完成“光计划”。

“制造原子弹，需要大量重水。”犬养中堂将茶杯放在中村宇都面前。

“德国制造重水的技术最先进，老师与德国戈林元帅一直在协商重水事宜，但戈林元帅不愿意提供核心技术，只愿意提供重水，并派一名技术员过来指导。”中村宇都喝了一口茶，“这个技术员是我同学，名叫比尔。”

“你也毕业于德国军校？”

“是的。”中村宇都放下茶杯，“为了保护比尔，老师让我亲自去接他。”

“重水此刻在哪里？”

“台湾。”中村宇都从包里掏出一份文件，递给影佐圭吾，“戈林元帅派德军军舰把重水送到台湾，再由驻台日军转到上海。”

犬养中堂略微思索：“军舰不要在上海停留，接手后直接运往满铁。”

“老师也是这个意思。”中村宇都冲东北方向微微拱手。

犬养中堂瞥了一眼影佐圭吾：“‘光计划’事关帝国国运，我和土肥原将军、宫本先生一直在推动此事，可惜天皇却无动于衷。”

影佐圭吾放下文件：“德国、美国、苏联、英国都在研制原子弹，我们绝对不能落到他们后面。”

“谁先研制出原子弹，谁就能控制世界。”犬养中堂忽然哈哈大笑，“一语点醒梦中人，‘基督’的第二道题‘火烧全世界’，应该就是指原子弹。”

中村宇都直视犬养中堂：“‘基督’也知道原子弹？”

犬养中堂点点头：“苏联那点破事儿，‘基督’了如指掌。”

影佐圭吾问：“‘基督’真是叛徒吗？”

犬养中堂说：“你也可以理解成野心。”

影佐圭吾问：“‘基督’的野心是什么？”

犬养中堂说：“‘光计划’。”

影佐圭吾疑惑：“‘光计划’？”

犬养中堂说：“‘基督’一直在研究我，研究龟机关，自然知道‘光计划’。‘基督’赴死这步棋，最终目标就是‘光计划’。”

中村宇都问：“他要毁掉‘光计划’？”

犬养中堂问："运输重水之事，除了土肥原将军，还有旁人知悉吗？"

中村宇都说："还有两个人，一个是死去的青木，一个就是我。"

影佐圭吾点点头："青木是红组的'圣杯'。"

犬养中堂说："这就难怪了，'基督'已经算到重水要经过上海。"

中村宇都问："他究竟想干什么？"

犬养中堂说："无论他想干什么，结果只有一个，那就是死亡。"

中村宇都打开公文包，掏出一份材料递给犬养中堂："这是老师关于当年互换人质情况的手记，希望能给予先生一些帮助。"

犬养中堂接过材料，慢慢翻看："土肥原将军的记忆力确实惊人，佩服，佩服！"

中村宇都说："互换人质后，老师安排我潜入苏联远东救下拉乌尔，之后拉乌尔一直在西伯利亚为老师做秘密工作。"

犬养中堂问："最近反苏铁血同盟有什么动作？"

中村宇都说："自从拉乌尔来到上海，反苏铁血同盟便沉寂了。我个人判断，他们在等待拉乌尔的召唤。"

犬养中堂问："你认为拉乌尔属于哪个阵营？"

中村宇都说："他不姓日，也不姓苏，反苏铁血同盟才是他真正的家。"

犬养中堂点点头："我同意你的判断。"

影佐圭吾说："这就能解释他为什么会出卖'宗印'和'信者'了。"

犬养中堂说："对他来说，'宗印'和'信者'不过是两枚棋子而已。"

中村宇都问："拉乌尔想与帝国合作吗？"

犬养中堂反问："他不是一直在与帝国合作吗？"

中村宇都说："反苏铁血同盟使用的武器和军费，的确出自关东军和满铁总部，所以老师非常在意此事。"

犬养中堂微微一笑："你的老师有些贪心了。"

中村宇都"嗯"了一声后，沉思几秒钟："老师对此也很遗憾。先生，名单的事——"

犬养中堂叹了口气："唉，名单本已截获，只可惜被——毁了。"

中村宇都说："这份名单，是老师和戈林元帅的交换筹码。德国科学家跑到美国研究原子弹，让希特勒大为恼火，责令戈林元帅必须拿到名单，然后一一绞杀。"

犬养中堂摆摆手："希特勒这个人心胸太狭隘，人才是用来使用的，不是用来毁灭的。即便咱们拿到名单，也不能交给希特勒。这些科学家为帝国所用，才是帝国的最高利益。"

中村宇都点点头："先生高见。"

犬养中堂问："'基督'手里有这份名单吗？"

中村宇都说："拉乌尔既然给先生出题，先生当然也可以给他出题。"

犬养中堂笑道："这是个好主意。"

中村宇都又打开公文包，取出一张照片递给犬养中堂："此人叫乔治·科瓦利，红组成员，代号'福音'。"

犬养中堂拿起照片仔细看了看："另一个曼哈顿小组特工？"

中村宇都点点头："这是老师安插在美国的特工获取的情报，已经确定此人就是曼哈顿小组特工。"

犬养中堂说："这个'福音'便是我给'基督'出的题。"

三人又聊了一会儿，犬养中堂说有事要办，便起身离去。

他来到圣三一教堂时，拉乌尔正陪着方远声放鸽子。鸽子"咕咕"地叫着，在教堂上方盘旋几圈后，向四面八方散去，霎时间不见踪影。

犬养中堂邀请拉乌尔出去走走，乌拉尔欣然应允。

他见拉乌尔衣着单薄，问："神父，你不冷吗？"

拉乌尔笑道："与西伯利亚相比，上海的冷是可以忽略不计的。"

犬养中堂哈哈笑道："莫斯科的冷，是骨子里的冷。"

拉乌尔也跟着笑道："看来我们都怕冷啊，不然怎么会跑到这里呢？"

"重水很快就抵达上海了。"犬养中堂附在拉乌尔耳边悄声说。

拉乌尔冲犬养中堂竖起大拇指："先生厉害，第二道题答对了。"

犬养中堂反问："您的最终目的是'光计划'吧？"

"既然先生把话说得如此明了，我也没必要隐瞒了。"拉乌尔向左右看了看，“我的最终目的就是‘光计划’。”

犬养中堂问：“您从中能得到什么呢？”

拉乌尔的回答简练干脆：“独立！”

“区区两万反苏铁血同盟，如何做到独立？”犬养中堂满脸不解。

“如果有两颗原子弹，或许就能实现独立。”拉乌尔诡秘一笑。

犬养中堂“哦”了一声：“先生的条件可不低啊，帝国凭什么要与您合作呢？”

“帝国需要一份价值连城的名单！”拉乌尔非常自信，“那份科学家的名单。”

犬养中堂点点头：“只要是价值连城的东西，帝国都需要。那份名单在哪里呢？”

拉乌尔皮笑肉不笑：“难道您想用帝国惯用的伎俩？”

犬养中堂说：“抱歉，可能是我太着急了。您给我出了两道题，我也向您请教一道题，如何？”

“知无不言，言无不尽。”

犬养中堂掏出“福音”的照片，递给拉乌尔：“照片中的人，就是‘福音’吧？”

拉乌尔接过照片看了看，不置可否，反问道：“你查到‘福音’了？”

“我哪有那种本事，是土肥原将军查到的。”

“先生的题目是什么？”

“现在的上海满目疮痍，市民需要聆听福音。”

“如果回答正确，你有何奖赏？”

“起码在上海，你是无限自由的。”

“合作条件呢？”

“我先征求土肥原将军的意见，至于他能否同意，我就不好说了。”

“高明，哈哈！”拉乌尔抬头望向天空，默默地说，“‘福音’明天就会到达上海。”

“谢谢告知。神父，我还有些事情要处理，回见！”

“特工的本能是怀疑一切，但有时候也应该相信一些人或者一些事，真的。”拉乌尔一语双关地说。

犬养中堂驾驶轿车离开圣三一教堂。

他一边驾车一边思忖，感觉自己身处一个浓雾般的迷局之中。拉乌尔似乎已经算到每一步，难道他真的是红组的叛徒？“福音”在半个月前就乘坐“胡佛总统”号客轮前往上海，明日便能抵达，拉乌尔却给出一个无法确信但又既成事实的回答。

很快，他就来到梅机关的梅花楼，见到影佐圭吾。

“让拉乌尔自由活动吗？”影佐圭吾待犬养中堂坐下，忧心忡忡地问。

“无论过程如何，只要结果一致，我们就兑现承诺。”犬养中堂说，“让他自由活动吧，派人盯着就行。不过，必须禁止他以任何方式购买任何机票、船票、车票。‘光计划’是帝国重大计划，每一步都要谨慎再谨慎，绝对不能出现半点纰漏。”

影佐圭吾点点头：“‘炼狱计划’已经施行，货物已到警察局。”

听到这个消息，犬养中堂脸上的霜色稍稍退去一些：“土肥原将军善于利用支那人之间的矛盾，一旦施行‘炼狱计划’，76号和警察局的矛盾就会愈演愈烈。”

影佐圭吾说：“军部的意见是扶持警察局，压制76号。”

“军部的意见是对的，76号的人，就是一群贪得无厌的地痞无赖，成事不足败事有余。与他们合作，实在有损帝国和南京政府的形象。”

“这正是土肥原将军坚持施行‘炼狱计划’的目的之一。”

“‘炼狱计划’一旦成功，上海这个远东情报中心将不复存在，所有情报都将属于帝国。”犬养中堂目光深邃，“重水一旦到达满铁，‘光计划’就成功了一半。确保重水安全抵达，乃是重中之重。所以，我想再试一试‘武士’。”

影佐圭吾问：“先生还对‘武士’不放心？土肥原将军的手记上提到了什么？”

犬养中堂说：“土肥原将军的手记，多是针对拉乌尔的，关于‘武士’

的，只有寥寥数笔。‘武士’到上海后一直处于蛰伏状态。这一切看似没有问题，只是我无法放心，或许是‘光计划’越接近成功，我就越难以控制自己的思虑。或许呀，我就是怀疑‘武士’。”

“先生要如何检验他呢？”

“德国赠送帝国重水，不是无条件的，帝国要给德国一份名单。‘樱花’已经拿到名单，可惜被尾崎秀树截获。”

“先生要用那份名单检验‘武士’？”

“实则虚之，虚则实之。”

影佐圭吾点头：“假名单？”

“你着手准备一份假名单。”犬养中堂用文明棍轻轻点地，“‘福音’这枚棋子，我暂时看不到价值。我在想，‘基督’既然在手，‘福音’就无大用。另外，他是美国人，一旦抓捕不成，他便进入公共租界，受工部局保护，再抓他就很困难。相较之下，还不如在他下船时狙杀。”

影佐圭吾赞同犬养中堂的想法，眨眨闪着贼光的小眼睛说：“苍井君是梅机关最优秀的狙击手，可以派他去。”

犬养中堂摆摆手：“还是让‘武士’执行吧。”

对于这个建议，影佐圭吾颇为不解：“先生怀疑‘武士’与红组有联系？”

“‘武士’与‘基督’互换人质，或许是巧合，或许是人为设计。”犬养中堂抬头打量客厅悬挂的《富士山春色》油画，“‘光计划’事关帝国国运，参与者必须对帝国绝对忠诚。”

“只要‘武士’做掉‘福音’，自然就能证明他与红组无关。”影佐圭吾略微停顿一下，“假名单还做吗？”

“‘武士’做掉‘福音’，只能证明他与红组无关，但我想看到的，是他对帝国的绝对忠诚。”犬养中堂说罢又问，“太古码头部署好了吗？”

“太古码头归公共租界管辖，必须绕开中央巡捕房。梅机关和 76 号的人已经待命，凌晨分批进入公共租界。”

“帝国的‘南下’战略即将实施，英美两国人如果阻拦，就无须那么客气了。”

“军部也是这个意思。”影佐圭吾悄声说。

~ 049 ~

时间：1941 年 11 月 12 日，星期三。

地点：上海，公共租界，凌公馆。

初冬已然萧冷，江风刺骨，但凌公馆里却是春色满屋。

江澄子慵懒地躺在浴缸里，肥皂的泡沫覆盖全身，浸润着她光洁的肌肤。

江澄子是一个讲情调的小女人，洗浴时总喜欢在浴缸里撒些玫瑰花瓣。作为具有小布尔乔亚情调的姑娘，她虽有驱逐倭寇的决心，但从未经历过真正战场的洗礼，所以她并不是真正了解凌云洲。

当凌云洲告诉她红组的行动时，她的内心是震撼或者震惊的，当然还有自豪感。同时，她对凌云洲身负多重身份，却是乐天派的风轻云淡，只是忍不住猜想他到底具有多大的抗压能力。

她也被凌云洲和宫本芳子的情史感动了，替他们感到悲哀。如果没有这场该死的战争，她又怎么能和凌云洲走到一起呢？想到这里，她有些想感激这场无比憎恨的战争。但是她知道，只要这场战争还没有结束，就可能结束任何人间美好的东西。

她开始为眼前的美好担心了，仿佛稍微不小心，一切就会转瞬即逝。

她知道，凌云洲之所以告诉她实情，其实是与她诀别。

她知道执行这次任务有多危险，也知道凌云洲已经别无选择。

她洗完澡，换上一件蕾丝边睡裙，看起来宛如一朵娇羞的睡莲。壁炉里的火烧得正旺，驱走了卧室里的寒气。她没有开灯，默默地站在窗前，凝视着院内的一切。

凌公馆花园里充满萧瑟之气，在惨白的月光中，一株老梅在假山后面不屈地挺立着。

凌云洲悄然出现在江澄子身后，轻轻地抱住她，随她一起凝视那株老梅。

凌云洲忽然想起犬养中堂，想起“原子计划”。他知道原子弹有多大杀伤力。一旦日本掌握原子弹技术，对于已经在战火中淬炼十年的中国人来说，无疑是灭顶之灾。

凌岳州是犬养中堂之子，是龟机关中国局负责人，这对他来说，是不是灭顶之灾呢？

池边垂柳的枯枝在夜风中摇曳，一朵鲜艳的梅花扑打在窗棂上，宛如一粒子弹洞穿胸口溅出的凄艳血花，令凌云洲感到一阵窒息。

他不知道自己在凌岳州面前是否露出过破绽。对于具有敏锐观察力和怀疑一切的特工而言，任何肢体语言或者表情，都会成为他们可以利用的信息。

他的记忆力虽然很好，能把他和凌岳州在一起的一点一滴，在大脑中变成画面，一帧一帧地进行审查。但是，他们朝夕相处的时间太久了，难免会遗漏一二。退一万步讲，即便凌岳州不怀疑他，他也奈何不了凌岳州。

不知道什么时候，江澄子抽身打开灯，坐在卧室里的沙发上，直直地看着凌云洲的背影，幽幽地问：“你在想什么？”

凌云洲转过身：“罗亭一会儿就到。”

“罗姐姐要来？”江澄子有些吃惊。罗亭从未这么晚来过凌公馆，她今天破例，肯定有大事发生，于是问道，“发生了什么事？”

凌云洲低声说：“大事。”

这时，门铃响了。

江澄子和凌云洲下楼迎接罗亭。

江澄子见到罗亭，挽住她的胳膊，小心翼翼地问：“姐姐，《苏南清乡计划》拿到了吗？”

罗亭轻点江澄子的额头：“拿到了。这次多亏了你的鬼主意。”

江澄子兴奋地笑了：“我是合格的特工了？”

凌云洲说：“这不重要。重要的是，你一直在进步。”

江澄子噘起小嘴：“我就知道你会这么说！”

罗亭莞尔一笑："澄子，你已经合格了。"

江澄子将头靠在罗亭的肩上："还是姐姐好。"

罗亭拍拍江澄子的手："这是最后一次在这里开会，再接头启用三号仓库。"

江澄子一愣："为什么？这里不是挺好的吗？去学校也行呀。"

凌云洲摇摇头："陈恭如浮出水面，下个月就职76号副主任，我们再常见面，就会被人怀疑。"

罗亭向凌云洲望去："圣约翰大学有暗哨，不能再去了。"

江澄子还想询问，罗亭顾不上跟江澄子寒暄，便叮嘱江澄子在一楼客厅值守，她和凌云洲去了二楼书房。

凌云洲关上房门，对罗亭说："'光计划'是个庞大的计划，其中就包括研发原子弹。"

"原子弹？"罗亭一怔，"你在莫斯科，不就是负责搜集这方面的情报吗？"

凌云洲颔首道："据说，苏联专家曾多次讨论制造原子弹的可能性，结果他们一致认为成功的概率不足三成。但是，目前英、美、苏、德、日五国都在秘密研制原子弹。"

罗亭说："据说，制造原子弹需要一种叫重水的物质，日本无法生产，需要德国支持。希特勒已经命人把一批重水经挪威运往满铁，途中经过上海。'福音'此次来上海，就是为了破坏这批重水。据线报称，犬养中堂目前正在秘密部署抓捕他的行动。"

凌云洲想了想："难道犬养中堂找到了'福音'？"

罗亭说："'基督'告诉他的。"

凌云洲皱眉："'基督'为什么这么做？"

罗亭低声说："这是'赴死计划'的一部分。'基督'赴死前，做了一份详细计划，分成若干部分，七个成员全部参与，分别执行一部分，目的就是摧毁犬养中堂制订的'光计划'。"

"门徒小组的任务是什么？"

"救出'福音'。"

“也是‘赴死计划’的一部分？”

罗亭点头：“门徒小组和‘福音’要合演一场戏。”

凌云洲“哦”一声：“我的任务是什么？”

“重获‘老龟’信任。”罗亭盯着凌云洲的眼睛，“通过两年反复求证，红组发现‘光计划’是一个庞大的计划，执行人不仅有犬养中堂，还有土肥原和宫本正仁。由于搜集的资料有限，红组目前只知道‘光计划’包括‘原子计划’、‘炼狱计划’和‘B计划’。把澄子叫上来吧，咱们一起研究一下。”她说完走出书房，示意江澄子上楼。

江澄子上楼后，乍闻原子弹却是无感，只是疑惑不解，问：“制造原子弹的材料马上出现在上海？消息可靠吗？”

罗亭说：“绝对可靠。‘圣杯’参与了运送重水的行动。”

凌云洲说：“日德虽是同盟国，德国也不会无条件为日本提供重水。”

罗亭说：“当然有交换条件。德国为日本提供重水，日本用赴美参与‘曼哈顿工程’的德国科学家名单交换。”

江澄子一脸不解：“什么是‘曼哈顿工程’？”

罗亭说：“美国研制原子弹的工程。”

凌云洲说：“这么说，日本特工已经渗透到‘曼哈顿工程’项目组？”

罗亭说：“日本特工无孔不入，应该打入了‘曼哈顿工程’项目组，不然他们不会掌握那份名单。‘1号’首长已经电告美国政府，美国中央情报局查出了那个日本特工。可惜那个日本特工被捕前就自杀了，没有获得有价值的信息。”

“若不是‘信者’毁了那份名单，那批科学家恐怕已遭法西斯毒手了。”凌云洲无奈地说，“幸亏‘樱花’死了，不然他潜伏在苏共第五局，暴露的可不只是名单。”

江澄子问：“‘樱花’是谁？”

凌云洲说：“龟机关苏联局负责人，潜伏苏共第五局多年。”

“看来宫本芳子很信任你呀，这么重要的事情都能告诉你。”江澄子酸溜溜地说。

凌云洲摆摆手："我本来就是龟机关苏联局的人，自然知道这些。"

江澄子脸色一红，冲罗亭讪笑："我可没有逼他解释。"

这时，电话铃声响起，凌云洲接听，是影佐圭吾打来的电话，便说："机关长？我在家，好的，我这就去梅机关。"他挂断电话，又拨通电话，"是沐队长吗？呃，在出任务。嗯？这么晚了，还有任务？嗯，日本人的任务，主任亲自监督，凌处和杨处都参加呀，我怎么没有任务呢？哈哈，我没什么事，好的，挂了吧，别让主任等急喽！"

罗亭待凌云洲挂断电话，问："梅机关有行动？"

江澄子问："影佐要你做什么？"

凌云洲微微一笑："去梅机关，又不是去阴曹地府，不用担心。"

江澄子眼睛一红："梅机关就是阴曹地府。"

罗亭站起身："小心陷阱。"

"你多陪会儿澄子吧！"凌云洲向江澄子望去，"我走了。"

~ 050 ~

时间：1941 年 11 月 13 日，星期四。

地点：上海，公共租界，太古码头，江公馆。

凌云洲站在黄浦江畔，任江风吹打脸颊，注视着远处的太古码头上来往的贩夫走卒和巡捕。

那是英国政府管辖的码头。码头上的临江弄堂、仓储商埠为码头增添一股市井气息。再过半个小时，"胡佛总统"号客轮将在那里靠岸。

暗杀乘客轮到上海的"福音"，这是犬养中堂交给他的任务。

"福音"是红组成员，党组织交给他的任务是保护红组成员的人身安全，所以他决定以狙杀的方式保护"福音"。

他心里很清楚，防卫森严的太古码头，明有巡捕，暗有日本特务，76 号特务也藏在各个角落，“福音”走下客轮，就等于钻入天罗地网。即便这样，他宁可死在黄浦江畔，也要保护“福音”的安全。

江风卷起风衣的衣角。他转身朝凌公馆的方向看了看，眼睛湿润了。

他猛然转身，毅然决然地向太古码头走去。

他刚到太古码头，就看到了76号特务，意识到沐承风应该隐藏在周围那条弄堂里。这些临江弄堂，成为特务们的渊薮之地，适宜于隐藏与逃生。

凌云洲观察一下地形后，走进一栋四层楼里。那里是“老龟”为他选择的最佳狙击位置。

这是他对“老龟”唯一的要求。

他要狙击“福音”。

四层空荡荡的一间房内，窗户下放着一把他选择的97式6.5毫米狙击步枪。这种步枪射击时，枪口火焰小，弹头初始速度快，射程远，且容易命中目标。

他检查狙击步枪和子弹时，发现子弹改装过，有效射程应该增加了二十米。即便“福音”出现在船舷上，也可一枪毙命，更何况“老龟”命令他，在“福音”离船五十米再开枪。

只要他扣动扳机，“福音”必死无疑。

凌云洲无法淡定了。这种机会稍纵即逝，他必须想个万全之策，否则就算他死了，“福音”也未必安全。“老龟”不会将所有筹码放在一个刚刚启用的人身上。

更何况，这里到处是76号特务。

梅机关特务也应该藏在码头的各个角落里，随时都可能刺杀“福音”。

在这种天罗地网中，成功解救“福音”的概率基本为零。

一道刺眼的光线从对面的一间民房里射过来。他通过瞄准镜看到了犬养中堂那张诡异的脸，意识到他已经别无选择了。

“胡佛总统”号客轮的汽笛声，犹如响亮的冲锋号，覆盖了码头的嘈杂声。

客轮缓缓靠岸后，乘客陆续走出船舱。

一个金发碧眼的中年男子提着箱子出现在船舷上，不停地向码头张望。

“福音”！他应该就是“福音”！

凌云洲把枪口瞄准“福音”，知道只要自己轻轻扣一下食指，“福音”就必死无疑。他的呼吸有些急促，默默计算着“福音”离船的距离。

当“福音”走出五十米时，凌云洲毫不犹豫地扣动了扳机。

“福音”胸口中弹，直挺挺倒地。

凌云洲心中一惊。他瞄准的部位是眉心。既然必须杀掉“福音”，就确保一枪毙命。

这一枪不是他开的。

“‘野兔’！”凌云洲脑海中显现出一个熟悉的名字。

凌云洲来不及多想，迅速将狙击步枪拆解，装入箱子后背起，然后翻向阳台跑去，顺着下水管道溜到地面，躲入弄堂里。

只要他进入弄堂，梅机关和76号的特务就会掩护他脱身。

在他进入弄堂时，从右侧一间民房里跃出一个黑衣男子。

几个巡捕冲进弄堂，追击他和黑衣男子。

凌云洲从一个弄堂跑到另一个弄堂，身后不断响起枪声。他不敢停留，径直向江公馆方向奔去。只要进入江公馆，他就安全了。

他很快发现，追击他的人不是巡捕，而是日本特务。

凌云洲想起犬养中堂诡异的脸，顿时明白他的用意，决定将身后三个日本特务引到一条断头巷。

一间民房的露台上，犬养中堂和影佐圭吾各持望远镜，看着三个日本特务呈三角阵形逼近凌云洲。

影佐圭吾低声问：“‘武士’被困，他会怎么做？”

犬养中堂呵呵一笑：“就看他的忠诚度如何了。”

影佐圭吾又问：“‘武士’会杀掉他们吗？”

犬养中堂反问：“他们枪里的子弹换了吗？”

影佐圭吾说：“都是空包弹。”

犬养中堂说：“我们就看‘武士’的表演吧！”

断头巷里，凌云洲摘下背后的箱子，一个日本特务冲他开了一枪，弹头射在他的脚下，尘土四溅。

凌云洲向开枪的特务望去，目测一下距离，心中暗想：“这一枪的着力点不对，差了一米，应该是空包弹。‘老龟’果然在试探自己。”

既然是试探，他就没必要客气了。他掏出手枪，瞬间击毙三个日本特务，然后提起木箱向外跑去。

影佐圭吾见三个日本特务中弹身亡，默默地说：“他们白白死掉了。”

犬养中堂面无表情：“一个好特工，抵得上一个师团。”

影佐圭吾问：“‘武士’有问题吗？”

犬养中堂说：“‘武士’连日本人都杀，说明他行事谨慎。这一点，勉强及格吧。”

凌云洲跑出弄堂时，从另一个弄堂里跑出五个巡捕，跑在前面的人正是总探长万墨翰。

万墨翰看到凌云洲，立即喝道：“站住，不然开枪了！”

凌云洲不理他，仍旧向前飞奔。

万墨翰举起枪，瞄准凌云洲，“啪”的一声，一颗弹头射入民房的墙上，几块碎砖掉落。

万墨翰提枪追了三十米后，举枪准备再射，忽然看见江澄子迎面跑过来，扑向凌云洲。

万墨翰手一抖，枪口稍微上跳。凌云洲反手搂住江澄子，一颗弹头击中他的后背。

江澄子见凌云洲中弹，掏枪向万墨翰连开两枪。

万墨翰轻松躲过，见身后的巡捕要开枪，连忙挥手制止。

就在这时，普乐天驾驶轿车，猛然停在江澄子身边，喊道：“上车！”

江澄子见是普乐天，急忙拉开后车门，和凌云洲一起钻进去。

轿车如出膛的弹头，飞速弹射出去。

万墨翰望着消失在弄堂口的轿车，嘴角露出一丝隐晦的笑意。

凌云洲后背汩汩流血，处于半昏半醒之间，他紧紧握住江澄子的手。

江澄子万般心疼，咬牙忍着不哭。她用纤细的手死死地捂住伤口，鲜血还是不断地从指缝溢出来。

轿车驶入江公馆后，江澄子摇下车窗，拼命喊叫：“老何，老何，快出来！”

老何是江仲阁的私人医生，听到江澄子撕心裂肺的喊叫，意识到出大事了，立即和几个人跑出来，将凌云洲抬进二号楼。

江仲阁随后进入二号楼，看到浑身是血的凌云洲，大声问道：“这是怎么搞的？发生了什么事？”

江澄子哭喊道：“爸爸，您别问了，先救人吧！”

门房阿三跑进来，喘着粗气向江仲阁汇报：“老爷，巡捕房的万探长带人来了。”

江仲阁看看凌云洲，又看看江澄子，最后目光落在普乐天脸上。

普乐天说：“狙杀特务。”

江仲阁打量凌云洲：“他不是76号的吗？”

没有人回答他，他也没有再问，似乎意识到什么，脸上露出一抹难以察觉的微笑，挥挥手，吩咐阿三：“请万探长到客厅稍候，我随后就到。”

~ 051 ~

时间： 1941年11月13日，星期四。

地点： 上海，公共租界，苏州河畔，江公馆。

在上海滩，江仲阁德高望重，连英国人、美国人，甚至日本人都会给他几分薄面，万墨翰自然不在话下。他虽然认出对自己开枪的人是江澄子，也不敢贸然进入江公馆搜查。

可是，他又不能不来。公共租界死了一个美国人，抓不住凶手就无法交差。更让他感到恼火的是，凶手连尸体都抢走了。

万墨翰随阿三走进主楼客厅，见到江仲阁，满脸赔笑道：“江老，打扰了！”

江仲阁示意万墨翰坐下，并吩咐仆人倒茶："万探长大驾光临，肯定有重要的事情吧？"

万墨翰低声说："太古码头死人了。"

江仲阁微微一笑："我家和太古码头应该没有关系吧？"

万墨翰赶紧说："江老别生气，您听我解释。"

江仲阁把脸一沉："万探长，有话直说。你出任总探长多年，深得工部局赏识、信任，把江公馆照顾得也不错，我还没有好好答谢你呢！"

万墨翰说："江老，您太客气了。您知道，太古码头是英国人的码头，死的人又是美国人。英国政府必然要给美国政府一个合理的交代，所以这事儿很棘手。"

江老抿了一口茶，瞥了万墨翰一眼："不应该吧，上海滩敢杀美国人的角儿，应该不存在吧？"

万墨翰说："按理说，应该没人敢杀美国人，但凡事无绝对。我追赶凶手时，见到江大小姐，所以——"

江老将茶杯往茶几上猛地一蹾："大小姐是凶手？"

万墨翰赶紧摆手："当然不是。凶手是男性，在逃跑过程中，他劫持了大小姐，我担心大小姐安危，不敢开枪。今日登门，就是想确定一下，当时我是不是看走眼了。"

"万探长肯定是看走眼了！"江澄子从厅外走进来，嘟着嘴说，"今天我一直都没出过门。"

"是吗？那就是我看走眼了。"万墨翰呵呵一笑，"凶手劫持了一个女人，我开枪击中凶手后背。不过，说实话，那个人质非常像大小姐。"

江仲阁脸色不悦："万探长，凶手劫持人质，你还敢开枪？好在那个人不是澄子，否则老朽就得理论一番了。"

江澄子走到江仲阁身边，拽着他的胳膊撒娇："爸爸，您别生气。在上海滩，背影和我一样的女孩子有很多的。万探长看人质像我，说明他是真担心我。今天我和云洲一直待在家里，现在云洲和大哥下棋呢，大哥都输红眼了，不捞回去都不死心！"

万墨翰打量江澄子："是这样吗？我觉得我眼力还凑合啊。"

江澄子说："既然万探长不相信，就去看看好了。"

万墨翰还是相信自己没有看错。他相信自己的判断，在上海滩值得江澄子舍身相救的人，只能是凌云洲。于是，他委婉地说："如果是我一个人在现场，我还真不愿意给江公馆添乱。遗憾的是，当时我身边还有很多兄弟呢，这——"

江仲阁看了看江澄子。

江澄子说："爸爸，我说的是真的。既然空口无凭，那就麻烦万探长移步二号楼看看，也好给兄弟们一个交代。"

江仲阁见江澄子这么说，就做出"请"的手势："万探长，要不咱们一起过去看看？"

众人走进二号楼一楼客厅，凌云洲和普乐天正在下象棋。貌似普乐天要悔棋，凌云洲伸着脖子制止。

万墨翰偷偷打量凌云洲。灯光下，他的脸有些白，但白里透着红，而且说话中气十足，根本不像受伤失血的样子。

凌云洲见众人进来，不再争执，站起来冲万墨翰抱拳拱手："万探长，别来无恙啊！今天刮什么风，把你吹到这里来了？"

万墨翰笑道："凌处长，今天码头发生枪战，我过来看看，有没有惊扰到贵府。"

凌云洲一脸痞相："有你这尊大神罩着，别说发生枪战，即便发生炮战，我们也是照样吃得香睡得熟。你过来帮我瞅瞅，这盘棋是不是我又赢定了？"

万墨翰反问："难道凌处长就不关心死了什么人？"

凌云洲笑道："上海滩天天死人，我倒是想关心呢，关键是我没赚那份钱啊。哦，能让你关心的人，应该不是中国人吧？"

万墨翰点点头："美国人。"

凌云洲佯作惊讶的样子："哦，怪不得万探长这样着急。美国人死在你的地盘，不好弄啊。万探长，如需帮忙，尽管言语。"

万墨翰冲凌云洲拱拳："多谢。"他转身向江仲阁鞠躬，"江老，打扰了！"

江仲阁微微一笑："理解，公务使然嘛。我送送你！"

万墨翰赶紧摆手："不敢，不敢！"说完，他冲众人连连拱手，转身离去。

凌云洲见万墨翰上车离去，身子微微一晃，缓缓坐下。

江澄子赶紧问道："没事儿吧？赶紧回屋躺下吧。"

凌云洲笑道："没事儿。好在打中肩头，没有伤及骨头，皮肉伤而已。"

普乐天道："没想到老何手里还有日本的止疼药，看来以后我也得备点儿。"

江澄子白了普乐天一眼："我怎么觉得你盼着这事儿呢？懒得理你，我去帮吴妈炖鸡汤。"她说完跑向厨房。

江仲阁看了看凌云洲，坐下问道："今天到底是怎么回事儿？码头上的事儿，跟你有关系吗？"

凌云洲没有说话，默默点头。

江仲阁又问："为何杀美国人？"

凌云洲说："他是日本特务。"

江仲阁说："云洲，我不管你是来自延安，还是来自重庆，一切还是以安全为重，绝对不能冲动行事！"

凌云洲点点头："江叔教训的是。请您放心，我们一直秉持您的教导，在正确的时间和正确的人做正确的事情。"

江仲阁叹口气："身处乱世，乱象丛生，做一个正确的人，不容易啊，时局不允许，世道不允许。"

凌云洲道："所以，我们必须坚持自己的选择。"

江仲阁点点头，又看看普乐天："你们都长大了，作为长辈，我相信你们的判断，也支持你们的选择。不过，千万不能做没有意义的付出。你们聊吧，我去休息了。"

凌云洲把江仲阁送出二号楼，转回屋内，向站在门前的普乐天看了一眼，幽幽说道："老爷子看破不说破，大境界啊。'野兔'同志，你说我怎么就做不到呢？"

普乐天冲凌云洲伸出手："'31 号'同志，别为自己的狭隘找理由了。"

他们的手，紧紧地握在一起。

凌云洲问："狙杀'福音'的那一枪是你开的？"

普乐天点点头："嗯。"

凌云洲又问："为什么？"

"我看你脑子还挺好使，再下一盘。"普乐天走到棋桌前坐下，一边摆棋子，一边看着凌云洲，"那一枪是救命的一枪。"

凌云洲一怔："救命？"

普乐天道："你应该知道罗亭的真实身份吧？"

凌云洲缓缓坐下，拿起"炮"："嗯。"

普乐天微微一笑："我再给你补充一条信息，她是我妻子。"

凌云洲猛地一顿，放下"炮"："妻子？什么妻子？"

普乐天低声说："十年前，我们就在英国结婚了。"

凌云洲想了想："你们好像一直没在一起生活吧？"

普乐天遗憾地说："夫妻，一暴露，死一对儿。我们别无选择。十年了，我们虽生活在同一个城市，却无法同住一个房间。没办法，谁让我们生活在如此糟糕的时代呢！"

凌云洲喃喃自语："夫妻，一暴露，死一对儿。"

普乐天微微一叹："亭亭，澄子，她们是女人，无论付出什么代价，都要让她们好好活着。"

凌云洲点点头："这也是大哥教澄子枪法的原因吧？大哥还真得好好敲打她，不然学不到好手艺。"

普乐天微微一笑："你还真高看我了。女人有讲道理的吗？她不敲打我就不错了。我这个师傅啊，不但三节两寿收不到礼物，还经常受气。你必须把该补的给我补上啊，不然她在我这里，绝对不会听到你的好话。"

凌云洲道："改天大哥找个地方，我踏实地给大哥摆一桌，行了吧？"

普乐天摆摆手："用不着，我的妹妹还用不着你献殷勤。你怎么就不问问我为什么开枪呢？"

凌云洲说："我已经问过了，是你没回答好吗？"

"只顾着怼你了。不知道为什么，怼你我怎么就那么开心呢？"普乐天呵呵一笑，“我现在告诉你，这是‘基督’布的局，‘福音’胸前有一个铁制酒壶。”

凌云洲撇嘴道：“你能确定那一枪打在酒壶上？”

普乐天摇摇头：“自己不行才怀疑别人。‘福音’身上携带一份绝密情报，他绝对不能死的。”

凌云洲问：“是不是和重水有关？”

普乐天摇头：“是尾崎秀树被捕前传递的情报。”

凌云洲想了想：“这确实是一招妙棋。尾崎秀树将情报发往美国，而不是中国，不然还真传递不出去。尾崎秀树一死，不但日本高层严密排查，梅机关也会跟进。这段时间，就算从日本飞过来的苍蝇，都得洗几遍澡的。”

“老谋深算的日本人，无论如何也想不到这种情报能发往美国的。”

凌云洲问：“你确定‘福音’没有死？”

普乐天说：“已经确认过了。‘福音’的名字叫乔治·科瓦利，他到上海有两个目的，一是送情报，二是夺重水。他身负这么重要的任务，绝对不能出半点儿差错。”

凌云洲问：“尾崎秀树把情报藏在什么地方？”

“竹风铃。”普乐天放下手里的棋子，“一串用竹子做的风铃。这个情报只有一个人能看懂，落到别人手里，也毫无价值。”

“那个人是谁？”

“‘宗印’，也就是满铁的中山功。”

凌云洲一怔：“中山功就是‘宗印’？！”

“今天就是‘铁猴’和‘福音’移花接木，才把‘福音’转移到渔船上。”普乐天脸色阴郁，叹了口气，“只是出了岔子，‘铁猴’中枪被捕了，是苏成方抓的。”

“‘铁猴’被76号的人抓了？”凌云洲“噌”地一下站起来。

普乐天也站起身：“‘铁猴’是门徒小组行动一组成员，一直跟随‘战马’，他的身份藏不住了。”

“必须想办法把他救出来。”

“罗亭已经有营救预案。”普乐天走到门口，抬头望着阳光当头洒下来，脸上的阴霾一扫而光。

第十六章　飓风营救

~ 052 ~

时间： 1941 年 11 月 14 日，星期五。

地点： 上海，日占区，极司菲尔路 76 号，苏州河桥。

初冬的雨，淅淅沥沥地斜飘着。

上海的雨，裹挟着上海人的哀伤，慢慢擦拭着这座城市的血腥。

中国这座叱咤之城，却是满街洋人、鬼子，多到仿佛踩断了这座城市的脊梁，市民麻木地过着只想今天不想明天的日子。

凌岳州如往日一样，第一个到 76 号上班。走进办公室，他就站在窗前默默地看雨。他显然难以接受冬雨，感觉雨注像一根根钢针似的扎在他的心头上。

自从加入中共门徒小组，他就觉得自己像根钢针，深深刺在中共门徒小组的骨骼细缝中，将戳穿那个所谓的不败神话。是的，中共门徒小组的英勇行为曾让他感动过，让他不得不敬仰这群为民族而战的血性“门徒”。

他也是血性汉子，不过是各为其主罢了。

他加入中共门徒小组十年。前八年，他处于静默状态，一直没有被启用。他知道这种静默，犹如忍受黎明前的黑暗，与这个腐朽的国家一起在黑暗中煎熬。

自“卢沟桥事变”后，他被启用了，然后疯狂地截取各种情报。可是，中共门徒小组严谨得无缝可循，他唯一能见到的就是早被梅机关锁定的“军师”。如果不是他依仗手里权力推托，“军师”早就进入76号的审讯室了。

他是日本人，却没有人看得出来。

他生在中国，长在中国，求学日本，毕业后就加入龟机关。他的热血、激情和思辨能力给他提供了机会，成功加入了中共门徒小组。

这两年来，他为中共地下组织提供了很多有价值的情报，获得了党组织的信任。秦癸恩的事，是巧合。他没料到他和秦癸恩一起打入76号。秦癸恩和他一样，同属情报组，同时接到密令，获取《日汪密约》的内容。

这是关系日本国运的大事，他自然要阻止。在他去见“军师”时，偶尔与秦癸恩擦肩而过。那时，他就断定秦癸恩也是中共门徒小组成员。后来，他经过长期考察，肯定了自己的判断，然后告诉了“老龟”，这才有了“老龟”的“捕鸟行动”。

实际上，他才是真正的“神鸟”，贺加只是他发展的下线。他不会将自己推到风口浪尖上，置于悬崖峭壁边缘。秦癸恩临死前发出中共门徒小组有内鬼的信息，不论真假，他都当真，所以他用刀杀了贺加。

他抬头看了一眼雨幕，知道雨暂时不会停了。他低下头时，看到苏成方和一个商人打扮的中年男子站在院门口，似乎在等待什么人。

他重重地叹了口气，脑海里浮现出刚刚接到的“军师”指令——务必营救“铁猴”。

“铁猴”是唯一被生擒的中共门徒小组成员，如果他坐视不管，就等于间接承认自己就是那个内鬼。

李墨群的轿车驶入76号大院。苏成方打着伞，赶紧迎上去。那个商人点头哈腰，奴性十足，摘下礼帽向李墨群行礼。

“呸！哈巴狗！”凌岳州一边鄙夷着苏成方的谄媚，一边想着心事，“绝对不能蹚‘铁猴’这趟浑水。”他认为，只要“铁猴”不在76号，他就有充足的理由袖手旁观。

凌岳州转身走到办公桌前，拨通犬养中堂的电话。

犬养中堂问：“你怎么这时候打电话？”

凌岳州低声说："放心，电话很安全。在76号，只有我监听别人的份儿。"

犬养中堂说："凡事小心为上。"

凌岳州说："这么多年来，我一直坚持第一个上班，最后一个下班。"

犬养中堂说："这个习惯很好。"

凌岳州说："我接到'军师'指示，设法营救'铁猴'。所以，'铁猴'不能放在76号。"

凌岳州挂断电话，直奔审讯室。

李墨群坐在监控室内，注视着审讯室。商人从铁箱里拿出大小不一的刀具，嘿嘿地狞笑着，上下打量"铁猴"。

李墨群指着"铁猴"，对凌岳州说："郑庚同，国品茶楼的伙计。铁定是共党分子，门徒小组成员。"

凌岳州奉承道："主任高明，终于抓住门徒小组的活人了。"

李墨群指着苏成方说："苏队长的功劳，一枪打中腰眼儿。"

"托主任的福，我也是瞎猫碰上死耗子了。"苏成方笑道，"那位是钱乙然，老钱肉铺的掌柜，杀牛是一绝，绰号'赛庖丁'。"

凌岳州"哦"了一声："沐队长就是他审的。"

李墨群点头："嗯。"

苏成方道："老钱的刀法是一绝，上次抓个老顽固，咱们的家伙都使遍了，就是不撂。实在没法子，我请老钱过来，你猜结果怎么着？老钱在他身上割了三四十刀，愣是没流一滴血，皮肉却有一小盆。那个老顽固实在扛不住，就乖乖撂了。"

凌岳州说："这不就是古代的凌迟嘛。我得进去瞧瞧。"他说完走进审讯室，见"铁猴"的两臂皮肉被割下一层，血红血红的，笑道："乖乖，老钱还会这手艺，应该是祖传的吧？袁崇焕是不是你家祖上办的？"

钱乙然笑道："凌大处，祖上只是奉旨办差而已。"

凌岳州示意钱乙然继续："这家伙貌似叫什么'铁猴'，你看看他到底是不是铁做的！"

钱乙然努努嘴，特务便朝"铁猴"头上猛泼一盆冷水。

昏死的“铁猴”醒来，冷冷地盯着钱乙然，一言不发。

钱乙然说：“既然到了这里，外面所有的一切都跟你没关系了。就算你今天变成一堆肉片，一副骨架，也没有人记得你是谁。何苦呢，何必呢？”

“铁猴”没有言语，默默盯着盆里的肉片。

钱乙然不再说话，开始向凌岳州展示自己的绝活。

一个特务跑进监控室，向李墨群行礼后说：“主任，梅机关电话。”

李墨群说：“转过来。”他抓起桌上的话筒，听出是犬养中堂的声音，站起来恭敬地说，“犬养先生，您好！我是李墨群……”

李墨群放下话筒，走进审讯室，对苏成方说：“别审了，移交梅机关。”

凌岳州嘴角边荡出一抹隐隐的笑意。

苏成方见自己忙活半天，没有收成，尴尬地对李墨群说：“没想到这只猴子，还真是铁打的。”

李墨群挥挥手，三个特务从刑架上解开“铁猴”往外拖。

雨还在下。雨注比刚才更粗了，更直了。

苏成方一边发动轿车，一边恶狠狠地骂道：“狗日的鬼天气！”

涩谷中尉驾驶卡车驶入76号大院，命令76号的特务把“铁猴”交给他们。

苏成方办好移交“铁猴”的手续，望着远去的卡车，慵懒地伸个懒腰，打个哈欠。

卡车驶出76号大院，沿着极司菲尔路向前，穿过苏州河，便到了日占区。

雨点落在苏州河上，荡起层层涟漪。

卡车驶到苏州河桥中段，驾车的涩谷中尉见路面撒满铁钉，赶紧刹车，然后下车检查。

“啪”的一声枪响，一枚弹头钻入涩谷中尉眉心。

车上的日本兵立即下车，分散开来，端着枪寻找暗处的杀手。

圣约翰大学围墙边，普乐天藏在一棵粗大的柳树上，连开三枪，弹无虚发。

剩下的三个日本兵发现树上有人，举枪射击。这时，从桥下翻上来一个四十岁左右的中年人，连开两枪，击毙两个日本兵。

剩下的一个日本兵不再射击，跑到车后对准车厢里的“铁猴”开枪。

“铁猴”滚到一边，避开日本兵射来的弹头。

普乐天从树上跳下来，举枪射穿最后一个日本兵的脑袋。

那个中年人拉开车门，发动卡车。卡车驶过苏州河桥，四个轮胎全瘪了。

那个中年人跳下车，背起“铁猴”，向停在路边的一辆轿车跑去。

吴已楠焦急地握着方向盘，不停地张望。待二人上车后，便驾车沿河向前疾速行驶，穿过另一座苏州河桥，驶入法租界，在“老钱肉铺”前停下。

吴已楠吩咐那个中年人：“同志，你的任务已经完成了，赶紧撤离。”

那个中年人和“铁猴”握手：“我是情报组的，希望日后我们还能见面。”说完，他便沿着霞飞路向黄浦江方向跑去。

吴已楠将“铁猴”扶进肉铺，顺手挂上“今日歇业”的牌子。

“铁猴”无比激动：“听说不变节，就没有人能从76号活着出来，我是一个例外。”

吴已楠说：“你是铁猴嘛！组织上安排好了，三天后送你回老家。”

“铁猴”说：“我只是皮外伤，不碍事儿的。我是门徒小组成员，绝不能撤退。”

吴已楠道：“这是‘国师’的指示。‘国师’说，有一种死亡叫重生。”

“铁猴”知道，自己的身份已经暴露了，在上海无法执行秘密任务，只好点头：“我服从命令。”

吴已楠取出药箱，拿出药膏：“老钱刀法精湛，三十多刀只是伤了你的皮肉。抹上他家祖上特制的创伤药，很快就会好的。”

原来，钱乙然也是中共门徒小组成员，代号“庖牛”，隶属行动二组。二组组长就是吴已楠。

营救“铁猴”的计划，是罗亭制订的，凌岳州只是实行该计划的推手，把“铁猴”从76号弄出来，以便在路上营救。钱乙然刀法了得，在“铁猴”被押出审讯室时，悄悄割断了绳子。

此刻，钱乙然站在76号大院门前，摘下礼帽，仰头看着灰蒙蒙的天空，任凭雨滴肆意地溅到脸上，感受着钻心的凉意。

苏州河桥方向接连传来枪声，他闭上眼睛，仿佛享受着优美的交响乐。

在办公室里来回踱步的李墨群，听到枪声，意识到不好，立即拨通行动队的电话。

站在办公室窗前的凌岳州，转身从桌上铁质烟盒里拿出一根雪茄，慢慢点燃，深吸一口，吐出一串烟圈……

~ 053 ~

时间：1941 年 11 月 14 日，星期五。

地点：上海，公共租界，凌公馆；日占区，极司菲尔路 76 号，圣约翰大学。

雨中的凌公馆有些清秀，院内没有芭蕉，依然有雨打芭蕉的意境。

江澄子凭窗观雨，看雨滴落在草坪上、树叶上、池面上，她的心里也跟着清爽了。

凌云洲斜靠在沙发上，看着清爽的江澄子，心里甜甜的，甜蜜的微笑久久挂在嘴角。

万墨翰那一枪，只是穿透了他肩上的肌肉。只要他的枪口再低一厘米，弹头就会打碎他的肩胛骨，一条胳膊就废了。

幸亏老何私藏的止疼药，让他轻松骗过万墨翰。晚上从梅机关回来，伤口发炎了，他再也撑不住，一下子倒在一楼客厅里。

江澄子坐在二楼卧室里，一直为凌云洲担心。她见凌云洲进屋，赶紧下楼，目睹他摔倒在地，顿时吓坏了，赶紧为他疗伤。

凌云洲晕倒，确切地说，不是因为枪伤，而是失血过多，身体异常虚弱。

江澄子本想给他请假，他为了避免不必要的麻烦，忍痛坚持上班。因为他知道罗亭要营救“铁猴”，此刻谁缺席，谁的嫌疑就最大。上班临走前，他再三叮嘱江澄子不要去圣约翰大学。

凌云洲走后，宫本芳子突然到访，让江澄子很吃惊。

宫本芳子穿着和服，将礼物放在茶几上，然后坐在江澄子对面，微微一笑：“我记得中国有句成语，叫‘先礼后兵’。”

江澄子也微微一笑：“中国还有句成语，叫‘兵来将挡，水来土掩’。”

“我早就想到府上拜会江小姐，怎奈俗务缠身，迟迟不能脱身。”宫本芳子的中文说得很流利，“今天难得空闲，却没有提前预约，望江小姐见谅。”

“小姐的芳名如雷贯耳，我也非常想一睹芳容。”江澄子客套地说。

“是吗？”宫本芳子以前不敢见江澄子，是因为凌云洲还没有启用。现在她不用担心了，要做自己想做的事情了。

“在日本，我是贵族，贵族有贵族的处世之道。”宫本芳子保持微笑，“江小姐，你应该不会介意我与凌云洲见面吧？”

江澄子听出宫本芳子的话外之音，缓声说道：“在中国，我也是贵族，我们也有我们的处世之道。芳子小姐与六木子是工作关系，老死不相往来也不正常吧？他今天没有去梅机关，那就应该在 76 号，要不我给他打电话，让他回来？”

“六木子？”宫本芳子微微一愣，旋即明白这是凌云洲的绰号，淡然一笑，“我不找他，我是专程找你的。”

江澄子故作惊讶：“芳子小姐找我何事？”

“为了六木子的事。”宫本芳子盯着江澄子。

江澄子迎上她的目光，不卑不亢：“谢谢你关心他，我代表我的未婚夫谢谢你。”她开始宣示主权。

宫本芳子想了想，说：“看来，六木子没有和你谈及我们之间的事情。”

江澄子莞尔一笑：“我们彼此不设防，他的过去，我基本都知道。你们差一点儿就结婚了。唉，天公不作美，太可惜了。”

江澄子不按常理出牌，反倒让宫本芳子有些慌乱。来此之前，她就盘算好了，先让江澄子情绪崩溃，然后伤心欲绝，但怎么都没想到江澄子竟然是太极高手。

宫本芳子说：“江小姐，我是军人，知道战争的残酷性，所以只在乎当下。

我这次来，就是想告诉你，我要从你身边带走我曾经、现在一直深爱的人。”

江澄子毫不在意：“我觉得爱情应该是两个人的事情。他能不能离开这里，应该取决于他吧？当然，绑架例外！”

宫本芳子摇摇头：“江小姐，我说过，我是贵族，怎么会干土匪的勾当呢？”

江澄子冷笑道：“我就不知道强抢别人的未婚夫，属于什么勾当！”

“说得好！”江仲阁从门外走进来，“不好意思，你俩的对话不小心让老朽听见了。宫本小姐，今天你的言行举止，可不像日本贵族所为啊！”

宫本芳子起身鞠躬：“江老教训的是。”

江澄子缓缓起身：“爸爸，您怎么来了？”

江仲阁大大方方地坐下：“来得巧呀，正赶上宝贝女儿受欺负。宫本小姐，老朽最大的缺点就是护犊子，还望你见谅。”

其实，他是对凌云洲的伤势不放心，带老何过来看看。

宫本芳子躬身：“江老，不好意思，打扰到您了。我这就告辞。”说完，她起身离去。

江澄子站在窗前，看着细雨中穿着木屐的宫本芳子，迈着碎步前行，觉得她在风雨中妩媚至极，竟然产生怜悯之心。她知道，如果不是因为这场该死的战争，凌云洲和宫本芳子应该是很幸福的一对儿。

战争，应该不属于女人。但是，她们为了不同的信仰，还是被卷进这场战争。她们的国家，正在进行一场前所未有的战争；而她们之间，也将要爆发一场战争。

她觉得，她们之间的战争，无论谁胜谁败，最后都不会有真正的胜利者。

江澄子突然拿起伞，追上宫本芳子，将伞递给她，说：“撑把伞吧！”

宫本芳子接过伞，鞠躬道：“谢谢！”

“不客气。”

“我对你没有任何敌意。”宫本芳子注视着江澄子，“我喜欢他，包括他喜欢的一切，当然也包括你。只是爱情是自私的，恕我无礼了。”

江澄子点点头：“我们的想法应该是一样的。”

“爱一个人是幸福的，希望咱们都能幸福。”宫本芳子打着伞走出凌公馆。

江仲阁看着江澄子犹如斗败的小公鸡，失魂落魄的样子，哈哈笑道：“我的大宝贝，刚才不是还像穆桂英嘛，现在怎么变成这样了呢？”

江澄子扑到江仲阁怀里，“哇”的一声哭了。

江仲阁轻轻拍着江澄子的后背：“好了，好了，咱们不跟小鬼子一般见识。再说了，云洲不是还在你手里嘛。对了，那小子跑哪里去了？”

江澄子破涕为笑：“他没事儿，出去办点事儿。大哥在家吗？”

江仲阁说：“你大哥也出去办事儿了。我让老何给云洲带点消炎药，你要盯着他按时服用。”

父女俩又聊了一会儿，江仲阁便带着老何离去。

此时，普乐天提着装有狙击步枪的木箱子穿行在校园里。

雨停了，一片芭蕉叶上的水珠悬而未落。

苏成方和几个特务经过圣约翰大学校门。走过去之后，苏成方又折回来，向校园里看了看，然后跑进校园。几个特务紧紧跟在他身后。

在“光与真理”的门廊前，苏成方追上普乐天。

苏成方喊道：“普先生，等一下。”

普乐天停下脚步，转身打量苏成方：“你是——”

苏成方一愣：“你不认得我？我是苏成方。”

普乐天摇头：“抱歉，我不认识你。”

苏成方嘿嘿一笑：“过一会儿你就认识了。”他指着木箱子低声喝道，“打开！”

“凭什么？”

“凭这个！”苏成方举起手枪在普乐天眼前晃了晃，“我怀疑你是抗日分子，接受检查！”

“76号的二狗子？”普乐天冷冷说道。

苏成方怒喝：“你再说一遍？！”

普乐天不屑地说："你既然认识我，就应该认识 76 号的凌云洲，他是我的妹夫。新政府的周佛麟，是我的老朋友。你啊，还是给自己留点面子吧，不然我都不知道你怎么收场！"

苏成方恼羞成怒："我不管你是谁，必须打开箱子接受检查！"

普乐天盯着苏成方："我要是不打开呢？"

苏成方举枪对准普乐天："我就当你是共党分子，就地正法！"

几个特务也举枪对准普乐天。

普乐天轻轻放下木箱子，弯下腰，一边解木箱上的皮带扣一边观察。

"我的箱子，你想看就看？"宋格突然跑过来，一把提起木箱子。

苏成方看到宋格，嚣张气焰顿失，媚笑着问："格格，你怎么在这里？"

宋格站下，指着苏成方的鼻子大骂："汉奸，你不配喊我的名字！"

苏成方说："师妹，我现在是青帮二爷、76 号行动队副队长，你这样骂我不太好吧？"

普乐天走到宋格身旁："格格，咱们穿新鞋不踩狗屎。苏二爷的面子，早就掉到地上摔稀碎了。咱们给不了，他也捡不起来。"

苏成方质问："姓普的，你跟格格是什么关系？"

普乐天反问："你不是 76 号行动队副队长嘛，怎么什么都不知道呢？"

苏成方指着宋格说："我是她的未婚夫，你最好离她远点儿！"

普乐天耸耸肩："我也是她的未婚夫啊。"

宋格看了看一本正经的普乐天，"扑哧"一声乐了。

苏成方再次把枪口对准普乐天，低声喝道："小子，你信不信，我一枪崩了你？"

普乐天微微一笑，突然反手扣住苏成方的手腕，瞬间缴了他的枪，把枪口抵在苏成方的眉心："姓苏的，你信不信我一枪崩了你？"

宋格拽了拽普乐天的衣角："乐天，咱们走吧。"

普乐天像揉报纸一样，瞬间把枪拆解，扔到地上。

特务们没见过把枪玩到如此熟练的人，不由自主地向后退了几步。

宋格拉起普乐天的手，提着木箱子向校门走去。

苏成方看了看散落在地的枪，看看宋、普的背影，有点儿蒙圈。

普乐天低声对宋格说："谢谢你！"

宋格推了他一把："不要跟我玩口活儿！"

"你要我怎么样？"

"你知道！"

"对不起，格格。"普乐天从宋格手里接过木箱子，"你想要的，我可能真的给不了。"

宋格盯着普乐天："为什么？"

普乐天指指自己的胸口："这里面，已经有一个人啦。"

宋格的眼睛瞬间红了，豆大的泪珠扑簌扑簌地掉下来。

~ 054 ~

时间：1941 年 11 月 14 日，星期五。

地点：上海，日占区，极司菲尔路 76 号。

瘦风，细雨。

瘦风中的李墨群看着细雨，心里莫名烦躁。他的心腹陈恭如还活着的消息不胫而走，他设置的副主任之争变成弄权的笑柄，令他非常尴尬。

有人说他利用职权挑拨离间，无故破坏本不和谐的关系；有人抱怨在外面防子弹在家里防毒箭，总之闲言四起，人心浮动。

当然，他对这些完全可以置之不理，没有人敢当他的面说，只能在背后发几句无关痛痒的牢骚。他本不想听到这些消息，可是那些善于打小报告的人，还是添油加醋地向他汇报，尤其那个苏成方。

李墨群对沐承风是限制性信任，对苏成方却是无条件信任。苏成方能从红帮堂主混到青帮二当家，完全是李墨群一手运作而成，把他放在沐承风身边，也是为了监视沐承风。

苏成方是条忠实的德国牧羊犬，对主子忠贞不二。凡是他听到的和看到的，不管有没有价值，都会一字不落地告诉李墨群。

这几天，苏成方就提供了几条有价值的消息：第一条，沐承风私自会见晴气武夫。李墨群怎么都没想到，沐承风被梅机关审了一次，不但不憎恨日本人，反而主动勾搭，令他无比气愤，骂沐承风真贱；第二条，太古码头刺杀案发生时，行动队中有人看到凌云洲出现在现场。对此，李墨群心里有些不安，凌云洲不仅跟汪精卫关系密切，还与日本人有某种神秘关联，令他不敢信任凌云洲。

心里的怒火无法抑制，那就开会，他把所有处长召集到一起训话。

“像话吗？共匪竟然在我们眼皮子底下把人救走了，还杀了六个日本人，让我怎么向影佐机关长交代？”李墨群狠狠地拍了一下桌子，凌厉的目光扫过凌云洲、杨枢、凌岳州、沐承风的脸。

沐承风见“二凌”和杨枢都不说话，支吾着说：“这件事儿——确实有些蹊跷。共匪能准确伏击，必然知道梅机关前来接迎‘铁猴’。按理说，这事儿是秘密的，而且是临时决定的，共匪怎么会掌握得如此清楚呢？”

凌云洲配合着说：“确实让人难以理解。”

李墨群看了他们一眼：“你们认为，梅机关中有共匪的内线？”

“不然还能怎么解释呢？主任接到梅机关的电话，才决定把‘铁猴’送往梅机关。为了避免麻烦，还要求日本人押运。日本人要走哪条路线，我们都不知道，那就是梅机关走漏了风声。”凌云洲说罢，问身边的凌岳州，“凌大处，你怎么看？”

凌岳州说：“这段时间，我的情报处不但聋，而且瞎，功能基本丧失殆尽。”

杨枢挖苦道：“不会因为总下雨吧？”

凌云洲说：“天要下雨，娘要改嫁，该来的一个都不会少，我们这些跑腿的，连老天爷都懒得看一眼了。”

李墨群见这些人如此不着调，拍了拍桌子，逐一点指：“你们——你们还能不能干点儿正事儿了？”

沐承风赶紧说：“我去一趟梅机关，给晴气课长一个解释。”

“瞧瞧沐队长在做什么，你们在做什么？”李墨群指着凌云洲和凌岳州，“你们向杨处长、沐队长交接一下工作，出趟远门。”

凌岳州问：“这趟门有多远啊，还要交接工作？”

李墨群说：“不远，香港。”

凌云洲问：“让我们去香港做什么？”

李墨群说：“不知道日本人从哪里弄到一份名单，现在就在我们这里。梅机关要我们安排两个去过德国的人，把名单交给盖世太保的接头人。”

凌岳州问：“什么名单这么重要？电传不行吗？”

李墨群说：“这是影佐机关长交代的，具体情况我也不清楚。到底是什么名单，我们都没有资格知道。”

凌云洲心里暗暗思忖：“是不是尾崎秀树截获的德国科学家名单？怎么会在李墨群手里呢？”想到此处，他面露难色，“主任，我不懂德语，和德国人也没打过交道，不合适吧？”

李墨群说：“部里只有凌大处在柏林待过，会说德语。你呢，虽然没去过德国，毕竟在日本待过，遇到日本人也能应付。再者说，你们去香港，又不是去柏林，会英语就能应付。”

散会后，凌云洲回到办公室，坐了一会儿又站起来，站了一会儿又坐下。

他无法确定这是不是李墨群挖的坑。按理说，如此绝密的名单，日本人应该不会让中国人经手的。如果是面照妖镜，法师是谁？李墨群、影佐、还是犬养中堂？

如果名单是真的，德日同盟控制这些科学家，极有可能率先制造出原子弹，法西斯极有可能用它吞噬世界。

凌云洲走到窗前，悄悄打开窗户。

风雨已停，罗亭正向办公楼走来。

凌云洲看见罗亭，眉头渐渐舒展。

罗亭只有周一和周五才到76号上班，履行特派员之职。她的办公室在李墨群办公室左侧，是个大套间。

凌云洲在走廊里溜达几圈，见四下无人，便敲开罗亭办公室的门。

凌云洲进屋后，没有说话，指指电话和台灯。

罗亭说："李墨群还没这个胆儿。我检查过三遍，没有监听。"

凌云洲说："我想到将竹风铃交给中山功的方法了，只是有些冒险。"他在罗亭耳边悄悄说出自己的计划。

罗亭想了想，点点头："可行！如果做得好，不仅能将竹风铃交给中山功，还能借李墨群之手除掉叛徒。"

凌云洲遗憾地说："只恐怕'军师'九死一生啊。"

罗亭说："'军师'入党多年，早将生死置之度外。实际上，门徒小组已经制订'杀龟'计划，除掉内鬼，由'军师'执行。这期间，'军师'切断了与门徒小组所有成员的联系，需要我们密切配合。"

"'军师'亲自执行？"

"'军师'认为除此之外，没有更好的办法。"

凌云洲心里顿时无比沉重，一时无言。几秒钟后，他转而说道："名单是不是陷阱，还需要多方验证。"

"你不能再碰李墨群的保险柜。"罗亭拉开抽屉，取出纸和笔，用笔在纸上画圈，梳理着思路，"这里面确实有很多疑问。按理说，这种名单，可以以加密形式发送，也可以交给德国大使馆。日本人从来就不相信中国人，怎么可能让你们去送如此绝密的文件呢？"

"以这种方式验证我们，是不是太假了？"凌云洲从兜里掏出一盒烟，取出一支，在鼻子底下狠狠地嗅了几下。

"如果知道名单是假，'31 号'和'武士'会如何做？"

凌云洲反问："犬养中堂试探我的态度？"

"你在码头狙杀过'福音'，犬养中堂应该不会怀疑你，但他要知道你对日本人的忠诚度有多高。"

凌云洲点点头："犬养中堂确实要求过龟机关特工，对他要绝对忠诚。"

"名单是假，试探是真。现在的问题是，你能否让犬养中堂看到他想要的答案。"她看看凌云洲手里的烟，"想抽就抽吧，我不介意。"

凌云洲走到窗前，点燃烟，狠吸两口，转身问道："你认为李墨群想要什么呢？”

罗亭不答反问：“用这份假名单做什么，他岂能不知？他明知无法引出‘31号’，为何还煞有介事地做事呢？”

“借势！”凌云洲笑道，“李墨群不关心名单真假，只关心能为日本人做什么，日本人能帮他成就什么。”

“这才符合李墨群的真实需要。”

凌云洲说：“如果我向他透露‘武士’身份，他会怎么做？会向新政府检举吗？”

罗亭摇头：“他不会检举你的，因为他和周佛麟老死不相往来。不过，这是你取得他信任的投名状。”

凌云洲沉思一会儿，紧紧盯着罗亭：“值得冒险，对吗？”

第十七章 赴 死

~ 055 ~

时间：1941 年 11 月 14 日，星期五。

地点：上海，日占区，极司菲尔路 76 号。

自曝身份绝对是一步险棋，也是绝地反击。

无限风光在险峰。唯有登上峰顶才能俯瞰全局，才能自如反击。

当下局势变得越来越糟糕。中国方面，山雨欲来；苏联方面，危在眉睫。作为忠诚的共产主义践行者，还能在乎险棋吗？更何况，身边的所有同志都在生死边缘行走，都以百隐千藏的方式救民族于水火。

凌云洲从罗亭办公室出来，将计划在脑海中复盘一遍，认为无懈可击了，便到情报处找凌岳州。

“有问题呀！”凌云洲看着凌岳州给他泡茶，一屁股坐在办公桌上。

“啥问题？”凌岳州提着水壶，往瓷杯里倒热水，“今天喝淡的？”

“淡的！”凌云洲点燃一支烟，“护送名单去香港。”

“你也看出问题了？”凌岳州呵呵一笑，将瓷杯放在凌云洲面前。

“怎么办？”

“你回家陪江大小姐，我呢，搜集情报，该干什么干什么。”

“主任换了套路。”

“换汤不换药，还不是天天想引内鬼上钩，不过这次太假了。”

凌云洲打开瓷杯盖子看了一眼：“这是我给你弄的茶叶吧？我想着呢，主任是投日本人所好，想借势升官发财。”

“就你看得明白！”凌岳州瞪了凌云洲一眼，“这种话以后少说。”

“好吧。咱们就配合主任演好戏。”凌云洲嘻嘻笑着，盖上盖子，“或许呀，主任这次还真能做出点文章来。”

“嗯。”

凌云洲低声说：“沐承风今晚有行动。”

“我怎么不知道？”凌岳州一下子就急了，“他娘的，沐承风总是背着我行动。”

凌云洲“嘘”了一声：“急什么急？你能监听他的电话，听听不就知道了嘛！”

凌岳州点指凌云洲：“此事你知我知。”

“76 号你都知。”

“我都想知道，可惜呀，你把你屋里的窃听器给拆了。”

凌云洲端起瓷杯，将盖子丢到桌上，说：“刚才特派员来了，我跟她聊天才知道的。”

凌岳州假装羡慕：“真好，你和特派员都是汪主席身边的人，平步青云是早晚的事。”

“办公即政治嘛！”凌云洲“吸溜”一声喝了一口茶，又放下瓷杯，一拍额头，“光顾着闲聊了，我还得找主任说点事，走了。”

凌云洲装着急匆匆的样子，跳下办公桌，离开情报处，径直走到李墨群办公室前，敲开门。

李墨群见凌云洲进来，说：“凌大少，你来得正好，我有事找你。”

凌云洲说：“我是向您请罪来了。”

“请罪？你何罪之有？”李墨群一头雾水，“揪出‘31 号’、击毙‘战马’，这些功劳都是你的，我正想向南京为你请功呢。”

“有一件事，压在我心头好几年了，一直没有向您汇报。这几天思来想去，觉得自己再不说，就辜负您的信任了。”

李墨群指指沙发：“到底什么事？坐下慢慢说。如此吞吞吐吐，可不像风风火火的凌大少做派呀！”

“主任，我还有一个身份，是龟机关中国局特工。”凌云洲低着头说，“我和宫本芳子同属龟机关，犬养中堂就是‘老龟’。”

李墨群不停地打量凌云洲，不动声色地问：“就是住在梅花楼那位？”

凌云洲点点头：“犬养先生是日本前首相犬养毅的堂弟，也是龟机关创始人之一。我受其领导，代号‘武士’。我在太古码头狙杀美国人，就是执行犬养中堂的任务，不料被万墨翰击中肩部。”

“凌大少，谢谢你的坦诚。”李墨群缓缓点头，“伤势不碍事儿吧？还能去香港吗？你放心，等我逮住机会，替你报一枪之仇！”

“皮外小伤，不碍事儿。”凌云洲起身走到办公桌前，压低嗓门，“《日汪密约》规定，日本人不得在新政府工作。我是中国人，是日本特工，没有上报主任，还请您责罚。”

李墨群起身走到凌云洲身旁，轻轻拍了拍他的肩膀，笑道：“你是特工总部的人，过去是，现在是，将来还是。咱们都是中国人，自当相互扶持。凌大少如不嫌弃，咱们结为异姓兄弟如何？”

凌云洲躬身说：“卑职不敢当！”

李墨群说：“从汪先生那里论，你我不是更近嘛。你我结为异姓兄弟，将来不论发生什么事情，相互还能有个照应。”

“大哥！”凌云洲把腰弯到九十度，“日后小弟必当肝脑涂地，报大哥赏识之恩！”

“这就对了嘛。云洲，以后没人时，你就喊我大哥便好。咱们兄弟一定相互扶持，相互照应。”

凌云洲站直身子，低声说：“主任，对于那个‘31号’，我找到了新线索，我认为应该不是贺加。”

李墨群摆摆手：“叫大哥嘛。我也怀疑贺加不是‘31号’，所以才接受影佐的要求，用假名单引出真内鬼，不过这出戏假得不能再假了。你认为谁是？”

凌云洲盯着李墨群："看来大哥心中也有判断了。我向来佩服大哥的判断力。"

李墨群拿过两张纸："咱们一起写，看看咱们兄弟的默契度如何。"

他们一起写完，一起展开，见两张纸上都是"凌岳州"，相互会心一笑。

凌云洲把两张纸在烟灰缸里点燃："大哥，你为什么怀疑他呢？"

李墨群说："直觉。'31号'，重庆'变色龙'，他肯定占一个。"

凌云洲想了想："名单虽假，但是这出戏咱们必须往真里演。"

"说说看。"李墨群坐到椅子上。

"我扮演'31号'！"凌云洲边合计边说，"明天去码头的路上，我抢走假名单，看看凌岳州的反应。"

"可以一试。"李墨群点点头，从抽屉里拿出一份电文，递给凌云洲，"瞧瞧，新四军第16旅已经跳出皇军万人合围了。"

凌云洲接过电文看了看："就凭新四军那点儿土枪土炮，怎么可能跳出皇军的包围圈呢？"

李墨群愤愤地说："肯定是《苏南清乡计划》泄露了。"

凌云洲瞪大眼睛："'31号'干的？"

李墨群点点头："除了这个内鬼，我实在想不出还能有谁！"

"大哥，你提醒我了。"凌云洲若有所思地蹙眉，"我感觉有一个地方，非常像门徒小组的窝点，但不是十分确定。"

"哪里？"李墨群盯着凌云洲的眼睛。

"大哥应该记得沉香阁拍卖行吧？"

李墨群点点头："当然记得。"

"据线报称，沉香阁拍卖行的东家孙丙伦，就是门徒小组的'军师'。"

李墨群不动声色："你的线报可靠吗？"

"可靠不可靠，只要是线索，我都得跟进。"凌云洲表情严肃地说，"我结合线报消息，再通过逆查，发现孙丙伦极有可能是'军师'。"

李墨群依旧面无表情："逆查？"

"先锁定'31号'，顺藤摸瓜找出'军师'。"凌云洲分析道，"这次苏南清乡失败，一定是'31号'看到了我们的文件。我判断，这个所谓的'31号'，必然是中共上海地下党组织高级领导。试想，什么样级别的人物才有资格接触到他呢？”

李墨群站起来，来回踱几步，嘴里默念着“‘国师’、‘军师’”。

凌云洲说：“共匪组织严密，一般人很难接触到高层，而且都是单线联系。我判断，在两个人之中，必然有一个与‘31号’接头。”

李墨群点头：“与中共‘31号’接头之人应该是‘军师’。”

凌云洲补充说：“我先假设凌岳州是‘31号’，通过跟踪监视，发现他在沉香阁拍卖行附近有一个住处，常常暗中注视着沉香阁拍卖行。”

“注视？这注视是深情的凝望吧？”李墨群嘿嘿一笑，略微沉思，“如你所说，孙丙伦是门徒小组的‘军师’，凌岳州的行为就不难理解了。”

凌云洲问：“大哥，您回忆一下，松下将军死后，谁负责监控沉香阁拍卖行？”

李墨群说：“凌岳州啊。”

凌云洲分析道：“如果沉香阁拍卖行没有猫腻，在我们严密监控下，‘军师’怎么可能完成刺杀秀鸾将军的行动？这是绝对不可能办到的事儿。”

李墨群“嗯”了一声：“除非孙李二人，一个是‘军师’，一个是‘31号’。”

凌云洲盯着李墨群：“抓，还是不抓？”

李墨群点点头：“抓！当然要抓！抓住‘军师’，就等于摧毁门徒小组的神经中枢。”

“什么时候动手？”

“晚上。”

凌云洲想了想：“我不便出面，能否让沐队长执行此次任务？”

李墨群干笑两声：“忘了这茬儿了。你回家歇着，养足精神，明天演场好戏。”说完，他拨通沐承风办公室的电话，“沐队长，你过来一下。”

凌云洲知趣地离开，经过情报处时，看见凌岳州正在监听沐承风的电话，猜想他应该知道沐承风晚上去抓“军师”。

“军师”是凌岳州唯一联络人，“军师”被抓，凌岳州便是中共门徒小组的死棋子。

凌岳州绝不会让沐承风抓到“军师”，一定会通知“老龟”。

四个小时后，“军师”会出现在满铁上海调查部，顺利见到中山功。

这就是犬养中堂想要达到的目的，他不但不会阻止，反而会为“军师”与中山功顺利见面扫除障碍。

只有他们见面，犬养中堂才能更好地掌控红组。

一切不出凌云洲所料。孙丙伦看到三只鸽子从沉香阁拍卖行上空飞过，他便关闭店门，收拾一下走出去。

这是“国师”和他约定的信号，见到鸽子就要去圣三一教堂。

按照约好的地点，孙丙伦拿到竹风铃和一张纸条，便明白自己应该做什么了。

自从中共门徒小组出现叛徒，他就做好了赴死准备，也知道去见中山功的风险。可他依旧去了，并把竹风铃顺利地交给中山功。

中山功拿着竹风铃，轻轻拨动，清脆的声音响起，他仿佛看到在飘满樱花的地方，一个女人手里拿着风铃，微笑着冲他摇动。

~ 056 ~

时间：1941年11月14日，星期五。

地点：上海，日占区，满铁上海调查部。

这次诀别，虽悲壮，但更是智慧的选择。孙丙伦和中山功都明白，他们见面之后是什么结果，也知道在无所不在的监视之下，传递消息的难度有多大。但是，他们明知山有虎，偏向虎山行。

满铁上海调查部有一个独立小院。小院里搭着一顶大帐篷，帐篷内摆放着一具棺材。棺材里是一具干尸——楼兰女尸。干尸一侧有块木牌，上面写着“003号”。这具楼兰女尸，是从大沙漠里弄回来的文物。

“这具楼兰女尸已有三千年历史，比帝国的历史还长呢！”中山功一边打量楼兰女尸，一边感慨。

孙丙伦撑着一把绘着樱花的油纸伞进来，手里提着一串竹风铃。

中山功看到竹风铃，就明白孙丙伦的来意："您是——"

孙丙伦将竹风铃放在地上，然后收伞，抖落雨水，然后抱拳拱手："您是中山先生吧？我先告诉您一个不幸的事实，这里已经被梅机关监听了。"

中山功淡定地说："谢谢先生提醒，我早就发现窃听器了，只是懒得清理而已。"

孙丙伦弯腰拿起竹风铃递给中山功。

中山功接过竹风铃，轻轻拨动风铃，清脆的声音响起。

孙丙伦说："我叫孙丙伦，中共门徒小组的'军师'。'老龟'已经知道您的真实身份了。"

中山功笑道："好朋友都已经身陷囹圄，唯我独活，是多么无聊无趣的事情啊。"

孙丙伦说："既然先生看得如此通透，我就放心了。东西送到，我就功德圆满了。"

中山功看看细雨斜飞："风雨紧了，你歇会儿再走吧。"

"那我就不客气了。"孙丙伦随着中山功进屋，看见办公桌、沙发、茶几上都堆满了材料，哈哈一笑，"中山先生钻到纸堆里去喽！"

中山功将竹风铃放到办公桌前，从抽屉里拿出《支那抗日力量调查》，指着竹风铃说："孙老，您看看竹节有什么不同？"

孙丙伦仔细检查竹风铃，发现那些长短不一的竹节都不相同，手指蘸了茶水，在桌面上写下"摩尔斯密码"五个字，然后指指《支那抗日力量调查》，继续写下"密码本"三个字。

中山功点点头，从抽屉里取出纸笔，拉亮台灯，在纸上画出长短线。

孙丙伦从口袋里掏出一盒烟，点燃一支慢慢吸着。烟雾与灯光交融，让屋里显得迷离、梦幻。

一支烟燃尽，密码破译出来，只有一句话：

德科学家名单，美年底秘运。日特获悉，已毁。

居然没有任何名单。

尾崎秀树根本没有传送名单。

孙丙伦愣在那里，旋即明白尾崎秀树的意图。

尾崎秀树被捕前，为日本特务布下这盘残棋。

日本研制原子弹的计划书，就放在近卫首相的办公桌上。他看到名单时，也看到了研制原子弹计划书。于是，他决定把日本特务的注意力吸引到他传递的情报上，从而减少对拉姆扎小组甚至红组的追查力度。

尾崎秀树无疑是智者。

中山功笑了，为他朋友的智慧而笑。

中山功掏出打火机，点燃纸条，待纸条化成灰烬，又提起竹风铃，有节奏地敲打竹节，倾听清脆的声响。

“此曲妙不可言！”孙丙伦指着竹风铃说，“我仿佛听到一个凄美的爱情故事。”

“故事会结束吗？”

“好故事，流传千古。”

中山功笑了笑，开始拆解竹风铃，然后把竹节全部放进一口铁锅里。

孙丙伦从茶几上拿过酒瓶，把酒倒入铁锅里。中山功用打火机点燃白酒，竹节便“噼里啪啦”地燃烧起来。

“我们一起向智者敬礼吧！”孙丙伦看着竹节越烧越旺，眼里溢出稍显浑浊的泪珠。

中山功没有说话，和孙丙伦一起向火堆敬个标准的军礼。

礼毕，中山功扭头看了看外面的风雨，目光落在帐篷上，忽然想到了一个传送情报的主意。他带领孙丙伦走进帐篷，把手指放在干尸上，用摩尔斯密码问：“您能看懂摩尔斯密码吗？”

孙丙伦用摩尔斯密码回复：“能。”

中山功用摩尔斯密码说：“把情报藏在干尸里。”

孙丙伦用摩尔斯密码回答：“好主意。我会以拍卖行的名义在报纸上刊登消息，同志们会看明白的。”

中山功紧紧握住孙丙伦的手，两个人对视而笑。

孙丙伦说："属于你我的时间不多了。"

中山功说："若为昙花开，粉身碎骨又如何！"

"说得好！"

"何时是花期？"

"就这两天。"

"您这朵昙花一旦面世，足以惊艳上海滩。"

"唯有鲜血满地，才能惊艳世人。"

"你下一步怎么走？"

"还有选择吗？"

"这是一条不归路。"

"也是幸福路。"

"咱们幸福路上见。"

孙丙伦辞别中山功，向风雨中走去。

雨越下越密，目光已经穿不透雨幕。孙丙伦的背影在满铁上海调查部大门口，渐渐变成一个模糊的轮廓。

中山功心里很清楚，不日之后，这位老人就会在世界上变成一个模糊的轮廓，甚至连轮廓都没有，但是他绝对不会有任何遗憾。

中山功双手合十，在心里默默祈祷，求各路神仙保佑这步棋一定走通，一定将尾崎秀树的情报传递出去。

~ 057 ~

时间：1941 年 11 月 14 日～15 日，星期五至星期六。

地点：上海，公共租界，河南路；日占区，极司菲尔路 76 号。

抓，还是不抓？

抓了，这条线索就断了。

满铁上海调查部内的一间密室里，犹豫不决的凌岳州站在窗前，望着窗外的风雨，陷入沉思。

事态忽然变得复杂了。“军师”怎么知道他已经暴露了？

一旦“军师”终止与中共门徒小组成员的联系，他就无法顺藤摸瓜清除中共门徒小组。可是，五号仓库还在正常使用，到底是哪个环节出了问题呢？

“军师”是中共门徒小组的神经中枢。他就是通过这个中枢发现了秦癸恩。如果这个中枢变成“孤岛”，也就毫无价值了。因此，他决定再等一等。这么多年都等了，何必急于一时呢？

风雨停了，长街凄冷。

一个舞女和一个男人喝醉了，相互搀扶着，放浪形骸地笑着，从孙家门口经过。

孙家的灯亮了，吴已楠的身影映在二楼窗户上。

昏黄的路灯，将凌岳州的身影投在潮湿的马路上。他戴着一顶毡帽，用围巾遮面，走到孙家对面的院门前，有节奏地敲门。

“吱呀”一声，门开了。日本特务小原田野把凌岳州让进去，探头向外看了看，然后关上门。

院子里一片漆黑。

凌岳州皱着眉头问：“怎么不开灯？”

小原田野说：“不想引起对面的人注意。”

“蠢货，违背常识的事情才被人注意，军校学的知识都喂狗了？”凌岳州呵斥道，“对面什么情况？”

小原田野说：“那个女的一直待在家里，没有出去。”

凌岳州站在院子里，踮起脚尖看孙家二楼。

吴已楠是孙丙伦的太太，就算她不是中共门徒小组成员，也是赤化分子。如果孙丙伦察觉有人监视，岂能不让吴已楠撤退？可是，孙丙伦在满铁上海调查部说的那些话又说明什么呢？他自曝真实身份的目的又是什么呢？

凌岳州顿时觉得大脑不太好用了。

“我不进去了，你继续监视那个女人。”凌岳州指指屋内，“该亮的灯都亮起来，厨房生火做饭！”

凌岳州说罢，转身走出院门。

一阵风吹过，几片树叶纷纷飘落。一片树叶直接落在他的脸上，竟然有些疼。

凌岳州前半夜的心情很糟糕，下半夜却好很多。回到特工总部，得知线人发现陈立尸体的消息，印证了他的判断。

万名日军围剿两三千名新四军，本是稳操胜券之事，没想到反遭新四军重创。这件事绝非偶然，一定是《苏南清乡计划》泄露了。陈立之死一定跟情报泄露有关。

凌岳州进入档案室，翻遍所有与《苏南清乡计划》有关的情报，也没有找到任何线索，但是他却有了一个判断。这么大的事情，擦得越干净，就越不正常。阅读绝密级文件，谁能不留下一点儿线索呢，谁又能轻易做掉陈立呢？

当然是机要处处长杨枢无疑。

凌岳州推断，杨枢应该是中共‘31号’。

天亮时，凌岳州依然是第一个上班，站在办公室窗前等待杨枢。杨枢的轿车驶入76号大院十分钟后，他端着咖啡去找杨枢。

杨枢满脸倦意，哈欠连天，一夜未睡的样子。

凌岳州随手关上门，问道：“一夜未睡？”

“打了一宿麻将，累屁了！”

“杨处的心真够大的。”

杨枢狠狠搓搓脸：“又出事了？”

“档案室的陈立被杀了。”

杨枢心里“咯噔”一下，假装吃惊：“不会吧？”

凌岳州说：“怎么不会？昨晚找到尸体了。我一直找你，死活找不到，担心死我了。”

杨枢挠挠头："别说了，警察局的陈科长、红帮的雷堂主、巡捕房的万探长，拉我凑个麻将搭子，死活不让走，我能怎么办？你闻闻我身上，全是烟味儿。"

"我怀疑陈立死亡，跟苏南清乡行动失败有关。"凌岳州盯着杨枢，一字一板地说。

杨枢瞪大眼睛："难道陈立是共党卧底？咱们这里都成什么了，什么人都能混进来啊？当初的政审谁他妈做的？"

"你骂啥娘啊，我只是猜测而已，或许他只是贩卖情报呢。"

杨枢暗暗琢磨凌岳州的意图，顺口说道："他那两把刷子，也能贩卖情报？难道他是贺加的下线？"

凌岳州说："我们这个特工总部呀，就是一个破瓦寒窑，四处透风。人为财死，鸟为食亡，谁把天捅个大窟窿，我都不感到意外。"

"如果仅仅为了钱财还简单了，就怕是遭到报应了。"杨枢又打了个哈欠，"活在这个狗日的世界，总得图点儿啥吧？很多人都贩卖情报，没啥新鲜的！"

凌岳州盯着杨枢的眼睛："你也干过？"

杨枢嘿嘿一笑："我过的就是有今天没明天的日子，管不了那么多，也想不了那么多。你呢？"

凌岳州反复琢磨杨枢的话，想从中找出他是中共"31号"的可能性，可他一副吊儿郎当、死猪不怕开水烫的模样，啥话都敢说，但基本上都是废话。他更知道，杨枢不但不好对付，而且还是周佛麟的小舅子，没有真凭实据，动他就等于自找麻烦。

凌岳州看看手表："快10点了，今天我和凌大少去香港。陈立失踪案，也算跟你汇报过了。陈立嘛，有他不多没他不少，估计我离开后，更没有人过问了。"

"凌大处，谢谢你的信任。"杨枢从书架上取出一瓶蓝山咖啡，扔给凌岳州。

凌云洲掂量着咖啡："这玩意儿在上海属于奢侈品，你有行贿嫌疑啊！谢了，有事儿言语一声。"他说完转身离去。

杨枢望着凌岳州的背影，嘴角洇出一抹笑意。

李墨群小心翼翼地从保险柜里拿出名单，郑重地放入一个公文包中并上锁，将钥匙递给凌岳州："凌大处，钥匙交给你保管。此文件事关重大，千万不能出现任何差错。"

凌岳州接过钥匙，大声说："是！"

李墨群将公文包递给凌云洲："公文包，由你负责，绝对不容有失！"

凌云洲接过公文包，大声说："人在包在！"

李墨群郑重地拍拍他们的肩膀："走吧，我已经安排苏队长送你们。"

轿车驶出 76 号大院，风雨骤疾。密集的雨滴落在车窗上，噼啪作响。街道上几乎没有行人。

苏成方慢慢地驾驶轿车，透过内视镜打量凌云洲和凌岳州："二位处长一去一回，少说也得两个星期吧？"

凌云洲说："兵荒马乱的，不好说啊。"

凌岳州嘿嘿一笑："心不乱就好。拿人钱财，替人办差，没法子嘛。"

苏成方说："听说香港是男人的世界，我还真想去看看。你俩到那里悠着点儿，别把自己整废了。"

车窗上蒙上一层雾，看不到外面情况。凌云洲掏出手帕，轻轻擦拭车窗，向外看了看，一只手搭在门把手上。

他的举动，落入凌岳州的眼角余光中，但凌岳州却不动声色地看着前方。

苏成方通过内视镜，时刻盯着凌岳州的肩部。过十字路口，苏成方猛打方向盘，轿车微微向外倾斜。

凌云洲猛地打开车门，提着公文包跳出去。

凌岳州高喊："停车！"

苏成方踩死刹车，车轮下发出刺耳的摩擦声。

不等轿车停稳，凌岳州便跳下去，掏出手枪瞄准凌云洲。

苏成方下车，盯着凌岳州。

凌岳州笑了笑，放下手枪。

苏成方问："凌大处，就这么眼看着他跑了？"

凌岳州指指路边的电话亭："苏队长，你向主任报告突发情况。"话音未落，他便向凌云洲逃走的方向追去。

苏成方目送凌岳州消失在街角，冷冷一笑后，走进电话亭，投币拨电话："主任，凌岳州上钩了。"

凌岳州跑到另一条街道，停下寻找电话亭，见马路对面有一个电话亭后，便跑过去一通操作。

~ 058 ~

时间：1941 年 11 月 15 日，星期六。

地点：上海，日占区，百老汇大厦。

犬养中堂收起印着樱花的油纸伞，跟随宫本芳子进入房间，四下打量一遍，笑道："一尘不染。"

宫本芳子说："苏州河桥劫杀我们的人，是门徒小组的'野兔'，他是值得我们尊敬的对手。"

犬养中堂点头道："这样的对手，才会让我们变得更强大。"

"那是一场设计完美的伏击。"宫本芳子感慨道，"希望有一天，我能跟'野兔'对决。"

"芳子，你是日本贵族，贵族的武器是智慧和权力，那种粗活暂时还轮不着你。"犬养中堂向电话瞥了一眼，坐在与电话有一臂距离的榻榻米上。

宫本芳子跪在榻榻米上，给犬养中堂倒茶："义父，看看我的茶道有没有长进。"

犬养中堂抿了一口，细细品味，连连点头："不错，不错！"

"我学茶道，只为一个男人泡过茶。您是第二个喝我泡茶的人。"

“不会吧，宫本先生都没喝过你泡的茶？”

“此生我不会为爸爸泡茶的。”

犬养中堂摆摆手：“不要责怪你爸爸，你是日本贵族，森木玉树只是北海道的渔民。”

宫本芳子轻声问：“出身有贵贱，爱情有贵贱吗？”

犬养中堂说：“孩子，门当户对是有一定道理的。爱情，在生活的棱角面前一无是处。贵族的世界里，是容纳不下平民的。”

“如此说来，义父为何要帮我呢？”宫本芳子不解。

“一诺千金，是贵族基本的素质。”犬养中堂语重心长地说，“你要兑现诺言，我不帮你，就是害你。”

“谢谢义父。”

“不过，我有个条件。”犬养中堂又喝了一杯茶，“森木玉树必须对帝国无条件忠诚。”

“这是基本要求，我答应您。”宫本芳子默默地说道，“一旦玉树做出违背帝国利益的事，我会亲手裁决他。”

“这是你的义务。”犬养中堂掏出一把手枪放到茶几上，“几分钟后，你或许要用这把枪处决森木玉树，或者你自裁。”

宫本芳子盯着手枪：“义父设的局？”

犬养中堂冷冷地说：“事关你的终身大事，我别无选择。”

宫本芳子触摸冰冷的手枪，纤纤玉指微微抖动。

“嘀嘀嘀”，电话铃声猝然响起。宫本芳子望着电话，准备起身去接。

犬养中堂却快速抓起话筒，只听不说。

犬养中堂放下话筒，看着宫本芳子，说：“‘武士’抢走假名单，你是杀了‘武士’，还是自裁？”

宫本芳子拿起手枪，凄然一笑，把枪口对准自己的太阳穴。

犬养中堂一愣：“你自裁？”

“我下不了手。”宫本芳子摇摇头。

犬养中堂夺过手枪：“那就交给我处理吧！”

这时，门外传来开锁声。

宫本芳子和犬养中堂一起向门口望去。

淋成落汤鸡的凌云洲推门进来，看到犬养中堂，神情木然。

宫本芳子起身把毛巾递给凌云洲。

凌云洲放下公文包，接过毛巾，自然地擦拭头发。

“你怎么会有芳子家的钥匙？”犬养中堂用枪指着凌云洲。

宫本芳子羞涩地说：“我给他的。”

犬养中堂来回打量两个人：“你们——”

宫本芳子低声说道：“在东京，我们就在一起了。”

犬养中堂瞪了宫本芳子一眼，起身靠近凌云洲：“你怎么来了？”

凌云洲放下毛巾，指着公文包说：“包里有一份德国科学家名单，梅机关要把名单交给德方，这有损帝国利益，所以我冒死抢回来了。”

犬养中堂低声喝道：“你敢违抗梅机关的命令？”

凌云洲说：“我是龟机关特工，梅机关的命令与我无关。在我眼里，只有帝国利益。”

犬养中堂用枪示意凌云洲把公文包递给他。

凌云洲把公文包递给犬养中堂。

犬养中堂将公文包放在茶几上，从口袋里掏出钥匙，弯腰开锁。

凌云洲假装吃惊：“先生怎么会有开包的钥匙？”

犬养中堂没有说话，拿出密封的档案袋，撕去封条，取出一份名单，慢条斯理地说：“这份名单是假的。李墨群苦于无法揪出76号内鬼，不得不向影佐和我求助，我们才设计制作了这份假名单。森木君，你不愧是帝国忠诚的特工。”

凌云洲道：“感谢先生信任。”

“是你自己用行动，证明了自己的忠诚。”犬养中堂走到门口，拿起帽子、文明棍和雨伞，冲宫本芳子和凌云洲点点头，开门走出去。

凌云洲悬在心头的石头缓缓落下，看来自己这个冒险行动，已经说服了犬养中堂。

他绷紧的神经放松了，被雨淋湿的伤口却撕裂了，剧烈的疼痛让他“扑通”一下摔倒在地。

宫本芳子吓坏了，蹿到凌云洲身边：“玉树，你怎么了？”

“我——有点儿累。”凌云洲气若游丝。

宫本芳子吃力地把凌云洲扶到床上，望着双眼紧闭的他，呼吸突然急促。分别后这么多年，她还从未如此近距离地接触过他。这个画面，曾经在她脑海里闪现过无数次，没想到来得如此突然。

她觉得大脑一片空白，身子不再受大脑支配，把脸轻轻地贴在凌云洲的脸上，粉唇在他苍白的唇上慢慢嚅动。

片刻之后，宫本芳子冷静下来，起身脱去凌云洲的衬衣，检查他的伤势，然后拿出医药箱，为他清理伤口、包扎……

墙上的挂钟敲响五下，凌云洲依然酣睡。

宫本芳子再次给凌云洲掖好被子，换上军装，站在窗前久久凝视。忽然，她转过身，走到床前再次亲吻凌云洲。

凌云洲突然醒来，与宫本芳子的大眼睛相对后，立即把头扭到一边，挣扎着坐起来：“我——我怎么了？”

“躺下，别动。你什么时候受的伤？伤口都感染了！”宫本芳子按住他。

“皮肉伤，不碍事。”凌云洲微微一笑。

“在这个世界上，你是我最亲近的人，最关心你的人是我。”宫本芳子抚摸着凌云洲的脸颊，“记住我说过的话，今生我只爱你一个人。倘若有一天你娶了别的女人，我会以海葬自己的方式，祭奠我的爱情。”

“芳子——”凌云洲无言以对。

宫本芳子笑道：“别瞎想了，你的伤口都感染了，一定要好好休息。告诉我，是谁把你打伤的？”

“那天码头太乱，人也多，不知谁开的枪。”

宫本芳子看看朦胧的窗户：“今晚接船，你就不要去了。”

“这是犬养先生的意思？”

宫本芳子摇头：“义父已经同意你参加‘光计划’行动。不让你去码头，是我的意思。”

“芳子，听我说，我必须去。凭我的出身，只有多立战功，咱们才能有未来。”

“未来？我都不敢想未来。”宫本芳子喃喃地说。

凌云洲挣扎着下床，一边穿鞋一边说：“我伤在肩头，没有大碍。”

风雨依旧，晚上的虹口码头静得令人害怕。

无法停歇的雨，让白天为生活奔波的人，此刻不得不躲回家中。

宫本芳子站在码头上，手持一把黑伞，看着漆黑如墨的黄浦江水。灯塔的灯光，无力地投到她的军装上，削弱了往日的硬朗，留下难以言说的风韵。

凌云洲心神不宁地望着江水。他从宫本芳子口中得知，中山功被日本大本营连夜召回。难道他们找到了中山功通共的证据？一旦中山功被羁押在日本，尾崎秀树的情报如何传递？尾崎秀树被捕前传送的情报，其价值可想而知。如今，中山功返回日本，“军师”是否被抓？

一连串疑问，如雨点般落在他的心湖上，一刻都无法平静。

宫本芳子望着呆呆发愣的凌云洲，叫他的日本名字：“玉树，前些日子，我去见了江小姐。”

凌云洲一愣：“为何要见她？”

“我不能见她吗？看来江小姐挺大度，竟然没有告诉你。”

凌云洲说：“当年孙先生组建同盟会，我父亲、汪先生、江先生都是会员。我们的婚事，是汪先生提议的，我无法拒绝。”

宫本芳子幽幽地说道：“这场战争不结束，我们就无法走到一起。”

凌云洲仰起头：“希望战争早日结束吧。无论哪方胜利，这场战争对两国平民来说，都是一场苦难。”

宫本芳子将头倚在凌云洲左肩，感觉他的身体微微战抖，她的心也随着战抖。此刻，她心里莫名地痛着，又莫名地幸福着。今生，她也许无法和他走到一起，但彼此毕竟真心相爱过，这就足够了。

凌云洲左肩的伤口隐隐作痛，忍不住哆嗦一下。实际上，他心里也同样疼痛，毕竟她曾是他心爱的女人，想从心里彻底抹去，哪有那么容易？

该诅咒的，应该是这场该死的战争。如果没有这场该死的战争，现在的他们，应该在开满樱花的地方，相互守护一辈子。

然而，在时局面前，每个人的一切，包括生命都轻如鸿毛，随时都可能消失不见，宛若一粒尘埃。

~ 059 ~

时间：1941 年 11 月 15 日，星期六，晚 10 点。

地点：上海，公共租界，工部局，黄浦江。

公共租界是上海的孤岛，日军在虎口处布下重兵，孤岛已经成为日军嘴边的一块肉，随时都可以吃掉。

作为公共租界工部局的总董，李德尔是孤岛的“父母官”，行使管理职权，为美国政府谋取利益。如今纳粹铁蹄横穿欧洲，战火几乎烧遍世界，而美国政府选择隔岸观火，暗中大发战争财。

李德尔早已看透，上海的公共租界本身就是畸形产物，早晚会在他手上消失。然而，他看不透的是，那个在《中华日报》头版报道中，中枪身亡的美国人乔治·科瓦利，此刻却活生生地坐在他的对面，而且身份还是美国特工，这唱的是哪出好戏呢？

乔治·科瓦利见李德尔不说话，一个劲儿地嘬着雪茄，知道他内心很矛盾，于是用英语说道：“总董阁下，我们都是美国人，保证美国人在华的利益，才是最重要的。轴心国正在研制原子弹，一旦成功，必然会向美国发动战争，夏威夷群岛就是日军嘴边的肥肉。日军战略资源短缺，我国政府在石油、钢铁方面已对日实行制裁，这难道还不能代表政府的决心吗？如果日军一旦把重水运到朝鲜半岛，研制成原子弹，后果不堪设想啊！”

李德尔反问：“研制原子弹，你不觉得是天方夜谭吗？”

乔治·科瓦利摆摆手："绝对不是天方夜谭。爱因斯坦已向罗斯福总统提出建议，罗斯福总统已经开始筹募研发经费。只要钱到位，研制出原子弹只是时间问题。"

李德尔点点头："我觉得原子弹目前还停留在理论上，离真正爆炸估计还有一个太平洋的距离吧。我目前的职责，还仅限于公共租界。其他事情，应该不在我的服务范围之内。"

乔治·科瓦利反驳说："重水是制造原子弹的重要材料，美国也缺乏。总董阁下若将重水运往美国，您的政治命运必将改写。"

"是吗？"李德尔心动了。其实，他的心思早已不在上海，中国更没有他眷恋的人和事。与其每天在此听枪炮声，目睹各种人横尸街头，还不如尽快回到妻子儿女身边，随心所欲地做自己喜欢做的事情。

日军占领公共租界，只是时间问题。在日军的屠刀之下，他的总董角色，只会成为他们追杀的借口。如果能将重水运往美国，助美国政府研制原子弹，必然得到罗斯福总统赏识，从此飞黄腾达。现在，他还有比这更好的选择吗？

李德尔想到此，加快吸雪茄的速度和力度："说吧，如何才能夺取重水？如何才能运走？"

乔治·科瓦利低声说："总董阁下，我现在已经'死'在上海了。您知道，美国人的命很值钱的，这就是很好的理由嘛。"

李德尔摇摇头："工部局只有巡捕，没有军队。从残暴的日军手里夺取重水，你觉得可能吗？"

乔治·科瓦利说："总董阁下应该不会忘记，我们还有一批海军陆战队在这里吧？"

李德尔嗤之以鼻："海军陆战队就是一群只知道喝酒玩女人的废物，指望他们，还不如给我一群绵羊呢！"

乔治·科瓦利摆摆手："不，不，不能这样说，在华海军陆战队一直保护着公共租界，还阻止过不少日军阴谋行动，他们都是美国纳税人忠实的保护者。此次，日本通过外交手段欺骗我国政府，在华海军陆战队被迫分批撤离，他们对此感到无比愤怒。我国政府已经宣布，在华海军陆战队于本月底全部撤离完毕，正好趁此机会，让他们围堵日军舰船，夺取重水后回国。”

李德尔点点头：“可是，他们需要一个说得过去的理由啊。”

乔治·科瓦利说：“我不是在太古码头被日本特务暗杀了嘛。”

李德尔哈哈大笑：“我现在就联系在华海军陆战队的派克将军。”

李德尔拨通电话，向在华海军陆战队派克将军转述了美国高层的命令，派克自然不能推脱。再者，他也想在临走前狠狠捞一票，给自己肩头再加上一颗星。

李德尔放下话筒后，问乔治·科瓦利是否乘坐“胡佛总统”号客轮一同归国。

乔治·科瓦利说：“我在华的使命已经完成，自然与他们一同归国。”

风雨中，凌云洲不停地看表，日军舰船十五分钟后即将到港，他还不知道乔治·科瓦利游说李德尔成功与否。错过这个良机，后果不堪设想。

江面雾蒙蒙的，能见度极低，犹如他现在的心情。

宫本芳子已经命令日本特务就位，全方位监控码头。五分钟后，江面亮如白昼，一艘客轮竟然快速靠近码头。就在客轮转弯的瞬间，凌云洲看见驾驶客轮的人却是拉乌尔。

日本军舰入港的汽笛声，犹如万头公牛齐声嘶吼。

凌云洲命令日本特务：“开火！”

顿时枪声大作，弹头纷纷射向客轮，却犹如石子撞墙一般，毫无作用。

江面上出现两艘日本军舰，左右夹击客轮，并用扩音器喊话，命令客轮靠岸接受检查，不然就开炮轰炸。

拉乌尔面无表情，一直鸣笛，以此吸引日军的注意力，掩护美国海军陆战队行动。

一枚炮弹在拉乌尔身边爆炸，一团火焰迅速扑向他。

大火中，拉乌尔浑身是血，像十字架上的耶稣一样，默默地祷告着。他的手一直拉响汽笛，纵然弹片袭身，火烧躯体，他都没有松手。

客轮上的汽笛声持续地响下去。

江心“无声”，只能看到枪弹的尾焰。

江心处暗下来，只有一盏灯如孤星般悬在空中。

凌云洲望着火光冲天的客轮，眼泪流出来，双手有力地握在一起。

拉乌尔的牺牲，像烈火一样淬染着他心中的那团火。那团火如同战火，烈烈燃起，熊熊燃烧。

宫本芳子望着客轮，默默敬礼：“他是一名高贵的战士。”

凌云洲也行了一个标准的军礼：“也是一名可敬的战士。”

“咱们走吧。”

“重水呢？”

“‘基督’赴死，不就是为了重水嘛！”宫本芳子向江中一指，“你看。”

漆黑的江中，那盏孤悬的光点越来越小，几乎消失不见。

第十八章　刹那芳华

～ 060 ～

时间： 1941 年 11 月 16 日，星期日。

地点： 上海，日占区，愚园路 1136 弄，极司菲尔路 76 号。

雨下了又停，停了又下，蓝天好像消失一般。

东风捋下树叶，扔得汪公馆满院都是。

罗亭披上葱绿色披肩，走到阳台上的鱼缸边看鱼。鱼是普通的鱼，却健康、欢快。她喜欢养鱼，也期盼自己像鱼一样，在狭小的鱼缸里，虽不能俯瞰全景，却能掌控全局。

上海是各种情报的集散地，要想在此彻底隐藏真实身份，的确是很难的事情，可是她做到了，而且隐藏得很深。如今，红组组长拉乌尔用自己的生命，换来红组成员的安全。

红组的使命随着拉乌尔的牺牲宣告结束，因为拉乌尔是红组与苏联当局的唯一联络人。

罗亭“自由”了，不再受红组身份和任务羁绊，可以反击了。

“军师”孙丙伦奉命蛰伏，“国师”方远声负责与中共门徒小组其他成员联络。“13 号”成为中共门徒小组的实际负责人。

这是一次蜕变，一次重生的蜕变。

蜕变后的中共门徒小组，不在蛰伏，而是反击。

吹响反击号角的人，就是“军师”孙丙伦。

罗亭确信孙丙伦已经看到“国师”发出的信息。

四只鸽子从圣三一教堂飞往沉香阁拍卖行，再折回来飞到临江路孙家的上空。这时，孙丙伦正站在窗前，听见雨中的鸽子飞掠时发出“咿呀”的哨声，意识到“杀龟行动”开始了。

实际上，他昨天就启动了“杀龟行动”。

在启动“杀龟行动”前，他站在二楼窗前，俯瞰散落在街对面的特务，再转身目送吴已楠从密道撤离。

是分别，也可能是诀别。他们对视良久，虽无言，但又述说了一切，默默地送上彼此的祝愿与期待。

孙丙伦的“期待”当然不止这些。

他手上有一份 11 月 16 日发行的《申报》，他期待同志们能看到他留下的信息。

《申报》上刊登着一则启事：

沉香阁拍卖行于 1941 年 11 月 16 日倒闭，即日展示藏馆之作《东方睡美人》。敬请莅临！

孙丙伦看到鸽子后，将报纸抛到院子里，瞬间被雨水浇烂。他整理好衣服，戴上帽子，直奔沉香阁拍卖行。

风雨密集。

沉香阁拍卖行关着门，屋檐下形成了雨帘，雨滴随风飘落。

孙丙伦撑着伞，站在街对面，目不转睛地盯着沉香阁拍卖行。忽然，他扔掉雨伞，冒雨向沉香阁拍卖行走去。

他刚走到门前，只听“呼啦”一声，门锁掉落，门被拉开，冲出几个特务，上前摁住他。

“‘军师’，你好呀！”沐承风坐在沉香阁拍卖行里，手里握着一个茶壶，正在小口啜茶，看着孙丙伦被捕，脸上泛起笑容。

孙丙伦嘿嘿一笑："'军师'？什么'军师'？"

沐承风走到孙丙伦跟前："我念你是门徒小组的'军师'，所以才给你留面子，不想在不入流的人面前扇你耳光。你是聪明人，知道此时此刻最应该做什么。"

孙丙伦仰起头："走吧，沐队长。"

"承认了？"沐承风淡淡一笑，"我是有风度的人，绝对不会对聪明人粗鲁，松开孙老！"

特务松开孙丙伦。孙丙伦舒展手臂，说："容我拿件东西，行吗？"

沐承风优雅地挥手："请便。"

孙丙伦走到博古架前，拿起一个青花瓷瓶，狠狠地摔到地上，瓷瓶碎了一地。在破碎的瓷片中间，出现一个用油布包裹的铁盒子。

孙丙伦捡起铁盒子，扔给沐承风："拿好了，这个有用。"

沐承风接过铁盒子："我能打开看看吗？"

"到 76 号再打开会更有惊喜！"孙丙伦冷笑一声，"当然，我也不介意沐队长现在就打开。"

"我想要惊喜！"沐承风掂量着铁盒子，看了一眼孙丙伦，"请吧！"

孙丙伦被捕时，罗亭正在喝咖啡。不知何时，悄然溢出的眼泪竟落入杯中，她将混着眼泪的咖啡一饮而尽。

罗亭手上也有一份 11 月 16 日发行的《申报》，她反复阅读孙丙伦发出的消息，心如刀绞。

"沉香阁拍卖行倒闭"，暗示孙丙伦会主动献身；"东方睡美人"，暗指楼兰女尸。

罗亭制定的"杀龟行动"，并非要孙丙伦献身，而是诱敌。

孙丙伦为什么要这么做？

难道有什么情报藏在楼兰女尸上？

原来，“鼹鼠”赵甲坊传来军统得到的消息，日本军部要把在敦煌发现的楼兰女尸运到上海，军统高层命令上海军统站抢回国宝。万墨翰通过调查，得知楼兰女尸已运到满铁上海调查部。

与中山功见面后，孙丙伦就在《申报》上刊登“东方睡美人”的信息，罗亭断定中山功破译的名单就藏在楼兰女尸中，于是决定联合军统，一起执行“杀龟行动”，命令方远声代替孙丙伦联系万墨翰。

圣三一教堂和中央巡捕房只有一街之隔，方远声和万墨翰早有交情。方远声便以老朋友的身份，去万墨翰的“雅室”叨扰一顿饭。

“万探长，这里是小世外桃源啊！”方远声端起酒杯，向窗外望了一眼。

“外面闹哄哄的，躲个清静罢了。”万墨翰哈哈一笑，“方先生，咱们也是老交情了，又是邻居，教堂和巡捕房只有一街之隔，所以呀，你有事直说吧，别绕弯子。”

方远声放下酒杯，淡淡一笑：“万探长这么肯定我有事找你？”

“方先生是什么人？”万墨翰点燃一支雪茄，“上海滩大大小小的教堂，方先生都曾出过力，德高望重呀！方先生不会轻易来找我，找我准有事儿。”

“这次还真有事儿。”方远声给自己倒了一杯酒，仰头喝下，“《苏南清乡计划》的事，感谢万探长鼎力相助。”

“方先生是真人不露相呀！”万墨翰拿过酒壶，给方远声倒了一杯，给自己也倒了一杯。

“孙老已经被捕了。”方远声拿起筷子，在桌上轻轻一蹾。

“你姓共？”万墨翰不动声色地问。

“门徒小组龙头，代号‘国师’。”方远声夹了一粒花生米，放入嘴里咀嚼。

万墨翰站起身：“孙丙伦是门徒小组负责人？”

“是。”方远声喝了一杯酒，“孙老被捕了，我接替他的工作。第一件事，就是来见站长。”

万墨翰坐下：“佩服。”

“人贵在真，心贵在诚。”方远声注视着万墨翰，“如今国共合作，我若不见站长，就显得太不诚心了。”

“敬方先生一杯。”万墨翰举起酒杯，一饮而尽。

“敬万站长一杯。”方远声举起酒杯，也是一饮而尽，“76 号的凌岳州，是门徒小组的叛徒。”

万墨翰皱眉：“什么？”

“凌岳州是日本人，他正在调查杨处长。”

“嗯？”

“他怀疑杨处长是我们的人。”

“小鬼子乱咬人。”

“杨处长目前还算安全。”方远声盯着万墨翰倒酒，“我们正想方设法保护他，毕竟此事是因《苏南清乡计划》而起。”

“你们有计划吗？”

“我们制定了‘杀龟行动’，计划除掉凌岳州和犬养中堂，这两个人一死，杨处长也就安全了。”方远声放下筷子，“‘杀龟行动’没有你们帮忙，根本完不成。”

“这么看得起我们？”万墨翰嘿嘿一笑，“好，咱们合作。”

罗亭冒雨来到特工总部。

孙丙伦已经受刑，被打得皮开肉绽。

罗亭实在想不通孙丙伦为何要自投罗网。“杀龟行动”尚未启动，他却被76 号特务抓了。

罗亭打量孙丙伦。他浑身是血，惨不忍睹，但是即便遭受非常人能忍受的酷刑，他的眼中依然充满着坚毅的自信。

沐承风搜遍沉香阁拍卖行和孙丙伦的家，只找到一张烧残的纸片，上面写有“18”字样。通过比对，那张纸片是英文版《巴黎圣母院》上的。

罗亭看着证物袋里的纸片，问沐承风：“这是什么？”

沐承风瞧了孙丙伦一眼：“还没有弄清楚。”

罗亭问：“身份落实了吗？”

沐承风点点头："应该是门徒小组的'军师'。"

"'军师'？二把手？"罗亭打量孙丙伦。

沐承风说："应该是。"

罗亭点点头："不错，不错，传说中神勇的'军师'还是落到我们手里了，我这就向南京给沐队长请功。"

沐承风拱手："多谢特派员。"

罗亭说："人不畏死，只能让兄弟们白白受累。我觉得对于这种顽固分子，最重要的是突破他的心理防线。去查一查，他最怕什么，最担心什么。"

沐承风挥挥手，行刑的特务退到一边。

李墨群来询问审讯结果。听完沐承风的汇报，他上前仔细打量孙丙伦的伤势，然后对沐承风说："老家伙身上应该有料，活的比死的值钱。是人就有弱点，你们动动脑子，想想办法，对症下药。对了，可以让他扮演一次袁崇焕嘛！"

孙丙伦确实被钱乙然精湛的"凌迟"手艺镇住了，顿时目光涣散，浑身瘫软。

孙丙伦变节了，在罗亭眼皮底下做了叛徒。

李墨群兴奋地按着孙丙伦的双肩："你手里有很多情报，咱们不急，慢慢来。我最想知道的是，谁才是76号的共党卧底！"

孙丙伦被吓呆了，胸口起伏不定，说："凌——凌岳州。"

孙丙伦交上投名状后，罗亭才明白孙丙伦的真实意图。已经暴露真实身份的他，想用自己一生的名节，为中共门徒小组除掉叛徒，至少将叛徒公之于众。

罗亭假装惊愕："凌大处？有证据吗？"

孙丙伦向沐承风望去："沐队长，铁盒。"

"孙老，这铁盒里装着什么啊，我忍了好久了！"沐承风拿起铁盒，递给李墨群，"为了你说的'惊喜'，我一直没打开。"

孙丙伦向李墨群望去："李主任打开吧。"

李墨群笑了笑："什么好东西？我看看。"

李墨群打开铁盒，里面放着几张折叠的纸条。他拿起一张纸条，见上面写着"松下10点抵达虹口，速杀，灵蛇"。

李墨群眉头一皱："'灵蛇'？"

他又拿起一张纸条，上面写着"秀鸾，虹口俱乐部，李墨群陪同，灵蛇"。

李墨群冷笑："还有我的名字呢！"

他又拿起一张纸条，上面写着"铁猴，移交梅机关，苏州河桥伏击营救，灵蛇"。

李墨群抬头问孙丙伦："'灵蛇'怎么知道'铁猴'要移交梅机关？"

孙丙伦摇摇头："这就要问凌岳州了。"

李墨群将纸条扔进铁盒里，吩咐沐承风："抓！"

沐承风兴奋地喊道："兄弟们，带上家伙，抓内鬼！"

凌岳州站在窗前，心绪不宁地喝着咖啡。一船重水被美国在华海军陆战队抢走，一向猥琐的"基督"被烧成灰烬，一向谨慎的"军师"竟然自投罗网，这太不可思议了。

重水和"基督"已尘埃落定，心烦也于事无补，他最担心的是"军师"落网，这里面一定有事儿，难道自己暴露了，"军师"要跟他同归于尽？

凌岳州猜到"军师"的意图，立刻转身，一步跨到桌前，猛地抓起话筒，拨梅花楼的电话号码。

"嘟嘟嘟"，一阵忙音，电话占线。

凌岳州额头涔出冷汗，急忙重新拨号。

电话终于通了，凌岳州脸上有了喜色。此刻他是又气、又惊、又喜，说："中计了，我马上就要被76号抓了。"

凌岳州刚放下话筒，沐承风便冲进来。

沐承风早就看凌岳州不顺眼，大踏步走到他跟前，扇了他一个耳光。

凌岳州怒极："沐承风！"

沐承风抬手又是一个耳光："沐承风也是你叫的？抓起来！"

几个特务上前要抓凌岳州。

凌岳州怒喝："你们敢！"

几个特务停下，面面相觑。

"共匪分子就是硬气，这个时候还他妈的硬个球！"沐承风上前摁住凌岳州，掏出手枪抵住他的头，“我他妈的现在就能毙了你！”

凌岳州瞪了沐承风一眼，额头往他的枪口用力一抵，不再言语。

“现在知道马王爷长几只眼了吧？”沐承风把凌岳州往几个特务身前一推，“带走！”

几个特务控制住凌岳州。凌岳州“哼”了一声，第一个走出办公室。

凌岳州被押进审讯室。孙丙伦坐在椅子上，苏成方正在给他点烟。

孙丙伦吸了一口烟：“‘灵蛇’，不要怪我，我也是没法子。”

凌岳州冷冷一笑：“什么‘灵蛇’？”

孙丙伦摇摇头，只顾吸烟，再不说话。

李墨群冷冷一笑：“凌岳州，你就是内鬼！”

凌岳州向前走两步：“主任，你不能听他的一面之词。”

李墨群情不自禁地掏出手枪：“为什么不能听？我觉得他说得挺有道理的。”

“他是叛徒，叛徒的话能信吗？”

“你怎么知道他是叛徒？”

“我……”凌岳州意识到自己的言语有漏洞，急忙闭嘴。

李墨群把手枪对准凌岳州：“苏队长，打开录音机让他听听。”

苏成方从怀里取出一部小型录音机，按下播放键，录音机先是传来下雨的声音，接着是凌岳州的声音：“他抢走了名单。”

“凌岳州，你还有什么话说？”李墨群将手枪抵在凌岳州的脑门上，“我现在就能毙了你！”

凌岳州脸色阴郁：“主任早就怀疑我了？”

李墨群指着孙丙伦：“认识门徒小组的‘军师’吗？”

凌岳州向孙丙伦望去，冷冷一笑：“‘军师’不愧是‘军师’。”他转身冲李墨群说道，“主任，我是‘灵蛇’不假，但我还是日本特工。”

“特工总部的日本特工还真他妈的多！”李墨群冷冷一笑，“苏队长，你他妈的是不是日本特工？”

苏成方哈哈一笑：“报告主任，我是日本特工，沐队长也是，特派员也是。”

沐承风脸色一变，瞪了苏成方一眼。苏成方假装看不见。

李墨群吩咐苏成方："动刑吧，还等什么！"

苏成方示意特务将凌岳州绑在刑架上，开始动刑审讯。

凌岳州咬牙挺住。

李墨群啐了一口唾沫："这些共匪分子呀，都他妈的嘴硬。"

孙丙伦嘴角一动，吸了一口烟，向钱乙然看了看，说："让这位大侠试一试？"

钱乙然摇摇头："大侠？这称呼俺可不敢当。"他伸手拿起一把尖刀，向李墨群望去，"可以开始吗？"

李墨群手指在腿上一弹："嘴硬就动——"

"嘀嘀嘀"，电话铃响了。苏成方跑过去接电话，听了一句脸色就变了："机关长，您稍等！"

李墨群见影佐圭吾打来电话，走过去接听："机关长！嗯，啊，是吗？大水冲到了龙王庙，好，我知道了，明白。"

李墨群挂断电话，走向钱乙然，从他手里拿过一把刀，走到凌岳州跟前，用刀切断绳子："对不住呀，凌大处，没想到你真是日本特工，还是犬养先生的儿子。"

众人闻言，均是惊愕。沐承风更是脸色惨白。

凌岳州一边整理衣服一边说："这不怪主任，是我的错。我真名叫犬养纯。"

李墨群点点头："犬养先生马上就到，少安毋躁。"

犬养中堂走进审讯室，看到凌岳州遍体鳞伤，眉宇间全是愤怒。

他经营多年的一条暗线，就这样暴露了。他实在想不出问题出在哪里。孙丙伦的真实身份暴露，76 号抓捕他是职责所在，看似顺理成章，但他总觉得这是一场精心策划。

犬养中堂感觉自己的对面站着一个高手，冷静地看着他设计棋局，然后一一化解。

凌岳州走到沐承风面前，伸手扇了他一个耳光。

沐承风怒极："你？"

凌岳州朝地上吐了一口血沫："蠢猪，如果你不抓孙丙伦，我们就能把门徒小组一网打尽！”

沐承风脸上殷红：“谁知道你是共匪的叛徒！”

凌岳州怒意难平：“我是日本人，不是叛徒！”

“日本人也可能是共匪分子。”沐承风冷笑，“老子去过梅机关大牢，你有种再把我抓进去呀！”

“沐队长，你千万别犯在我手上。”凌岳州瞪了沐承风一眼，面目狰狞。

杨枢刚到76号大院，看到犬养中堂走进审讯室，便跟进来。他看着凌岳州狰狞的表情，心里顿时紧张起来，心里暗暗思忖：“凌岳州是日本特工，不是中共‘31号’，凌岳州怀疑我了吗？谁才是中共‘31号’？”

犬养中堂看了看众人，对凌岳州说：“纯儿，咱们走吧。”

罗亭忽然冷笑道：“你们也太霸道了吧！”

犬养中堂瞥了罗亭一眼：“你是罗小姐？”

罗亭面沉似水：“请叫我特派员！”

犬养中堂神色一凛：“罗特派员！”

“鄙人不才，受汪先生委托，为推动中日和平尽一分绵薄之力。”罗亭突然话锋一转，严厉地斥责道，“犬养先生为何破坏《日汪密约》？两国协约，白纸黑字写得很清楚，日本人不得在新政府任职，凌岳州，不，犬养纯在特工总部担任情报处处长一职，难道是天皇陛下不相信南京政府吗？”

“日中和平不是一句空话，而是一项运动。”犬养中堂冷冷地说道，“只要是运动，必然存在一些不合理的地方。譬如，我方出人出钱，帮助南京政府和平建国，对我方本身就不合理嘛。”

罗亭冷笑道：“荒谬！”

“我们坐在一起，本身就是一种荒谬！”犬养中堂向众人扫视一眼，“从此刻起，凌岳州恢复日本人身份，任帝国驻特工总部专员。”

凌岳州直起腰板：“各位，从此刻起，我就是帝国专员了，现在我要特工总部执行第一项命令。”

杨枢哈哈大笑：“大家都是同事，干吗这么严肃！”

李墨群附和道：“杨处说得对。”

凌岳州看着杨枢："第一项命令，审查杨枢。"

杨枢蹙眉："为什么？"

李墨群吃惊："为何要审查杨处？"

凌岳州说："根据我的调查，杨枢涉嫌《苏南清乡计划》泄密，导致皇军清乡行动失败，损失惨重。"

李墨群假装吃惊："《苏南清乡计划》泄密了？怎么可能？"

罗亭向凌岳州望去："犬养专员，你有证据吗？"

凌岳州摇摇头："杨枢是嫌疑犯，我会找到证据的！"

罗亭冷笑："那就等你找到证据再说吧！另外，就算《苏南清乡计划》泄密，杨处长只是掌管机要处，只有失察之责，也不需要审查吧？"

杨枢嘿嘿一笑："犬养专员新官上任三把火，这第一把火就烧到我头上来了。"

凌岳州不置可否，转身向孙丙伦望去，见他悠然地吸着烟，怒问："你想和我同归于尽？"

孙丙伦吐了一串烟圈，不紧不慢地回答："你配吗？"

凌岳州涨红了脸，离开 76 号大院。他没有到临江路抓捕吴已楠。因为他知道，孙丙伦大张旗鼓地投诚，吴已楠必然已经到达安全之地。

现在他关心的，是谁让自己的身份暴露了。

直觉告诉他，能轻松揭掉他脸上面具的人，一定是那个传说的中共'31号'。那个深藏不露的人，才是最可怕的对手。

~ 061 ~

时间： 1941 年 11 月 16 日，星期日。

地点： 上海，公共租界，五号仓库；日占区，黄浦江畔。

凌岳州站在五号仓库里，审视着屋里每一寸地方。

这是一间空房子，里面堆着一些假古董和劣质瓷器。窄小的窗台上放着一个青花瓷瓶，瓷瓶里插着一根树枝。

这是秦癸恩与孙丙伦传递情报的地方，圣约翰教堂里的“神鸟”一直没有取走，一定是秦癸恩的情报还没有传递出去。情报会藏在这里吗？

凌岳州的目光又落在那个青花瓷瓶上。

有情报的时候，纸条就会绑在树枝上，外人不知道瓷瓶里还有一个盛装浓硫酸的玻璃瓶，只要猛地拿起青花瓷瓶，距离浓硫酸只有一寸的纸条就会被腐蚀。

凌岳州走到窗前，小心翼翼地拿起青花瓷瓶，掏出里面的玻璃瓶扔在地上，浓硫酸哧哧作响。

凌岳州将青花瓷瓶倒过来看，发现瓷瓶底部刻着一串数字，不由得紧张起来。

青花瓷瓶有问题？

他每次查看情报时，注意力都集中在瓶里的浓硫酸上，从未看过瓶底，原来秦癸恩将情报刻在瓶底上。

凌岳州深吸一口气，仔细查看瓶底，见瓶底上刻着八个数字：1-9-3-5-1-1-2-3。

看不出数字隐藏的情报，凌岳州便离开五号仓库。他心里落寞，潜伏身份暴露了，就算父亲凭借手中权力让他出任驻特工总部专员，可他跟父亲一样也成了龟机关的逃兵。

不，他不能就这样认输！

一定要揪出中共“31号”！

他认定杨枢就是内鬼，所以才提出审查杨枢。他知道，没有确凿证据不能指证南京政府二把手的小舅子，一旦影响日中大局，他会被送上帝国军事法庭的。

忽然，他脑海里浮现出一个人。

“沐承风！”凌岳州会心地笑了，“还真是冤家宜解不宜结啊！”

沐承风被凌岳州当众羞辱，一腔怒火无处宣泄，就把自己灌醉了。一醉解千愁，一觉醒来，已是黄昏。

夕阳并不刺眼，但凌岳州的目光却如军刺，“疼”得他“嗷”的一声从床上坐起来，失声喊道：“犬养专员，你——你想怎么着？”

凌岳州将衣服扔给他：“起来，咱们谈谈。”

沐承风一边穿衣服一边说：“犬养专员，咱们之间是有恩怨，但我沐承风也不是尿包。你第一把火烧了杨枢，第二把火就该烧我了吧？”

凌岳州嘿嘿一笑：“沐队长是希望我烧你呢，还是不希望烧你呢？”

沐承风冷笑：“我还有选择的余地吗？”

“我做事向来对事不对人。针对你，不是不喜欢你，而是我坐在那个位子上，不得不那样做，不那样做别人就觉得奇怪了，就会怀疑我。”凌岳州走到窗前，向窗外的一棵大树望去，“我是日本贵族，怎会稀罕待在76号？我那样做，只是为了更好地潜伏。现在不用潜伏了，所以沐队长就不再是我的对手了。咱们或许可以成为好朋友。”

沐承风跳下床：“为什么？”

“因为他们知道咱们不对付，所以不会相信咱们能成为朋友。”凌岳州转过身，促狭一笑，“这样做岂不是很有趣？”

沐承风走到窗前，望着伸到隔壁院子的树枝，咂摸着凌岳州的话：“我如何相信你？”

“你跟晴气武夫之间的事，我早就知道了。”凌岳州不紧不慢地说。

“你没有告诉主任？”沐承风不解。

“你在乎李墨群的态度，可我不在乎。”凌岳州掏出烟，扔给沐承风一支，“还有，李墨群已经知道告密者是苏成方。”

沐承风一愣：“苏成方，怎么可能？”

“沐队长，你太小瞧苏成方了，更小瞧李墨群了。”凌岳州点燃烟，吸了一口，“苏成方是李墨群的人，他能当上青帮二爷，是李墨群暗中运作的。你别忘了，李墨群的老师可是季云卿啊！”

“被劈死的青帮老头子。”沐承风啐了一口，“狗娘养的苏成方，老子一准儿阉了他。”

“沐队长信我了吧？”

“说说你的目的。”

“咱们合作，把杨枢烧了。”凌岳州吐出一口烟，“‘31 号’，共匪内鬼，就是杨枢。”

沐承风一愣：“‘31 号’不是贺加吗？”

凌岳州摇摇头：“贺加不是‘31 号’，他是我的下线。皇军苏南清乡行动失败，是因为杨枢偷看了《苏南清乡计划》。这就是我第一把火烧他的原因。”

“杨枢真是‘31 号’？”

“我想把这份功劳送给沐队长。”

“嗯？”

“事成之后，你就是工部局警务处处长。”

沐承风“哼”了一声：“让我做你的眼睛？”

凌岳州淡淡一笑：“我有耳朵，电台就是我的耳朵。”

沐承风想了想：“成交。”

凌岳州从口袋里掏出一把钥匙，扔在床上：“这是麦加利保险柜的钥匙，第一笔钱已经放在那里。给皇军做事，不会亏待你的。”

沐承风看了一眼钥匙：“那我就不客气了。”

凌岳州出去，站在沐家门前，背着双手，骂了一句蠢货，又悠然自得地向前走了两步，扭头向沐家隔壁望去，脸上泛起一抹鄙夷的笑容。

苏成方在沐家安装了窃听器，窃听设备就在沐家隔壁的东屋里，这个情报他早就掌握了。

今天，他说的这些话，布的这些局，自然都进入苏成方的耳朵里。凌岳州希望 76 号乱起来，只有这样才能审查杨枢，更能发泄窝在他心里的怒火。

凌岳州向沐家隔壁的大门瞥了一眼，笑骂：“一对蠢货！”

沐承风对凌岳州半信半疑，直到他在麦加利保险柜取出两根金条，这才信凌岳州的话。

杨枢是中共“31 号”，这个情报是非常值钱的，怎么可能交上去呢？放在以前，或许他会上交，现在绝不可能了，“只能给自己卖命，才能挣得大好前程”。

他决定彻查杨枢，等坐实了杨枢身份，便把情报拿到黑市上卖，换取高价钱。他给赵甲坊打电话，约他在南市荒芜的黄浦江畔见面。

赵甲坊早到了一会儿，竟然坐在江畔垂钓，身旁还放着两个罩着黑布的笼子。

沐承风驱车赶到，刚下车便被一股风沙迷了眼睛。他一边揉眼睛一边骂娘，径直走到赵甲坊身旁坐下。

“不知道你眯了眼，还以为你在骂我呢！”赵甲坊轻拉鱼钩，见是空钩，又将鱼钩甩到江里。

沐承风“呸”了一声：“你很有闲心呀！”

赵甲坊哈哈一笑：“不知道哪天见阎王，何不今日醉清风。”

“手上有情报吗？”

“咱们都是老军统，你这么问，我该如何回答？”赵甲坊放下鱼竿，伸手揭开笼子上的黑布，里面是一个炭锅和一个抽屉式食材盒，抽屉里有羊肉和蔬菜，“来，沐队长，咱们吃火锅。”

沐承风哈哈大笑：“真有你的。”

“谁的情报？目标是谁？”赵甲坊掏出火柴点燃木炭。

沐承风看着赵甲坊烧炭：“你认识，杨枢。”

“怎么盯上他了？”

“76 号的人，我都盯着。”

“听说杨枢混迹情报黑市，比那个叫贺加的活跃多了。”赵甲坊弯腰吹气，炭火燃烧很旺，“不过，自贺加出事后，杨枢就歇了，还算是聪明人。”

“能不能弄到有关杨枢的情报？”

“我试试吧。”赵甲坊又拿起鱼竿，“有件事不知道你有没有兴趣？”

“说说看。”

“军统派来一个特派员到上海，这是条大鱼，沐队长想不想钓？”

沐承风好奇地问：“你为何出卖军统？”

赵甲坊摇摇头：“这不叫出卖，这叫做生意，而且我不是雇主。”

“这事新鲜，雇主是谁？”

“万墨翰。”

沐承风皱眉："万墨翰怎么与军统有关联？"

"万墨翰不知道特派员的真实身份，只知道这个特派员是杨毓香的姘头，而万墨翰喜欢杨毓香，所以他出了花红，秘密悬赏斩头行动。"

沐承风嘿嘿一笑："看不出来，万墨翰还是个情种。"

赵甲坊淡淡一笑："如果特派员死在上海，如果军统知道是万墨翰做的，沐队长，你想想会发生什么事情？"

沐承风捡起一块小石子，丢进水里："戴笠会要了万墨翰的命。"

"万墨翰死了，我就是中央巡捕房总探长。"赵甲坊突然收竿，见鱼钩上挂着一条大鱼，哈哈大笑，"沐队长，明白这笔生意里的玄机了吧？"

"你做生意这一点，确实与凌云洲挺像的，怪不得他不抓你。"

赵甲坊似乎忘记了摘鱼："凌云洲知道我是军统的人？"

"鱼！鱼！"沐承风急忙起身，伸手扯住鱼线，摘下鱼，"他比我知道得早。你也知道，凌云洲就是个投机分子，处处左右逢源，怪不得江仲阁喜欢他，真他妈的会做生意。"

赵甲坊低声说："这笔生意你做不做？"

沐承风哈哈一笑："为什么不做？抓了军统特派员，整个军统上海站便可一锅端了。不过，你是条漏网之鱼。"

~ 062 ~

时间：1941 年 11 月 17 日，星期一。

地点：上海，日占区，梅机关。

犬养中堂像具死尸一样躺在摇椅上。

他身心俱疲，心力耗尽，精神虚脱。

自从身份曝光，他就觉得自己像输光所有筹码的赌徒。

自近卫文麿下台，东条英机上台，执行"南下"战略"Z 计划"，他就觉得自己被天皇抛弃了。“不战而屈人之兵”，是他的作战理念，这与好大喜功的天皇相悖。日本当局上下准备凭借军事力量建设大东亚共荣圈，在他看来就是荒唐的美梦。

四十年的特工生涯，耗尽了他的心力。他这次来到上海，不是为了天皇，而是为了对手。“光计划”既然已经开始，就必须有一个结尾。

他做事，向来讨厌虎头蛇尾。

影佐圭吾敲门进来，见到有气无力的犬养中堂，躬身问道：“先生身体有恙？”

“基督十字架受刑，肉身虽死，精神却获得重生。”犬养中堂慢慢地坐起来，盯着影佐圭吾说，“红组，实在不让人省心啊！”

影佐圭吾说：“拉乌尔一死，红组群龙无首，已经名存实亡了。”

犬养中堂道：“世界上任何组织，都被它的领导者赋予一定的气质，有什么样的领导，组织就有什么样的气质。树倒猢狲散，就是龟机关、红组的气质。影佐，你找我有事？”

影佐圭吾说：“德国襄助的重水，被美国海军陆战队抢走了，我们要不要照会美国？”

“‘Z 计划’推行在即，绝不能照会美国。”犬养中堂站起来，叹了口气，“抢走就抢走吧。重水只是其中一种物质而已，其作用还停留在理论上。科学家才是关键，找到德国科学家名单，得到名单上的科学家，还愁没有原子弹？”

影佐圭吾气愤地说：“我实在想不明白，躺着赚钱的美国人，是如何获得帝国‘原子计划’的！”

犬养中堂走到窗前，直直地盯着窗外，突然转身：“有人泄密！”

“谁？”

“你认为应该是谁？”

“森木玉树。”

“也有可能是芳子。”

“芳子小姐绝对不会出卖帝国利益的。”影佐圭吾肯定地说，“重水被劫，事关重大，我们必须查清楚，对军部也好有个交代。”

“我知道你的难处。”犬养中堂幽幽一叹，“羁押森木玉树，是需要确凿证据的。”

“中国现在流行一句话，‘宁可错杀一千，绝不放走一个’。在狡猾的人身上，也许我们永远找不到有力的证据，但他们不会收敛他们的破坏力。战争年代，本来就不存在公正，偷偷地让他消失，也是一个选项。”

犬养中堂摆摆手：“我觉得让对手心服口服，才是最好的选项。”

影佐圭吾走到犬养中堂面前，低声说：“我们首先是军人。”

犬养中堂走回摇椅边，无力地躺下：“把芳子和玉树羁押在梅机关，限制他们行动，做进一步调查。”

影佐圭吾立正，颔首：“哈依！”

凌云洲和宫本芳子早就在梅机关前院候着。

雨夜，很冷，冷到骨髓。

宫本芳子嘴唇青紫，不停地战抖。凌云洲将军装披在她身上，紧紧地偎依着她，用体温为她驱赶寒意。

宫本芳子身冷，心里却暖暖的。忽然间，她想感谢这场雨，感谢美军的暴行。

她现在突然懂得，有一种失败叫成全。

凌云洲心里也是火热的。拉乌尔临死前的微笑，在他脑海中不停地闪现，让他想起十字架上的耶稣。他知道拉乌尔之所以选择牺牲，是为了成全其他红组成员。

四个宪兵走过来，把他们带到后院，分别关进一间只有一个小窗户的黑屋。

梅机关的前身是梅花堂，院子里自然有梅花。初冬，几株老梅的枝头已经出现花骨朵，把枝条衬托得更有生命力。

那几株老梅，看样子在这里生长了几十年。宫本芳子站在窗前，看着老梅上的颗颗花骨朵，回忆着她与凌云洲在一起的日日夜夜。她觉得，他们之间的爱情，就像眼前这些梅花。

她和凌云洲要结婚时的爱情就如同盛开的梅花，灿烂无比；战争爆发，犹如骤雨，梅花落入尘埃，爱情悄然而逝；他们来到中国，如同老梅熬过夏秋，将在风雪中绽放。

此刻，他就在她的隔壁，能听到他睡觉时的鼾声，让她觉得羁押之地，就是梦寐以求的天堂。

凌云洲也站在窗前盯着老梅，却想到凌公馆里的梅花，想起江澄子临窗望梅的身姿。此刻，他觉得自己比任何时候都想她，想她的一切。

凌岳州走到窗前，与凌云洲四目相对。“哗啦”声中，看守特务打开屋门。

凌岳州进屋后，打量黑屋：“呦，这里可比 76 号清净多了！”

凌云洲呵呵一笑：“羡慕吧？呦，我差点儿忘了，这是梅机关，你来去自如，脸够大的呀！”

凌岳州在脸上比画一下：“没办法，浑身哪里都不大，就是脸大。罗特派员想见你，影佐都没同意。”

凌云洲一愣，反问：“你就是‘神鸟’？”

凌岳州撇嘴：“智商太高不一定是好事儿，知道太多可能是要命的事儿！”

“影佐都不拦你的话，试想上海滩除了‘神鸟’，谁还有这种能量？小学生都能整明白。”

凌岳州盯着凌云洲，不再调侃：“我就是‘神鸟’，我是日本人。”

凌云洲点点头：“那你一定知道我的身份。”

凌岳州拍拍凌云洲的肩膀：“你进入 76 号的第一天，我就知道你是‘武士’。”

凌云洲做出恍然大悟的样子：“哦，怪不得你处处关照我。”

“我的身份暴露了。”凌岳州愤愤地说，“沐承风这个蠢蛋，竟然抓了中共门徒小组的‘军师’孙丙伦，这不是裹乱嘛，成事不足败事有余！”

“逮捕孙丙伦是我提议的，怎么会暴露你的身份呢？”凌云洲不解地问。

“我还有一个身份，门徒小组的‘灵蛇’。”凌岳州盯着凌云洲，“吃惊吗？我十年前就已经加入门徒小组，与孙丙伦单线联系。这条线，我小心翼翼地经营了十年。今年机缘巧合，发现秦癸恩是门徒小组的‘剑猪’，本想顺着他这条线再摘几个瓜，没想到他把自己炸了，把我也炸回十年前。”

“对不起，我的好心坏了你的大事儿。”

“你不必道歉。”凌岳州摇摇头，“坏我大事的人是李墨群和沐承风。他们阳奉阴违，答应我不动孙丙伦，结果还是动了。”

凌云洲指着76号大院的方向：“支那人都是滑头，不可信任！”

凌岳州附在凌云洲的耳边，低声说：“我暴露了，只能靠你挖出隐藏在76号的‘31号’。我在暗中配合你。”

凌云洲指指厚重的铁门：“我还能出去吗？”

“重水被劫，关你屁事！”凌岳州冷笑，“拉乌尔早就计划好了，就算你是孙悟空，又能把美国大兵怎么样？”

“影佐总得找个替死鬼吧？”

“影佐确实想找人背锅。不过，你是龟机关的特工，他不能越权。”

“大哥，这地方我一会儿都不想待，你得想办法把我弄出去。说真的，我怎么死都行，就是不能被这口黑锅闷死。”

凌岳州白了凌云洲一眼：“能不能有点儿武士道精神？”他丝毫不给凌云洲反应时间，“你觉得杨枢是不是‘31号’？”

“在没有确凿证据时，76号的任何人都值得怀疑。你先别想‘31号’了，还是想想我吧。”

凌岳州笑道：“有先生在这里坐镇，影佐能把你怎么样？你啊，难得清闲，就当休假，放松一下身心。我走了，千万别想不开啊。”

凌岳州走进梅花楼，来见犬养中堂。关于羁押凌云洲这件事，他有自己的看法，也有少许愤怒。

政治就是整治，犬养中堂自然明白其中的缘由。

他对凌岳州说：“影佐的态度，应该就是军部的态度。影佐的强硬，说明军部已经对我不满。我是逃兵，已经没有运筹的资本了。”

凌岳州愤愤地说道：“爸爸将一生都奉献给帝国，难道就因为您在莫斯科失利，军部就抹杀您所有付出吗？”

“莫斯科，是我一生的滑铁卢。我到上海来，就是想会会‘基督’，没想到‘基督’太狡猾，在创造辉煌的巅峰时死去，为自己树立一块丰碑。我有些后悔，当日应该死在德军的火炮之下，而不是选择做逃兵。”犬养中堂默默地嘀咕，"'老龟'的意义，在于无往不胜。失败了，就是帝国的耻辱。自近卫内阁下台后，龟机关已经失去昔日的资源和资本，我也成了大和民族的笑柄。我已经给'老猪'发电，让他出面领导龟机关。现在，也只有他能力挽狂澜了。"

凌岳州摇摇头："帝国的态度，实在令我心寒。"

"帝国的权柄，如今都掌握在军部那群人手里。那群匹夫，只有匹夫之勇，只能逞一时之快。既然他们鼠目寸光，我也懒得管了，任凭梅机关折腾吧。"

"美国大兵抢夺重水，就是'基督'设的局，影佐岂能看不出来？重水被劫，责任在军部，三岁娃娃都能看出来。帝国军舰里的炮弹不是射向美军，而是炸出我们的特工，不可笑吗？"凌岳州指着门口，"我认为，影佐针对'武士'，一是让'武士'背锅，二是试探您的底线。"

犬养中堂叹口气："自从我来到上海，就一直向影佐妥协。当他质问我，美军如何获得帝国的'光计划'时，我除了说有内鬼，还能说什么呢？！"

凌岳州颔首："我能理解爸爸背负的压力。"

"重水事件牵扯面太广，远的有土肥原、竹机关，近的有龟机关、梅机关。这么长的线，这么多人，什么地方都可能泄密。影佐为什么让'武士'背锅，我岂能不明白？"犬养中堂摇摇头，"可是，仅我明白又能怎么样呢？"

"我倒有一个主意，可救'武士'。"凌岳州把嘴巴附在犬养中堂耳郭边。

~ 063 ~

时间： 1941 年 11 月 17 日，星期一。

地点： 上海，日占区，愚园路 1136 弄，梅机关。

雨终于停了。

雨水洗刷过的凌公馆，内外焕然一新。

江澄子的心境是杂乱的。自从凌云洲说去香港出差，离家后一直杳无音信，这是从来没有出现过的现象。她向李墨群询问，李墨群说他可能在路上，叫她放心。

女人的第六感觉告诉她，凌云洲可能遇到麻烦了。

江澄子想询问罗亭，但罗亭星期一在76号，她只能等。后来，她实在等不下去了，就回到江公馆问普乐天，结果普乐天也是敷衍她。

普乐天在精心准备“杀龟行动”，琢磨最有利的狙击位置，根本没有时间搭理江澄子。

江澄子没有办法，晚上就跑到1136弄找罗亭。

罗亭告诉江澄子，凌云洲没有去香港出差，而是被梅机关羁押了。

江澄子问：“姐姐是南京政府的特派员，能不能去说说情？”

罗亭说：“不知道梅机关掌握了什么证据，我都无法见到他。”

江澄子问：“梅机关连汪精卫的面子都不给吗？”

罗亭说：“重水被劫，导致日本研制原子弹进程延期，事关陆军部，汪精卫也无权过问。”

江澄子着急了：“那怎么办？姐姐一定要想办法把他救出来啊！”

罗亭想了想：“目前最重要的事，是见到他，了解他被羁押的原因，咱们才能针对问题想办法。现在，能见到他的人，可能只有你了。”

江澄子不解：“你都无法见到他，我凭什么能见到他？”

罗亭说：“冈本一策与松井私人关系密切，你让江老找找冈本一策。”

江仲阁听说凌云洲被梅机关羁押，意识到他一直担心的事情还是发生了。当他意识到儿子、女儿、女婿都加入共产党后，既欣慰又担心。

对于儿女面临的危险，他能感同身受。当年他追随孙中山先生加入同盟会，也是在清政府当局的刀口上行走。

现在女婿遇到麻烦，他绝对不能袖手旁观，不论付出什么样的代价，都要确保他的人身安全。

江仲阁立即去见冈本一策，承诺助其竞选总董。冈本一策现在担任工部局副董，对于下届总董宝座，他垂涎已久，也知道要在这场拼人脉拼财力的竞争中获胜，背后没有金主支持，不可能胜出。现在金主来到面前，他当然没有理由往外推，于是就到松井那里刷老脸。

江澄子拿到松井的手谕，径直来到梅机关。影佐圭吾早就接到陆军部的电话，只能安排江澄子与凌云洲见面。

凌云洲被两个日本特务押往会见室途中，看到车身涂着“满铁上海调查部”字样的卡车，四个日本兵正在从车上搬运一具尸体。

“谁牺牲了？是不是孙丙伦？”凌云洲心里“咯噔”一下，一种不祥的预感陡然袭上心头。

凌云洲故意放慢脚步，想找机会看看担架上的人。

一个日本兵脚下一滑，担架栽向一侧，盖在尸体上的帆布滑落。

凌云洲看得很清楚，担架上是一具干尸，于是他放心地往前走。

会见室内，江澄子见到凌云洲，扑上来抱住他，号啕大哭。

江澄子尖利的哭声，让监听室内的影佐圭吾不得不摘下耳机。

凌云洲轻轻推开江澄子，安慰道：“我没事，在这里待几天而已。等问题调查清楚，我就可以回家了。”

江澄子见凌云洲衬衣上有血渍，急忙问道：“伤口好些了吗？”

凌云洲摇摇头：“接二连三地淋雨，能好吗？”

江澄子抱怨道：“你替日本人做事挨枪子，他们不感恩也就罢了，怎么还让你淋雨呢，还有没有人性了？”

凌云洲做出噤声的手势，低声说：“小声点儿，这是梅机关。”

“我看是霉机关！”

凌云洲瞥了一眼监听器，故意大声说：“你别仗着老爷子跟松井关系好就瞎说啊。在这里，无论什么话，都能翻译出八个意思。”

江澄子愤愤地说：“愿意几个意思就几个意思！你说，他们凭什么抓你，什么时候能让你回家？”

“你急什么啊，我在哪里不是待着啊？对了，家里怎么样？”

“家里啊，除了鞋店今日关门，没什么大事儿。”江澄子挤挤眼睛。

凌云洲顺势问道：“哪家店？”

江澄子向外一指：“还能有哪家，河南路上那家。”

“因为什么？”

“河南路上的鞋店只做定制生意，全靠胡叔叔撑着。今天胡叔叔被巡捕房抓了，还怎么做生意？”

沉香阁拍卖行就在河南路上。

胡叔叔，就是虎王孙丙伦。

被巡捕房抓了，就是孙丙伦被抓了。

凌云洲顿时明白，中共门徒小组已经展开“杀龟行动”了，于是接着问：“胡叔叔没事吧？”

江澄子摇头：“不知道，听说胡叔叔有案底，好像十年前在老家杀过人，不知道能不能出来。爸爸说，没有胡叔叔，这家定制店就不能开了。”

凌云洲说：“有爸爸在，胡叔叔应该没事。”

江澄子突然盯着凌云洲，猛地踮起脚尖亲了凌云洲一下。

凌云洲一怔，不知道江澄子要干什么。

江澄子突然哭了：“那件事，是你跟宫本芳子一起干的吧？”

凌云洲问：“什么事？有话好好说。”

“什么事？自己干了什么事不知道吗？”江澄子见凌云洲目光游离，呸了一口，“呸，你看着我的眼睛。做都做了，还不敢承认吗？你还是男人吗？你说要跟宫本芳子结婚，昨天你没回家，是不是在她家睡的？”

“你别疑神疑鬼好不好？我们在一起，也是为了工作。”凌云洲意识到江澄子可能要对他说什么，就顺着她往下演。

“孤男寡女在一起，还能工作，鬼才信呢！”江澄子吼道，“她也在梅机关吧？她是不是故意把你关在这里，不让你回家？”

“咱们马上就要结婚了，你怎么什么都怀疑？这婚还怎么结？”凌云洲也大声吼道。

“愿结不结，本小姐不稀罕！反正狗改不了吃屎，猫改不了吃腥。你们这群猫啊狗啊，愿意咋乱就咋乱吧！”江澄子把头扭到一边。

凌云洲扳过江澄子的肩膀：“我哪里乱了，你给我说清楚！”

“说就说！上次那个演女尸的小演员，你和她到底啥关系？你以为我不知道？就你那种小把戏，也只能睡睡无知的女人，连西北佬都骗不了的。凌云洲，你给我等着，我回去以后，就让她永远成为女尸！”

“你敢！”凌云洲大声呵斥，心里却在分析江澄子提供的信息，“女尸”“无知女人”“西北佬”“永远”，顿时意识到她想告诉他什么。

江澄子“哼”了一声：“在上海滩，就没有本小姐不敢干的事情。就算她躲到这里又能怎么样？我照样杀了她！”

凌云洲意识到，她在告诉他——楼兰女尸就在梅机关。

为了把戏做真，他伸手抽了江澄子一个耳光。

江澄子也挥手抽了凌云洲一个耳光：“你他妈的还敢打我？”

凌云洲吼道：“你他妈的疯了！”

江澄子忽然抱着脑袋号啕大哭，手指却不停地敲打太阳穴。

凌云洲把头扭到一边，回忆刚才在后院看到的干尸，脑海一闪，迅速做出判断。

中山功破译尾崎秀树传递的情报应该藏在干尸里。中共门徒小组要拿到干尸，获取情报，才派江澄子与他见面，要他配合。

怎样才能接触到干尸？怎样才能与外面的中共门徒小组配合？

凌云洲想到这里，拍打着胸口：“江澄子，我是真心对你的，你可别想歪了。你再胡闹，我在这里马上和宫本芳子结婚。”

江澄子盯着凌云洲拍打胸口的手势，意识到他已经领悟了，于是止住哭声，指着凌云洲的鼻子骂：“别说结婚，有本事你们生三个娃儿！”

凌云洲走到门口，指着门外，吼道：“滚！”

江澄子用脚踢门：“开门，本小姐要出去！”

特务打开门，她捂着脸跑出去。

外面又下起雨，如瓢泼一般。

江澄子还没有跑到轿车前，衣服就被淋透。她打开车门的瞬间，回头看了一眼会见室，眼泪真的流出来了。

~ 064 ~

时间：1941 年 11 月 17 日，星期一。

地点：上海，日占区，梅机关。

凌云洲站在会见室窗前，目送江澄子驾车远去，微微叹口气，转身坐下，望着突然下起的暴雨发呆。

雨下得很猛，却短暂，不到二十分钟便停了。

凌云洲伸个懒腰，准备起身回后院，影佐圭吾和凌岳州却一前一后走进来。

凌岳州把两个大拇指并在一起："我赞同你跟芳子结婚。"

凌云洲说："我和日本女人结婚，让中国人怎么想？他们还愿意接近我吗？在人人对我设防的环境里，我的潜伏还有什么意义？"

凌岳州琢磨一下："也对。不过，你应该先摘掉内鬼的帽子，再想潜伏那件事吧。"

凌云洲明白凌岳州话里的意思，反问："我现在是犯人，不适合在梅机关结婚吧？"

影佐圭吾还是习惯称呼凌云洲的日本名："森木君，看来你对羁押一事，心有芥蒂啊！"

凌云洲说："机关长，我是忠诚的帝国军人，所有行为都是为了效忠天皇，现在被认为叛国投敌，心里能舒服吗？"

影佐圭吾沉着脸："重水被劫，你是当事人，难辞其咎的。"

凌云洲说："任务失败，我理应切腹谢罪。但是被你们认为是叛国投敌，我死不瞑目！"

影佐圭吾站在凌云洲面前，直直地盯着他的眼睛："人非圣贤，难免疏忽。如果你和芳子小姐在梅机关成婚，我可以放你回去的。"

凌云洲立即答道："机关长一言既出——"

影佐圭吾道："驷马难追。"他说完，冲凌岳州摆摆手，两个人走出会见室。

凌云洲也走出会见室，抬头仰望骤雨初歇的湛蓝天空，心里舒服极了，径直向后院走去。经过几株老梅前他仔细打量，枝头的花骨朵已经零星地悄然绽放了。

宫本芳子站在羁押室窗前，人比梅花还漂亮。

凌云洲看了一眼宫本芳子，微微点头，视线又落到老梅枝头。

楼兰女尸就在梅机关，影佐圭吾是否发现女尸中藏有情报？还有那位日本特务鼻祖犬养中堂，任何蛛丝马迹都逃不过他的眼睛。

梅机关是日本特务巢穴，如何才能从这里运走价值连城的文物呢？

凌云洲知道中共门徒小组的“土狗”潜伏在梅机关，他通过江澄子给罗亭传送消息，“土狗”很快就会与他联系。

“土狗”到底是谁呢？他是怎么潜入梅机关的呢？

特务送来晚饭，他收起杂乱的思绪，回羁押室吃饭。

四菜一汤，白米饭，都是凌云洲喜欢吃的。由于心中有事，他吃得很慢。

忽然，他在米饭里发现一个纸团。

凌云洲一边盯着门口的特务，一边悄悄地取出纸团，展开一看，上面写着“食堂土遁”，还有一条狗挖洞的简笔画。

看罢，他把纸条塞入嘴里，就着米饭吃下去。

凌云洲顿时明白，“土狗”要从食堂下面的地道运走干尸。

看管如此严密的干尸，怎样才能运到食堂呢？

凌云洲看看墙壁，宫本芳子羁押在隔壁，她现在想什么呢？

为了完成这次任务，他只能抛开国仇家恨，利用宫本芳子。

他们曾经真心相爱过，也拥有过刻骨铭心的幸福时光。但是，战争让他们拥有不同的信仰、不同的政治立场，个人选择在国家和民族生死存亡面前，是可以忽略不计的。

吃完饭，他请求见宫本芳子，谈谈结婚的问题。

影佐圭吾当即批准。

影佐圭吾早就通知宫本芳子，明天晚上梅机关要为她和凌云洲举办婚礼。

这场婚礼，她曾经设想过很多次，唯独没有想到会在此时此地举办。

她期待与凌云洲结婚，可是马上就要结婚了，她却非常慌乱，甚至有些失落。

凌云洲推门进来，看着昏黄灯光下忧郁的宫本芳子："咱们——结婚吧。"

宫本芳子上下打量凌云洲："你——是认真的吗？"

凌云洲指着院内的老梅："有老梅作证。"

宫本芳子悠悠地说："四年前，也有樱花作证，可是——"

凌云洲把手搭在宫本芳子肩上："我们再也耽误不起了，时局不会给我们太多机会的。哪怕我们在一起一天，也不辜负彼此那份真挚的爱。"

宫本芳子点点头："在日本，只要女人成为一个男人的妻子，她的一切都属于丈夫。我知道自己应该做什么了。"

凌云洲说："在时局面前，你我只是一只可以忽略不计的蝼蚁，扛不起任何东西。我这只蝼蚁，在犬养先生那里，已经一文不值了。我能做的，就是追求本属于我的爱情，这也是我生命中不可或缺的一部分。希望我们的爱情如同那个楼兰女孩，万年不朽。"

宫本芳子说："就让三千年前的楼兰女孩，为我们的爱情作证吧。"

凌云洲琢磨一下："谁扮演楼兰女孩呢？"

宫本芳子说："怎么还用扮演呢？满铁就有一个三千年前的楼兰女孩。"

凌云洲瞪大眼睛："你是说，我们的婚礼上出现楼兰女尸？我刚才只是用她比喻我们的爱情啊。"

宫本芳子大笑："我向来讨厌与别人一样，包括婚礼。我甚至想过，我们在血流成河的战场上举行婚礼呢。让楼兰女孩为咱们证婚，太有创意了，世界上不会有第二场这样的婚礼。"

"芳子，只要你开心，我都听你的！"凌云洲握住宫本芳子的手。

"叫我那芳吧！"宫本芳子盯着凌云洲，"你没有忘记我是中国人吧？"

"王府的格格——"

"不！"宫本芳子伸出右手食指，轻轻压在凌云洲唇上，"刹那芳华——那芳，我只是一个人的那芳！"

凌云洲默念："刹那——芳华——"

宫本芳子猛地把双手搭在凌云洲肩上，粉唇紧紧压在凌云洲嘴上，贪婪地吻着。

凌云洲被动地应付着。

片刻后，宫本芳子把脸颊贴在凌云洲的胸前："那芳，只为你而活！"

凌云洲轻轻地说："明天晚上，咱们就在这里举办婚礼吧。"

宫本芳子默默地说："有你的地方，就是我的爱情归宿。"

凌云洲拥紧宫本芳子："梅机关能举办婚礼的地方，只有食堂。你向机关长申请，让他命人提前装饰一下，我不想把我们的婚礼办得太草率。有楼兰女尸为我们证婚，我们的爱情一定不朽。"

宫本芳子说："我们一定会有一个别致的婚礼。"

第十九章　婚　变

~ 065 ~

时间：1941 年 11 月 18 日，星期二。

地点：上海，日占区，梅机关。

雨停了，梅机关院内的竹叶，泛黄中夹杂着淡绿。雨滴从竹叶上滑落，竹叶微微一颤，晃了晃，又复归平静。

犬养中堂站在梅花楼门前，仰望房檐上的雨水，一滴滴落下，对周围的嘈杂声充耳不闻。

四年前，他拆散凌云洲和宫本芳子，不是因为无情，而是他们违背了他编写的特工守则——特工是没有任何情绪的人，不能有爱或者恨。四年后，他却出于需要，竟然为自己拆散的情侣主婚。

犬养中堂有三个儿子，犬养纯是私生子，另外两个儿子参加苏军后，一个死在波兰战场，一个被德军击毙。他没有女儿，将宫本芳子视为己出。所以，宫本芳子的要求，只要不太出格，他基本都会满足。

“让楼兰女尸见证她的爱情？也就那个鬼丫头想得出，不过挺有创意的。”犬养中堂暗自琢磨。

现在，楼兰女尸经过特殊装扮后，已经移至食堂。

按照习俗，宫本芳子应该在娘家等候迎娶。娘家在日本，不太现实，昨晚就住在虹口俱乐部。凌晨，犬养中堂就把上海最好的化妆师派到虹口俱乐部，把宫本芳子打扮成最美丽的新娘。

影佐圭吾把新婚礼服送到凌云洲的羁押室。

见到礼服，凌云洲有些踌躇。如果罗亭的计划失败，他就与宫本芳子彻底结婚了，这让江澄子情何以堪？对江仲阁如何解释？现在箭在弦上不得不发，他只有一个选项了。

凌云洲穿好礼服，随影佐圭吾来到食堂。

食堂已经装饰一新，红地毯延伸至门外，颇有新婚礼堂模样。

经过装扮的楼兰女尸，躺在玻璃箱内，摆放在主婚台上。不知道底细的人，会以为是一件特殊装饰品。

凌云洲打量那个玻璃箱子，实在想不出“土狗”如何在众目睽睽之下，将楼兰女尸从地道运走。

面对喜气洋洋的婚礼礼堂，凌云洲却感到无比失落。他觉得，自己就像一具没有生命的木偶，从来没有如此被动过。

梅花楼内，影佐圭吾正在向犬养中堂汇报：“先生，军部发来密电，天皇决定在下个月执行‘Z 计划’，目标是夏威夷群岛。”

“夏威夷群岛，夏威夷群岛……”犬养中堂起身走到窗前，注视着披红挂彩的食堂，嘴里默默念着。

影佐圭吾补充道：“这标志着帝国要向美国宣战了。”

犬养中堂说：“夏威夷群岛是美国太平洋上的重要门户，有大量舰船驻扎珍珠港。既然‘南下’战略已定，那就先把美国佬打服，让他们为断供帝国战略物资付出高昂的代价。”

影佐圭吾颔首道：“这也是军部的意思。我接到军部命令，要我们在战役打响之前，全面接管公共租界。”

犬养中堂转身说：“抢劫重水，是工部局总董李德尔的主意，他与美国海军陆战队的派克联手，鲸吞我们的战略物资，这就是你进驻公共租界的最佳理由。”

影佐圭吾说：“我已联系冈本一策，让他做好接管公共租界的准备。”

犬养中堂说：“今晚芳子成婚后，你和纯儿一起，带人进驻公共租界，让梅机关和76号特工秘密清除所有障碍。”

影佐圭吾说：“一定完成军部命令。”他顿了顿，“迎接芳子小姐的婚车快到了吧？”

这时，大街上传来密集的枪声。

犬养中堂侧耳细听：“美式装备，应该是军统的人。”

穿着礼服的凌云洲站在食堂门口，用日语高喊：“是不是芳子遇到麻烦了？快去看看啊。”

一群日本兵跑到大街上，看见不远处，穿着婚纱的宫本芳子躲在婚车后，向不远处轿车后面的军统特工射击。

军统特工见日本兵冲过来了，扔出几颗美式手雷后，借烟雾掩护，驾车快速离去。

凌云洲跑到宫本芳子身前，见她洁白的婚纱一片殷红，吃力地趴在婚车上，赶紧抱住她，大声呼唤。

影佐圭吾命凌云洲赶紧把宫本芳子送往医院，检查一遍现场后，没有任何收获，气呼呼地返回梅机关，却见犬养中堂木呆呆地望着空空的玻璃箱子。

影佐圭吾意识到，他们中了军统的调虎离山之计。军统伏击婚车是假，目的却是盗取楼兰女尸。军统戴笠喜欢收罗文物，人所共知。他为了得到这具价值连城的楼兰女尸，有什么举动都在意料之内。

只是，他们还猜测不出，在警备森严的梅机关，什么人能在如此短的时间内，以什么方法转移走一具楼兰女尸。

犬养中堂拿着手电筒，走上主席台，猫着腰，缓慢走向厨房。

厨房里的大米缸被移动了，下面出现一个地道口。从洞口下行十几米，就到达宽敞的下水道。下水道足有一人多高，里面有脚踝深的积水。

犬养中堂发现下水道中有好多洞口。他逐一检查洞口后，在大脑里把梅机关的建筑图回想一遍，发现有的洞口通往情报课，有的洞口通往总务课。

他在通往情报课的地道里，发现一架电台接收器，气得连连跺脚。他实在想不到，在貌似铜墙铁壁的梅机关，地下却任人来去自由。

他沿着地道向前走，最后从梅机关后街窨井里爬出来。

他站在大街上环顾四周，可能因为发生枪战，原来热闹的大街上，现在空无一人。

聪明的他，怎么也想不到，距他三条巷子的宽街上，钱乙然慢悠悠地吹着口哨，驾驶一辆载满猪牛羊的货车，向“老钱肉铺”驶去。

吴已楠坐在副驾驶位置上，扭头对伏在后排座的人说：“老周，辛苦你了。”

老周，名叫周戊寅，中共门徒小组成员，代号“土狗”。

周戊寅指指梅机关方向：“我觉得，他们比任何时候都想我。”

吴已楠道：“你在上海的任务已经完成，明天一早去南京。门徒小组完成‘杀龟行动’后，也将陆续潜入南京。”

“南京。”周戊寅微微一笑，“咱们南京见！”

夜幕降临，法租界老北门街沉寂下来，一间普通的民房里亮着两盏灯。

罗亭提着坤包，静静地站在街口，看着两盏灯同时亮着，径直向那间民房走去。

两盏灯同时亮起，是中共门徒小组的暗语——货物已到，屋内安全。

罗亭走到民房门前，从包里取出一把钥匙，打开门进去。

民房正中央，摆放着用帆布包裹的楼兰女尸。

罗亭仔细地检查帆布，密文果然密写在帆布上，中山功的针线活儿非常好，不仔细查看还真看不出那些刻意留下的针脚。

那些针脚就是摩尔斯密码，正是中山功传递的情报。

罗亭从包里取出笔和纸，将针脚画在纸上，进行破译。

风铃情报已破，德科学家名单已毁。

罗亭看着情报内容，会心地笑了，从包里掏出针，将密文线一一挑破。收拾完毕，她走到门口，看看楼兰女尸，脸上荡起一抹微笑，轻轻地关灯。

~ 066 ~

时间：1941 年 11 月 19 日，星期三。

地点：上海，日占区，虹口陆军医院，梅机关。

军用医疗车快速驶进虹口陆军医院，接到通知的两个日本军医和两个护士，早早推着担架车在门口等候。

军用医疗车停下，医生和护士把担架车飞快推到车尾。

车后门打开，凌云洲等人把宫本芳子抬上担架车，推向手术室。

凌云洲想进入手术室，被护士拦下。手术室关闭后，他脚下一软，瘫倒在门前。

犬养中堂和凌岳州随后赶到。

犬养中堂似乎苍老很多，步履蹒跚。他走到目光呆滞的凌云洲身边，站了一会儿，见凌云洲丝毫没有反应，用文明棍敲打凌云洲的大腿，低声喝道："你是军人，给我站起来！"

凌云洲吃力地站起来，把头埋得很深："先生，芳子她——"

"她怎么样？"凌岳州问。

凌云洲摇头："不知道。"

犬养中堂把凌岳州拉到一边，低声说："你通知影佐圭吾，全城抓捕军统特工，必须让他们付出十倍的代价。"

凌岳州点头，走到凌云洲面前，拍拍他的肩膀："吉人自有天相，芳子肯定没事的。"

凌云洲盯着凌岳州，一字一板地说："血债必须血偿！"

凌岳州走后两个小时，手术室的门打开，医生和护士把面如白纸的宫本芳子推出来。

凌云洲疯子一般抓住医生，大声问："她怎么样？"

医生摇头道："我们已经尽力了。她的命虽然保住了，但可能永远醒不过来了，你们要有心理准备。"

凌云洲呆立在原地，直瞪瞪地望着医生和护士推着担架车走向走廊尽头。

犬养中堂将文明棍重重一蹾："玉树，我们都是天皇子民，即便芳子为天皇玉碎，也是无上光荣的。现在你已经自由了，去陪陪芳子吧，天亮时必须离开。记住，你现在是中国人，以后没有通知，不要来了。"

犬养中堂说完转身走了，走廊里只有凌云洲孤寂的身影。

军统特工从梅机关盗走价值连城的文物，让影佐圭吾怒不可遏，电召李墨群到梅机关，质问他既然宣称特工总部已经根除上海军统站，为何军统的人在上海还能作下如此大案。

李墨群没有一丝慌乱："机关长，我们根除军统上海站确实不假，但是我们没有清除全国军统特工。戴笠为了得到文物，不排除他派其他地方的特工进入上海的可能。卑职有一点想不通，梅机关戒备森严，军统的人是如何盗走文物的呢？"

李墨群的另一层意思是，梅机关出现家贼，与外鬼联手作案，那只能是梅机关的事情，跟特工总部无关。

影佐圭吾碰到软钉子，自知理亏，转而问道："你怎么看待这件极其反常的案子？"

李墨群说："从作案手法来看，绝对不可能仅仅是军统所为，共匪的门徒小组肯定也参与其中。而且，在梅机关内，也一定有人接应和配合。"

影佐圭吾说："案发后，厨师周戊寅失踪，他的嫌疑最大。他是军统还是门徒小组成员？"

李墨群说："据孙丙伦交代，周戊寅是门徒小组成员，代号'土狗'，两年前就打入梅机关。刺杀秀鸾将军的情报，就是他提供的。本田大佐、小泉大佐、今井中佐等人遇害，也是他提供的情报。"

影佐圭吾愤怒地猛拍桌子，骂道："八格牙路！"

李墨群劝道："机关长息怒，特工总部一定尽全力抓捕共匪和军统的残余分子。"

影佐圭吾说："你回去榨干孙丙伦，摸清上海共匪的窝点，然后一次性清除。"

李墨群面露难色："孙丙伦虽然投诚，但他是生意人，懂得交易的实质。他为了保命，不可能把所有情报提供给我们。到现在为止，他才交代出门徒小组的大致架构。他们都是单线联系，他的上线是'国师'，下线就是周戊寅。他们每次都是上级联系下级，而且经常更换接头地点。"

影佐圭吾问："他交代'国师'的真实身份了吗？"

李墨群摇摇头："孙丙伦连'战马'冯壬山是他儿子都交代了，就是不交代'国师'的真实身份。"

影佐圭吾点点头："可以理解，只要他握着这张王牌，我们就不会把他怎么样。"

李墨群说："卑职认为，门徒小组已经不足为虑。孙丙伦投诚，'战马'被击毙，'山鸡'和'铁猴'逃回匪区，秦癸恩已死，基本已经分崩离析了。"

影佐圭吾摇摇头："不，不能这样想。'国师'应该是门徒小组最高领导人，他不落网，门徒小组还会死灰复燃的。"

李墨群说："自孙丙伦投诚后，按照他们的惯例，身份暴露的'国师'应该撤回匪区了。"

影佐圭吾说："门徒小组虽然暂时匿迹，但他们的'13号'和'31号'还没有落网。特别是'31号'，可能还潜伏在特工总部。现在国共特工联手作案，盗走我们的文物，让人实在忍无可忍。从今日起，梅机关和特工总部秘密搜查租界，将共匪和军统的残余一网打尽。"

李墨群说："到租界行动，需要公共租界工部局和法租界公董局批文才行。"

影佐圭吾从抽屉里拿出两份文件，扔给李墨群："他们已经意识到，上海早晚是我们的天下，讨好我们还没有机会呢。现在你们可以在租界自由行动了。"

李墨群接过文件，转身要走，却又转身问道："听说芳子小姐中弹，伤势如何？需要我们做什么？"

影佐圭吾道："芳子小姐吉人自有天相，并由帝国最好的医生负责医治，李主任不必担心。"

虹口陆军医院内，脸色苍白的宫本芳子在病床上昏睡。

弹头射入她的肩胛骨，虽已取出，但因失血过多，还没有醒过来。

凌云洲坐在病床边，望着昏睡的宫本芳子，心中五味杂陈。这个真心爱他、视爱情高于一切的女人，如今还在与死神搏斗。而他，却不是像她那样爱她，心里感到十分内疚。

战争，是能伤害一切的，包括爱情。山河破碎之时，作为中华儿女，在国仇与爱情面前，必须做出抉择。

他俯下身子，在宫本芳子脸颊上深深一吻后，起身离去。

雨又下起来，比以往任何一次都大。

凌云洲回到凌公馆时，站在客厅里的江澄子不断地向门口张望。她昨晚接到罗亭的通知，得知凌云洲安全，就一直在客厅等候。

看到凌云洲从轿车里走出来，她紧张的身心突然松弛下来，只觉得迅猛的困意席卷而来，一头栽倒在沙发上。

~ 067 ~

时间： 1941 年 11 月 20 日，星期四。

地点： 上海，公共租界，凌公馆；日占区，虹口陆军医院。

温暖、明媚的晨光，穿过印着花纹的窗玻璃，洒在江澄子的脸上。

这一觉，她睡得很沉，踏实熨帖。

江澄子睁开眼时，慵懒地伸个懒腰后，扭头看到凌云洲趴在床帮上睡着了。

江澄子开心地笑了，忽然看见凌云洲身上全是血渍，顿时泪流满面，伸手抚摸着凌云洲的脸颊。

凌云洲醒来，握住江澄子的手："你醒了？！"

"瞧你这一身血，怎么不洗个澡呢？"江澄子坐起来，"要是爸爸来了，吓到他怎么办？"

"爸爸什么大场面没见过？"凌云洲伸手点在江澄子额头上，"我看啊，没吓到爸爸，却吓到你了。"

江澄子轻轻啜泣："你和宫本芳子结婚，我……我……"

凌云洲握紧她的手："我这不是回来了嘛！"

江澄子一把抱住凌云洲，"哇"的一声哭起来。

二人洗漱完毕，江澄子换件新旗袍，挽着凌云洲的胳膊，站在"江湖"的木桥上看冬风拂柳。

"真的，我并不恨宫本芳子。"江澄子将头轻轻靠在凌云洲肩上，"可我没想到是这种结局，不知她能否醒过来。"

"她若醒了，我们怎么办？"

江澄子摇摇头："我很矛盾，一方面希望她醒过来，毕竟她也是可怜的女人，一方面又不希望她醒过来，只有这样我才能守护你。"

"我只盼'杀龟行动'能够成功！"凌云洲向池里飞落的一只麻雀望去，"只要犬养中堂和凌岳州挂了，娶谁不娶谁，我说了算。"

"这该死的战争！"江澄子踮起脚尖，亲吻凌云洲的脸颊。

"哗啦"一声，冬雨又至。

凌云洲拉着江澄子跑到抄手走廊里，江澄子"咯咯"地笑着，天空中一群鸽子飞过，带着悠扬的哨声。

冬雨一阵一阵的，风卷着雨丝斜射。江澄子看着凌云洲喝完粥睡下，便独自驾车去了虹口陆军医院。她提着礼物，来到宫本芳子的病房前，看到犬养中堂和凌岳州在里面，轻轻敲了敲门。

凌岳州起身开门，见是江澄子，不禁一愣："江大小姐？"

江澄子走进病房，将礼物放在桌上："我来看看芳子小姐。"

犬养中堂点头致谢：“江小姐费心了，谢谢！”

江澄子摇头：“我和芳子小姐同时爱上一个人，说明我们有相似的眼光，无论她能否与云洲结婚，我都不恨她。芳子小姐和我一样，心中有爱。有爱的人，都是幸福的。我希望芳子小姐能醒过来，她的人生不该就这么结束了，不是吗？”

犬养中堂慈祥地望着江澄子：“没想到江小姐的内心这么纯洁，心胸这么宽广，芳子与你不做朋友可惜了。唉，芳子何其有幸，能遇到江小姐啊。”

江澄子说：“我今天来，一是看看芳子小姐的病情，二是恳求您一件事。”

犬养中堂说：“江小姐请讲。”

江澄子说：“犬养先生是日本贵族，德高望重，言出必行。我想说的是，我没有阻止芳子小姐嫁给云洲，可如果芳子小姐醒不过来，犬养先生能否同意我和云洲的婚事？”

犬养中堂说：“江小姐大可不必来求我。我只是一个日本没落的老贵族，影佐给点面子，这才逗留上海滩。你们的婚事，我管不了，也不该管。”

江澄子摇摇头：“我将犬养先生和芳子小姐视为值得敬重的人，否则我不会来的。”

犬养中堂叹了一口气：“江仲阁养了一个好女儿。”

凌岳州说：“江大小姐今天此举，令我刮目相看。你和凌大少大婚，我一定去的。”

犬养中堂向宫本芳子望了一眼：“芳子呀，是你福薄呀！”

江澄子走到病床前，低头看着宫本芳子：“芳子小姐，请你放心，我不会让云洲忘记你的！”

江澄子知道，犬养中堂若不同意她嫁给凌云洲，他会有太多办法破坏的，他们的婚事难以如愿。

这一步，她必须独自跨越。

江家制药厂的命运，也处于存亡边缘。

这一关，江仲阁也必须独自跨越。

工部局大楼内，江仲阁站在窗前，望着雨丝如帘，琢磨着即将发生的事情，心里有些堵得慌。

孙丙伦在沉香阁拍卖行被捕时，他就在不远处看着。他坐在车里，看着孙丙伦从容赴死，内心忽然燃烧起一团火。

中国何其有幸，还有这些人死不旋踵。

中国何其有幸，还有这些人前仆后继。

孙丙伦被捕后，方远声又冒险来见他，江仲阁决定为延安做一件大事：买药。

“江老，让你久等了。”冈本一策推门进来，手里提着一个精致的皮箱。

“等人是一种态度，说明我很真诚。”江仲阁转过身，请冈本一策坐下，“冈本先生，你的帝国不真诚呀！”

冈本一策将皮箱放在茶几上，坐到沙发上，哈哈一笑：“好了，江老，别生气了。”

“换作是你，你不生气吗？”

“换作是我，高兴还来不及呢！”

江仲阁坐下说：“你的帝国太霸道了。”

“江老，你知道我冒了多大风险吗？此事如果被帝国军部知道，我就属于告密者，是死罪。”

“好了，冈本先生，我感谢你还不成嘛！”

“江老，我敬重你的为人，这才撮合你把药厂卖给帝国，要不然呢，等帝国军队进驻公共租界，你的药厂就要免费充公了，因为你的药厂有美国股东，仅这一项就够你喝一壶的，帝国军人才不跟你讲道理。”

“冈本先生，我接受你的好意，也答应你的提议。”江仲阁淡淡一笑，“我只有一个条件，明天付款，全额，我半个月后搬离。”

冈本一策打开皮箱，里面全是美元，手指在钞票上一弹：“我知道江老在美国有产业，所以才向军部申请美元，这些钱足够买下你的药厂了。”

江仲阁蹙眉："看来你的帝国是势在必得呀！"

"军部之所以出钱，是要江老答应一个条件。"

"说。"

"军部要登报，宣布高价收购你的药厂。"

江仲阁叹息："你的帝国非常聪明，这样一来我就成汉奸了。"

"江老，你是生意人。"冈本一策淡淡一笑，"这只是一桩生意，你是做生意的，至于军人的逻辑，可以不管它。"

"可惜，我的国人不这么想。"

"鱼和熊掌不可兼得，你总要损失一头的。"

江仲阁点点头："冈本先生，你说得没错，我是生意人，还是选择钞票吧。"

冈本一策哈哈大笑："这就对了。"

江仲阁送走冈本一策，便通知普乐天，约了方远声，在大公制药厂碰面。三人到了普乐天的办公室，一边煮茶一边叙话。

方远声说："江老，我们得到消息，日本人准备对大公制药厂下手，您要未雨绸缪呀！"

江仲阁说："日本人想霸占药厂也不是一天两天了。"

普乐天说："日本人不允许中国人制药，大公制药厂生产的药品只允许在上海市面上流通。"

江仲阁将装有美元的皮箱放在茶几上："这是变卖药厂的钱，支付药款吧，一个月后药就到了。"

方远声一怔："这么快？"

普乐天说："爸爸在半个月前就让对方发货了。"

方远声说："自从战争爆发以来，新四军五天一大战、三天一小战，屡有战士伤亡，没有药品供给，只能眼看着战士们忍受痛苦，甚至牺牲。这次江老变卖家业为新四军购买药品，'1号'首长说，江家之恩，重于泰山。"

江仲阁说："言重了，为国为民出一分力而已，何足挂齿？孙老甘愿赴死，我十分敬重他。你们都是好样的！明天，日本军部就会登报，我呢，就要成为卖国汉奸了。”

方远声说：“委屈江老了。”

江仲阁摆摆手：“跟你们相比，这些又算得了什么？我一把年纪了，被人骂成汉奸无所谓，只是难为孩子们了。”

方远声说：“江老一家，丹心可鉴。”

普乐天说：“方先生，爸爸这次购买药品量大，而且药厂也生产了一批药品，爸爸的意思是全部运往苏北。”

方远声说：“这么大批量药品运出去也是个难题，我回去与组织研究一下，再定方案。我觉得极有可能要分批次运出去。”

普乐天说：“第一批先把药厂生产的药品运走，日本人一旦接管药厂，再运出去就难了。”

方远声说：“是的。”

江仲阁说：“我倒有个主意。”

普乐天说：“利用澄子的婚礼。”

江仲阁点点头：“澄子一直有个愿望，想在黄浦江上举行婚礼。咱们把药品藏在礼品中，运到货船上，连夜运往苏北。”

普乐天说：“‘大风号’已经试水，可以航行。不过，运药的船要用旧船。”

方远声说：“这个主意好。我回去联系组织，让新四军安排人接应。这次运送药品，我亲自押运。”

普乐天说：“方先生，还是我来吧！”

方远声挥手制止：“为了苏北抗日，江家已经付出太多了，这次运药危险太大，我必须亲自押运。”

江仲阁说：“就这么定吧。”

江仲阁和普乐天一同去了凌公馆，见凌云洲神色渐好便放心了。四人在凌公馆吃晚饭，饭后商谈制药厂的事。

江仲阁嘬着烟斗：“乐天，准备些钱，分批送到工人家里。我们江家家大业大，一两个厂子倒闭死不了，可是工人不一样，这份收入是他们一家子的口粮呀！”

普乐天“嗯”了一声：“我会办妥的。”

江仲阁叹了口气：“江家数十年的好名声，眼看就要毁于一旦，我心里着急，可心有余而力不足啊！”

普乐天举拳砸在沙发上：“鬼子甚毒，这是把江家架在火上烤啊！”

“一家人都成汉奸了，该死的小鬼子！”江澄子将茶杯在茶桌上一蹾，“找鬼子理论去，药厂可以卖，但不能登报。”

普乐天摇摇头：“鬼子岂能让我们讨价还价！”

江澄子着急：“那怎么办？”

凌云洲端着茶杯，一小口一小口地抿着，心不在焉地听着。

江仲阁向凌云洲望去：“云洲，你怎么看？”

凌云洲放下茶杯：“百隐千藏，只为救国！”

江仲阁点点头：“好一个百隐千藏！”

凌云洲说：“这口气，争不得！这救国，缓不得！”

江澄子说：“你不姓江，才这样说话哩！”

江仲阁瞪了江澄子一眼：“胡说！”

江澄子“哼”了一声，不再说话。

普乐天说：“云洲说得有道理，不争才能缓一缓，争了就陷进去了。”

江仲阁点头：“如何才能化解日本人的险恶用心呢？”

凌云洲笑了笑：“日本人刊登新闻，必在头版。”

江仲阁哈哈一笑：“我明白了！日本人明日刊登新闻，咱们也刊登，而且篇幅要大过他们。”他说完起身望了一眼黑魆魆的门外，“乐天，联系几家报社老总，无论花多少钱都要办成！”

普乐天起身：“江家大小姐的婚礼，就得与众不同！”

凌云洲和江澄子也站起来，一家人相视一笑。

~ 068 ~

时间：1941 年 11 月 21 日，星期五。

地点：上海，日占区，愚园路 1136 弄，极司菲尔路 76 号。

一阵“吱吱啦啦”的声音，冲击着李墨群的耳膜，让他感到难受。声音变得清晰，录音设备里传来沐承风和凌岳州的对话，李墨群越听脸色越难看。

“主任，沐承风铁定投靠了日本人。”苏成方窥视李墨群的脸色，“他知道我是您的人。”

“特工总部都是我的人！”李墨群伸手关了录音设备，“仅凭这个录音，无法定他的罪。他可以辩解说，与凌岳州合作是假，为部里谋利是真。”

“可是他拿了凌岳州的东西。”

“去麦加利银行查了吗？”

“英国人的银行不好查。”苏成方弓着身子说，“租界咱们不是能进了吗？”

“目前还只能暗查。”

“日军要开过苏州河了？”

“日本人敢查租界，应该是这个意思。”李墨群来回踱步，“也就是说，我们无法确定银行保险柜里是什么东西？万一是个陷阱呢？”

苏成方一愣：“陷阱？”

李墨群嘿嘿一笑：“犬养父子憋着坏呢！我们抓捕孙丙伦，坏了他们的好事，他们能放过我们吗？凌岳州去找沐承风，或许就是个陷阱啊，切不可贸然行动。”

“明白，主任。”苏成方小心翼翼地问，“杨枢会是‘31 号’吗？”

“几个处长都有可能是，也都可能不是。”李墨群看着苏成方，“凌岳州不过是猜测而已，没什么球用。不过，既然他这么猜测，是不是察觉到什么了？你安排几个人，盯着杨枢。”

“是，我这就去办。”

“去吧，继续盯着沐承风。”

“好的。”

李墨群目送苏成方离开，从桌上拿起一根雪茄点燃，来回踱步。他踱了两三趟，站在墙壁前盯着汪精卫的巨幅画像看。看着看着，他忽然转身，疾步走到录音设备旁，打开又听了一遍。听着听着，他忽然抓起烟灰缸，向玻璃窗砸去。

“哗啦”一声，玻璃碎了一地。

李墨群眼露凶光，狠狠地吸了一口雪茄，呛住了，扶着办公桌连声咳嗽。

晚上回家的时候，杨枢察觉有人跟踪，穿过几条街后便确认是 76 号特务。沐承风查他的消息，已经通过军统上海站传到他的耳朵里，这两天他正为这事犯愁呢，不料 76 号特务也来添堵。他回家后无所事事就喝酒，醉醺醺地躺在沙发上睡着了。

“吱呀”一声，卧室的窗户被推开，凌云洲跳进卧室。

杨枢打个激灵，从沙发上坐起来，掏出手枪对准凌云洲。

凌云洲“嘘”了一声：“是我。”

杨枢看清凌云洲，放下枪：“你怎么从窗户进来了？”

凌云洲关上窗户：“从窗户进来，奇怪吗？谁让你家门口有特务！”

杨枢“呸”了一声：“苏成方的狗！”

凌云洲走到沙发前坐下：“这两天我不在部里，没想到发生了这么多事。特工总部天天说内鬼不是延安的，就是重庆的，谁曾想还有他妈的日特，这叫什么事儿！”

杨枢打了个哈欠：“凌岳州没去香港，你干什么去了？”

“不能说！”凌云洲笑了笑，“我听说，凌岳州怀疑你是中共‘31 号’。”

“他谁不怀疑？”杨枢“哼”了一声，“他也怀疑你！”

“是诬陷你，别掉进他挖的坑里。”

“我他妈的怎么会是‘31 号’呢！”

“我有个主意，可以救你。”

“什么主意？”

“只有‘31 号’现形，才能救你。”

“你这不是废话嘛！”杨枢斜靠在沙发上，“鬼才知道，谁才是‘31号’呢！”

凌云洲嘿嘿一笑：“谁是不重要，‘31号’现形才重要！”

杨枢皱眉：“你的意思是栽赃？”

凌云洲点点头：“咱俩是负责抓内鬼的，只要将证据链套向某一个人，他就成了你的替死鬼。”

杨枢做出拥抱的姿势：“你这兄弟没白交。”

凌云洲鄙夷地望着杨枢：“栽赃谁最合适？”

杨枢想了想：“除了沐承风，其他人也没有分量。”

“那就栽赃沐承风，搞不好他还真是‘31号’。”

“还真说不好。”杨枢站起身，从酒柜里拿出一瓶红酒，给凌云洲倒了一杯，“这两天我心情好，你知道为什么吗？罗小姐为了我，不惜得罪日本人。”

凌云洲接过酒杯：“瞧你那点儿出息！”

“我没什么出息，只要罗小姐对我好，我就愿意为她死。”

凌云洲举杯：“好了，别他妈的酸了。罗小姐就是你的圣母玛利亚。”

杨枢哈哈一笑：“咱哥俩好好喝一杯。”

凌云洲喝了一口酒：“怎么栽赃沐承风呢？你有好主意吗？”

杨枢点点头：“栽赃这事儿，我还真有个好主意。”

杨枢的好主意，就是利用陈立案件栽赃沐承风。第一步，他要把事情闹大，把水搅浑，才好栽赃。

第二天早上，杨枢来到特工总部，召集机要处的人开会，立项调查陈立失踪案。会后，他向李墨群汇报他对内鬼的调查结果。回到机要处时，当天的报纸正好送来，他便坐在沙发上翻看。刚打开报纸，他便拿起报纸直奔总务处。

“凌大少，你亲自上手呀？”杨枢见凌云洲在算账，摆出一副吃惊的样子。

凌云洲头都不抬：“岩井公馆新来的大总管要求很严，前几次的报表都给打回来了，害得下面的人加了好几天班，这么干还有些钱批不下来呢。”

“批不下来就批不下来，现在报账都是瞎胡闹。”杨枢好奇地问，“岩井公馆新来的大总管是谁？”

凌云洲摇摇头：“还没见到真神，听说是中国人。”

“真神总有一天要现真身的，慢慢等吧。”杨枢一屁股坐在办公桌上，“你太不够意思了，结婚这么大的事情，我看到报纸才知道，你让我这个做哥哥的情何以堪？”

杨枢将一份《申报》摔在凌云洲面前。

凌云洲拿起报纸，见他和江澄子的结婚启事刊登在头版，几乎占了四分之三的版面，标题是《十月十二日　江家有喜　大宴上海滩》；剩下的通栏是日本军部收购大公制药厂的启事，题目是《军部重金收购大公药厂　日中亲善更上一层楼》。

杨枢嘿嘿一笑：“江老大手笔呀，几乎把上海滩所有报纸的头版都买下了！”

凌云洲将报纸扔在桌上：“你看不明白吗？”

杨枢点点头：“日本人逼的！”

“老爷子不是吃素的！”凌云洲从抽屉里拿出《特工总部行动队线人支出明细》扔给杨枢，“瞧瞧怎么样？”

“还真有叫三儿的线人？”杨枢接过明细表翻看，见多处写着“三儿”的名字下画着红线，脸上堆起笑容。

凌云洲指着明细表：“你再好好瞧瞧，行动队的线人不是叫‘三儿’，就是叫‘四儿’，都是假名字，可是这假名字也能当作真名字报销呀！”

“只要陈立的乳名叫‘三儿’就行了。”杨枢从口袋里掏出两张戏票，“跟江大小姐一起去听戏吧！”

凌云洲接过戏票：“正好去散散心。”

“跟主任汇报了，主任半信半疑。”

凌云洲笑了笑：“半信半疑才是主任的工作风格。”

“我已指证陈立是共匪卧底，你那边进展如何？”

凌云洲从口袋里掏出一个信封：“金融、黑市、生意，都是买与卖，但层次不一样。这封信是从‘凌四石’手里买来的。”

“上海检察总长也做买卖？”杨枢接过信封，抽出信纸看罢，眼睛猛地一亮，“这也能买到？”

凌云洲淡淡一笑：“蒋光头的亲笔手谕都能买，这算什么，毛毛雨而已。”

杨枢竖起大拇指：“金融圈玩的东西就是不一样。”

凌云洲低声说：“我是托西边的人买的，‘凌四石’还蒙在鼓里，嘴巴要紧啊！”

杨枢咂舌：“乖乖，你真是广交朋友呀，不了解你的，还以为你就是西边的呢！”

凌云洲拿起笔掷向杨枢：“我冒着杀头的风险救你，你还他妈的说风凉话。”

杨枢伸手接住笔，恭敬地递给凌云洲：“夸你呢，听不出来？”

凌云洲接过笔：“相信我，给别人留条路，就是给自己留条路。做官和打仗，跟做生意没什么两样，关键是利益。”

杨枢摆弄信封：“有了这封信，主任就信了。”

凌云洲靠在椅背上：“接下来，就看你怎么编故事了。”

杨枢抱拳拱手：“大恩不言谢！”

凌云洲挥挥手：“滚！”

为了彻底打消李墨群对自己的怀疑，杨枢殚精竭虑，不敢有丝毫懈怠，一直躺在办公室沙发上琢磨，不料竟睡着了。迷迷糊糊中，听到小铁钩捅锁孔的声音，他惊醒坐起，可是捅锁孔的声音越发清晰。

内鬼！

内鬼在偷情报！

杨枢悄悄地摸到门后，从门缝里看到沐承风捅开李墨群办公室的门，偷偷溜进去，大约十分钟才出来。

沐承风真是内鬼！

沐承风在做什么？难道他能打开李墨群的保险柜？

这是令人惊喜的发现，如果策略设计得好，就能抓他现行。

万事俱备，只欠东风。沐承风把自己送到风口上，完成了行动计划中最难的一点。杨枢绝对想不到，这一点竟是凌云洲帮他完成的。

沐承风之所以溜进李墨群的办公室，是因为有人偷偷地往他家门缝里塞进一封信，信上的字歪歪扭扭，显然是刻意为之，内容是李墨群办公室内石桌的秘密。

沐承风以为是凌岳州给他的，却没想到是凌云洲。

沐承风控制不住好奇心，才趁着夜深人静之时溜进李墨群的办公室，还真破译出密码，打开了保险柜。

沐承风找出一份写着“陈恭如”的绝密文件，抽出来看，见上面只有一句话，“杭州密训三百特工”，这才彻底相信凌岳州的话，他根本不是李墨群的心腹。

~ 069 ~

时间：1941 年 11 月 24 日，星期一。

地点：上海，日占区，极司菲尔路 76 号；法租界，法国总会。

难得的好天气，乍寒还暖。

周佛麟钻出轿车时，觉得心情舒畅，不知是刚从杨毓香被窝里爬出来，还是能让李墨群难堪，总之他的心情非常好。

他来特工总部，一是给杨枢撑腰，二是告诉所有人，他才是特工总部的大当家。

李墨群带着罗亭和几位处长，站在大院里候着，然后一同陪周佛麟到会议室开会。这次会议由杨枢组织的，但他明白主导权要交给周佛麟。

周佛麟一坐下来，就打开话匣子：“我这次来上海，一是为了解决杨处长的事，二是代表汪先生参加凌处长的婚礼。”

凌云洲起身答谢：“感谢汪先生和周部长的厚爱。”

周佛麟挥手示意凌云洲坐下：“大家有所不知呀，凌处长和江小姐的婚事，可是汪先生撮合的呦！”

李墨群向凌云洲望去：“是吗？我怎么没听凌处长说过？”

凌云洲点点头：“都是二十年前的事了，我和澄子指腹为婚，是汪先生提议的。”

杨枢笑道：“凌处长和江大小姐二十年后还能走在一起，实属不易，凌处长要珍惜啊。”

沐承风竖起大拇指：“这真是千古奇缘！”

周佛麟扫视众人一眼：“另外，我还有一事宣布。新政府班子做了大调整，罗特派员这次要到南京赴任，在行政院内政部工作，那里可是汪先生的军机处呀！”

李墨群鼓掌：“恭喜特派员。”

罗亭起身答谢：“同喜同喜。”

周佛麟向李墨群望去：“李主任再添新职，兼任南京警政部部长，另任江苏省政府主席，择日到苏州赴任。”

众人道喜：“恭喜主任。”

罗亭莞尔一笑：“要改口叫李主席了。”

李墨群摆摆手：“还是主任亲切，特工总部才是我的家。”

周佛麟嘿嘿一笑：“李主任这话说得好！”

李墨群说：“我到苏州后，特工总部就靠大家了。这次凌云洲处长也高升了，去南京，还做我的属下，任警政部主任。”

众人道喜：“恭喜凌处长。”

凌云洲说：“这是周部长、李主任提携。”

周佛麟说：“主要是汪先生想让凌处长去南京，‘故人之子，还是常见面为好’，这是汪先生的原话。”

李墨群说：“凌处长，汪先生可是把你当作自家人了，到南京后好好干，你一定会平步青云的！”

凌云洲说：“明白。”

李墨群说：“好了，喜事说完了，我们就说说愁人的事吧。杨处长，说说陈立的案件。”

“好的，主任。”杨枢拿出一沓资料，一一摊放在桌上，“陈立，乳名三儿，机要处档案室职员。十天前，陈立失踪，他的女人被杀。紧接着，皇军苏南清乡行动失利。种种迹象表明，这次失败是由《苏南清乡计划》泄密所致，泄密者就是陈立。经过这几天的调查，我找到了陈立通匪的证据。”

杨枢起身将一个信封递给李墨群。李墨群接过信封，抽出信纸。

沐承风眉头微皱，瞥了杨枢一眼，然后又看了看李墨群和周佛麟。

李墨群将信纸递给周佛麟：“周部长，您看看。”

周佛麟接过信纸：“嗯。”

杨枢说：“这是中共江苏省委老 A 的亲笔信，足以证明陈立是共匪分子。”

周佛麟一愣：“老 A？”

李墨群说：“中共江苏省委三号人物。”

周佛麟点头：“嗯。”

杨枢将一个文件夹递给李墨群：“这是上周老 A 在《新华日报》上发表的公开信，呼吁上海市民团结抗日。鉴证科经过比对，确认是老 A 的笔迹。”

李墨群翻开文件，眉头紧皱，看后递给周佛麟：“杨处长继续讲。”

杨枢将另一份文件递给李墨群：“这份资料太敏感，我就不公开说了。主任您看，‘三儿’是陈立乳名，这一点说明陈立只是一个小喽啰，他上面还有领导，我怀疑陈立的领导就是‘31 号’。”

沐承风眉头紧皱，拿起笔来，在稿纸上写下“老 A”和“陈立”四个字。

李墨群接过文件看一眼，合上文件夹：“这件事关系到部里的上上下下，我会好好考虑的。”

周佛麟将信封和文件扔给杨枢：“陈立是共匪分子，这一点无可争辩。他的女人被杀，要好好调查。女人总跟是非相连，调查女人或许能找到新证据。”

杨枢点点头：“好的，我这就着手调查。”

李墨群说：“陈立通匪案就由杨处长全权负责，只向我一人汇报。”

杨枢将信封和文件递给李墨群：“这些证据还是放在主任那里安全。”

李墨群“嗯”了一声：“我会亲自锁在保险柜里。好了，散会吧。”

沐承风抬起头来，脸上绽露出一丝得意的笑容。

杨枢心情黯然，栽赃沐承风的成就感，远抵消不了心上人调离的痛苦。他独自来到法国总会，坐在吧台前一直喝酒，听着舞女唱《夜来香》，看着舞池里来回摇摆的人群。他渐渐感觉眩晕，显然已经喝高了。

凌云洲从外面进来，对侍应生说："来杯威士忌。"

杨枢醉眼看凌云洲："你能喝威士忌？"

侍应生倒了一杯威士忌，放到凌云洲面前。

凌云洲将酒杯推到杨枢面前："这杯威士忌是给你点的。侍应生，给我来杯白开水。"

杨枢摇着头："陪我喝酒吧。"

凌云洲摆摆手："一会儿还要送醉鬼回家，今天就不喝了。"

杨枢指着自己的鼻子："你说我是醉鬼？我怎么会是醉鬼呢？你瞧瞧我，无比清醒啊！"

凌云洲哈哈一笑："再过一会儿，你就无比蒙圈啦！"

杨枢拿起酒杯，喝了一口："我伤心呢，六木子。罗小姐刚刚对我有点儿感觉，他妈的就被调到南京去了。调就调吧，为何不连我一起调？"

"周部长想让你留在上海。"

"罗小姐不在上海，我留在上海干吗？"

凌云洲安慰他："好了，看开点儿吧！说实在的，我也不想去南京，我的家在上海，去南京做什么？我真想跟你换换。"

杨枢哈哈一笑："咱哥俩都是伤心人，来，弄杯洋酒喝。"

凌云洲摇头："酒，越喝越伤心。你喝完这一杯，不能再喝了。咱们还有事情要办。"

杨枢将酒杯往前一推，起身摇摇晃晃地走出法国总会。凌云洲从后面追上，把他扶到车里。

杨枢还没坐好，便说："对了，我发现一个秘密。"他把嘴附在凌云洲的耳郭边，“沐承风能打开主任的保险柜。”

凌云洲假装吃惊：“真的假的？”

杨枢等凌云洲坐到主驾位上，从口袋里掏出一张照片，扔给凌云洲：“这是接触绝密级文件的登记表，自《苏南清乡计划》泄密后，就没有人再看过绝密级文件。你看看最后一个人是谁，再看看日期。”

凌云洲看罢：“沐承风？这个日期是苏南清乡行动的前几天。看来，沐承风真有问题呀！”

“陈立这个假共匪是咱们伪造的，沐承风一定是真共匪。”

“你在会上把文件交给主任保存，是给沐承风下套吧？”

杨枢嘿嘿一笑：“我提前见过周部长，周部长会把计划告诉主任的。”

“沐承风要是私自打开过主任的保险柜，这罪名可就坐实了。”凌云洲将照片还给杨枢，驾车离去。

此刻，特工总部主任办公室内，沐承风站在围棋旁，用纱布罩住手电筒的镜头，只能看清棋盘周边区域。

沐承风看着变动的棋子，嘴边挂着一抹冷笑，掏出笔和纸，写下几组密码组合。

沐承风走到保险柜前，一个个地试密码，直到打开保险柜。

保险柜门上的一根头发，轻飘飘地落在地上。

沐承风没有察觉，找出杨枢提交的文件和资料，打开一看，愣在那里。

文件和资料全是空白的！

陷阱！这是陷阱！谁设的陷阱？

沐承风陡然起身，关上保险柜。他在黑暗里矗立片刻，确信四周无人后，悄悄推开窗户跳下去。

沐承风慌了，保险柜是个陷阱，是杨枢、李墨群和周佛麟做的局。他纵有千百张口也解释不清，共匪卧底的帽子已经稳稳扣在他的头上了。

现在，他只有一条路可走，就是抓住那个要来上海的军统特派员，将功赎罪，方可逃过被处决的厄运。

沐承风将赵甲坊约到一个小酒馆里，要了一坛老酒。他一个劲儿地往杯子倒酒，倒一杯喝一杯。

赵甲坊推门进来，看到狼狈的沐承风，笑道：“沐队长怎么变成这样了？”

沐承风攥紧酒杯：“军统特派员何时到？我必须抓住他！”

“发生什么事了？”

“你甭管，要是我完蛋了，你也会完蛋的！”

赵甲坊嘻嘻笑道：“沐队长别激动，我的状况我清楚。”

沐承风将酒杯往桌上一蹾：“我只问你一句话，军统特派员何时到！”

“后天下午到。”

“何时抓？”

“我安排好之后通知你。”

沐承风起身：“好，我是死是活，就看你了。”

赵甲坊冷笑：“我是死是活，也看你了。”

沐承风确信没有在主任室留下任何痕迹，虽然那是一个陷阱，但没有抓他现行，他还可以硬着头皮不认账。只要他抓住军统特派员，自然可以将功抵罪。

李墨群从周佛麟口中听到杨枢的计划，只有三四分相信，但他依然选择配合，对手下不定期地甄别是非常有必要的。

为了鉴别沐承风能否打开保险柜，他揪下一根头发塞进保险柜的门缝里。

第二天一到办公室，李墨群便打开保险柜，看见保险柜门缝里没有头发，先是微微一怔，接着便蹲下找头发。

李墨群伸出两根手指，轻轻捏起地板上的头发，站起身，在阳光下颇有意味地审视。

他轻轻吹了一口气，头发轻飘飘地飘落在地。

他猛地转身，走到石桌旁边，一脚将其踹倒。

~ 070 ~

时间： 1941 年 11 月 30 日，星期日。

地点： 上海，法租界，十六铺码头。

“十月十二日，江家有喜，大宴上海滩”，凌云洲和江澄子的婚礼将在游轮上举行，成为轰动上海滩的盛事。

六天前各大报纸头版刊登此消息后，十六铺码头便成为欢乐的海洋。江仲阁是上海滩名人，掌控着上海滩的经济命脉，他招贤纳婿，宾客自然纷至沓来。

黄浦江上，北起虹口，南到十六铺码头，红帮副帮主朱子刑带领红帮弟子驾驶渡船，帮江公馆运载婚礼所需用品。

朱子刑一边吆喝着，一边向方远声挥手。方远声曾救过他的命，作为回报，他帮方远声端了 76 号的安全屋，救走沈笑。

日本特务把“战马”惨死的照片登报，发布认尸启示。朱子刑认为方远声是日本人的走狗，单枪匹马去刺杀，结果发现方远声竟然是中共门徒小组负责人。

这个发现令他感到意外和惊喜，并答应帮助方远声运送药品。此刻，“大风号”轮船上的婚礼所需用品，就是大公制药厂生产的药品。

方远声站在“大风”号船头，用力向朱子刑招手。

朱子刑也举起手，深情地摇摆。

他们彼此都在默默祈祷，祈祷把数量巨大的药品安全运出上海。

新婚典礼在晚上 6 点举行，还差一个小时。江澄子却感觉度日如年。为了这场婚礼，她几天前就开始预订婚纱和旗袍。

罗亭做伴娘，普乐天做伴郎。两位结婚十年的夫妻，被喜庆气氛包围着，也有了结婚的感觉。

调令已经下来，过几天罗亭将赴南京就任南京政府行政院内政部副部长，兼任汪精卫的机要速记员。

“杀龟行动”是她领导中共门徒小组在上海展开的最后一次行动。

中共门徒小组成员誓死捍卫上海。为了抗战需要，上级电令中共门徒小组更名为台风小组，成员分别以合适的身份潜伏南京。

李墨群接到罗亭和凌云洲的调令时，非常开心。汪精卫调走罗亭，说明对他更加信任。凌云洲就任警政部主任，他可以凭借凌云洲和汪精卫的关系稳步高升。

所以，他对凌云洲、江澄子的婚礼非常上心，把讯问孙丙伦的事情都放到一边。

他不搭理孙丙伦，孙丙伦却来找他。孙丙伦住在76号，身边警卫森严，时刻处在各种监视之中。他听说凌云洲、江澄子要举办婚礼，意识到“杀龟行动”第二步已经开始。

孙丙伦见到李墨群，主动说道：“主任从南京回来就没有找过我，是不是觉得我没有价值了？‘国师’是谁，我真的不知道，也找不到他的踪迹。不过，在上海滩，共匪除了一个门徒小组，还有一条绝密线。”

李墨群来了兴致：“还有一条绝密线？”

孙丙伦点点头：“是的。现在几点了？”

李墨群不知道孙丙伦为什么要问时间，看看表：“5点30分，有话直说，6点钟我要去参加凌大少的婚礼。”

孙丙伦说：“主任先忙，我的事改天再说。”

李墨群猜测孙丙伦可能有重要事情对他说，担心孙丙伦改变主意或者增加筹码，就打电话通知杨枢，把他的礼物先送到十六铺码头交给江家人，他稍后过去。

放下话筒，李墨群为孙丙伦倒了一杯茶：“我以前是中统的人，现在是南京政府的要人。老孙，你我都是明白人，生在乱世，识时务者为俊杰。好好活着比什么都强，对不对？你有话就说，在我这里不要有什么顾忌。”

孙丙伦慨叹道：“现在的我，还能有什么顾忌？你信不信，只要我走出76号，就会吃冷枪。”

李墨群道：“你放心。现在的上海滩，是日本人的天下。76号有能力保证你的安全。我们联手清除上海的共匪，你就自由了。”

孙丙伦淡淡一笑："中共上海地下党组织，可不止门徒小组。据我所知，还有一条绝密线，就潜伏在 76 号。"

李墨群打量孙丙伦，不动声色地问："到底哪条绝密线？"

孙丙伦道："'31 号'。"

李墨群起身踱了几步："你的意思是说，'31 号'不是一个人，而是一群人？"

孙丙伦起身走到李墨群身边，压低声音："'31 号'只是一个代号，一个代号可以是一群人，也可以是一个人。"

李墨群点点头说："日本人说 76 号是匪窝，看来所言不虚啊。嘿嘿，无孔不入的共匪，就是一群耗子，在我这里安家了。"

孙丙伦说："'31 号'线和门徒小组并不交叉，到现在也没有发生任何联系。所以我只知道有这条线，并不知道这条线上到底有多少人，具体是谁。我掌握的信息是，'31 号'线潜伏在 76 号，仅此而已。"

李墨群没有说话，继续踱步。

孙丙伦跟着李墨群："谁指证凌岳州是卧底，谁就可能是那个'31 号'，移花接木、贼喊捉贼，是共匪惯用伎俩嘛！"

李墨群站下，盯着孙丙伦几秒钟："你的意思是说，凌大少是'31 号'？"

孙丙伦摇头："我好像没说吧。"

李墨群追问："凌大少是共党分子？"

孙丙伦反问："是主任不希望他是吧？"

李墨群摇摇头："有些事情你不太清楚，他不可能是共党分子。"

孙丙伦继续反问："你确定他不是？"

李墨群没有说话，直直地望着窗外。有关凌云洲的一切，都未经调查核实，假如他不是龟机关特工呢？

孙丙伦笑道："对于 76 号所有人的研究，我可能比您更深一些。"

"我信。"李墨群点点头，"你身为门徒小组的'军师'，肯定熟悉我们每个人的弱点。"他看看表，摆摆手，示意他要去参加婚礼了。

~ 071 ~

时间： 1941 年 12 月 1 日，星期一。

地点： 上海，公共租界，佛香物流。

这是一条偏僻的街道，周围是低矮的民房，不远处的树林中点缀着几栋法式洋房，为这里平添少许上海滩的味道。

上海的冬天黑得早，下午不到 6 点就漆黑一片。

佛香物流的招牌在夜幕中模模糊糊，影影绰绰。

在沐承风的视野里，佛香物流的招牌却醒目得很，因为那里是他今晚要搜查的目标。

他已经看透了，李墨群并不信任他，不然不会利用保险柜设套，更不会在他身边安插眼线。讽刺的是，那个眼线还是他最信任的兄弟。他实在想不明白，李墨群怎么会相信红帮见利忘义的叛徒呢？凌岳州说过，叛徒就是叛徒，叛变一次就能叛变两次、三次。

沐承风与凌岳州和而不同。凌岳州告诉沐承风，苏成方早在他家隔壁监听他的一举一动。他不信，找个理由摆脱苏成方的跟踪，潜入隔壁东屋，居然找到了大量监视设备。

这绝对不是苏成方个人所为，而是执行李墨群的命令。

沐承风知道，李墨群不是他的靠山，他只能投靠日本人，当上工部局警务处处长，也算与李墨群比肩。有日本人在，李墨群也不敢赶尽杀绝。

沐承风一边遐想，一边盯着佛香物流招牌。杨枢站在他身后，不远处还藏着十几个特务。

赵甲坊不敢点烟，只能把烟放在鼻下嗅着，轻声说：“沐队长的命真好呀，佛香物流的确是军统据点，从梅机关弄来的楼兰女尸就在院里。”

沐承风将信将疑地问：“你确定？”

赵甲坊“嗯”了一声：“千真万确，我亲自送去的！”

沐承风向佛香物流一指：“军统特派员在楼上？他们在干什么？”

赵甲坊嘻嘻一笑："瞧那窗帘，拉上半个小时了，不见灯亮。这黑灯瞎火的，军统特派员和杨毓香还能干什么！"

沐承风"呸"了一声："这个特派员还是个色鬼！他不知道杨毓香是周佛麟的女人？"

赵甲坊冷笑："周佛麟在你们76号是个人物，在重庆那边就是一个屁。"

沐承风点点头："佛香物流也是一个屁！"

赵甲坊向沐承风望去："抓不抓？"

"再等等。"沐承风摇摇头，向赵甲坊望去，"只要这次情报准确，我保证你升官发财。"

赵甲坊一脸谄媚："我就惦记着中央巡捕房总探长的位子。"

沐承风又向佛香物流望去："佛香物流的幕后老板，就是南京政府的周部长。一旦你的情报有误，我们可是吃不了兜着走的。"

赵甲坊拍着胸脯保证："沐队长，你放心，我的小命攥在你手里，我哪敢拿自己的小命开玩笑？"

沐承风没接赵甲坊的话茬儿，心里暗暗思忖，影佐圭吾曾将佛香物流列为监视对象，梅机关的情报和判断一般不会出错，灯下黑确实是存在的。

赵甲坊见沐承风不说话，问道："你猜我送楼兰女尸看到谁了？"

"谁？"

"杨枢，76号的杨枢。"

"佛香物流老板娘是他姐姐，他来这里很正常。"

"我理解你的顾虑，不然我们撤吧。不求有功，但求无过，也不失上策。"

沐承风自然不想错过这个立功机会，悄悄吩咐手下："分两队，一队抓人，一队搜查。"

76号特务的动作迅速，一分钟后便控制了佛香物流。

赵甲坊带领沐承风冲上二楼，一脚踹开房门，喝道："不许动，76号执行任务！"他找到开关，电灯亮了，发现床上躺着一男一女。

沐承风看到那个男人，顿时结巴了："周——部长——"

床上的人，竟然是南京政府二号人物周佛麟和他的情妇杨毓香。

杨毓香受到惊吓，贴身内衣突然滑落。

沐承风和赵甲坊不敢看，扭过头去。

周佛麟给杨毓香披上衣服，起身下床，走到沐承风和赵甲坊面前，甩手就是几个耳光。

沐承风怯声怯气地说："我们——我们接到密报说，军统把楼兰女尸送到这里，所以——"

周佛麟抓起桌上的茶壶，狠狠砸在沐承风头上，喝道："你看我像不像女尸？！"

一股鲜血冲下沐承风额头，他却一动不敢动："周部长，您别生气，我们——我们也是执行梅机关的命令，失礼之处，您大人不记小人过。"

周佛麟更生气了，连连抓起茶杯砸向沐承风："拿日本人压老子是吧？好，好啊！"他抓起桌上的枪，打开保险，把枪口抵在沐承风的额头上，"信不信，老子现在就让你去见天皇？"

沐承风吓坏了，赔笑道："周部长，我哪敢啊，您借我十个胆子也不敢啊！小的也是奉命行事——"

周佛麟知道，如果沐承风真的是执行梅机关的命令，他也不能把沐承风怎么样。在日本人眼里，他就是一个提线木偶而已。于是，他放下枪，缓声说道："我理解你们的苦衷，你们也应该照顾我的颜面啊。我一再强调，中日合作，和平建国。你作为76号行动队队长，应该去抓共匪、军统，而不是内讧！"

沐承风灵机一动，转移话题："周部长到上海，应该是来参加江公馆的婚礼吧？"

周佛麟瞪了一眼沐承风："我的事情也是你能操心的？赶紧滚，有多远滚多远！"

"是，是！"赵甲坊转身跑下楼。

沐承风不敢跑，退到屋门口，才慢慢走下楼。他走出佛香物流，却找不到赵甲坊。他询问手下人，手下人都没有注意。

这时，沐承风意识到，自己可能被赵甲坊玩弄了，于是命令手下人搜捕赵甲坊，活要见人，死要见尸。

沐承风独自驾车走了，来到郊外一处僻静之地。黑暗中，他的神情萎靡，心中窝着无法宣泄的怒火，掏出手枪朝天连放几枪，放声痛哭。

~ 072 ~

时间：1941 年 12 月 1 日，星期一，晚。

地点：上海，法租界，十六铺码头。

江澄子终于迎来梦寐以求的婚礼。

黄浦江滚滚东去的江水，将把她送入婚姻的殿堂，少见的星星也来闹洞房。

十六铺码头布置得奢华至极，随着夜幕降临，人声鼎沸，车水马龙。

每个女孩都渴望拥有这种终生难忘的婚礼，但江澄子是幸运的，她的梦想即将变成现实。

凌云洲在房间里等待良辰吉日。他站在窗前望着滚滚江水，心里却是莫名的凄苦。

按理说，他不愿意在此时举行婚礼，不是他不爱江澄子，而是宫本芳子还躺在医院里。

为了获得藏在楼兰女尸中的重要情报，他不得不跟宫本芳子举行婚礼。婚礼尚未开始，宫本芳子便倒下来，生死未卜。

无论从哪方面说，他都不应该与江澄子举行婚礼。稍微有点儿做人底线的人，都不会这样做。但是，为了那批前线急需的药品，为了挽救在前方浴血奋战的同志，他不得不背负各种骂名，与江澄子举行婚礼。

此刻，他的心里无比矛盾，却又无可奈何。

一阵风吹来，房门仿佛被推开。

他扭头一看，顿时愣住了。穿着洁白婚纱的宫本芳子坐在轮椅上，由两个日本特务抬至门口。她挥挥手，日本特务退下去，自己吃力地拨动着车轮向他靠近。

他急忙迎上去："芳子，你醒过来了？你怎么来了？"

虽然是冬天，宫本芳子的脸上还是汗津津的。她喘了几口气，吃力地说："今天你大婚，我来——祝福你们！你放心，我已经向梅机关交代过，必须帮你完成婚礼。"她又喘了几口气，盯着凌云洲的眼睛，"我来祝福——祝福你们。不过令人心痛的是，新娘子不是我。"

凌云洲眼里含泪："芳子，我——对不起！"

宫本芳子说："我睁开眼睛，就做出了这个打算。他们和我的家人，不会埋怨你的。你和江小姐有婚约，结婚也是顺理成章的——只是——只是——"她剧烈地咳嗽，无法往下说。

凌云洲没有勇气面对虚弱的宫本芳子，避开她无力的目光："芳子，我们该诅咒的，是这场战争。在这场战争中，谁也做不了真正的自己，也无法遵从自己内心的选择。"

宫本芳子抬起头："你有充分的理由诅咒这场战争，而我没有。在爱情和信仰面前，你选择了信仰。不必内疚，我不会恨你的。"

凌云洲大吃一惊，暗暗思忖："难道她知道了什么？"

宫本芳子无力地摇摇头："你没有勇气承认，我就替你说吧，你不仅是中国人，还是共产党员。不要问我怎么知道的。如果你深爱一个人，他说过的每句话，呈现出的每个表情、每个肢体语言、每个丝毫的变化，都会在你心里放大百倍。"

凌云洲没有承认，也没有否认，低头沉默。

宫本芳子道："沉默就代表承认。你不必内疚，因为我知道，我不再完整，更谈不上完美。我绝对不允许不完美的自己嫁给你。"

凌云洲泪如雨下，抽噎着，不知道怎么应对。

宫本芳子也是泪流满面："你就是他们苦苦甄别的'31号'吧？"她伸出纤纤玉指，指向窗外，"江畔已经埋伏重兵，取消你们的行动吧，否则你也像我一样，甚至还不如我。"

凌云洲低声说："这就像我们的婚姻，都是时代的安排。"

江澄子推门进来，看到凌云洲和宫本芳子，一下子愣住了。

宫本芳子转过轮椅，看了看江澄子，脸色更加苍白，指着凌云洲说："江小姐，他是好人，也是需要照顾的好男人。你要好好照顾他。"

江澄子看看凌云洲，凌云洲微微摇摇头。

宫本芳子问："他是共产党员，你应该也是吧？"

江澄子强装镇定："我不明白你在说什么！"

宫本芳子喘了几口气，无力地说："人之将死，其言也善。你们是什么，对我已经不重要了。重要的是，我只想告诉你们，我的下半生可能永远坐在轮椅上了。这是我无法接受和面对的。所以，我决定放下一切，包括我的信仰和爱情。相信我，这里非常危险，你们必须放弃你们的行动。你们要好好活着，好好珍惜，才会有希望。若有缘，我们来生再见。不，人间罪恶深重，我应该不会再来了。"她说完，咬了一下衣领，头便猛地栽到一边。

凌云洲和江澄子惊呆了，不约而同地走到宫本芳子面前，问："你怎么了？"

宫本芳子仿佛熟睡一般。

凌云洲把食指伸到宫本芳子鼻子下面，猛地收回，低声说："好像是中毒。她说的话，应该是真的。澄子，你去通知罗亭，取消任务。我把这里安排一下。"

凌云洲把宫本芳子抱起来，放在床上，用被子盖好，然后后退三步，深深鞠躬。

江澄子找到罗亭时，罗亭正在和犬养中堂喝酒。看到犬养中堂，江澄子有些慌乱，不知道如何把她从犬养中堂身边引开。

凌云洲走过来，挽着江澄子的胳膊，向犬养中堂走去："先生来贺，云洲荣幸。"

犬养中堂笑得很勉强，低声说："江家大宴上海滩，我怎能缺席呢？"他向江澄子望去，"新娘子真美！"

江澄子勉强挤出笑容："谢谢犬养先生。"

凌云洲把犬养中堂拉到一边，低声说："对不起，先生，我辜负了芳子。请您放心，我誓死效忠天皇，绝不辜负您的期望。"

江澄子乘机把罗亭拉到一边，把宫本芳子提供的情报简要说了一遍。

罗亭告诉江澄子，准时举行婚礼，以此转移所有人的注意力。然后，她命人按照事先约定的方式，向方远声发送信号。

信号很简单，放烟花。

罗亭与方远声约定，如果在下午6点前燃放烟花，说明情况有变。

烟花升空、绽放，照亮黄浦江江面。

为了举行这场特殊婚礼，江仲阁命人把上海滩最豪华的游轮停在十六铺码头。四层高的游轮，挡住了江边大部分人的视线。

方远声站在“大风”号上，焦急地等待着罗亭的指令。

万墨翰为他们颁发了特殊通行证。这片江域归法租界管辖。一旦被人发现，日本人也无权派特务干预。

方远声看到漫天烟花，看看表，立即命令吴已楠执行第二套预案，由她来运药。

吴已楠知道方远声要引开日本特务及宪兵，叮嘱道：“你要小心！”

方远声说：“我驾驶‘顺风’号冲向入海口蹚雷，等埋伏在江边的鬼子出来后，你再逆流而上。出了上海，就有新四军接应。”他说完跳上“顺风”号，驾船向出海口驶去。

犬养中堂接到报告，一艘轮船冲向出海口，立即通知影佐圭吾，启动暗藏在黄埔江边的军舰堵截。

晚上6点整，新婚典礼开始。

江仲阁牵着江澄子的手，走过红地毯，将她交给凌云洲。

上海中华圣公会陈见真副主教为他们证婚。繁杂的程序之后，便是烟花满天。

脱下婚纱、换上旗袍的江澄子，脸上洋溢着难以言表的幸福。

凌云洲强装镇定。他一是担心有人发现楼上的宫本芳子，二是担心药品能否运出去。

就在众人举杯庆祝时，一声炮响，震得游轮不停摇晃。

日军军舰在出海口开炮，逼停方远声驾驶的“顺风”号。

方远声站在甲板上，看着乘坐快艇追来的犬养中堂，嘴角挂着一抹冷笑，高声喊道："对面可是犬养先生？"

犬养中堂说："'国师'，你可以摘下面具了。"

方远声笑道："你猜得不对。我不仅是'国师'，还是'烛心'。"

犬养中堂"哦"了一声："你是'基督'的交通员？谢谢你的坦诚，你让我明白，'基督'为什么要住在圣三一教堂了。"

方远声微微一笑："可惜你明白得太晚了。"

犬养中堂板起脸说："只要弄清楚，永远都不算晚！"

方远声说："那就再见吧。"

犬养中堂说："除此我们还能说什么呢？作为同行，我敬重你；作为对手，只能是胜者为王。"说完，他竟然向方远声行军礼。

方远声并没有回礼，举起手枪，高声喊道："侵我国土，虽弱必诛！血性抗战，共赴国难！"

几个特务站在犬养中堂身边，纷纷把枪口对准方远声。

方远声把枪口抵在太阳穴上，注视着西方，扣动扳机。

犬养中堂瘫坐在快艇上，仰望黑黢黢的夜空。此刻，他并没有丝毫成功的快感，反而显得十分落寞。

这时，吴已楠驾驶着"大风"号，在夜幕的掩护下，正在逆流而上，一路向西。

第二十章　东风雨

~ 073 ~

时间：1941 年 12 月 4 日，星期四。

地点：上海，日占区，极司菲尔路 76 号。

从凌晨 1 点开始，东风又起，雨下得更大、更密、更疾。

风雨中的 76 号有些狰狞，血腥味儿倒是淡了些。

凌云洲望着越来越大的雨，视线朦胧了，江澄子和宫本芳子的脸交替闪现。

举行完婚礼，他返回房间。诡异的是，床上的宫本芳子却不见了。他到医院和梅机关打听，均没有她的消息。

身受重伤、貌似服毒的人，能到哪里去呢？

他不敢声张，也没有人向他询问，他只能把所有疑问都深藏心底。

他没有时间解疑，也没有时间悲伤，“杀龟行动”的任务，已经摆在他面前。

龟，就是梅机关的“老龟”——犬养中堂。

凌岳州的身份，俨如川剧中的变脸，从 76 号的情报处处长，变成卧底嫌疑，又变成龟机关特工，现在是龟机关驻 76 号专员，几乎与李墨群平起平坐。

这几天，凌岳州也没闲着，一直忙于制订“破门行动”计划，准备把中共门徒小组从上海彻底抹去。

“杀龟行动”与“破门行动”，看谁棋高一筹。

孙丙伦投诚只是“杀龟行动”的前奏。接下来，凌云洲向南京政府特派员罗亭密报，沐承风和凌岳州都是中共‘31 号’。

这条密报，捅破了 76 号的天。

这条密报，自然惊动了犬养中堂，他立即与影佐圭吾赶到 76 号。

接到犬养中堂的电话后，在李墨群的办公室，罗亭和李墨群就秘密讯问凌云洲。

罗亭问：“凌处长，你指证凌岳州，没有确凿的证据，会是什么结果，你心里应该非常清楚。”

李墨群问：“凌处长，我们都是汪先生的人，马上都要高就。这个时候，我们千万不能出半点儿差错。”

凌云洲点燃一支烟，悠闲地吸着，目送烟雾向窗户飘去。

罗亭拍了一下桌子，脸色一沉，拿起桌上的记录本撕下一页，一条条地撕，只是没有一条撕到底，而是撕了一半，又撕另一条，一长一短，一短一长，如此交叉。

凌云洲顿时明白，她用摩尔斯密码告诉他：老家来信，日“南下”已成事实，速查日袭美时间。

李墨群还在劝说：“我们三人要去南京任职，以后还要相互扶持。凌处长，这是我们的人生转折点、关键点，千万不能有任何闪失。你必须想清楚，你说凌岳州是共匪，若没有实证，是要掉脑袋的。这种玩笑，谁都开不起的！”

凌云洲又点燃一支烟，开始有规律地眨眼睛，也是摩尔斯密码：杀龟行动已启动，如何查？

罗亭继续用撕纸条回答凌云洲：合二为一，日袭美时，日军会即刻进驻公共租界。

凌云洲用眨眼睛回答：可欲擒故纵，试探“老龟”。

罗亭用撕纸表示：此计可行，由我提议，在凌公馆捉鬼。

凌云洲眨眼睛回答：鬼捉鬼。

凌云洲吸完两支烟后，才慢悠悠地说道："凌岳州和孙丙伦上演苦肉计，就是为了取得主任信任，获取我们更多的情报。"

李墨群问了半天问出个老生常谈的话题，不耐烦地问："你的意思是说，孙丙伦是主动落网的？"他见凌云洲点头，继续说，"就算孙丙伦是主动落网，凌岳州也不可能唱这出戏，他可是日本人。"

凌云洲摇摇头："尾崎秀树还是日本首相秘书呢，不也是共匪嘛，还有中山功，日籍中共党员，凌岳州就是日籍中共党员。"

李墨群倒吸了一口凉气，凌云洲搬出尾崎秀树和中山功这两个红色特工，他还真没有办法反驳。

凌云洲继续说："孙丙伦是门徒小组的'军师'，门徒小组的核心联络员，潜伏上海十余年，作案数十起，我们都没有获得他的任何线索，现在他怎么就轻易落网了呢？本身就经不起推敲嘛。"

李墨群不动声色地说："凌岳州说，他早就掌握了孙丙伦的线索，之所以没有动他，是想通过他，将门徒小组一网打尽。"

凌云洲说："沐队长从 11 月 14 日起就秘密调查沉香阁拍卖行，孙丙伦却在 11 月 16 日投案，这中间到底发生了什么，沐队长没有汇报吧？"

李墨群说："这只是你的怀疑。再说，凌岳州和沐队长怎么可能都是'31 号'？无稽之谈嘛！"

凌云洲说："一个'31 号'掩护另外一个'31 号'，两个人组成一条秘线，非常完美的设计。"

罗亭冷笑道："一个代号两个人使用，你还真有想象力！凌处长，你觉得日本人能信吗？反正我不信。"

她的话刚落音，犬养中堂和影佐圭吾到了。

李墨群向二人汇报："凌处长负责调查特工总部内鬼一事，今天他得出结论。不过，这个结论还缺少一定的佐证。"

影佐圭吾问："他得出什么结论？"

凌云洲说："共匪的'31号'，不是一个人，而是一条秘线。"

犬养中堂点点头："一个代号代表一条秘线，有创意。"

影佐圭吾问："直接说结果，谁是共匪'31号'？"

凌云洲说："沐承风，凌岳州。"

李墨群说："凌处长判断，沐队长和凌岳州都是'31号'，属于同一条秘线——31号线。投诚的孙丙伦却说凌处长才是'31号'，不过都没有直接证据。"

犬养中堂点指李墨群："南京政府的特工总部，都成了共产党的特工总部了！"

影佐圭吾摆摆手："还要什么证据？凡是'31号'嫌疑人，连同孙丙伦一起枪毙，以绝后患。"

犬养中堂反对："我们不能如此草率。凭一面之词就杀人，不出一年，76号就要成为坟墓了。"

罗亭立即表态："我同意犬养先生的意见。我受汪主席之命监管特工总部，如果稍有嫌疑就杀人，确实让人寒心，我也无法向汪主席交代。"

犬养中堂看了看罗亭："罗特派员有何高见？"

罗亭说："必须详细调查，找到确凿证据，才能定案。仅凭猜测就乱杀无辜，有损南京政府的威信，以后谁还愿意为南京政府工作？人人噤若寒蝉，中日合作从何谈起？大东亚共荣圈如何共荣？"

犬养中堂颔首："罗特派员言之有理。"

影佐圭吾说："既然二位意见一致，我只有遵从了。"

李墨群这时才敢说话："我也赞同。"

凌云洲说："四位领导高屋建瓴，在下佩服。"

犬养中堂说："罗特派员说说看，如何调查如何审理呢？我个人认为，即便他们真是共匪，等他们自己露出尾巴，用中国的俗语说，那得猴年马月。"

罗亭点点头："其实很简单，谎话重复百遍，真相自现。我觉得我们不能坐等他们露出马脚，而是选一个陌生的地方，也不用动刑，只要对他们连续讯问，突破他们的心理防线，自然水落石出。"

犬养中堂"嗯"了一声："我建议设置在公共租界。"

影佐圭吾领会犬养中堂的意思，他们正愁没有机会派兵进驻公共租界，如果借用公共租界法庭，以派兵保护为由，暗中控制公共租界。一旦日美宣战，就可以马上占领公共租界。

想到这里，他建议道："我同意犬养先生的提议，选在租界法庭。"

罗亭摆摆手："各位，我们目前还没有掌握两个人的确凿证据，只能让他们协助调查。法庭是用来审判和定罪的，把他们带上法庭讯问，我个人觉得既不合情，也不合理。"

犬养中堂问："罗特派员，你有理想的地方吗？"

罗亭想了想，说："既然是凌处长举报，那么他就有义务协助我们调查。我觉得他的凌公馆条件不错。"

李墨群附和道："凌公馆条件不错，离特工总部又近。"他看了看凌云洲，"凌处长新婚宴尔，是不是很为难呢？"

凌云洲站起来说："只要能查出内鬼，卑职愿意全力配合。"

~ 074 ~

时间：1941 年 12 月 5 日，星期五。

地点：上海，公共租界，凌公馆。

罗亭把调查特工总部内鬼的事情，上报周佛麟和汪精卫。周佛麟对沐承风擅闯寝室的行为，一直耿耿于怀，苦于没有整治他的机会，于是欣然同意。

他们对外宣称是南京政府要巡视特工总部，巡视组组长是犬养中堂，副组长是罗亭，组员是凌云洲、凌岳州、沐承风。

李墨群在 76 号召开动员大会，强调 76 号所有人，包括他在内，都要积极配合巡视组讯问。

梅机关通过日本陆军部向冈本一策施压，并用大量金钱贿赂工部局总董李德尔，一百名日本宪兵获准进驻公共租界，在凌公馆附近驻防。

影佐圭吾却私下调动一千名日本宪兵，分批次进驻公共租界。凌公馆内，由日本宪兵把守；凌公馆外，由梅机关特务巡逻。吃人嘴软的李德尔，对此睁一只眼闭一只眼。

梅机关和76号的特务、便衣也混入公共租界。影佐圭吾和李墨群又征用了凌公馆对面的酒店一个楼层，晴气武夫和杨枢负责联络。

为了防止日本人搞阴谋，工部局命令中央巡捕房全力警戒。万墨翰领命之后，安排巡捕扩大凌公馆附近的巡逻密度。

凌云洲告诉江澄子，他要在家里玩一次“鬼捉鬼”的游戏，必然存在一定危险，建议她回江公馆暂住。江澄子也没有细问，便带着自己的日常用品回娘家了。

凌公馆二楼的书房，改为讯问室，主卧让给罗亭，次卧让给犬养中堂。一楼客厅改为会议室，四间房子分别由凌云洲、凌岳州、沐承风和孙丙伦居住。

罗亭进入主卧，映入眼帘的是红喜字、红玫瑰、红床单、红被子……让她不由得想起伦敦她和普乐天的家。那个家，除了日用家具，再无他物，与面前的房间比起来，可以说寒酸至极，心里不免有些酸楚。

她坐在梳妆台前，梳理“杀龟行动”的每个细节，不断复盘，查找纰漏。

讯问，从凌云洲开始。

犬养中堂负责问讯，罗亭负责记录。他们向凌云洲强调，本次讯问内容是绝密级的，直接上交日本陆军部和南京政府，梅机关和76号没有任何权力过问，受讯之人可以畅所欲言。

犬养中堂问：“你有什么证据，可以证实他们是‘31号’？”

凌云洲不接他的话茬儿，反问道：“芳子在哪里？”

罗亭一愣：“请直接回答我的问题。”

凌云洲说：“如果孙丙伦的手段再高明一些，我就会成为‘31号’，你们就不必如此大费周章了。所以，我要知道我最关心的人的近况。”

犬养中堂低声说：“芳子失踪了。”

凌云洲假装吃惊：“芳子失踪了？她醒过来了？”

犬养中堂说："你伤透了她的心，没资格打听她的任何消息。"

凌云洲狠狠地抹了一把脸，仰望天花板，眼中含泪。

罗亭说："凌处长，请你配合我们的工作。你凭什么说凌岳州是'31号'？"

凌云洲坐直身子："凭秦癸恩的遗物。"

犬养中堂脸上没有任何表情："秦癸恩的遗物？"

凌云洲点头："秦癸恩和凌岳州都是门徒小组的情报员。秦癸恩死后，留下一本《巴黎圣母院》、一本《醒园录》，还有一件破袍子。第一个接触秦癸恩遗物的人是沐队长，第二个人是凌岳州。为了调查秦癸恩有无同伙，我将《醒园录》拍照留档。后来，我发现《醒园录》存在一个异常情况。"

凌云洲起身走到书柜前，取出《巴黎圣母院》和《醒园录》，放在犬养中堂面前。

犬养中堂指指《醒园录》："哪里有异常？"

凌云洲翻开《醒园录》，指着其中几页上的"יהוה"符号说："先生、特派员，你们看，这是希伯来文，应该是基督教耶和华的缩写。再看这些字母，'ΑΝΑΓΚΗ'是《巴黎圣母院》中雨果自序里的单词，意思是'命运'。秦癸恩临死前曾去过圣约翰大学，种种迹象表明，他将偷来的'神鸟'藏在圣约翰教堂里。"

罗亭问："这与凌岳州有什么关系？"

凌云洲说："凌岳州在大学学的就是密码情报学专业，我能想到，他肯定也能想到。这么长时间了，他肯定破译了这些密码。既然破译了，他为何没有上报这么重要的信息呢？"

犬养中堂面沉似水："或许他想捕鸟。"

凌云洲回到椅子前坐下："或许他想欲盖弥彰。"

罗亭把书合上："这些都是推测，怎么解释都有一定的道理，咱们暂时搁置。我有一个疑问，第一个接触秦癸恩遗物的人是沐队长，他是否也看出这个秘密呢？他身上有没有疑点？"

凌云洲说："如果凌岳州和沐队长当中，有一个人是共党分子，我会选择沐队长。"

犬养中堂低声问："你不是说'31号'是条秘线吗？"

凌云洲说："'31号'是条秘线，只是一种假设。'31号'非常谨慎，我们没有发现有关他的任何蛛丝马迹，坐等他露出尾巴也不现实。所以，我需要这场巡视戏码。"

罗亭思索一下："你担心日本军部或南京政府袒护他们？"

凌云洲说："事关重大，我不得不这么做。沐队长立下大功，汪先生亲笔嘉奖，等于有尚方宝剑护身，我还怎么调查？"

犬养中堂摆摆手："非常时期，非常手段而已。"

凌云洲冲犬养中堂点点头："自从沐队长进入特工总部，执着于抓军统、中统分子，从不抓共党分子，这一点极其反常，也能说明一些问题吧。"

罗亭说："我赞同凌处长的判断。沐队长为人阴冷、沉稳，最适合做卧底。"

犬养中堂没有表态，示意凌云洲继续往下说。

凌云洲说："孙丙伦是老共匪，在上海藏匿十余年，应该是非常狡猾的。沐队长能抓住孙丙伦，只有一种解释，那就是孙丙伦自投罗网。"

罗亭问："他为何要自投罗网呢？"

凌云洲分析道："孙丙伦这一招叫丢车保帅。他一定是看出了凌岳州是帝国特工，知道自己暴露了。他不能再执行任何任务，与其逃亡，不如保护卧底。这笔账，是非常划算的。"

罗亭想了想："孙丙伦虽是老共匪，也不可能扛过两天酷刑。他这么快投诚，还指认凌岳州是共匪，这么说，凌岳州就不可能是'31号'啊。"

凌云洲说："我的推断是，孙丙伦丢车保帅，移花接木，就是为了保护沐队长。"

犬养中堂拿起《巴黎圣母院》和《醒园录》慢慢翻看，突然盯着一处不动。他仿佛发现了什么，眼睛最后眯成一条缝。

罗亭和凌云洲的心，一下子提到嗓子眼儿，担心犬养中堂没有发现他们故意留下的信息。

犬养中堂轻轻合上书和菜谱，瞟了凌云洲一眼，心里暗想："这个人深不可测，自己数次试探，他都没有任何纰漏，干净得如同一张白纸。一个房间如果干净得令人无法接受，说明一直有人专心打扫。如果他是共匪‘31号’，他就如同在海底冬眠的老龟。”

~ 075 ~

时间： 1941年12月6日，星期六。

地点： 上海，公共租界，凌公馆，圣三一教堂。

犬养中堂站在窗前，望着凌公馆院内，看池面飘雨、柳枝摇曳。

有雨，有东风，恰似日军偷袭珍珠港的信息，真乃天作之合。

“东风有雨”，看似是天气预报，其实是日军发动太平洋战争的通告。看来，一切符合天意，帝国当局选择“南下”战略，建立大东亚共荣圈是正确的。

犬养中堂虽然为帝国当局放弃他的“北上”战略耿耿于怀，但面对“东风雨”的场景，不由得想起了六七百年前的那两场“神风”[1]，是“神风”让日本摆脱被元军灭国的命运，或许就是这场“东风雨”让日本的大东亚梦变成现实。

犬养中堂扫视院内外的宪兵，心里满意至极。现在，日军基本控制了公共租界，一千名宪兵和数百名特工在一天之内，便悄悄地接管了公共租界工部局、法庭、医院、银行、企业等部门，占领黄浦江码头，逼走英美军舰。一切如此顺利，皆为国运如此，人力不可违。

跟真正占领上海相比，76号内部的烂事儿，可以暂时放一放。他之所以参演这场戏，只不过是以此事为由头，稳住工部局，派兵进驻公共租界。

---

[1] 元朝军队1274年和1281年两次东征日本，都因为海上突如其来的台风，导致元军舰队折损，使东征告吹。日本人认为是神武天皇的鬼魂掀起的“神风”击退了元军舰队，日本才摆脱了被元军灭国的命运。

现在，他的目的已经达到，可以继续玩一玩“鬼捉鬼”游戏了。

一楼的凌云洲、凌岳州、沐承风和孙丙伦，都是出色的特工。虽然他们是以协助巡视组调查的名义入住，但他们心里都明白自己面对的是什么。为了避免不必要的麻烦，他们都待在自己的房间里，精心准备如何应对接下来的调查。

凌岳州第二个接受讯问。

凌岳州是犬养中堂的儿子，这种讯问只是走走过场。

犬养中堂正襟危坐，一脸严肃：“凌云洲经过调查，怀疑你是‘31 号’。对于这件事，你怎么看？”

凌岳州毫不在乎：“怀疑一切是我们的本职工作。他怀疑我很正常，我也怀疑他是‘31 号’呢。”

罗亭问：“你的依据呢？”

凌岳州说：“凌云洲能查出孙丙伦是门徒小组的‘军师’，这一点确实出乎我的意料。我和李主任交换过意见，抓捕孙丙伦是凌云洲提议的。当然，这也不能怪他，毕竟他是奉命调查 76 号内鬼的。我很佩服他的想象力，竟然能怀疑到我头上，从我这里挖出孙丙伦。李主任命沐承风暗自抓捕孙丙伦，第一次却扑空了。扑空，就意味孙丙伦放弃窝点逃跑。按理说，沐承风的处理方式不外乎两种，一是立即撤回人马，二是摧毁窝点。可是，沐承风选择守株待兔，效果确实不错。不过，这一点违反常理，共匪的窝点别说暴露，就是被怀疑，都会弃之不用的，他们绝对不会存在任何侥幸心理。”

罗亭问：“你觉得凌处长和沐队长，谁的疑点最大呢？”

凌岳州说：“谁的身上都不干净，我觉得三六开吧。”

犬养中堂问：“理由呢？那一成是什么？”

凌岳州说：“我一直认为孙丙伦是假投诚，不然他绝对不会被我们轻松逮捕，也不会闲聊几次就撂了。那一成我是留给杨枢的，仅凭感觉而已。如果排除杨枢，凌云洲和沐承风都可能是‘31 号’，各占百分之五十吧。假投诚的孙丙伦主动供出凌云洲是‘31 号’，给凌云洲降低百分之二十的可能性。”

罗亭问：“你认为孙丙伦主动供出凌处长，就是为了掩护沐队长？”

凌岳州道："在没有确凿证据之前，各种可能都存在。有一个事实是，李主任并不怀疑凌云洲是'31 号'，谁手里都没有任何证据证明他有嫌疑，所以孙丙伦的话不可信。"

犬养中堂把《巴黎圣母院》和《醒园录》推到凌岳州面前："秦癸恩遗物中隐藏的秘密，你没有破译吗？"

凌岳州瞥了一眼："那种小伎俩，岂能逃过我的法眼？宫本芳子丢失的神鸟木雕，就藏在圣约翰教堂。我之所以没有采取行动，就是等秦癸恩的同伙得到这条消息后，前去取货，一举擒之。"

罗亭问："你是怎么破译的？"

凌岳州说："您是圣约翰大学校长，自然知道学校校徽长什么样。学校校训以前是'光与真理'，后来加上《论语》中的'学而不思则罔，思而不学则殆'。这句话竟然出现在秦癸恩的衣服补丁上，难道不反常吗？依据这些信息，找到神鸟木雕并非难事。"

罗亭笑道："凌处长思维之缜密，让人佩服。请继续讲你的分析。"

凌岳州说："我派人在圣约翰大学监视，曾看见拉乌尔去过教堂，当时我认为他是基督信徒，并没有多想，否则那时就可以顺藤摸瓜，一举除掉红组，重水就不会被美军劫走了。"

罗亭心里"咯噔"一声，暗自庆幸自己只与拉乌尔见过一次面，否则必然会引起凌岳州怀疑，极有可能导致红组全军覆没。

犬养中堂问："在秦癸恩的遗物中，你还有其他发现吗？"

凌岳州挠挠头："只有这些了。"

犬养中堂点指凌岳州："妄自尊大！你看看雨果自序中，是不是还有一些反常信息？"

凌岳州拿起《巴黎圣母院》，翻看雨果的自序。当他看到雨果自序落款时间是"1831 年"时，顿时想起从孙丙伦家里搜到的那张只剩下"18"字样的残破纸片，心里不由悸动一下。

凌岳州打电话命人送来那张残破纸片，再次仔细观察，发现"18"数字后面的纸不是烧掉的，而是撕掉的。看来孙丙伦在焚烧这张纸之前，故意将后面的数字撕掉了。

他立即想到，缺少的那部分数字，应该是“31”。

潜伏在76号内的共匪特工，代号也是“31号”，不会有这样的巧合吧？

凌岳州拿起《巴黎圣母院》，目光落在封面“圣母院”三个字上。圣母院、圣三一教堂，它们之间有没有联系呢？

“31”是不是指圣三一教堂？

难道秦癸恩没有将情报藏在圣约翰教堂，而是藏在圣三一教堂？

难道秦癸恩传送的情报，与“31号”有关？

一连串的疑问，充斥着凌岳州脑海，让他习惯性望向犬养中堂。

犬养中堂当然明白凌岳州会想到这些，他将一张泛黄的《申报》放在凌岳州面前，一则电影明星蝴蝶的结婚启事吸引了凌岳州的目光。

明星蝴蝶于民国二十四年十一月二十三日在圣三一教堂完婚。

民国二十四年，即公元1935年。

1935年11月23日，“1-9-3-5-1-1-2-3”，这就是秦癸恩刻在青花瓷瓶底的数字。

凌岳州笃定他的推测，秦癸恩把情报藏在了圣三一教堂。

犬养中堂望着凌岳州，微微点头，暗示他的推断没有错。

罗亭见他们用眼神交流，佯装不知。不过，“杀龟行动”这局棋下到现在这种地步，还在她的预料之中。

她问道：“犬养先生，我没有问题了。您还有问题要问吗？”

犬养中堂冲凌岳州摆摆手，凌岳州拿着书和报纸退出去。

奇妙的事情接着就一连串发生了。

晚上8点10分，凌岳州跳后窗逃走。

监控如此严密的凌公馆，他是不可能逃出去的。影佐圭吾早就密令手下，不但放他出去，还要给他提供枪支和雨伞。

作为特工，凌岳州发现圣三一教堂里存在这么多疑点，怎么能轻易放过？

凌岳州心里如同火烤一般，莫名的冲动令他无比兴奋。此刻的圣三一教堂就是一座帝王坟墓，里面藏着价值连城的宝贝，等待他挖掘、考证。

这么多年来，他千方百计地潜伏在中共地下党组织内，就是为帝国军队占领上海扫除一切障碍。现在，曾经不可一世的中共门徒小组“军师”孙丙伦投诚，“国师”方远声在黄浦江上自杀，相继捣毁联络窝点国品茶楼和沉香阁拍卖行，残余分子已经灰溜溜地撤出上海……

他感觉，他多年的潜伏是值得的。待到日本统治亚洲之时，他一定会在帝国青史上留下浓重一笔。

圣三一教堂换了新管事，方远声死了，新管事不熟悉教堂环境，所以他无心打理，天一黑就回家了。这时的教堂里空荡荡的，一点生气都没有。

凌岳州翻墙进入教堂院内，快速打开门锁，走入教堂。

教堂里漆黑一片，他仔细听了一会儿，确认里面无人后，便靠在墙壁上，打开手电筒查看，可是没有任何发现。

凌岳州突然意识到，他中了孙丙伦的诡计。

那个该死的“31 号”！

凌岳州明白过来，他看到的一切并不是秦癸恩设计的，而是孙丙伦利用他抓住秦癸恩遗物不放的心理，引他来到圣三一教堂。

凌岳州立刻做了一个向上跳跃的动作。

那个动作非常怪异，他似乎知道有弹头向头颅射来，他不想头部中弹，便以胸膛迎接弹头。

“噗”的一声，一颗弹头从狙击步枪里射出，划过寂静的夜空，射入他的胸口。

凌岳州觉得全身火辣辣地疼，“扑通”一声从半空中摔落下来，躺在地上一动不动，手电筒跌落在地，一束光向前方射去。

一身黑衣的江澄子从暗处走出来，拎着狙击步枪，迎着手电光，走到凌岳州面前，查看他的颈动脉和鼻息。

确定凌岳州的心跳停止后，江澄子不禁长吁一口气，脸上的笑容灿烂绽放。听到外面传来急促的脚步声，她立刻从设计好的路线撤离。

~ 076 ~

时间：1941 年 12 月 6 日，星期六。

地点：上海，公共租界，凌公馆。

凌岳州逃走，犬养中堂和罗亭竟然毫不理会，接着讯问沐承风。

犬养中堂之所以这么着急，是因为他接到影佐圭吾送来的日本陆军部密电，得知 12 月 7 日清晨日军将偷袭美国珍珠港，命令梅机关做好接管公共租界的准备。

这次巡视，是犬养中堂策划的。为了不引起 76 号的人怀疑，他必须把戏演下去，哪怕明知没有再演的必要。但是他没想到，万墨翰却给他增加了一场戏。

万墨翰也是“杀龟行动”成员。他按照方远声的安排，负责策应。方远声舍生取义，震撼了他的内心。他从秘密渠道拿到中共“31 号”转给他的“杀龟计划”后，立刻通知媒体：76 号进行内部整顿，排查潜伏在 76 号内部的共匪和军统特工。

这绝对是吸引眼球的大新闻，各家媒体派出记者和摄影师，堵在凌公馆门口，争相获得第一手资料。记者在调查过程中，在公共租界重要机构均发现大批日本宪兵，推测日本人要占领公共租界。

周佛麟得知此事后，主动要求参与调查，想顺便了解真实情况。

罗亭看到报纸上的消息，再结合美国禁止向日本出口钢材、石油等战略物资，意识到日军要对公共租界动手了，由此推断日本要向美国宣战。

她一直期待扮演旁观者、暗中大发战争财的美国卷进来。只要美国参战，中国就有了喘息的机会。

尽管这仅仅是她的猜测，但也要把这种猜测传递出去。无论延安方面还是重庆方面，都会结合其他渠道的消息，再次进行判断。

只是，现在她无法离开凌公馆，中共门徒小组成员已经相继离开上海，唯一一部电台还在她手里。

罗亭站在卧室窗前，苦苦思索对策。她远远看到周佛麟的轿车向凌公馆驶来，就知道应该怎么做了。

把自己的推测告诉军统，由军统转到重庆，也不失一个好办法。

罗亭从梳妆台上拿起一支口红，在手帕上简明扼要地写出推测内容。

可是，如何在到处是日本宪兵的空间里把手帕交给杨枢呢？

她一边思索着，一边来到一楼，通知沐承风做准备，一会儿接受讯问。

孙丙伦和凌云洲坐在客厅沙发上，都跷着二郎腿看报纸。她看了孙丙伦一眼，走到窗前，指着外面喊道：“沐队长，你看，鸽子，院子里怎么有四只鸽子？”

孙丙伦听到“四只鸽子”，心头猛地一紧，缓缓放下报纸，抬头向罗亭望去。

沐承风走到罗亭身边，向外看了看，并没有看到鸽子，问罗亭：“特派员，现在下雨呢，怎么可能有鸽子？不会是乌鸦吧？”

罗亭一本正经地说：“我怎么能分不清乌鸦和鸽子呢？真有四只鸽子飞过去了。”

沐承风指指自己的鼻子，笑道：“还望特派员不要把我这只鸽子看成乌鸦啊。”

罗亭也笑道：“这个得由你自己证明才行。周部长来了，我出去迎一下。”

沐承风听说周佛麟要来，心里立刻紧张起来，暗暗思忖：“轮到自己接受讯问，周佛麟怎么还参与进来了？难道自己真有什么把柄在他们手里？”

孙丙伦向窗外望去，思索着罗亭为什么说“四只鸽子”。

“四只鸽子”，是方远声和他的联络暗语，是执行“杀龟行动”的意思。

方远声牺牲在黄浦江入海口，若还有人知道“四只鸽子”的暗语，一定是方远声的上线——13 号。

难道罗亭就是“13 号”？

孙丙伦转过身，眼睛一眨不眨地盯着罗亭。罗亭莞尔一笑，向他眨了四下眼睛，长短不一。

摩尔斯密码！

罗亭微笑着向前走，目光从孙丙伦的脸上移到离他不远的凌云洲脸上，轻声说道："我养了六只鸽子，都死了。"

"六只鸽子"也是中共门徒小组的暗语，意思是"自己人，配合行动"。

罗亭、凌云洲，都是自己人，孙丙伦向罗亭和凌云洲望去，眼睛忽然湿润了，在他生命的最后时刻，还能见到自己人，还能死在自己人面前，那是何等的幸运，何等的不易啊！

罗亭经过孙丙伦身边时，故意撞到他的腿上，一下子栽到凌云洲怀里，乘机附在他耳边说："制造混乱。"

凌云洲扶起罗亭："特派员，没伤着吧？"

罗亭指着凌云洲的鼻子吼道："你敢绊我？等周部长进来再说！"

凌云洲一脸无辜，指着孙丙伦说："特派员，是他绊倒你的啊，我看得很清楚。"

孙丙伦看着凌云洲和罗亭，傲慢地仰起头，不屑地哼了一声。

"看什么看？老色鬼，还想占特派员的便宜？"凌云洲说着就冲过去抓住孙丙伦的肩膀，把他拎起来，提膝撞向腹部。

孙丙伦疼得猫下腰，头部折向凌云洲耳边。凌云洲却狼狈地咬住他的耳郭："我腰里有枪，打我！"

这时，周佛麟和杨枢走进客厅。

孙丙伦捂着红肿的耳郭，伸手拽出凌云洲腰里的手枪，顶在凌云洲腰部，喝道："滚一边儿去！"

杨枢见状，立即挡在周佛麟面前，喝道："孙丙伦，把枪放下！"

罗亭也站到周佛麟面前，说道："甭管他们。他们都不干净，谁死都不冤枉。"

杨枢道："我就知道这老东西不是个玩意儿。也不看看这是什么地方，他妈的还敢瞎比画！老东西，你看看窗外站着多少人，如果你没活腻歪，就把枪放下！"

所有人的注意力都集中在孙丙伦和凌云洲身上。

罗亭和杨枢靠得很近，挡住了周佛麟的视线，她乘机把手帕塞进杨枢的口袋，然后在口袋里掐了他一把。

杨枢瞥了罗亭一眼，没有作声。

孙丙伦没有放下枪，一边退向后窗，一边愤愤地吼道："凌处长，你没有忘记国品茶楼吧？"

凌云洲说："孙老，你我好歹相识一场，你还是我老丈人的好朋友，你怎么能把枪口对准我？"

杨枢冲门外的特务喊道："进来，抓住这个老东西。"

罗亭劝道："孙老，有话好好说，这种玩笑开不得。"

孙丙伦吼道："我确实没有资格跟你们开玩笑，但是你们却把我当成玩笑！姓凌的，国品茶楼的冯壬山就是我儿子，若不是你天天到国品茶楼喝茶，我儿子怎么会死？"

凌云洲喝道："你还好意思提这个？我要是知道他是什么鸟，早就把他卸了！"

犬养中堂站在二楼楼梯口，嘴角挂着一抹冷笑，看戏一样盯着一楼的所有人。

对于孙丙伦的假投诚，犬养中堂已经确信无疑。现在，他不知道孙丙伦为何演这出戏，如果孙丙伦现在不开枪，只能说明孙丙伦与凌云洲故意演戏，凌云洲就是内鬼。

向来不服就干的沐承风，把手枪掏出来，准备击毙孙丙伦。

孙丙伦冲沐承风吼道："姓沐的，看看咱们谁的枪更快！"他的话音未落，便扣动扳机。

凌云洲晃动身子，弹头钻入他的肩头，衬衣瞬间洇红一片。

沐承风的枪也响了，弹头贯穿孙丙伦的心脏。他身后雪白的墙上，喷射出殷红的血花。

沐承风愣住了，呆呆地站在那里。

犬养中堂慢悠悠地走到孙丙伦身边，缓缓摘下帽子，深深地鞠了一躬。

沐承风忽然冲凌云洲吼道："你的枪怎么会到他手里了？"

罗亭走到沐承风面前："沐队长，刚才的场景你没看清楚吗？现在问题还没有查清楚，你为什么打死他？”

杨枢也接着质问：“这么多人，他还能上天啊？打残不好吗？”

沐承风瞪了杨枢和罗亭一眼，转身低声对犬养中堂说：“先生，凌云洲才是那个‘31 号’，他们再演苦肉计。”

犬养中堂狠狠蹴了一下文明棍：“是你下结论还是我下结论？你还没有接受讯问呢，马上给我滚上去！”

杨枢搀扶凌云洲走出去，驾车直奔医院。

凌云洲进入急救室内，杨枢走进医院洗手间。确定安全后，他掏出口袋里的手帕，见上面有一行字：

日军近日准备偷袭美珍珠港。

那行字下面，画着折断的军刺。

杨枢赶紧把手帕装进口袋，驾车离开医院，转了几条街，见无人跟踪，下车走进路边的电话亭，拨通万墨翰的电话。

十五分钟后，万墨翰钻进他的轿车里。他没有说话，将罗亭的手帕递给万墨翰。

万墨翰看到手帕上的断刺图案，问：“哪里来的？”

杨枢说：“罗亭。”

万墨翰摇摇头：“真没想到，汪精卫的心腹、76 号特派员，竟然是侍六组策反的‘断刺’。如果不是当年咱们参与了‘军机处计划’，肯定不知道这个惊天秘密。”

杨枢道：“咱们只知道‘断刺’，不知道罗亭。”

万墨翰说：“这几天日本宪兵和特务在公共租界活动异常，这份情报尽管不确定，但十有八九是真的，必须马上发往重庆。”他说完，下车走出不远，驾驶自己的轿车快速离去。

凌公馆二楼书房内，周佛麟、犬养中堂、罗亭坐在长桌一面，沐承风坐在他们对面。情景很滑稽，像沐承风给三个人开会。

周佛麟冲犬养中堂点点头。

犬养中堂问道："沐承风，你凭什么说凌云洲是'31号'？"

沐承风道："那把枪！"

周佛麟喝问："就这个？"

沐承风说："不止这个，我还有证据。"

周佛麟猛拍桌子："你可别乱咬！"

"嘀嘀"，电话铃声响起。犬养中堂起身拿起话筒。

梅机关的特务汇报，在圣三一教堂发现了凌岳州的尸体。

犬养中堂没有说话，放下话筒，坐下后，盯着沐承风，眼露凶光："你认为，凌岳州也是'31号'？"

沐承风不假思索地说："我以性命担保。"

犬养中堂突然骂道："你保个屁！凌岳州已被你们这群共匪杀害了！如果他是'31号'，你给我一个合理的解释！"

沐承风不知道犬养中堂的话是真是假，也没有合适的理由反驳，于是选择沉默。

周佛麟听说凌岳州被杀，心里一怔："犬养先生，此话当真？"

犬养中堂眼里含泪，微微点头。

周佛麟对沐承风说："沐承风，说实话，我也觉得你的某些行为，跟你的特工总部行动处处长身份很不匹配。"

沐承风着急了："周部长，我调查佛香物流，也是为了抓军统特工，绝对没有得罪您的意思。"

周佛麟嘿嘿冷笑："如果佛香物流是军统联络站，我就是军统上海站站长喽。你好好瞧瞧，看我像不像？"

沐承风吼道："你们都认为我是'31号'，还问什么，直接拉出去枪毙不就得了嘛！从现在起，我不再回答你们的任何问题，除非李墨群在场。"

周佛麟命令罗亭通知李墨群立即前来。

不大一会儿，李墨群就见到了沐承风。没想到他不等沐承风说话，就大骂道："王八羔子，你竟然背着我调查周部长！"

沐承风没想到，李墨群在他面前装聋作哑，表示什么都不知道。

一个小时前，苏成方趁沐承风困在凌公馆的空当，跑到沐承风家找出麦加利银行保险柜的钥匙。半个小时后，他按照编号，打开银行保险柜，竟然找出一份盖着工部局大章、沐承风任职警务处处长的委任状。

李墨群的轿车驶到凌公馆门口时，苏成方早在门口等着，他将委任状交给李墨群。

李墨群看了一眼委任状，脸色铁青，随手将委任状扔到座位上。

这一扔，是切切实实地把沐承风扔出去了。

犬养中堂说："沐承风，孙丙伦还没有展现出他的价值，你为什么急于击毙他？肉眼可见，即便他拿着枪，在这里还能做什么？你连这点常识都没有吗？"

沐承风直直地看着李墨群。

李墨群黑着脸说："沐承风，我们不会冤枉一个好人，也不会放过一个坏人。这次只是巡视调查，你把自己的问题交代清楚就行了。"

沐承风怎么都想不到，在这种情况下，李墨群竟然落井下石，于是愤愤地说："我没有什么好解释的！"

罗亭看看犬养中堂："先生，咱们还有调查的必要吗？不知道凌处长的伤势如何，我想去医院看看。"

李墨群指指沐承风，问犬养中堂："先生，要不先把他羁押在 76 号，稍后再审问？"

犬养中堂指着沐承风说："既然他不想解释，那就别解释了。他在 76 号的熟人太多，难免出现不必要的麻烦。先把他关到地下室，待我们找到合适的地方，再秘密审问，必须让他给出一个说得通的解释。"

他们下楼时，杨枢已经回来了。周佛麟以有要事急需处理为由，没有去医院，和杨枢一起离开凌公馆。

犬养中堂、李墨群和罗亭一同赶往医院。

沐承风被羁押在凌公馆地下室，戴着手铐，靠在墙壁上，神情木然。

他实在想不明白，为了给日本人卖力，自己廉价典当了国格、人格，甚至放弃了做人的底线，成为日本人的一条忠实的狗。他们让自己咬谁，自己就去咬谁；让自己去吃屎，自己就去吃屎。可结果呢？

他恍惚觉得，有多双看不清的大手，同时举起一口巨大且沉重的黑锅，生生扣住自己，让自己百口莫辩。

作为特工，失去信任的后果是非常可怕的。日本人审讯的手段，他是非常了解的。如果他们达不到想要的目的，自己不死即残。

即便自己侥幸活着走出去，失去76号这张保护伞，他欠军统、共党地下组织的累累血债，也是必须偿还的。他们如何处置自己，不能想也不敢想。

想到这里，他想抽烟。他摸摸口袋，还好，打火机和烟都在。

他艰难地把烟放到嘴边，颤巍巍地打火时，闻到一丝汽油的味道。

他起身转了一圈，发现另一边墙角有一个油桶，里面装满汽油。在非常时期，汽油属于稀缺物品，大户人家几乎都囤积一定数量的汽油，以备不时之需。

沐承风望着油桶，眼前闪现出他近两年刑讯共党、军统人的画面，闪现出76号各个处长的嘴脸。

最后，凌云洲的脸在他脑海中定格。

“妈的，他哪里比自己强？靠一张嘴、一张脸，就在76号、梅机关畅行无阻？他凭什么拥有这么大的豪华别墅？凭什么娶年轻貌美多金的媳妇？”最后，他想起孙丙伦用枪指着凌云洲的场景，“他的枪怎么就到了老家伙手里了？如果他能看好他的枪，自己能向老家伙开枪吗？”

他又想起楼上看管自己的那群日本特务……

沐承风越想越生气，越想思维越乱，最后他把心一横，揭开油桶盖，把油桶踹倒在地。

汽油，汩汩地淌出油桶，肆意地流向各个角落。

他点燃香烟的一刹那，一团巨大的火球向他滚过来。

美丽的凌公馆，顷刻间变成一个巨大的火球，照亮了黄浦江。

~ 077 ~

时间： 1941 年 12 月 7 日，星期日。

地点： 上海，日占区，圣约翰大学，圣约翰教堂。

日军偷袭美国珍珠港，太平洋战争爆发。

上海，日军占领公共租界后，影佐圭吾率领梅机关和 76 号特务，到处杀人、抓人。

公共租界成为历史名词，孤岛不复存在。

犬养中堂坐在轿车里，欣赏着公共租界到处飘扬的太阳旗。

轿车停在圣约翰大学门口，雨后的晨光，照在“光与真理”的门廊上。

犬养中堂从轿车里钻出来，用文明棍狠狠拄了三下，抬头看了一眼门廊，然后向那个美式教堂望去。

他今天来到这里，是为了寻找神鸟木雕。神鸟木雕是因他丢失的，从而导致凌岳州遇害、宫本芳子失踪。

“神鸟”是他为儿子凌岳州取的代号，希望他能成为飞掠神州的太阳鸟。他把神鸟木雕送给宫本芳子，也是希望凌岳州和宫本芳子能走到一起。

此刻，这个悲苦的老人只剩下一个心愿，找到神鸟木雕，然后回国，隐居乡下，侍弄桑麻，与这场该死的战争撇清关系。

他带着两个手下走进校园，来到教堂门前，吩咐手下守在门口，他独自走进教堂。连绵多日的冬雨，使教堂里散发着一股潮湿的霉味。

神鸟木雕就藏在教堂里十字架的背后。

犬养中堂盯着十字架。在他看来，耶稣的表情好像不再痛苦，反而有种涅槃重生的感觉。

十字架下方，挂着一幅描述耶稣和十二门徒的最后晚餐油画。他反复打量油画，觉得以前这里应该没有油画。他凑近一看，果然是新作品，颜料还没有干透。

“最后的晚餐，最后的晚餐……”犬养中堂小声嘀咕，“这是谁画的，为什么挂在这里呢?”

画中的耶稣和十二门徒，十三个人。

门徒?特工的思维敏锐，让他顿时想到中共门徒小组。

据传，中共门徒小组只有十二个人，没有耶稣啊。难道还有一个类似耶稣的领导?

13，31，这两个数字在犬养中堂脑海里不停地闪现着，难道导致很多人死亡的“31号”，就是“耶稣”?

犬养中堂取下十字架背后的神鸟木雕，深深地吸了一口气，他要保持内心平静，不能被任何情绪打扰。

他端详着蜡封的神鸟木雕，伸手打开机关，从腹中掉出一张纸条。

纸条上是中山功破译尾崎秀树密电的全文，以及破译过程。

看到电文，他仿佛触及巨大的电流。

电文下面，有楼兰女尸的画像。

犬养中堂顿时意识到，他的判断无误，孙丙伦就是假投诚。

他到上海之后，采取一系列手段，以摧枯拉朽之势，铲除了让同行头疼十年之久的中共门徒小组。现在看来，他就是讲了一个很不好笑的笑话。

这对于他这只不喜欢笑话的“老龟”而言，无疑是天大的讽刺。原以为他是打算盘的高手，没想到他只是算盘上的一颗珠子。

更让他感到崩溃的是，中山功竟然将密电密写在楼兰女尸的裹尸布上，而他对此却毫无察觉。

凌云洲和宫本芳子突然要求在梅机关结婚，让楼兰女尸证婚，难道是故意为之?如果宫本芳子是内奸，她为什么还受那么严重的伤?如果她不是，凌云洲就是。

任何违反常理的现象后面，都有一个合理的解释。

如果凌云洲是内奸，他就会利用宫本芳子的感情，在梅机关举行婚礼，转移所有人的注意力，并把严密监控下的楼兰女尸移至食堂，然后在梅机关门口袭击婚车，调虎离山，让周戊寅顺利盗走楼兰女尸。

他一直以为，是戴笠看中楼兰女尸的价值，才命军统的人盗走它。现在看来，它身上的密电才是凌云洲冒险的目标。

一面是中共，一面是军统，难道凌云洲就是那个双面间谍“31 号”？

凌云洲，凌云洲，他作为日本人，为什么要这么做呢？如果他是内奸，一切谜题都有了合理的答案。

他恨得连抽自己两个耳光。

看到密电之后，得知他苦苦追查的名单根本不存在，让他一下子瘫坐在地。他为了一个根本不存在的东西，浪费了大量的人力、物力和心力。

犬养中堂一下子变得苍老了，觉得自己在这个世界上很多余。

不知道什么时候，打扮精致的罗亭出现在他身边，笑盈盈地看着他。

犬养中堂察觉身边有人，便慢腾腾地站起来，看了看罗亭，指着那幅画说：“罗小姐，门徒小组应该有十三个人。”

罗亭点点头：“我早就知道。”

犬养中堂瞪大眼睛：“你为什么不早说？”

罗亭说：“‘老龟’，你一生从事谍报工作，见过自己出卖自己的人吗？当然，孙丙伦先生另当别论。”

犬养中堂举起文明棍指着罗亭，恶狠狠地问：“你就是中共‘13 号’，门徒小组最高负责人吧？”

罗亭不承认也不否认：“你应该知道红组的‘教母’吧？”

犬养中堂冷冷地问道：“你为什么要告诉我这些？因为死人能保守任何秘密吗？”

罗亭点点头：“因为今天我要唱一出中国的名戏《钓金龟》，需要你扮演一个角色，否则唱不了的。”

犬养中堂看了看门口，微微一笑：“现在上海已经是大日本帝国的天下，几年之后，亚洲都是大日本帝国的。无论戏码多么精彩，可能都与你无关了。螳臂当车，何苦呢，何必呢？”

罗亭也微微一笑：“‘老龟’，作为同行，你觉得日本与全世界为敌，是不是小蛇吞大象呢？”

罗亭触到了犬养中堂的痛点。日军偷袭珍珠港之后，他就意识到日本人激怒了一个重量级的观众。这个观众的战略资源、战斗能力，都远远超过日军。

犬养中堂不想再争辩这个问题，缓声说道："既然你胜券在握，那就回答一个我一直想不明白的问题吧。门徒小组以十二生肖为代号，取自基督奥义，誓死与上海共存亡。你身为门徒小组的'教母'，为何要离开上海回南京呢？"

"有一种死亡叫重生，有一种战略叫转移。"罗亭说。

犬养中堂干咳一声，门外的特务一点反应都没有，他意识到两个手下可能遭到罗亭毒手了，于是蹴了蹴文明棍。

他的文明棍里藏着一枚微型炸弹和一束钢针，只要他摁下手柄上的按钮，炸弹就会爆炸。炸弹威力虽然不大，但与罗亭同归于尽还是足够的。

教堂的门被推开，凌云洲出现在门口，扣动带有消声器的微型手枪，一颗弹头不偏不倚地射中犬养中堂拄文明棍的手腕。

文明棍"咣当"一下，摔到罗亭脚下。

罗亭抬脚把文明棍踢到一边。

犬养中堂捂着滴血的手腕，看着面无表情的凌云洲："森木——玉树！"

凌云洲走到犬养中堂面前："请叫我凌云洲。"

犬养中堂问："你是'13号'吧？"

凌云洲摇摇头："纠正一下，是'31号'。"

犬养中堂无力地问："谁杀了我的纯儿？"

"另一个'31号'。"江澄子从教堂门口走进来。

犬养中堂摇摇头："你们——你们支那人，太——狡猾了！"

凌云洲举起微型手枪，对准犬养中堂："'老龟'，你是中国通，应该知道中国有一句话，'宜悬头藁街蛮夷邸间，以示万里。明犯强汉者，虽远必诛'。"

犬养中堂扬起头，闭上眼睛："凌云洲，让那只兔子，给我来个门徒小组式的一枪吧！"

凌云洲放下微型手枪，转身向校务处方向竖起大拇指。

枪响，弹头飞出，正中“老龟”眉心。

犬养中堂如一棵被锯倒的枯树，直挺挺地倒下。

叱咤之城系列谍战小说·第一季　完